「김희경전」의
이본과 원전

「김희경전」의 이본과 원전
異本
原典

정준식 지음

국학자료원

「김희경전」에 관한 연구서를 내려니 새삼 옛 기억이 떠오른다. 저자가 접한 「김희경전」은 시기에 따라 달랐다. 1987년 2학기 고소설론 강좌를 수강할 때 저자에게 개인 과제로 부여된 것이 「김희경전」이다. 연구사를 정리하고 스스로 한 번 해석해보라는 과제였는데, 그때 저자가 접한 것은 1917년에 간행된 활자본 「김희경전」이다. 김희경과 장설빙의 결연담과 영웅담이 남장을 매개로 교묘히 결합되어 있어서 조선후기 남녀 독자를 모두 아우른 작품이었을 것으로 생각했다. 그 후 1990년 대학원 석사과정에 진학하여 영웅소설 분야의 작품을 일별할 때 국중본A「김상서전」을 읽었다. 처음 것보다 분량이 1/3이나 많았는데, 알고 보니 김희경과 이소저의 결연담이 덧붙은 것이었다. 2000년에 세 번째로 접한 것은 정명기본A「김희경전」이다. 비록 낙질본이긴 했지만, 필사된 내용만 보더라도 앞서 읽은 두 이본과는 적지 않은 차이를 보였던 것으로 기억한다.

이와 같이 저자는 「김희경전」에 대한 연구를 시작하기 전에 내용이 조금씩 다른 이본을 세 번 읽을 기회를 가졌다. 물론 그땐 그 다른 것에 대하여 전혀 관심을 두지 않았지만, 언젠가 반드시 이 작품을 연구해 보리라고 다짐을 두기는 했었다. 그 후 저자는 근래에 와서 「김희경전」의 이본을 하나씩 수집하면서, 그때그때 중요하다고 판단되는 이본의 특징과 가치를 밝히는 논문을 지속적으로 발표해왔다. 그런데 이본 연구라는 것이 본래 수집된 이본 수가 늘어날수록 해석과 판단의 일부가 번복되거나 수정되기 마련인데, 저자 또한 이런 국면에 처해 혼선을 겪어왔다.

「김희경전」의 이본에 관한 저자의 그간 논문을 목록으로 제시하면 다음과 같다.

■ 「국립중앙도서관본 「김상서전」의 자료적 가치」, 『한국문학논총』 44, 한국문학회, 2006,
■ 「성대본 「김상서전」의 생성요인과 자료적 가치」, 『어문학』 94, 한국어문학회, 2006.
■ 「「김희경전」의 이본 계열과 텍스트 확정」, 『어문연구』 53, 어문연구학회, 2007.
■ 「「김희경전」 원전 재구」, 『한국문학논총』 제65집, 한국문학회, 2013.
■ 「숙대본A 「김희경전」의 이본적 가치」, 『한국문학논총』 68, 한국문학회, 2014.
■ 「숙대본A를 활용한 「김희경전」의 정본 구축 방안」, 『어문학』 132, 한국어문학회, 2016.

「김희경전」의 이본에 관한 저자의 기존 논문을 비판적으로 성찰하면서 적지 않은 오류와 미흡함을 발견하게 되었다. 이본을 수집하는 과정에서 개별 이본의 특징과 가치를 밝히는 소논문을 거듭 발표하다보니 내용이 중복되고 주장의 일부가 번복되기도 했다. 이제 「김희경전」의 이본 수집이 일단락되고 이에 대한 연구도 마무리되고 보니, 결코 가볍지 않은 부끄러움과 후회가 남는다. '결자해지'라고, 그 부끄러움과 후회를 조금이라도 만회하기 위해 마무리가 필요하다고 생각했다.

COVID-19 팬데믹으로 전 세계가 몸을 움츠리고 있는 때에 이런 재미없는 책을 낸다는 것이 무슨 의미가 있을지 의문이다. 하지만 혹시라도 이 책을 찾아주실 분들과 「김희경전」을 매개로 조금이나마 소통할 수 있기를 희망하며 무모한 용기를 냈다.

본서는 저자의 기존 논문을 단순히 모은 것이 아니라 새롭게 집필했다. 기존 논문을 깁고 손질하는 것보다 그편이 낫다는 판단을 했기 때문이다. 그렇다고 해도 기존 논문의 관점과 주장은 그대로 계승하여 논의를 가다듬고 오류를 바로잡았으며, 새로 수집된 이본까지 모두 포괄하여 이본 검토와 원전 복원에 더욱 공력을 쏟았다. 부족하지만 「김희경전」의 이본에 관한 저자의 논문을 활용할 때는 반드시 본서를 참고해주기 바란다.

저자가 지금까지 학문을 할 수 있었던 가장 큰 원동력은 가족의 사랑과 관심이다. 구순이 넘도록 자식 걱정으로 일관하시는 양가의 부모님께 이

책이 작은 기쁨이 되었으면 좋겠다. 자신보다 못난 남편을 먼저 챙기는 아내에게 늘 고마움을 느끼며, 성큼 자란 아들에게도 사랑한다는 말을 전하고 싶다.

마지막으로 부족한 글인데도 흔쾌히 출판을 허락해주신 국학자료원 정찬용 사장님과 그럴 듯한 책으로 만들어 주신 국학자료원 편집부에 진심으로 감사드린다.

2022년 2월

정준식

차례

제1부

「김희경전」의 이본_{異本}과 원전_{原典} 연구

Ⅰ. 서론

1. 연구목적

「김희경전」은 김희경전 · 김상서전 · 김씨효행록 · 금환기봉 · 장씨 효행록 · 여중호걸 · 여자충효록 등의 제명이 혼용될 정도로 조선후기에 널리 알려진 작품이고, 그 형성시기도 18세기 말쯤으로 추정된다. 활자본 시대에는 11회 이상 출간될 정도로 독자들에게 적지 않은 인기를 끌었던 것으로 보인다.[1] 이처럼 「김희경전」은 「홍계월전」, 「이대봉전」, 「방한림전」 등과 함께 조선후기 여성영웅소설의 대표작으로 알려져 왔다. 그런데도 이 작품에 대해서는 아직 충분한 논의가 이루어지지 않은 것이 사실이다. 「김희경전」은 여성영웅소설 중에서도 이본 간의 차이가 분명하여 다양하게 해석될 여지가 충분한데도, 기존 연구에서는 이 점이 간과된 채 간간이 활자본 중심의 논의만 있었던 게 고작이다.[2] 따라서 「김희경전」에 대한 본격적인 작품론을 위해서는 이본

---

1) 이주영, 『구활자본 고전소설 연구』, 월인, 1998, 107쪽.
2) 김만은이 1995년에 「김희경전」 이본 14종을 본격적으로 검토하여 그 차이를 밝히

연구와 원전 탐색이 선행될 필요가 있다. 선본 확정이 없는 작품론은 자칫 사상누각이 될 우려가 있기 때문이다.

필자가 지난 수년간 「김희경전」의 이본을 수집·검토하였으나, 26종 가운데 연구 대상으로 삼을 수 있을 만큼 원전의 서사를 온전히 갖춘 이본은 찾을 수 없었다. 활자본을 연구 대상으로 삼던 기존의 관행을 반성하고 장편 필사본에 관심을 갖게 된 것은 다행한 일이지만, 아직 이 작품에 대한 이렇다 할 작품론 하나 없는 것은 결코 바람직하지 않다. 따지고 보면 이게 다 기초 연구의 부실이 초래한 결과이므로, 무엇보다 「김희경전」의 이본과 원전에 대한 연구가 절실하다.

이런 문제의식 하에 필자는 지난 10여 년간 「김희경전」의 이본을 수집하면서 간간이 주요 개별 이본의 가치를 짚어보는 논문을 발표해왔다.[3] 하지만 이들은 이본 수집이 어느 정도 완료된 상태에서 제출된 것이 아니라 그때그때 바쁘게 작성되다보니 적지 않은 오류와 한계를 노출할 수밖에 없었다. 그리고 이본을 계속 추가하면서 논의를 지속한 탓에 일부 내용의 중복과 기존 주장의 부분적 수정이 불가피했다. 이로 인해 필자의 주장을 명료히 전달하지 못하고 혼란을 야기한 면이 없지 않다.

이에 본서는 수집된 이본 26종을 대상으로 삼아 「김희경전」의 이본 실상을 최종적으로 재검토하여 계열을 설정하고, 초기 계열의 완질본을 대상으로 원전을 탐색하여, 향후 이 작품의 연구에 필요한 텍스트를 제공하는 것을 목적으로 삼는다.

기 전까지 모든 연구자들이 1914년에 간행된 활자본 「여자충효록」이나 1917년에 간행된 활자본 「김희경전」을 논의 대상으로 삼았다. 김만은, 「「김희경전」의 서술구조 변용연구」, 부산대 석사학위논문, 1996.

3) 총 6편의 논문을 발표했는데 이에 관해서는 연구사 검토에서 자세히 검토될 것이다.

2. 연구사 검토

「김희경전」의 이본 연구는 1995년 김만은에 의해 시작되었다.[4] 그는 이본 14종을 검토하여 서술구조의 변용이 독자의 기대지평과 깊은 연관이 있다고 보았다. 즉 「김희경전」이 처음에는 남성독자의 기대지평을 반영한 작품이었는데 후대로 전승되면서 여성독자의 기대지평을 반영하다보니 그에 따른 서술구조의 변용이 수반되었다는 것이다. 이는 「김희경전」의 이본이 두 계열로 존재했다는 사실을 처음으로 확인한 점에서 중요한 의미를 갖는다.

그런데 그의 주장은 「김희경전」이 처음에는 남성영웅소설의 영웅담을 근간으로 삼았다가 나중에 결연담이 확대되면서 여성영웅소설로 변모되었다는 인식이 전제되어 있다. 하지만 최근 논의를 보면 결연담이 확대된 이본이 오히려 원전 계열일 가능성이 높기 때문에 이본 변모의 원인을 독자의 기대지평이 아닌 다른 쪽에서도 적극 모색할 필요가 있다. 물론 이 논문은 애초부터 이본 연구를 목적으로 한 것이 아니고 수집한 이본 수도 적었기 때문에 계열을 나누고 선본을 가려내는 데까지는 이르지 못했다.

필자는 근래 「김희경전」의 이본을 수집하여 그 실상을 밝히는 작업을 몇 차례 지속한 바 있다. 성대본을 발굴하여 이 이본이 활자본A의 저본이 되었음을 밝혔고[5], 수집된 21종의 이본을 대비하여 정명기본 계열, 국중본 계열, 성대본 계열로 나누고 그 선후를 추정하였다.[6] 정

---

4) 김만은, 「「김희경전」의 서술구조 변용연구」, 부산대 대학원 석사논문, 1995.
5) 정준식, 「성대본 「김상서전」의 생성요인과 자료적 가치」, 『어문학』 94, 한국어문학회, 2006.
6) 정준식, 「「김희경전」의 이본 계열과 텍스트 확정」, 『어문연구』 53, 어문연구학회, 2007.

명기본 계열과 국중본 계열은 장편의 분량을 지니고 있지만, 국중본 계열이 정명기본 계열에 비해 생략, 변개, 부연의 흔적을 분명히 보이므로 정명기본 계열이 국중본 계열보다 먼저 생성된 것으로 보았고, 성대본 계열은 두 계열보다 후대에 생성된 것으로 보았다. 이를 토대로 '정명기본 계열은 원전의 서사를 계승한 초기이본의 성격을 지니고 있고, 국중본 계열은 원전의 서사를 부분적으로 생략, 변개, 부연한 중기이본의 성격을 지니고 있으며, 성대본 계열은 정명기본 계열과 국중본 계열을 교직하고 김희경과 이소저의 결연 과정을 다룬 후반부를 통째로 생략한 후기이본의 성격을 지닌 것'[7]으로 추정하였다.

필자는 또한 후속 연구에서 「김희경전」의 원전이 장편 계열이고 영웅담보다 결연담이 서사의 핵심을 이루고 있음을 밝혀 「김희경전」이 장편 여성영웅소설의 정착을 선도한 것으로 추정하였다.[8] 즉 「김희경전」은 초기 여성영웅소설 「설저전」, 「이현경전」의 영웅담 구조와 재자가인소설 「홍백화전」, 「창선감의록」 등의 결연담 구조를 교직하여 장편 여성영웅소설만의 독특한 구조와 미학적 기반을 갖추었을 뿐 아니라 이를 「육미당기」에 물려줌으로써 장편 여성영웅소설의 정착 및 전개과정에서 중요한 역할을 한 것으로 보았다.

강승묵은 필자의 주장에 반론을 제기하면서 「김희경전」의 이본을 '한중연본 유형'과 '성균관대본 유형'으로 분류하였다.[9] 이렇게 두 유형으로 나누는 근거로 후반부의 핵심인 '이소저의 남장 행적' 유무를 들었다. 그는 필자가 원전의 서사를 계승한 것으로 본 '정명기본 계열'이

---

7) 정준식, 앞의 논문, 273쪽.

8) 정준식, 「「김희경전」과 「육미당기」의 상관성」, 『한국문학논총』 48, 한국문학회, 2008.

9) 강승묵, 「「김희경전」 異本의 존재양상 연구」, 성균관대 석사학위논문, 2013.

전반부・중반부・후반부가 별도로 존재하는 여러 낙질본을 임의로 조합하여 설정한 것으로, 전체 서사를 확인할 수 없는 이본을 대상으로 한 논의는 성립될 수 없다고 하였다.[10] 다시 말해 낙질본과 완질본을 비교하는 것 자체를 모순으로 간주하여 '정명기본 계열'의 존재가능성을 강하게 부인한 것이다. 그러나 강승묵의 주장에는 모순이 있다. 그는 완질본과 다른 낙질본만의 특징들을 세밀하게 파악하고서도 그가 발굴한 숙대본A에도 그 특징적인 내용이 고스란히 담겨있다는 사실을 간과했다. 이처럼 '정명기본 계열'의 존재가능성을 인정하지 않던 강승묵에 의해 그 가능성을 확실하게 입증할 수 있는 숙대본A가 소개되었으니, 스스로 자기모순에 빠진 격이라 할 수 있다.[11] 숙대본A의 발굴로 그동안 낙질본을 근거로 추정할 수밖에 없었던 원전 계열의 이본이 실제로 전승되어 온 사실이 명확히 확인되었다. 그런데 지금까지 수집된 완질본 10종은 모두 부분적 결함을 지니고 있으므로 엄정한 연구를 위해서는 객관성이 보장될 수 있는 원전의 복원이 필요하다. 이에 필자는 최근 숙대본A를 핵심 자료로 삼고 원전 계열의 낙질본을 보조 자료로 삼아 「김희경전」의 정본 구축을 시도한 바 있다.[12]

그런데 근래 필자가 지속한 이본 연구는 새로운 이본을 단계적으로 수집하는 와중에 간헐적으로 이루어진 탓에 간혹 선본(善本)이 발굴될 때마다 일부 계열 명칭이 변경되는 과정을 거쳤음을 밝혀둘 필요가 있다. 먼저, '정명기본 계열'을 '김동욱본 계열'로 수정하였다. 처음 「김희경전」의 초기 계열을 파악할 때에는 이에 해당되는 완질본이 없어서

10) 강승묵, 앞의 논문, 11-12쪽 및 21-22쪽.
11) 이에 대해서는 필자가 다음 논문에서 상세히 지적한 바 있다. 정준식, 「숙대본A 「김희경전」의 이본적 가치」, 『한국문학논총』 68, 한국문학회, 2014, 180쪽.
12) 정준식, 「숙대본A를 활용한 「김희경전」의 정본 구축 방안」, 『어문학』 132, 2016.

낙질본 중 전반부와 중반부, 중반부와 후반부의 연계성이 확인되는 정명기본A와 B를 통해 국중본 계열과는 다른 장편 이본의 존재를 추정할 수 있었다. 그런데 이후 김동욱본A·D·F가 각기 「김희경전」의 전반부·중반부·후반부의 내용을 정명기본A·B보다 온전히 지니고 있음이 확인되었다. 이에 따라 '정명기본 계열'을 '김동욱본 계열'로 정정하게 된 것이다.[13] 다음, '국중본 계열'을 '국중본A 계열'로 정정한 것은 국립중앙도서관 소장본이 144장본(국중본 A) 외에 44장본(국중본 B)이 존재하고 있음이 확인[14]되었기 때문이다. 마지막으로 '김동욱본 계열'을 '숙대본A 계열'로 정정한 것은 강승묵에 의해 숙명여자대학교 중앙도서관에 소장된 「김희경전」 이본 2종이 소개된바[15], 그 가운데 숙대본A로 명명된 180장본이 원전의 서사를 계승한 유일한 완질본으로 확인되므로 초기 계열을 '김동욱본 계열' 대신 '숙대본A 계열'로 명명하게 된 것이다.

이상과 같이 「김희경전」의 이본에 대한 연구는 90년대 중반에 시작되고 2000년대에 와서 본격화되었다. 그간 지속된 논의에 힘입어 「김희경전」의 이본이 초기 계열, 중기 계열, 후기 계열로 나뉜다는 사실은 명확히 확인된 셈이다. 그런데 이러한 문헌학적 사실과 달리 이 작품에 대한 기존 연구는 후기 계열에 속하는 활자본을 중심으로 이루어졌기

---

13) 정준식, 「「김희경전」 원전 재구」, 『한국문학논총』 65, 한국문학회, 2013, 93-96쪽.
14) 정준식, 「숙대본A를 활용한 「김희경전」의 정본 구축 방안」, 『어문학』 132, 2016, 147쪽.
15) 숙명여대 중앙도서관 소장본 「김희경전」은 180장본과 127장본이 있는데, 이는 각기 숙대본A와 숙대본B로 명명되고 있다. 두 이본 중 숙대본A는 기존 논의에서 원전을 계승한 초기 계열에 해당된다. 기존 논의에서 필자는 초기 계열에 해당되는 완질본이 없어서 김동욱본A·D·F를 조합하여 원전의 서사를 재구한 바 있다. 그런데 숙대본A의 발굴로 원전의 면모가 분명히 드러났기 때문에 초기 계열을 '숙대본A 계열'로 명명하게 된 것이다.

때문에 원전을 고려한 연구와는 거리가 있고, 그나마 「김희경전」에 대한 개별 작품론은 매우 드물다.16) 사정이 이러하므로 「김희경전」에 대한 본격적인 연구를 위해서는 수집된 이본을 종합적으로 재검토하여 계열을 나누고 타당한 정본을 구축할 필요가 있다.

3. 연구 방법과 내용

본서는 「김희경전」의 이본을 면밀히 검토하여 계열을 나누고, 초기 계열의 완질본을 중심으로 원전을 복원하여 그 결과물을 부록으로 제공하는 데 목적을 둔다. 이와 같은 목적을 달성하기 위해 본서에서는 다음과 같은 방법과 내용으로 논의를 진행할 것이다.

먼저 본서의 연구방법으로는 이본의 차이를 효과적으로 도출하기 위해 생략, 변개, 부연, 지속이라는 네 개의 개념을 설정하여 활용하고자 한다. 수집된 대부분의 이본이 생성 연대를 알 수 없는 것이기 때문에 완질본 10종을 면밀히 대조하여 모든 이본이 공통적으로 지닌 서사의 내용을 '지속'으로 규정한다. 원전의 서사가 변화 없이 후대로 지속되었다는 의미이다. 이본 간의 차이가 확인되는 경우 동일한 대목에서 내용의 차이를 보이면 어느 것이 '지속'이고 어느 것이 '변개'인가를 판별하는 것이 무엇보다 중요하다. 동일 패턴을 보이는 이본의 수가 많고, 필사시기가 앞서며, 디테일의 변화가 없거나 적은 이본을 '지속'으로 규정한다. 지속은 모든 이본에 공통적으로 수용되어 있는 내용을, 변개는 원전 서사의 일부가 의도적으로 달라지는 것을 의미한다. 주로

16) 김만은의 앞 논문을 제외하면 다음 두 편의 개별 논문이 있을 뿐이다. 임재해, 「「김희경전」에서 문제된 고난과 만남」, 『영남어문학』 6, 영남어문학회, 1979 ; 김대명, 「「김희경전」에 나타난 인물형상 연구」, 충북대 교육대학원 석사학위논문, 2009.

특정 장면을 약간 다르게 그려내는 경우가 많다. 부연은 원전에 없던 서사 내용이 후대에 덧붙은 경우를 의미한다. 특정 상황이나 장면이 새로 만들어진 것으로 판단되면 부연으로 볼 수 있다. 생략은 대부분의 이본에 나타나는 내용이 개별 이본 몇 종에만 수용되지 않은 경우를 말한다.

이와 같이 본서에서는 「김희경전」의 이본을 지속, 변개, 부연, 생략의 네 가지 기준에 따라 분류하여 계열을 설정하고자 한다. 이들 네 가지는 필사자의 의도와 판단과 선택이 개입된 결과이기 때문에, 여러 이본이 특정 대목에서 동일한 패턴을 보이면 이들을 묶어 동일 계열로 분류할 수 있다. 물론 이본을 분류하고 계열을 나누는 데는 딱히 정해진 기준이 없고 정하기도 어렵다. 「김희경전」의 경우 26종의 이본을 면밀히 대조한 이후 귀납적으로 생각해보니 지속, 변개, 부연, 생략의 네 가지 기준으로 분류하는 것이 적절해 보인다. 물론 '지속'에 해당되는 내용이 가장 많기 때문에, 실제로는 생략, 변개, 부연의 세 관점에서 이본 간의 차이를 검토하고 계열을 분류하는 것이 효과적이라고 판단된다.

「김희경전」의 이본을 검토하고 원전을 탐색하기 위해 본서는 다음과 같은 순서로 논의를 진행하기로 한다.

II장에서는 「김희경전」의 이본 현황을 종합적으로 검토한다. 「김희경전」, 「금환기봉」, 「김상서전」 등의 이칭을 지니고 있는 개별 이본들을 수집하여 정리하고, 완질본과 낙질본을 구별하여 각 이본의 서지사항과 개별적 특징을 살피도록 한다. 이본은 총 26종인데, 완질본으로 필사본 8종과 활자본 2종이 있고, 낙질본으로 필사본 16종이 있다. 이들의 현황을 종합적으로 살핌으로써 「김희경전」의 문헌적 특징과 유통 상황을 밝힐 것이다.

III장에서는 「김희경전」의 이본 계열을 나눈 후 계열별 특징과 선후를 가리고 각 계열별 선본의 가치를 밝히도록 하겠다. 「김희경전」의 이본은 후반부의 핵심을 이루고 있는 '이소저의 남장 행적'의 유무에 따라 '장편 계열'과 '단편 계열'로 나눌 수 있다. 그리고 이들은 다시 생략, 변개, 부연의 방식에 따라 장편 계열은 '숙대본A 계열'과 '국중본A 계열'로 나뉘고, 단편 계열은 '성대본 계열'과 '서울대본 계열'로 나뉜다. 네 계열은 그들끼리 유형화된 서사 방식을 보이면서 다른 계열과는 뚜렷한 차이를 보이는데, 계열 간의 차이와 선후관계를 밝혀 「김희경전」의 작품세계가 변모된 양상을 이해할 수 있게 하겠다.

　Ⅳ장에서는 「김희경전」의 서사적 결함을 일일이 확인하고 그 해결책을 모색하면서 자연스럽게 원전을 복원하도록 하겠다. 이와 관련하여 필자는 최근 「김희경전」의 정본 구축 방안을 탐구하고도 아직 그 결과물을 제공하지 못한 실정이다. 이렇게 된 원인은 학술논문의 제약으로 충분한 논의를 펴지 못했기 때문이고, 정본 구축 작업에 몰두할 시간적 여유가 좀 더 필요했기 때문이다. 이제 이런 제약을 극복하기 위해 본장에서 「김희경전」의 원전을 복원하고 그 결과물을 부록으로 제공할 것이다. 복원된 원전은 향후 「김희경전」 연구에 바람직한 텍스트로 활용될 수 있을 것이다.

　Ⅴ장에서는 복원된 「김희경전」 원전의 장편화 전략을 살피도록 하겠다. 본서에서 가장 심혈을 기울여 논의한 것은 두 가지이다. 「김희경전」이 애초에 장편으로 창작되었음을 밝히는 것과 남아 있는 이본이 모두 결함을 지니고 있으니 원전을 복원하겠다는 것이다. Ⅲ장이 장편 창작설을 입증하는 것이라면 Ⅳ장은 원전을 복원하는 작업이다. 이를 토대로 Ⅴ장에서는 복원된 원전이 여타 여성영웅소설과 달리 장편의 분량을 지닐 수 있었던 계기가 무엇인지, 작가의 장편화 전략을 살펴볼

것이다. 「김희경전」의 분량을 늘리는데 활용된 전략으로 동일서사의 반복과 줄거리 요약, 장면의 축조, 시비의 역할 확대라는 항목을 설정하고, 이를 중심으로 서사가 확대된 양상을 검토할 것이다.

Ⅵ장에서는 장편 여성영웅소설로서 「김희경전」이 갖는 의미를 짚어볼 것이다. 최근 학계의 일각에서 「김희경전」은 「부장양문록」, 「하진양문록」, 「육미당기」 등과 함께 장편 여성영웅소설로 분류되고 있다. 「김희경전」은 「부장양문록」의 서사를 계승하여 장편 여성영웅소설의 정착을 선도했을 뿐 아니라 「육미당기」의 창작에도 직접적인 영향을 끼쳤음을 구체적 근거를 통해 밝히고자 한다. 그리고 장편으로 창작된 「김희경전」은 「홍계월전」으로 대표되는 단편 여성영웅소설과는 별도의 계보를 형성하며 동일한 시기에 공존하다가 분량이 축소되는 변모를 겪었는데, 그것이 갖는 의미가 무엇인지 아울러 검토하기로 한다.

이상과 같이 본서는 주로 「김희경전」의 이본에 논의를 집중하여 계열별 특징과 차이를 확인하고, 원전을 복원하여 결과를 제공함으로써 향후 이 작품을 본격적으로 연구할 수 있는 토대를 마련하고자 하는 것이다.

II. 「김희경전」의 이본 현황

「김희경전」은 김희경과 장설빙의 만남·이별·고난을 다룬 전반부, 김희경과 장설빙의 입신·영웅적 활약·혼인을 다룬 중반부, 김희경과 이소저의 만남·이별·혼인을 다룬 후반부로 이루어져 있다. 필자가 수집한 이본 26종 가운데 완질본은 10종에 불과하고 나머지 16종은 낙질본이다. 완질본 10종 중에서 전반부·중반부·후반부를 모두 갖춘 이본이 4종이고, 전반부·중반부만으로 된 이본이 6종이다. 이에 따라 본서에서는 편의상 완질본 10종 가운데 전반부·중반부·후반부를 모두 갖춘 숙대본A, 국중본A, 한중연본A, 고대본A를 '장편 이본'으로, 전반부·중반부만으로 완결된 성대본, 충남대본, 서울대본, 숙대본B, 활자본A, 활자본B를 '단편 이본'으로 명명하고자 한다.

「김희경전」의 이본 현황을 검토하기 위해 전체 이본을 포괄한 통합 줄거리를 제시하면 아래와 같다.

1. 김정 부부가 늦도록 자식이 없어 근심하다가 석부인과 함께 부처님께 발원 후 태몽을 얻고 희경을 낳는다.
2. 김희경이 장성하자 과거와 취처를 위해 경성의 외숙 댁으로 가다가 형초 객점에서 우연히 장설빙을 보고 흠모한다.
3. 장자영 부부가 늦도록 자식이 없어 근심하다가 태몽을 얻고 설빙을 낳는다.
4. 장설빙이 8세 때 모친 정씨가 병으로 죽고, 15세 때 부친 장자영이 소인의 참소로 북해에 유배된다.
5. 장설빙이 부친의 명에 따라 탁주의 외숙 댁으로 가다가 형초 객점에서 우연히 희경을 보고 흠모한다.

6. 장설빙의 시비 영춘의 주선으로 김희경과 장설빙이 몰래 만나 가연을 맺고 신물을 교환한 후 헤어진다.

7. 장설빙이 김희경과 이별한 뒤 즉시 남복 차림으로 탁주로 갔으나 외숙은 이미 죽고 외숙모는 조카를 따라 다른 곳으로 이사 간 뒤라서 소재를 알지 못한다.

8. 장설빙이 부친을 만나기 위해 적소인 북해로 가니 부친이 이미 작고하여 땅에 묻혔으므로, 북해 노인 소참정의 도움으로 부친의 시신을 고향 청주로 모셔와 선산에 안장하고 삼년상을 지낸다.

9. 장설빙이 청주를 떠나 김희경을 찾기 위해 하남, 영천으로 다니다가 실패하고 유모 설낭, 시비 영춘과 함께 강물에 투신한다.

10. 장설빙이 전 참지정사 이영에게 구출된 후 '장수정'으로 변성명하고 그의 집에 머물며 과거준비를 하다가 이영의 권유로 그의 딸 이소저와 혼약한다.

11. 김희경이 장설빙과 이별하고 경성으로 가다가 파과소식을 듣고 귀가하여 부모에게 장설빙을 만나 혼약한 사실을 말한 뒤 허락을 받고 장설빙을 찾아 탁주로 갔으나 만나지 못하고 돌아와 상사병이 든다.

12. 김희경이 다시 장설빙을 찾아 북해로 갔다가 결국 만나지 못하고 돌아오는 길에 강가의 바위에 새겨진 장설빙의 유서를 발견하고 통곡한 후 그녀를 위해 정성껏 제를 지낸다.

13. 김희경이 부모의 바람에 따라 혼처를 구하고 과거에 응시하기 위해 경성의 외숙 댁으로 가니 외숙 석태위가 최승상의 딸을 천거한 후 김희경의 부탁으로 그녀의 자색을 몰래 엿볼 계책을 세운다.

14. 김희경이 석태위의 주선으로 최승상의 생일잔치에 여장하고 초대되어 가서 최소저 앞에서 거문고를 타며 자색을 엿보는데 최소저가 <봉구황곡>을 듣고 황겁히 자리를 피한 후 거문고 타던 악사가 여장한 남자일 것으로 의심하고 최승상에게 말한다.

15. 최승상이 다음 날 석태위의 집으로 가서 딸의 말이 사실임을 확인하고 그와 더불어 김희경과 최소저의 결혼을 약속한다.

16. 김희경과 장설빙이 과거에 응시하여 함께 장원으로 급제한 후 김희경이 장설빙을 보고 의아해하자, 장설빙은 자신을 장설빙의 오라비 '장수정'으로 속여 말하며 어릴 때 남의 손에 맡겨져 누이동생이 있는 줄 몰랐다고 한다.

17. 장설빙이 부친을 신원하고 부모의 신위를 경성으로 모셔오는 길에 이참정의 집으로 가서 참정이 이미 작고한 사실을 알고 후일 참정부인과 이소저를 모셔가기로 약속하고 경성으로 돌아온다.

18. 김희경이 최씨 부인과 함께 죽은 장설빙을 위해 제를 지내는 것을 보고 장설빙이 마음속으로 유신군자라며 감탄하지만, 이미 김희경이 결혼한 것을 알고 남장 생활을 계속하기로 결심한다.

19. 장설빙이 북해에서 부친의 시신을 고향으로 운구할 때 도움을 준 북해 노인 소참정을 신원하고 그의 부인을 경성으로 모셔와 친모처럼 섬긴다.

20. 장설빙이 문재를 인정받고 연왕의 태부가 되어 사제의 도로 성심껏 가르치는데, 어느 날 연왕이 스승을 보고 도망가자 장설빙이 즉시 그를 잡아들여 20도를 달초하며 엄히 꾸짖으니 그 후로는 스승을 두려워한다.

21. 나라에 일이 없어 태평한 때에 느닷없이 어떤 사람이 장설빙에게 나타나 보검과 병서를 주고 가자 장설빙은 이날부터 틈나는 대로 병서와 무예를 익힌다.

22. 국구 유렴이 위국 왕으로 간 뒤 한 번도 입조하지 않자 천자가 죄를 묻기 위해 사신을 보냈는데 위국 왕이 화를 내며 사신을 죽인 뒤 남경국(형국)과 합세하여 반란을 일으킨다.

23. 장설빙과 김희경이 자원출정을 청하니 천자가 장설빙을 대원수(수륙병마도총독)로, 김희경을 부도독(위도안찰사)으로 삼아 즉시 출정하게 한다.

24. 김희경(장설빙)이 위국 왕과 싸우다가 죽을 위기에 처하자, 장설빙(김희경)이 필마단기로 달려가 김희경(장설빙)을 구출한다.

25. 장설빙과 김희경이 합세하여 위국과 남경국(형국)의 왕을 죽이

고 양국의 항복을 받음으로써 반란을 평정하고 귀환한다.

26. 천자가 장설빙과 김희경의 전공에 보답하기 위해 장설빙을 청주
    후에 봉하고 김희경을 하람후에 봉한다.

27. 천자가 장설빙과 김희경을 부마로 간택하여 장설빙과 애월공주,
    김희경과 영월공주를 결혼시키려 한다.

28. 장설빙이 고민하다가 천자에게 상소하여 자신의 남장 사실을 낱
    낱이 실토하고 죄를 청하니 천자가 태학사의 직위는 그대로 두
    고 대사마의 직위는 여자에게 불가하다며 거둔다.

29. 김희경이 천자에게 상소하여 지난날 자신과 장설빙이 혼약한 사
    실이 있음을 고하고, 설빙에게도 편지하여 자신과 혼인해 줄 것
    을 간곡히 요청하지만 설빙이 이를 거절한다.

30. 두 사람이 옥신각신하던 끝에 천자의 주혼으로 김희경과 장설빙
    ·영월공주가 한날한시에 결혼한다.

31. 가족이 함께 모여 현구고례를 하던 중 천자가 특별히 교지를 내
    려 세 부인(최부인, 장설빙, 영월공주)의 서차를 정해준다.

32. 세 부인이 상화루에 모여 지난 일을 담소하며 시를 지어 읊으며
    즐기는데, 병풍 뒤에 숨어 그 광경을 몰래 엿보던 김희경이 그들
    앞에 불쑥 나타나 시의 고하를 평론하다가 세 부인의 질책을 받
    고 무안하여 물러간다.

33. 장설빙이 이참정의 은혜를 생각하고 사람을 보내 종적을 탐지하
    니, 참정 부인은 이미 작고하고 이소저는 의지할 데가 없어 정처
    없이 집을 나갔다고 한다.

34. 이소저가 참정 부인의 삼년상을 마친 후 참정부인의 유서를 금
    낭에 숨기고 남장을 한 채로 장설빙을 찾기 위해 경성으로 간다.

35. 이소저가 경성에 가서 장설빙의 종적을 탐지하니, 그가 과거에
    급제하고 나라에 공을 세운 뒤 남장 사실을 밝히고 부마도위 김
    희경의 상원부인이 되었다고 한다.

36. 이소저가 도로에서 방황하다가 우연히 퇴궐하던 김희경을 만나
    자신을 '이위'로 속여 말한 뒤 김희경의 제의로 함께 부마궁으로

가서 후원 서당에서 지낸다.

37. 어느 날 이소저가 장설빙의 통곡 소리를 듣고 연유를 물으니, 참정 부인의 죽음과 이소저의 종적을 알 수 없어 슬피 운다고 하자, 이소저가 몰래 장설빙의 신의에 탄복한다.

38. 이소저가 김희경과 함께 종남산으로 봄놀이를 갔다가 돌아와서 금낭을 잃어버린 사실을 뒤늦게 알고 종적이 탄로될까 염려하여 몰래 궁을 나가 도망한다.

39. 부마궁을 나온 이소저가 산중에서 밤을 지내다가 꿈에 남두노인성으로부터 부적과 환약을 얻고 나중에 그것으로 죽은 사람을 살리라는 지시를 받는다.

40. 장설빙이 후원 서당에서 금낭을 발견하였는데, 그 속에 들어있던 이참정 부인의 유서를 통해 부마궁 서당에 거처하던 '이위'가 이참정의 딸임을 짐작하고 몰래 사라진 것을 안타까워한다.

41. 소참정 부인이 갑자기 병이 들어 위중해지자 장설빙이 급히 가서 구하려 했지만 힘이 미치지 못하여 이미 소참정 부인이 죽으니 장설빙이 슬피 통곡한다.

42. 산을 내려온 이소저가 곡소리 나는 곳을 찾아갔다가 갑자기 죽은 소참정 부인에게 급히 부적을 붙이고 환약을 먹여 살려낸다.

43. 이소저가 소참정 부인 및 장설빙과 이야기를 나누다가 할 수 없이 자신의 신분을 밝히고 참정 부인과 모녀지정을 맺고 장설빙과는 자매지정을 맺는다.

44. 장설빙이 이소저의 은신처를 마련해 주고 사람을 시켜 이참정 부부의 신위를 경성으로 모셔오게 하여 사당을 세워주니 이로부터 이소저가 편안한 일상을 보낸다.

45. 하남이 흉흉해지자 김희경이 하남안찰사로 내려가서 민심을 수습하고 돌아오는 길에 여남에 들러 이소저의 옛 노비로부터 이참정 댁의 내막을 자세히 들은 뒤 '이위'가 곧 이소저임을 알게 된다.

46. 이소저가 혼인하지 않고 혼자 살겠다고 고집하니 그의 시비 설앵이 몰래 장설빙을 찾아가 이소저의 장래를 걱정하자, 이를 들

은 영월공주가 천자의 허락을 얻어온다.

47. 천자의 주혼으로 김희경과 이소저·애월공주가 한날한시에 결혼한다.

48. 가족이 함께 모여 현구고례를 하던 중 천자가 특별히 교지를 내려 두 부인(이소저, 애월공주)의 서차를 정해준다.

49. 김희경이 5부인의 권유로 장설빙의 시비 영춘과 이소저의 시비 설앵을 첩으로 삼는다.

50. 김희경이 노년에 사직하고 5부인 2첩과 화락한 삶을 누리는데, 갑자기 장설빙에게 선동이 나타나 보검과 서책을 거두어 간다.

51. 김희경과 5부인 2첩 사이에 9자 7녀가 태어났는데, 모두 권세가의 자녀들과 결혼하여 부귀영화를 누린다.

52. 하루는 김희경과 5부인 2첩이 한 자리에 모여 지난 일을 담소하며 지내다가 하늘의 부름을 받고 일시에 승천한다.

「김희경전」의 통합 줄거리는 수집된 이본 26종 가운데 완질본 10종을 모두 포괄할 수 있게 추출한 것이다. 물론 완질본 10종 가운데 1-52번까지 모두 갖춘 이본은 하나도 존재하지 않는다. 그 까닭은 작품이 후대로 필사되는 과정에서 필사자의 성별, 성향, 의도 등에 따라 원전의 서사가 부분적으로 생략, 변개, 부연되는 과정을 거쳤기 때문이다.

「김희경전」의 줄거리는 크게 세 부분으로 나뉜다. 1~15번은 김희경과 장설빙의 만남, 이별, 고난을 다룬 전반부이고, 16~32번은 김희경과 장설빙의 입신, 영웅적 활약, 결혼을 다룬 중반부이고, 33~52번은 이소저의 남장 행적과 결말을 다룬 후반부이다.17) 본서에서는 전반부·중반부·후반부를 모두 지닌 이본을 장편 계열로, 전반부·중반부로만 구성된 이본을 단편 계열로 지칭하고자 한다.

---

17) 정준식, 「「김희경전」의 이본 계열과 텍스트 확정」, 『어문연구』 53, 어문연구학회, 2007, 249쪽.

「김희경전」의 이본은 36종으로 필사본이 32종이고 방각본은 없으며 활자본이 2종 간행되었다.[18] 이 작품은 활자본으로 간행된 여성영웅소설 가운데 「이대봉전」에 이어 두 번째 출간 횟수를 보일 정도로[19] 1910년대에 상당한 인기를 끌며 독자들에게 수용되었다. 「김희경전」은 이본에 따라 제명이 다양하여 '김희경전' 외에도 '김상서전, 금환기봉, 장씨효행록, 김씨효행록, 여중호걸, 여자충효록' 등이 함께 사용되어 왔다. 이는 작품을 필사한 독자들의 시각과 인식의 차이에 따라 서사 내용의 부분적 변이와 함께 나타난 결과로 볼 수 있다. 「김희경전」의 이본은 모두 국문본이고 한문본은 지금까지 확인된 바 없다.

필자가 수집한 「김희경전」의 이본은 26종이다. 북한본 5종과 출처가 불분명한 5종을 제외한 나머지 이본이 망라되었다. 이들 가운데 숙대본A, 한중연본A, 국중본A, 고대본A, 성대본, 서울대본, 숙대본B, 충남대본, 활자본A, 활자본B 등 10종은 완질본이고, 김동욱본A, B, C, D, E, F, G, H, 국민대본, 국중본B, 정명기본A, B, 단국대본, 연세대본, 한중연본 B, C 등 16종은 낙질본이다. 판본으로는 필사본이 24종이고 활자본이 2종이다.

---

18) 조희웅, 『고전소설 이본목록』, 집문당, 1999, 106-108쪽. 활자본은 4종 중 실물이 확인되는 것은 「김희경전」(1917), 「녀중호걸」(1917), 「녀ᄌ충효록」(1914)이다. 「김희경전」과 「녀중호걸」은 동일 내용을 제명만 달리해서 간행한 것이다. 따라서 활자본은 2종으로 보아야 한다.
19) 활자본으로 간행된 여성영웅소설 중 「이대봉전」은 19회, 「김희경전」은 11회 출간된 것으로 확인된다. 두 작품 외에 10회 이상 출간된 여성영웅소설이 없는 것으로 보아 「김희경전」이 1910년대에 큰 인기를 끌었음을 알 수 있다. 이주영, 『구활자본 고전소설 연구』, 월인, 1998, 107쪽.

1. 완질본 현황

1) 필사본

고대본 「김희경전(金熙敬傳)」(고대본A)

국문 필사본. 4卷 2冊으로 된 완질본이며 총 162장으로 되어 있다. 고려대학교 대학원 도서관 한적실에 소장되어 있다. 필사 상태는 양호하고 필사연대는 미상이다. 이 이본은 군담 부분에서 김희경이 위기에 처한 장설빙을 구출하는 것으로 되어 있다. 다른 이본에는 모두 이와 반대로 되어 있다. 줄거리 단락 1-52까지 필사되어 있지만, 23-25에 변개된 내용이 있다.[20]

국립중앙도서관본 「김상셔전(金尙書傳)」(국중본A)

국문 필사본. 4卷 4冊의 완질본이고 총 143장으로 되어 있으며 국립중앙도서관에 소장되어 있다. 필사 상태는 양호한 편이고 필사연대는 미상이며, 조선총독부 직인이 찍혀 있다. 이 이본은 뒤에 소개될 한중연본 「금환긔봉(金環奇逢)」(한중연본A)과 전체 서사 및 세부 묘사가 거의 동일하다. 줄거리 단락 1-52까지 필사되어 있지만, 14, 39에 생략된 내용이 있다.

서울대본 「김희경젼」(서울대본)

국문 필사본. 2권 2책으로 된 완질본이고 총 138장으로 되어 있으며

---

20) 고대본A의 이본적 특징과 가치에 대해서는 이후남, 「고려대본 「김희정전」의 이본적 특징과 가치」, 『한국고전연구』 37, 한국고전연구학회, 2017, 193-225쪽.

'권지이'만 필사되어 있다. 서울대학교 중앙도서관 한적실에 소장되어 있다. 필사 상태는 양호한 편이고, 하권 말미에 "임인 뉴월 뉴십웅서"라고 되어 있어서 1902년에 60대 남성이 필사한 것으로 추정된다. 후반부가 생략된 이본으로 숙대본B와 동일한 내용을 지니고 있다. 줄거리 단락 22~32까지 필사된 후 결말로 이어진다.

성대본 「김승셔젼」 (성대본)

국문 필사본. 2卷 2冊으로 된 완질본이고 총 112장으로 되어 있다. 성균관대학교 존경각에 소장되어 있다. 필사 상태는 양호하고 상권 말미에 "계유오월삼십일필셔 동아 희호"라고 되어 있고, 하권 말미에 "계유납월십칠일 동아는 근서"라고 되어 있다. 이로 볼 때 필사자는 '동아'이고 필사연대는 1873년으로 추정된다. 후반부가 생략된 가장 이른 시기의 이본이고 활자본의 저본이 된 것으로 추정된다. 줄거리 단락 1~32까지 필사된 후 결말로 이어진다.

숙대본 「金喜景傳」 (숙대본A)

국문 필사본. 3卷 3冊으로 된 완질본이고 총 180장으로 되어 있다. 숙명여자대학교 중앙도서관에 소장되어 있다. 필사 상태는 양호한 편이고 1권 말미에 "긔희구월쵸이일죵"이란 기록이, 3권 말미에 "경자삼월십오일죵셔 칙쥬구곡김(庚子四月十三日終書 冊主舊谷金)"이란 기록이 있다. 이로 볼 때 이 이본은 약 6~7개월에 걸쳐 필사된 것임을 알 수 있다. 강승묵은 숙대본A를 세책본으로 유통된 이본으로 보고 있다.[21] 줄거리 단

---

21) 강승묵은 숙대본A의 말미에 간기와 간소가 표기되어 있고, 마지막 장에 "德步 五十石內 四石 本房倒給□ 在四十六石 〃七十八兩二戔去入上"이라는 기록이 있는 것은, 이 이본이 세책본으로 유통된 것임을 말해주는 증거라고 하였다. 강승묵, 앞

락 1~52까지 필사되어 있지만, 후반부 곳곳에 생략된 내용이 있다.

숙대본 「김희경전(金希慶傳)」(숙대본B)

국문 필사본. 1卷 1冊으로 된 완질본이고 총 126장으로 되어 있다. 숙명여자대학교 중앙도서관에 소장되어 있다. 필사 상태는 양호하고, 작품 말미에 "乙卯 正月"로 표기되어 있어서 1915년에 필사된 것으로 추정된다. 이 이본은 서울대본, 숙대본B와 필사된 내용이 거의 같으므로, 세 이본이 동일 모본에서 파생되었을 가능성이 크다. 줄거리 단락 1~32까지 필사된 후 결말로 이어진다.

충남대본 「김희경전」(충남대본)

국문 필사본. 상·하 1冊으로 된 완질본이고 총 153장으로 되어 있다. 충남대학교 중앙도서관 고서실에 소장되어 있다. 필사 상태는 양호하고 작품 말미에 "계사"라고 되어 있어서 1893년에 필사된 것으로 추정된다. 필사된 내용은 성대본의 전체 내용과 거의 동일하다. 줄거리 단락 1~32까지 필사된 이후 결말로 이어진다.

한중연본 「금환긔봉(金環奇逢)」(한중연본A)

국문 필사본. 6卷 6冊으로 된 완질본이고 총 188장으로 되어 있다. 한국학중앙연구원 장서각에 소장되어 있다. 필사 상태는 유려한 궁체로 되어 있어서 매우 양호하고, 필사연대는 미상이다. 이 이본은 궁중에서 읽힌 것으로 궁중 예법에 저촉되는 내용이 의도적으로 생략되었다. 줄거리 단락 1~52까지 필사되어 있지만, 14, 19에 생략된 내용이 있다.

의 논문, 87-91쪽.

2) 활자본

「김희경전(金喜慶傳)」 (활자본A)

국문 활자본. 1卷 1冊으로 된 완질본이고 광문서시에서 연활자로 인쇄되었으며, 총 120면이다.[22] 1917년 11월 20일에 초판본이 간행된 이후 지속적으로 복간되었다. 완질 필사본에 비해 이소저의 남장 행적을 다룬 후반부가 생략되었고 전체 내용이 성대본과 가장 유사하다. 이 이본은 『활자본고전소설전집』 2권에 수록되어 있다. 줄거리 단락 1~32까지 인쇄된 후 결말로 이어진다.

「녀ᄌ충효록(女子忠孝錄)」 (활자본B)

국문 활자본. 1卷 1冊으로 된 완질본이고 신구서림에서 연활자로 인쇄되었으며, 총 73면이다. 1914년에 초판본이 간행된 이후 지속적으로 복간되었다. 성대본과 같이 후반부가 생략되었으나, 축약과 변개가 심한 것이 특징이다. 이 작품은 『구활자본고소설전집』 9권에 수록되어 있다.[23]

2. 낙질본 현황

고대본 「김희경전」 (고대본B)

국문 필사본. 1冊으로 된 낙질본이고 총 58장으로 되어 있으며 2卷 1

---

22) 같은 해 광문서시에서 간행된 「녀중호걸」은 이와 동일한 내용으로 표제만 달리 한 것이다.
23) 활자본 「쌍문충효록」은 「녀ᄌ충효록」을 표제만 바꾸어 간행한 것으로 추정되지만 실물을 확인할 수 없다.

册이다. 고려대학교 대학원 도서관에 소장되어 있다. 필사 상태는 앞부분만 양호하고 중반 이후부터는 악필로 되어 있다. 표지 다음 장에 "隆熙二年戊申十月三一不終"이라는 기록이 있어서 1909년에 필사된 것으로 추정된다. 줄거리 단락 1~30까지 필사되어 있다.

국립중앙도서관본 「김희경전(金義敬傳)」(국중본B)

국문 필사본. 1册으로 된 낙질본이고 총 44장으로 되어 있으며 '권지일'만 전한다. 국립중앙도서관에 소장되어 있다. 필사 상태는 매우 양호하고 필사연대는 미상이며 조선총독부 직인이 찍혀있다. 줄거리 단락 1~8까지 필사되어 있다.

국민대본 「김희경전(金喜慶傳)」(국민대본)

국문 필사본. 1册으로 된 낙질본이고 총 34장으로 되어 있으며 '권지삼'만 필사되어 있다. 국민대학교 성곡도서관에 소장되어 있다. 필사 상태는 양호하고 필사자는 미상이다. 앞표지 안쪽에 "光緒九年癸未元月日 川橋"라고 되어 있다. '光緒 九年'은 1883년이므로, 이때 필사된 것으로 추정된다. 줄거리 단락 36~52까지 필사되어 있다.

김동욱본 「김희경전」(김동욱본A)

국문 필사본. 1册으로 된 낙질본이고 총 69장으로 되어 있으며 '권지초'만 전한다. 단국대학교 율곡기념도서관 고전자료실에 소장되어 있다. 필사 상태는 양호한 편이나 첫 장과 끝 장의 가장자리가 일부 훼손되었고 필사연대는 미상이다. 줄거리 단락 1~15까지 필사되어 있다.

김동욱본 「김희경전(金喜慶傳)」(김동욱본B)

국문 필사본. 1冊으로 된 낙질본이고 총 44장으로 되어 있으며 '권지일'만 전한다. 단국대 율곡기념도서관 고전자료실에 소장되어 있다. 필사 상태는 양호한 편이고, 본문 끝에 "긔사삼월일 남곡셔"라고 되어 있어서 1869년에 필사된 것으로 추정된다. 「김희경전」의 이본 중 필사시기가 가장 앞선다. 줄거리 단락 1~14까지 필사되어 있다.

김동욱본 「김희경뎐」(김동욱본C)

국문 필사본. 1冊으로 된 낙질본이고 총 30장으로 되어 있으며 '권지이'만 전한다. 단국대 율곡기념도서관 고전자료실에 소장되어 있다. 필사 상태는 양호한 편이나 첫 장에 찢겨져 나간 부분이 있다. 본문 끝에 "隆熙二年戊申十月三日不終"이라 되어 있어서 1908년에 필사된 것을 알 수 있다. 줄거리 단락 14~22까지 필사되어 있다.

김동욱본 「김희경전(金喜慶傳)」(김동욱본D)

국문 필사본. 1冊으로 된 낙질본이고 총 50장으로 되어 있으며 '이'만 전한다. 단국대 율곡기념도서관 고전자료실에 소장되어 있다. 필사 상태는 양호한 편이고 필사연대는 미상이다. 줄거리 단락 15~33까지 필사되어 있다.

김동욱본 「김희경전」(김동욱본E)

국문 필사본. 1冊으로 된 낙질본이고 총 48장으로 되어 있으며 '권지중'만 전한다. 단국대 율곡기념도서관 고전자료실에 소장되어 있다. 필사 상태는 양호하고 필사연대는 미상이다. 줄거리 단락 22~29까지 필사되어 있다.

김동욱본 「김희경전」 (김동욱본F)

국문 필사본. 1冊으로 된 낙질본이고 총 53장으로 되어 있으며 '제삼'만 전한다. 단국대 율곡기념도서관 고전자료실에 소장되어 있다. 필사 상태는 양호하고 본문 말미에 "乙亥五月卄一日 梅陰石湖書終 冊主曺"라고 되어 있다. '石湖'라는 호를 가진 자가 1875년에 필사한 것으로 추정된다. 줄거리 단락 35~52까지 필사되어 있다.

김동욱본 「김희경전」 (김동욱본G)

국문 필사본. 1冊으로 된 낙질본이고 총 38장으로 되어 있으며 '권지하'만 전한다. 단국대 율곡기념도서관 고전자료실에 소장되어 있다. 필사 상태는 양호하고 본문 말미에 "御井 柳弘燮", "己酉七月二十二日 御井 冊主 洪白龍"이란 기록이 있다. 이로 볼 때 필사자는 '柳弘燮'이고 책주는 洪白龍이며 필사연대는 1909년으로 추정된다. 줄거리 단락 35~52까지 필사되어 있다.

김동욱본 「금환긔봉(金環奇逢)」 (김동욱본H)

국문 필사본. 2책으로 된 낙질본으로 '권지일'과 '권지삼'만 남아 있고 총 189장으로 되어 있다. 단국대 율곡기념도서관 고전자료실에 소장되어 있다. 필사 상태는 양호한 편이고 필사자는 '鄭光淳'이며 필사연대는 미상이다. 이 이본은 한중연본A 와 내용이 일치한다. 줄거리 단락 1~8까지(권지일), 16~31(권지삼)까지 필사되어 있다.

연세대본 「김희경전(金禧慶傳)」 (연세대본)

국문 필사본. 1冊으로 된 낙질본이고 총 104장으로 되어 있으며 '권지지'만 필사되어 있다. 연세대학교 학술정보원에 소장되어 있다. 필사 상태는 양호한 편이고 작품 말미에 "광무십일년정미춘정월십육일 김소계 필서"라고 되어 있다. 이로 볼 때 '김소계'라는 필사자가 1907년에 필사한 것으로 추정된다. 줄거리 단락 16~31까지 필사되어 있다.

정명기본 「김희경전(金熙慶傳)」 (정명기본A)

국문 필사본. 1冊으로 된 낙질본이고 총 52장으로 되어 있다. 정명기 교수 개인 소장본이다. 필사 상태는 보통이고 책의 말미에 "임인년 이월 이십일 등서ㅎ노라"라고 되어 있어서 필사연대는 1902년으로 추정된다. 줄거리 단락 6~30까지 필사되어 있다.

정명기본 「김희경전(金希京傳)」 (정명기본B)

국문 필사본. 2卷 1冊으로 된 낙질본이고 총 66장으로 되어 있으며 '中'과 '下'만 필사되어 있다. 정명기 교수 개인 소장본이다. 필사 상태는 좋지 않고 졸필이라 판독이 쉽지 않다. 책의 말미에 "庚戌十一月日 終 崔復得"이라고 되어 있다. 이로 볼 때 필사자는 '崔復得'으로, 필사연대는 1910년으로 추정된다. 줄거리 단락 13~52까지 필사되어 있지만, 후반부 곳곳에 생략된 내용이 있다.

한중연본 「장시효힝녹(金熙慶傳)」 (한중연본B)

국문 필사본. 1冊으로 된 낙질본이고 총 51장으로 되어 있으며 '권지사'부터 '권지팔'까지 필사되어 있다. 한국학중앙연구원 장서각에 소장되어 있다. 필사 상태는 좋지 않고 네 귀퉁이가 훼손되었으며 필사연대는 미상이다. 줄거리 단락 22~52까지 필사되어 있다.

한중연본 「金氏孝行錄」(한중연본C)

국문 필사본. 1冊으로 된 낙질본이고 총 40장으로 되어 있다. 한국학중앙연구원 장서각에 소장되어 있다. 필사 상태는 좋지 않고 네 귀퉁이가 심하게 훼손되어 내용 판독이 쉽지 않고 필사연대는 미상이다. 줄거리 단락 1~14까지 필사되어 있다.

III. 「김희경전」의 이본 계열과 선본

「김희경전」의 이본에 관한 기존 논의를 보면 전반부·중반부로만 되어 있는 이본을 성대본 계열(유형)로 분류하는 데는 이론이 없다. 하지만 전반부·중반부·후반부를 모두 갖춘 이본에 대해서는 주장이 엇갈리고 있다. 전반부·중반부·후반부를 모두 지닌 이본을 두 계열로 나누는 쪽에서는 초기 계열과 중기 계열의 몇 가지 차이를 근거로 내세우는 반면, 이를 모두 한 계열로 묶어야 한다는 쪽에서는 초기 계열이라고 주장하는 이본에 완질본이 1종도 없음을 문제 삼는다.

물론 이는 쉽게 해결될 문제가 아니지만, 최근 학계에 소개된 숙대본A, 숙대본B, 충남대본은 이와 관련된 중요한 단서를 지니고 있어서 주목된다. 이에 본장에서는 기존에 수집된 이본 23종과 세 이본을 모두 포괄하여 「김희경전」의 이본 계열을 재설정하고, 계열 간 차이와 선후 관계를 검토하기로 한다.

1. 이본 계열 분류

「김희경전」의 이본에서 장편과 단편을 가르는 근거는 후반부의 '이소저의 남장 행적'의 유무이다.[24] 즉 장편 이본에는 '이소저의 남장 행적'이 나와 있음에 비해 단편 이본에는 이 부분이 없는 채로 서사가 마무리된다. '이소저의 남장 행적'이란 전 참지정사 이영의 딸 이소저가

---

24) '이소저의 남장 행적'을 기준으로 「「김희경전」의 이본을 장편과 단편으로 나누는 것은 필자가 처음 시도한바, 본서에서도 이 기준을 그대로 따른다. 정준식, 「「김희경전」의 이본 계열과 텍스트 확정」, 『어문연구』 53, 어문연구학회, 2007, 250쪽.

자신과 정혼한 장수정을 찾기 위해 남장하고 상경하는 데서 시작된다. 경성으로 간 이소저는 우연히 김희경을 만나 그의 부마궁에 거처하게 된다. 그러던 중 신분이 탄로되어 몰래 집을 나온 이후 우여곡절 끝에 그를 다시 만나 혼인한다.[25] 김희경-이소저의 결연담이라 할 수 있는 '이소저의 남장 행적'은 전반부·중반부 서사의 핵심을 이루는 김희경-장설빙의 결연담과 영웅담에 이어 후반부 서사의 핵심을 이룬다. 이에 따라 본서에서는 전반부·중반부·후반부를 모두 지닌 이본을 **장편 이본**으로, 전반부·중반부만 지닌 이본을 **단편 이본**으로 명명하기로 한다.

먼저, 「김희경전」의 장편 이본은 4종이다. 한중연본A와 국중본A는 전체적인 내용이 매우 유사하여 동일 모본에서 파생된 이본으로 추정된다. 그리고 고대본A는 도입부, 군담, 여장탄금 대목 등에서 두 이본과 차이를 보이지만 전체 서사 내용은 매우 유사하다. 이에 비해 숙대본A는 군담을 비롯한 몇 군데서 나머지 세 이본과 적지 않은 차이를 보인다.

이와 관련하여 「김희경전」의 이본에 관한 기존 연구에서는 장편 이본을 한 계열로 볼 것인가 두 계열로 볼 것인가의 문제가 쟁점으로 부각되었다. 필자는 장편 이본을 두 계열로 나누어 원전의 서사를 계승한 이본을 '숙대본A 계열'로, 원전의 서사를 부분적으로 생략, 변개, 부연한 이본을 '국중본A 계열'로 분류하였다.[26] 이에 비해 강승묵은 장편

---

25) 장수정은 장설빙이 남장하고 있을 때 사용한 이름이다. 장설빙은 김희경을 객점에서 만나 정혼하고 헤어진 후 남장한 상태로 방랑하며 갖은 고초를 겪다가 강물에 투신한 바 있다. 그때 전 참지정사 이영이 그를 구출한 후 집에 데려가 함께 지내다가, 장수정으로 변성명한 그를 남자로 알고 자신의 딸과 정혼시키며 나중에 성례하기로 약속했다. 이후 이소저는 부모 구몰 후 모친의 유언에 따라 장수정을 찾아 경성으로 갔다가 우연히 퇴궐하던 김희경을 만나게 된 것이다.
26) 정준식, 앞의 논문, 249-250쪽.

이본 모두를 '한중연본 유형'으로 묶었다.27) 두 연구자의 상반된 주장
은 낙질본에 대한 인식의 차이에 기인한다.

필자는 낙질본 가운데 김동욱본 A・B・C・D・E・F・G・정명기
본A・B・국민대본 등 10종이 전반부・중반부・후반부에서 장편 완
질본과 분명한 차이를 보이고 군담이 완전히 다르므로 장편 완질본과
는 디테일을 달리하는 이본이 존재했을 것으로 추정하였다. 물론 낙질
본 10종은 전반부만 남아있거나28) 중반부만 남아있거나29) 후반부만
남아있는30) 등 필사된 부분이 각기 달라 전체 내용을 파악하기 어려운
점이 있다. 하지만 다행히 전반부와 중반부 및 중반부와 후반부의 연계
성 정도는 명확히 확인되고 있기 때문에 필자는 전반부・중반부・후
반부의 선본으로 파악되는 김동욱본 A・D・F를 조합하면 원전 복원
이 가능함을 짐작하고, 실제로 그 작업을 수행하였다.31)

물론 강승묵은 필자의 이런 주장에 대하여, 낙질본을 대상으로 존재
하지도 않는 부분까지 추정하여 이를 완질본과 비교하는 것 자체가 성
립될 수 없다고 하였다.32) 그러나 필자는 그의 주장에 동의하지 않는
다. 그 까닭은 그가 필자의 주장을 정면으로 반박하는 논문에서 처음
소개한 숙대본A가 바로 필자가 김동욱본A・D・F를 조합한 내용과
정확히 일치되고 있기 때문이다. 말하자면 원전 계열의 존재가능성을
강하게 부인하던 강승묵이 원전 계열의 서사내용을 가장 잘 계승한 완
질본을 직접 소개하고도 그 사실을 전혀 모르고 있었던 셈이다.33) 실제

27) 강승묵, 앞의 논문, 43-45쪽.
28) 김동욱본A, B가 이에 해당된다.
29) 김동욱본C, D, E, 정명기본A가 이에 해당된다.
30) 김동욱본F, G, 국민대본, 정명기본B가 이에 해당된다.
31) 정준식, 「「김희경전」 원전 재구」, 『한국문학논총』 65, 한국문학회, 2013.
32) 강승묵, 앞의 논문, 43쪽.
33) 강승묵은 숙대본A가 장편 이본 중 세책본으로 유통된 이본임을 지적한 것 외에 이

로 숙대본A와 김동욱본A·D·F 조합본은 정숙공의 정체를 밝히는 대목, 여장탄금 대목, 급제 후 김희경과 설빙의 첫 만남 대목, 보검과 병서를 얻는 대목, 군담 대목, 김정 부부 생신연 대목, 환약과 부적을 얻는 대목, 자녀 소개 대목 등에서 동일한 서사 내용을 보인다. 그런데 이 내용이 여타 장편 이본인 한중연본A·국중본A·고대본A에는 다르거나 생략된 것으로 확인된다. 사실이 이러한데도 이를 간과하고 장편 이본을 모두 '한중연본 유형'으로 묶는다면 장편 이본들 사이에 존재하는 적지 않은 차이들이 묻힐 우려가 있다.

이제 숙대본A가 발굴되면서 기존에 김동욱본A·D·F 조합본에 기대어 조심스럽게 추정되었던 원전의 면모가 실제로 존재했음이 명확히 입증되었다. 원전의 서사를 계승한 이본 중 숙대본A가 유일한 완질본이니, 초기 계열을 '숙대본A 계열'로 명명하는 것이 타당하다. 이에 따라 장편 이본을 **'숙대본A 계열'**과 **'국중본A 계열'**[34]로 분류한다.

다음으로, 「김희경전」의 단편 이본은 6종이다. 이들은 모두 전반부·중반부로만 구성되어 있다는 공통점 때문에 전반부·중반부·후반부를 모두 지닌 장편 이본의 두 계열과 구별하여 단편 이본으로 분류된다. 그런데 이 가운데 성대본, 충남대본, 활자본A는 서사 내용과 디테일까지 매우 유사하므로 동일 저본에서 파생되었을 가능성이 높다. 충남대본은 최근 필자가 소개한 새로운 이본이다. 강물에 투신한 장설빙

이본에 대하여 별다른 언급을 하지 않았다. 그가 숙대본A를 '한중연본 유형'에 포함시켰으면 동일 유형 내에서 유독 숙대본A만 곳곳에서 특징적인 면모를 보이게 된 사실을 인지하고 그 계기가 무엇인지 따져보는 데까지 나아갔어야 했다.

34) 국중본A와 한중연본A는 대체로 전체 서사 내용과 디테일이 일치한다. 따라서 두 이본은 동일 저본에서 파생된 것으로 추정된다. 강승묵은 두 이본과 숙대본A, 고대본A를 모두 묶어 '한중연본 유형'으로 설정했다. 필자는 국중본A가 한중연본A에 없는 세부 내용까지 지니고 있음을 고려하여 국중본A, 한중연본A, 고대본A를 '국중본 A 계열'로 설정했다.

을 구출한 인물이 '이영찬'인 점, 천자의 두 딸을 '일월공주'와 '명월공주'로 설정한 점, 김평장 생신연 대목에 외헌의 잔치 장면이 부연된 점, 전쟁 후의 논공행상이 생략된 점, 파과소식을 듣고 귀가하는 장면이 없는 점, 세 부인의 상화루 담소 장면이 있는 점 등이 성대본·활자본A와 완전히 일치된다.

한편, 서울대본과 숙대본B는 앞의 세 이본과는 또 다른 면모를 지닌 바, 옥화암 노승이 김정에게 시주 받으러 온 점, 장설빙의 부친을 '장대영'으로 설정한 점, 강물에 투신한 장설빙을 구출한 인물을 '이영'으로 설정한 점, 김희경이 상경하다 파과소식을 듣고 귀가하는 장면이 설정된 점, 전쟁 종료 후 논공행상 대목이 나와 있는 점, 삼부인의 상화루 담소 장면이 생략된 점 등에서 강한 동질성이 확인된다.[35] 이와 관련하여 국중본 B는 전반부만 필사된 낙질본이지만, 필사된 내용이 서울대본·숙대본B의 전반부와 완전히 일치된다. 이에 따라 단편 이본을 성대본, 충남대본, 활자본A를 포함한 **'성대본 계열'**과 서울대본, 숙대본A, 국중본B를 포함한 **'서울대본 계열'**로 분류한다.

이상과 같이 「김희경전」의 이본을 네 계열로 분류하는 것은 본서에서 처음 시도되었다. 따라서 이들의 구체적 차이와 선후관계에 대한 논의가 요구된다. 여기서 이 문제를 집중적으로 다루어 「김희경전」의 이본 실상을 보다 깊이 이해하고자 한다.

필자는 「김희경전」의 작가가 「구운몽」과 「홍백화전」에 대한 독서경험을 바탕으로 '한 남성과 복수 여성의 결연과정'을 축조하고, 「이현경전」과 「소대성전」의 영웅담을 수용하여 '장설빙의 영웅적 활약상'을 그려낸 것으로 파악하고, 이 작품의 창작 시기를 18세기 말로 추정한 바

---

35) 이에 대해서는 다음 장에서 자세히 논의할 것이다.

있다.36) 「구운몽」과 「홍백화전」이 17세기 말에 형성되었고37), 「이현경전」이 18세기 초에38), 「소대성전」이 18세기 중반 이후에 형성되었으니39), 「김희경전」의 창작 시기를 대략 18세기 말쯤으로 본 것이다.

「김희경전」은 영웅담과 결연담이 결합된 양상을 보이지만 결연담의 비중이 상대적으로 우세하다. 그리고 이와 유사한 서사 방식을 보이는 「부장양문록」, 「하진양문록」 등의 장편 여성영웅소설이 이미 18세기 중후반에 존재하고 있었다. 이렇게 볼 때 「김희경전」의 원작은 '한 남성과 두 여성의 결연담'을 핵심으로 삼은 장편 이본이었을 가능성이 높다. 기존 논의에서 「김희경전」이 장편 여성영웅소설의 장르관습을 확립한 작품으로 평가된 것도40) 이런 맥락과 무관하지 않다. 따라서 「김희경전」은 장편 이본이 단편 이본보다 선행했다고 보는 것이 타당하다. 사실 학계에서는 이미 「김희경전」의 원작이 장편이고, 장편 이본이 단편 이본보다 선행한다는 점에 대해서는 별다른 이견이 없다. 이에 따라 여기서는 먼저 장편 이본의 두 계열이 보이는 서사 특성과 선후관계를 검토하고자 한다.

---

36) 정준식, 「「김희경전」의 창작방법과 창작시기」, 『한국민족문화』 31, 부산대학교 한국민족문화연구소, 2008, 177-191쪽.
37) 최수경, 「청대 재자가인소설의 연구」, 고려대 박사학위논문, 2001, 258-276쪽 ; 윤세순, 「「홍백화전」 연구, 성립 경로와 변모 양상을 중심으로」, 성균관대 박사학위논문, 2003, 73-101쪽 ; 정길수, 『한국 고전장편소설의 형성 과정』, 돌베개, 2005, 145-158쪽.
38) 지연숙, 『장편소설과 여와전』, 보고사, 2003, 128-129쪽.
39) 서대석, 『군담소설의 구조와 배경』, 이화여대출판부, 2008, 389쪽.
40) 정준식, 「초기 여성영웅소설의 서사적 기반과 정착 과정」, 『한국문학논총』 61, 한국문학회, 2012, 45-53쪽.

2. 장편 계열의 차이와 선후

「김희경전」의 장편 이본은 숙대본A 계열과 국중본A 계열로 나뉜다. 수집된 이본 26종 가운데 숙대본A 계열에 속하는 완질본은 숙대본A 외에 달리 없다. 그래서 1종의 이본을 가지고 별도의 계열을 설정하는 것이 온당치 못한 것으로 비춰질 수 있다.[41] 하지만 이 문제는 결코 가볍게 볼 일이 아니다. 강승묵은 숙대본A와 여타 장편 이본의 적지 않은 차이를 무시하고 이들 모두를 '한중연본 유형'으로 설정하였다. 숙대본A를 한중연본 유형으로 포괄하기 위해서는 숙대본A와 한중연본A의 동질성이 증명되어야 하는데, 강승묵은 이 과정을 거치지 않고 '이소저의 남장 행적'을 포함하고 있다는 이유만으로 장편 이본 모두를 '한중연본 유형'으로 묶은 것이다.

그렇다면 실제로 숙대본A와 한중연본A는 구체적으로 어떤 차이가 있을까. 그것은 두 이본을 대비하여 생략, 변개, 부연 여부를 확인하면 자연스럽게 드러난다.

먼저, 숙대본A에 나와 있는 내용이 한중연본A에 생략된 예를 몇 가지 보기로 한다. 「김희경전」이 「구운몽」의 영향을 받았다는 가장 확실한 증거는 '여장탄금 대목'이다. 이 대목은 김희경이 여장하고 최승상의 생신연에 초대되어 거문고를 연주해서 좌중의 감탄을 자아내는 장면이다. 김희경은 최승상의 생신연에 초대되어 처음에는 최승상과 빈

---

41) 강승묵은 숙대본A를 포함한 장편 이본 모두를 '한중연본 유형'으로 명명하였다. 그가 설정한 '한중연본 유형'은 필자가 설정한 '국중본A 계열'과 유사하다. 「김희경전」의 유통과정에서 다른 이본과 부분적 차이를 공유한 이본들이 그들만의 독자적 계보를 형성하며 전승된 사정을 고려하면 '유형'보다 '계열'이란 명칭이 적절해 보인다. 필자가 숙대본A를 국중본A 계열에 포함하지 않고 별도의 계열을 설정한 것에 비해 강승묵이 이를 '한중연본 유형'으로 포괄한 것도 '유형'과 '계열'의 개념적 차이에 기인한 면이 없지 않다.

객들에게 거문고를 연주하고, 그 뒤에 내당에 초대되어 최소저를 비롯한 여러 부인들에게 <파진곡>, <옥수후정화>, <예상우의곡> 등을 차례로 연주하다가 마지막에 <봉구황곡>을 들려준다. 이에 최소저가 몹시 당황하여 황급히 자리를 떠나는 것으로 마무리된다.

여장탄금 대목은 김희경과 최소저의 이색적인 결연을 이끌어내기 위한 예비적 장치로, 김희경이 최소저의 자색과 자질을 엿보기 위한 방안으로 기획된 것이다. 그런데 한중연본A에는 최승상 앞에서 거문고를 연주하는 장면만 간략히 나와 있고, 최소저를 비롯한 부인들에게 거문고를 연주하는 장면은 통째로 생략되었다.[42] 그에 따라 김희경은 최소저의 얼굴도 보지 못하고 귀가하는 꼴이 되어 원래 이 장면을 축조한 목적이 무색해졌다. 한중연본A의 말미에는 김희경의 부인들이 모여 한담하던 중 최부인이 다른 부인들에게 '김희경이 몰래 여장하고 자기 앞에서 <봉구황곡>을 연주한 사건'을 말하며 조롱하는 부분이 나온다. 그런 점에서 한중연본A에 여장탄금 대목이 없는 것은, 생략되면 안 될 내용이 무리하게 생략되어 서사논리에 모순이 초래된 예로 볼 수 있다.

숙대본A에 나와 있는 내용이 한중연본A에 생략된 예는 '과거급제 후 김희경과 장설빙의 첫 만남 대목'에서도 확인된다. 이 대목은 김희경과 장설빙이 형초의 한 객점에서 우연히 만나 신물을 교환하며 후일을 기약하고 헤어진 이후 나란히 동방급제하고 다시 만나 첫 대화를 나누는 장면이다. 두 사람은 형초에서 이별한 뒤 각기 상대를 찾기 위해 백방으로 노력하지만 길이 계속 엇갈려 만남이 지연된다.[43] 이런 절망적인

---

42) 한중연본A에는 이 장면이 생략된 채 다음과 같이 간략히 서술되어 있다. "부인이 좌를 쥬고 싱을 도라보와 곡됴 드르믈 쳥ᄒᆞ니 싱이 다시 늄풍시를 쥬ᄒᆞ니 좌우는 싀로이 기리고 소져는 드를 ᄯᅳ름이러라", 한중연본A, 122~123쪽.

43) 즉 장설빙이 탁주-북해-청주-하남을 전전하며 김희경을 찾아다니는 동안 설빙의 이동경로를 탐문하여 탁주-북해-청주를 전전하게 된다. 두 사람이 형초 언약을 지

상황을 견디지 못해 장설빙은 강물에 투신하였다가 전 참지정사 이영에게 구출되고, 그녀의 투신을 확인한 김희경은 어쩔 수 없이 최승상의 딸과 혼인한다. 그 후로 한동안 서로의 행방을 모른 채 각자의 삶을 살던 두 사람은 동방급제를 계기로 다시 만난다. 하지만 장설빙이 김희경과 헤어진 이후 줄곧 남장한 채로 지내면서 자신을 장설빙의 오라비 '장수정'으로 속였기 때문에 모든 사람들이 그녀를 남자로 착각한다. 이런 상태에서 김희경과 장설빙이 재회한 것이기에, 김희경의 입장에서 이 만남은 불완전한 만남, 역설적인 만남이 될 수밖에 없다.

　두 사람이 재회한 자리에서 김희경이 장수정에게, 부친이 북해로 유배될 때 아들로서 따르지 않은 까닭을 묻자, 장수정은 이에 대하여 거짓으로 대답한다. 즉 어릴 때 한 도인이 자신의 관상을 보고 단명할 것이니 남을 주어 기르라고 해서 전 참지정사 이영에게 맡겨졌고, 그로 인해 자신은 부친의 상사를 들을 수 없어 아들의 도리를 다하지 못했다고 한다. 그리고 나중에야 그 소식을 접하고는 북해로 달려가서 부친의 시신을 선산으로 모셔 안장했다고 말한다.[44] 이에 김희경이 장수정에게 다른 동기는 없느냐고 묻자, 자신이 이참정 집에 보내진 뒤 여동생이 태어났는데, 모친이 일찍 죽고 부친마저 유배되자 그곳으로 가다가 만경창파에 고혼이 되었다고 거짓으로 둘러댄다.[45] 그러자 김희경은

키기 위해 필사적으로 상대를 찾아 다녔지만 길이 계속 엇갈려 만남이 지연된 수밖에 없었다. 정준식, 「「김희경전」의 창작방법과 창작시기」, 『한국민족문화』 21, 부산대학교 한국민족문화연구소, 2008, 192-197쪽.
44) 숙대본A, 126쪽, 일〃은 흔 도ᄉ 쇼졔을 보고 단명ᄒᄃ ᄒ여 남을 쥬어 기르기을 권ᄒ이 마츰 니참졍니 무ᄌᄒ기로 마지 못ᄒ여 쇼졔을 그곳듸 보ᄂ여 거두어 길녀 죵시 근본을 이로지 안이ᄒ믜 돈연이 모로든니 부친이 기셰ᄒ시믜 참졍이 남의 쳘륜을 막지 못ᄒ여 그계야 진졍을 니로시니 쇼졔 망극ᄒ여 북ᄒᆡ의 나가 션친 영구을 모셔 션영의 반장ᄒ고 슴년 초토을 지닌 후에 싱이 지금 부지ᄒ웁든이 요힝 금방의 참녜ᄒ여 망친의 원을 신셜ᄒ온이 〃졔 죽어도 한이 업슬이로쇼니다"

매우 비통한 심정으로 지난날 자신과 장설빙이 형초에서 혼약한 사실을 들려주며 앞으로 친 동기처럼 지내자고 한다.

이와 같이 '과거급제 후 김희경과 장설빙의 첫 만남 대목'은 김희경이 장설빙을 만났으면서도 그녀를 '장수정'으로 착각한 상황에서 오간 대화를 별도의 장면으로 그려낸 것이다. 이 장면을 통해 김희경이 장설빙의 거짓말을 전혀 모른 채 그녀를 죽은 것으로만 여겨 슬픈 감정을 주체하지 못하는 애절한 상황이 연출되고 있다. 그런데 숙대본A에 수용되어 있는 이 대목이 한중연본A에는 생략되어 두 사람이 헤어진 이후부터 당시까지 한 순간도 장설빙을 잊은 적이 없던 김희경의 절절한 심정이 독자들에게 효과적으로 전달되지 못한다.

숙대본A에 나와 있는 내용이 한중연본A에 생략된 또 다른 예로 '연왕 달초 대목'을 들 수 있다. 김희경과 동방급제하고 환로에 오른 장설빙은 차츰 문관으로서의 입지를 다져가다가 천자의 신임을 얻어 연왕의 태부로 임명된다. 이에 연왕을 정도로 훈육하며 사제지도를 가르치던 중 어느 날 연왕이 스승을 보고 공손히 예를 다하는 대신 몰래 그 자리를 피해 도망가는 일이 발생한다. 김희경을 통해 이를 알게 된 장설빙은 곧바로 연왕을 잡아들여 엄히 꾸짖으며 20도를 달초한다. 이 대목은 장설빙의 강직함을 부각하기 위해 설정된 것으로 장편 이본에는 대부분 나와 있다. 그런데 장설빙이 연왕을 달초하는 장면은 숙대본A에

---

45) 숙대본A, 127-128쪽, "두시 문왈 현형니 독신이요 드른 동긔 업는잇가 학시 답왈 쇼졔 드른이 쇼졔 이츰졍 집의 보닌 후 쇼미을 나흐신니 유치지연을 면치 못ㅎ여 모친니 기셰ㅎ시고 부친니 격거ㅎ시미 심규약질이 외로오믈 견디지 못ㅎ여 녀추 〃 〃ㅎ여 유리ㅎ다가 부친의 얼골나 다시 보고 죽으려 ㅎ여 북히로 힝ㅎ다가 즁시 득달치 못ㅎ고 즁노의셔 몸을 바려 만경쳥파의 어육이 되여 지금 시신을 찻지못ㅎ미 원한니 흉격의 싸이여든이 오날 형니 동긔 유무을 무로신니 비회을 금치 못ㅎ여 실졍을 고ㅎ난니다"

만 나와 있고 한중연본A에는 생략되었다. 이는 한중연본A가 궁중에서 읽혀진 사실과 관련이 있을 수 있다. 즉 아무리 소설이지만 신하가 연왕(천자의 아들)을 매질한다는 것은 지엄한 궁중의 법도로 볼 때 군신 간의 분의를 망각한 불온한 처사로 비춰질 수 있다.[46] 한중연본A 및 이와 관련이 있는 이본에 이 내용이 의도적으로 생략된 것은 이런 이유 때문으로 보인다.[47] 앞서 '여장탄금 대목'이 생략된 이본에 '연왕 달초 대목'도 함께 생략된 사실이 이런 추정의 타당성을 더해준다. 달초 대목이 생략되면서 장설빙의 강직성도 그만큼 약화된 측면이 있다.

숙대본A에 나와 있는 내용이 한중연본A에 생략된 예는 '이소저가 환약과 부적을 얻는 대목'에서도 확인된다. 이소저는 이참정의 딸로 부친 생시에 장설빙과 혼약한 적이 있다. 강물에 투신한 장설빙을 구출한 이참정이 그를 남자로 알고 자신의 딸과 혼인시키려 하자 장설빙이 과거 급제 후에 하겠다며 이소저와 정혼하는 선에서 난감한 상황을 모면했던 것이다. 그 후 장설빙이 과거를 위해 상경하면서 이소저는 줄곧 모습을 드러내지 않다가 후반부에서 갑자기 등장하여 서사를 이끌어가는 핵심 인물로 부상한다.

이소저는 부모 구몰 후 장수정을 찾아 경성으로 갔다가 퇴조하던 김희경을 만나 그의 권유로 함께 부마궁으로 가서 지낸다. 그러다가 우연히 어머니의 유언이 든 금낭을 분실하자 자신의 신분 노출을 꺼려 황급

---

46) 정준식, 「「김희경전」의 이본 계열과 텍스트 확정」, 『어문연구』 53, 어문연구학회, 2007, 254쪽.
47) 수집된 이본 가운데 한중연본A, 한중연본B, 국중본A, 김동욱본F에만 '연왕 달초 대목'이 수용되어 있다. 한중연본A, B는 본래 장서각 낙선재에 소장되어 있던 이본이다. 그리고 국중본A와 김동욱본F는 한중연본A와 전체 서사 및 디테일이 거의 일치되고 있다. 이로 볼 때 「김희경전」의 이본 가운데 궁중에 유입된 이본 및 이와 관련이 있는 이본에만 '여장탄금 대목'과 '연왕 달초 대목'이 생략된 것으로 추정된다.

히 부마궁을 빠져나온다. 그 후에 근처 산속에서 밤을 보내던 이소저는 꿈에 만난 남두노인성으로부터 환약과 부적을 얻는다. 그가 얻은 환약과 부적은 이후 급사한 소참정 부인을 살려내는 데 요긴하게 활용되고, 이를 계기로 마침내 이소저는 장설빙과 극적으로 재회한다. 이렇게 볼 때 '이소저가 환약과 부적을 얻는 대목'은 이소저와 장설빙의 자연스런 재회를 이끌어내기 위한 장치로 마련된 것이라 할 수 있다. 따라서 이 대목이 생략된 채 나중에 이소저가 급사한 소참정 부인을 만나 품속에 지니고 있던 환약과 부적을 써서 살려내는 장면이 나온다면 서사적 의문이 들 수밖에 없다. 그런데도 한중연본A에는 이 대목이 무리하게 생략되어[48] 독자들에게 환약과 부적의 출처에 대한 궁금증을 자아내고 있다.

다음으로, 숙대본A에 나와 있는 내용이 한중연본A에서 변개된 사례를 몇 가지 보기로 한다. 첫 번째 사례는 '김희경과 최소저의 혼약 대목'이다. 이 대목은 앞에서 검토한 '여장탄금 대목'과 밀접한 관련이 있다. 숙대본A의 경우 '여장탄금 대목'이 온전한 장면으로 축조되어 있어서 이어지는 '김희경과 최소저의 혼약 대목'이 매우 자연스럽게 읽힌다. 앞서 검토한바 여장한 김희경이 최소저 앞에서 <봉구황곡>을 연주하자 그 곡이 사마상여와 탁문군의 고사임을 알아차린 최소저는 악사가 여장한 남자일 것이라는 의심이 들어 황겁히 자리를 나오는데, 이 부분이 '여장탄금 대목'이다. 힌편, 딸에게 그 사실을 들은 최승상은 다음날 김희경의 외숙인 석태위를 찾아가 지난 번 탄금한 자가 김희경임을 밝혀낸 후에 석태의와 함께 김희경과 최소저의 혼인을 약속하게 되는데, 이 부분이 '김희경과 최소저의 혼약 대목'이다. 이에 비해 한중연본A에는 '여장탄금 대목'이 수용되지 않은 탓에, 이 혼약 대목이 석태위가 최

---

48) 한중연본A, 국중본A, 고대본A 등에 이 대목이 공통적으로 수용되지 않았다.

승상을 찾아가서 김희경과 최소저의 혼인을 약속하는 것으로 간략히 서술되어 있다.[49] 이는 김희경이 <봉구황곡>을 연주하며 상대를 떠 보는 장면이 생략되어 그 진위를 확인하는 것이 필요치 않게 되자, 혼약 대목도 그에 맞게 변개된 것으로 보인다.

숙대본A에 나와 있는 내용이 한중연본A에서 변개된 또 다른 예로 '장설빙이 보검과 병서를 얻는 대목'을 꼽을 수 있다. 이 대목은 남장한 채로 이영의 집에서 수학하던 장설빙이 김희경과 나란히 과거에 급제하여 환로에 오른 뒤 강직하고 능력 있는 관료로서의 명성을 얻어가던 중 느닷없이 초월적 존재로부터 보검과 병서를 얻는 내용이다. 영웅소설에서 주인공에게 도사가 나타나 보검과 병서를 주거나 병법을 가르치는 대목은 매우 흔한 것으로, 머지않아 전쟁이 발발할 것임을 예고하는 역할을 한다. 「김희경전」에도 이 대목이 설정된바, 서사전개상 장설빙을 영웅으로 만들기 위해 꼭 필요한 장치이기 때문에 중반부를 포함하고 있는 모든 이본에 공통적으로 수용되어 있다.

그런데 이 대목은 이본에 따라 보검과 병서를 전달한 자와 전달 장소가 두 가지로 달리 설정되어 있다. 즉 숙대본A에는 '한 도사'가 '퇴조하는 길'에서 전달한 것으로 설정된 반면, 한중연본A에는 '한 유생'이 '장설빙의 집'으로 찾아와서 전달한 것으로 되어 있다.[50] 이런 변개는 전달하려는 내용이나 의미의 변화가 수반되지 않는다. 하지만 영웅소설에서 주인공에게 영웅이 되기 위한 수단을 제공하는 초월적 원조자로 흔히 '유생'보다 '도사'가 설정되는 것이 오랜 관습인 점은 분명하다. 이로 볼 때 숙대본A의 해당 내용은 당시 영웅소설의 장르관습에 맞게 설정된 것이고, 한중연본A의 해당 내용은 후대에 달리 설정된 것으로 추정된다.

---

49) 한중연본A, 123~125쪽.
50) 국중본A, 고대본A에도 이와 동일하게 되어 있다.

숙대본A에 나와 있는 내용이 한중연본A에서 변개된 것 중 가장 두드러진 것은 '군담 대목'이다. 「김희경전」의 군담은 이본에 따라 두 가지 양상을 보인다. 완질본 10종 가운데 숙대본A만 60면 내외의 분량으로 되어 있고, 나머지 9종은 30면 내외의 분량을 보이며 내용도 별반 다르지 않다.[51]

물론 10종의 완질본 중 유독 숙대본A의 군담만 차이를 보이므로 숙대본A가 예외적인 이본으로 비춰질 수 있다. 그런데 낙질본 중에도 숙대본A와 동일한 군담을 갖춘 이본이 있으니, 김동욱본D, E, 정명기본A, B 등 4종이 이에 해당된다. 이들 4종의 군담을 숙대본A의 군담과 대조한 결과 전쟁의 양상과 전투방식이 동일하다. 다만 숙대본A와 김동욱본D의 군담에는 원국의 후군장 설태가 장설빙의 명을 어기고 휘하의 군졸들과 몰래 음주하고 취한 사이 적의 기습을 받아 완패한다는 내용의 3차 전투가 통째로 생략되어 해당 부분의 연결이 매끄럽지 못하다. 「김희경전」의 이본 26종을 통틀어 3차 전투가 수용되어 있는 이본은 낙질본으로 전하는 김동욱본E, 정명기본A, B 등 3종뿐이다. 이들 가운데 김동욱본E의 군담이 숙대본A의 군담과 가장 유사하다. 이와 같이 숙대본A의 군담은 예외적인 것이 아니라, 이와 동일한 군담을 지닌 이본이 별도의 계열을 이루고 있었던 것으로 보인다.

숙대본A에 수용된 60면 내외의 군담은 대략 네 차례의 전투로 이루어져 있다. 대원수로 임명된 장설빙은 출정에 앞서 모든 장수들에게 각각의 임무를 하달한 뒤 행군하여 적과 대면해서는 구체적인 작전을 일일이 지시한다. 이에 따라 호영, 희경, 송창, 설태, 한섭 등의 장수들이 그 작전에 따라 유기적으로 협공하여 1차 전투를 보란 듯이 승리로 이끈다. 그 여세를 몰아 장설빙은 2차 전투에서도 치밀한 전략을 수립한

---

51) 정준식, 「숙대본A를 활용한 「김희경전」의 정본 구축 방안」, 『어문학』 132, 한국어문학회, 2016, 148-149쪽.

뒤 그대로 실행하여 다시 한 번 어렵지 않게 승리한다. 이처럼 연이은 승리로 원국 장병들이 한껏 기세가 올랐지만, 대원수 장설빙은 절대 긴장을 늦추지 않고 오히려 장수들을 독려하여 삼엄한 경계태세를 유지하게 한다. 하지만 후군장 설태가 장설빙의 엄명을 어기고 휘하의 군졸들과 몰래 음주하며 승리의 기쁨에 도취된 사이 적의 기습을 받아 3차 전투는 무참히 패배한다. 장설빙이 이 사실을 알고 격분하여 설태에게 패배의 책임을 물어 즉시 참하려다 김희경을 비롯한 휘하 장수들의 적극적인 만류로 겨우 목숨만 살려준다. 이어진 4차 전투에서 장설빙은 화공 작전과 매복 작전을 병행하며 적을 유인한 뒤 총공세를 펼쳐 위국·형국과의 전쟁을 승리로 마무리한다.[52]

한중연본A에 수용된 30면 내외의 군담은 앞서 살핀 60면 내외의 군담보다 단순하여 두 차례의 전투장면만 나와 있고 전투 양상도 사뭇 다르다. 여기서는 대원수 장설빙이 장졸을 이끌고 위국에 도달하자 곧바로 1차 전투가 펼쳐진다. 처음에 위국 명장 방후열이 원국 장수 석호준을 죽이자 김희경이 곧바로 방후열과 대적하여 그를 죽인다. 그리고 그 여세를 몰아 김희경은 남경왕의 군사들과 싸우다 적병에게 에워싸여 잠시 위기에 빠지지만, 때마침 나타난 장설빙의 구원에 힘입어 1차 전투를 승리로 이끈다. 반면 1차 전투에서 패배한 위왕과 남경왕은 본진으로 돌아가 고심하다가, 몰래 황성을 급습하여 황제를 사로잡은 후 장설빙을 치기로 계략을 짜고, 남경왕이 직접 본국 병마를 이끌고 비밀리에 황성으로 간다. 장설빙은 이를 전혀 모른 채 위국과 남경국을 차례로 무너뜨리고 항복을 받은 후에야 천문을 통해 황제가 남경왕에게 죽을 위기에 빠졌음을 짐작한다. 이에 급히 황성으로 달려가 항복 직전의

---

52) 숙대본A, 156-208쪽.

황제를 구한 뒤 전쟁을 승리로 이끈다.53)

이상과 같이 두 군담 가운데 숙대본A에 형상화된 60면 내외의 군담이 한중연본A를 포함한 여타 완질본의 군담보다 훨씬 독창적이고 짜임새 있게 전개된다. 그 때문에 다소 긴 분량임에도 전혀 지루함 없이 흥미롭게 읽힌다. 이에 비해 한중연본A를 비롯한 다른 완질본에 수용된 군담은 어디선가 본 듯한 낯익은 장면들로 채워져 있고 전투 양상도 매우 단순하여 신선함과 흥미가 다소 떨어진다. 「김희경전」의 군담이 이처럼 두 가지 양상을 보이게 된 것은 이 작품이 전승되던 당시 널리 인기를 누리던 「설인귀전」, 「소대성전」, 「홍계월전」 등의 군담이 「김희경전」의 일부 이본에 수용되었기 때문으로 보인다.54) 말하자면 원전에서 마련된 독창적인 군담이 이미 독자들에게 익숙해진 통속적인 군담으로 대체되면서 군담 자체가 통째로 변개되는 결과가 초래된 것이다.

숙대본A에 나와 있는 내용이 한중연본A에서 변개된 마지막 예로 '김희경의 자녀를 소개하는 대목'을 들 수 있다. 물론 어느 계열이든 장편 이본에는 김희경과 5부인 2첩 사이의 자녀가 9자 7녀로 되어 있다. 그리고 딸의 이름, 사위의 이름과 관직, 아들의 관직 등도 두 계열이 유사한 모습을 보인다. 그런데 유독 아들의 이름만은 달리 설정된바, 숙대

---

53) 한중연본A, 161-187쪽

54) 한중연본A에 수용된 군담은 전투의 수법이나 양상에서 「소대성전」, 「홍계월전」의 군담과 매우 흡사하다. 즉 이들 작품은 공히 대원수로 출전한 주인공이 깊은 골짜기로 적을 유인한 후 매복과 화공 작전을 병행하여 일시에 상대를 섬멸하는 모습을 보인다. 이는 「소대성전」, 「홍계월전」 등에 대한 독서 경험이 「김희경전」의 일부 군담에 반영된 증거라 할 수 있다. 「홍계월전」의 군담1과 군담2를 합치면 「김희경전」의 일부 이본에 수용된 30면 내외의 군담과 유사하다는 사실이 이런 추정의 타당성을 뒷받침 한다. 「홍계월전」은 1819년에 이미 밖에서 빌려와 필사해서 수십 년간 간직했다는 기록이 있는 점으로 보아 늦어도 18세기 말에는 창작되었을 것으로 추정된다. 정준식, 「「홍계월전」 이본 재론」, 『어문학』 101, 한국어문학회, 2008, 269-271쪽.

본A에는 '구흥·구성·구경' 등으로 되어 있음에 비해 한중연본A에는 '일기·이기·삼기' 등으로 되어 있다. 이러한 차이가 작품 해석에 영향을 미치지는 않지만, 그룹별로 패턴화한 양상을 보이기 때문에 「김희경전」의 이본 계열을 나눌 때 중요한 지표로 삼을 수 있다.

마지막으로, 숙대본A에 없는 내용이 한중연본A에 부연된 사례를 몇 가지 보기로 한다. 이에 해당되는 첫 번째 예로 '정숙공의 정체를 밝히는 대목'을 들 수 있다. 「김희경전」의 전반부는 김희경과 장설빙의 만남과 이별 및 다시 만남을 위한 여정을 일관되게 그려낸다. 전반부만 보면 흡사 애정소설로 착각할 정도로 남녀의 자발적인 만남과 이별, 그리고 이별 후 다시 만나기 위한 노력이 필사적으로 전개된다. 이처럼 두 사람이 서로를 찾기 위해 최선을 다했는데도 오랫동안 만날 수 없었던 까닭은, 장설빙이 거쳐 간 여정을 김희경이 시차를 두고 그대로 답습했기 때문이다. 그러는 와중에 장설빙이 강물에 투신할 만큼 극도의 절망감을 갖게 된 까닭은 김희경이 하남에서 영천으로 이사했다는 사실을 확인했기 때문이다.

사실 장설빙은 형초에서 김희경을 만나 혼약하고 헤어진 이후 외숙을 찾아 탁주로 가고 부친을 찾아 유배지로 갔지만, 이미 외숙과 부친이 죽은 뒤라 큰 실망에 빠져 틈만 나면 자결을 시도하였다. 그러다가 김희경을 찾아가면 의지할 수 있다는 유모와 시비의 권유에 따라 천신만고 끝에 김희경의 고향인 하남으로 갔다. 그런데 기나긴 고난의 여정 끝에 마지막 희망을 안고 김희경을 찾았는데 그마저 영천으로 이사했다고 하니, 장설빙으로서는 죽음 외에 달리 방법이 없다고 여긴 것이다. 그렇다면 김희경은 왜 갑자기 고향인 하남에서 영천으로 이사하게 된 것일까. 이와 관련하여 한중연본A에는 다음과 같은 내용이 있다.

춧시의 졍슉공 민은 본듸 잔악간인이라 소시의 평장으로 더브러
크게 허믈이 잇눈 고로 피춧 혐극이 잇더니 졍슉공 민이 하람녕을
ᄒ여 오니 평장이 스스로 가권을 거ᄂ려 영쳔으로 이ᄉᄒ니 일노
조춧 장소져의 소식이 더욱 망연ᄒ더라55)

인용문에 따르면 장설빙이 김희경을 만나지 못한 까닭은 정숙공 민
이란 자가 하남 태수로 부임해오자 평소 그와 사이가 좋지 않던 김희경
의 부친 김정이 가족을 이끌고 영천으로 이사했기 때문이다. 사실 이
내용이 없다면 김희경이 갑자기 다른 곳으로 이사한 이유를 알 수 없어
독자의 입장에서는 서사적 의문이 생길 수밖에 없다. 숙대본A에 없던
정숙공 민의 정체가 한중연본A를 비롯한 여러 장편 및 단편 이본에 두
루 나타나고 있는 것은56) 이러한 서사적 의문을 해결하기 위해 후대의
이본에 그 원인이 될 만한 내용이 부연된 결과이다.

이번에는 숙대본A에 있는 내용이 한중연본A에 변개·부연된 사례
로 '평장 생신연 대목'과 '평장부인 생신연 대목'을 들 수 있다.57) 물론
두 대목은 따로 떨어져 있고 둘 사이에는 적지 않은 시간적 거리가 있
다. 즉 '평장 생신연'은 중반부에 나와 있고 김희경과 장설빙·영월공
주가 혼인한 직후의 장면으로 설정되어 있다. 이에 비해 '평장부인 생
신연'은 후반부에 나와 있고 김희경과 이소저·애월공주가 혼인한 직
후의 장면으로 설정되어 있다. 그런데 두 대목은 새 신부가 혼례 후 시
댁에 와서 시부모와 시댁 어른들에게 첫인사를 드리고 그들 사이의 서

---

55) 한중연본A, 102~103쪽.
56) 이 대목은 한중연본A를 비롯한 국중본A, 고대본A, 성대본, 활자본A에 수용되어
    있다.
57) 평장은 김희경의 부친 김정이 과거 평장사를 지낸 바 있기 때문에 붙여진 명칭이
    고, 평장 부인은 김희경의 모친이자 김정의 아내인 석씨를 가리킨다.

열을 정하는 것이 핵심이다. 따라서 이는 엄밀히 말해 '생신연'이 아니라 '현구고례'라고 해야 옳다. 실제로 숙대본A를 포함한 낙질본의 여러 이본[58]에는 평장 생신이나 평장부인 생신이란 말이 없고 혼인식의 마지막 절차로 그려지고 있어서 '현구고례'임을 알 수 있다.

이와 같이 완질본 중에는 숙대본A만 두 대목이 '현구고례'로 되어 있지만 여타 완질본의 해당 대목은 이와 다르다. 물론 단편 이본에는 후반부가 통째로 생략되었기 때문에 '평장부인 생신연'이 있을 수 없다. 단편 이본 가운데 성대본, 충남대본, 활자본A, 숙대본B에는 '평장 생신연'으로 되어 있다. 이에 비해 서울대본에는 '현구고례'로 되어 있고 활자본B에는 이 장면이 아예 생략되었다. 장편 이본인 한중연본A, 국중본A, 고대본A에는 평장 생신연은 동일하게 설정되어 있는데 평장부인 생신연과 관련해서는 그 명칭이 평장부부(고대본A), 장부인(한중연본A·국중본A) 등으로 표기되어 불안정한 모습을 보인다. 그러므로 두 번의 혼인식 직후에 하나의 거대한 장면으로 축조된 '신부의 첫 시부모 대면식'이 평장 혹은 평장 부인의 생신연으로 명명되는 것이 과연 합당한가에 대한 의구심이 없지 않다.

이 문제와 관련해서 한 가지 주목되는 것은 '평장 생신연'으로 명명된 이본에는 외헌의 잔치 장면이 추가되어 있다는 사실이다. 외헌의 잔치 장면은 이른바 평장 생신연의 2막에 해당된다. 김평장은 신부의 현구고례를 마친 뒤 빈객들과 함께 사랑으로 자리를 옮긴 뒤 본격적으로 주연을 즐겼는데, 이 자리에서 김평장의 사돈 최승상이 지난 날 김희경이 초운이란 여악사로 분장하고 자신의 생일잔치에 초대되어 좌중을 속인 것에 대한 분풀이로 김희경 대신 김평장을 한바탕 골려준다.[59] 내

---

58) 숙대본A, 김동욱본D, 김동욱본E, 정명기본A 등이 이에 해당된다.
59) 한중연본A, 254-260쪽.

용인즉, 최승상이 자신의 생신연에 석태위가 데려온 청주 창기 초운의 거문고 연주에 매료된 후 그 재주를 아껴 곁에 데리고 있는데 김평장은 그 창기를 아느냐고 묻자, 이를 진심으로 받아들인 김평장이 매우 진지한 모습으로 자신은 초운이란 창기를 알지 못하니 좌중에 불러 재주를 한 번 보게 해달라고 한다. 이에 모든 빈객들도 일제히 최승상을 조르자 최승상이 할 수 없이 장난으로 한 것임을 밝힌다. 이처럼 김평장을 골려주려다 오히려 궁지에 몰린 최승상이 지난 날 자신이 여악사로 변장한 김희경에게 속은 사실을 말하며 한바탕 웃는 것으로 상황이 마무리된다. 이 외헌의 잔치 장면은 직전의 서사가 '현구고례'로 되어 있는 이본에는 없던 것인데, 이것이 '평장 생신연'으로 바뀌면서 새로 부연된 것으로 추정된다. 이 장면이 추가되면서 다소 경건하고 밋밋했던 '현구고례'가 흥겨운 '생일잔치' 분위기로 전환되었다.

이상으로 숙대본A와 한중연본A가 동일 대목에서 차이를 보이는 부분을 중심으로 생략, 변개, 부연의 구체적 실상을 검토하였다. 그 결과 숙대본A의 해당 내용이 한중연본A에서 생략, 변개, 부연된 것으로 보는 것이 그 역으로 생각하는 것보다 이본의 실상에 부합하는 것으로 확인되었다. 따라서 장편 이본 가운데 **'숙대본A 계열'**은 원전의 서사를 계승한 초기 이본의 면모를 지닌 것으로 볼 수 있고, **'국중본A 계열'**은 원전의 서사를 부분적으로 생략, 변개, 부연한 중기 이본의 면모를 지닌 것으로 볼 수 있다.

3. 단편 계열의 차이와 선후

「김희경전」의 단편 이본에는 '이소저의 남장 행적'이 생략되었다. 기존 논의에서 이들은 모두 성대본 계열로 분류되었지만, 수집된 이본이 증가하면서 서울대본·숙대본B가 여러 지점에서 여타 단편 이본과 다른 내용을 보이고 있음이 확인되었다. 즉 서울대본·숙대본B는 대략 ①옥화암 노승이 김정 집에 시주 받으러 온 점, ②등장인물과 지명의 일부가 다른 점, ③김희경이 파과소식을 듣고 귀가하는 내용이 있는 점, ④전쟁 후의 논공행상이 있는 점, ⑤평장 생신연 대목에 외헌의 잔치 장면이 없는 점, ⑥삼부인의 상화루 담소 대목이 없는 점 등에서 성대본·충남대본과 분명한 차이를 보인다.[60] 따라서 이 항목들을 중심으로 서울대본·숙대본B와 성대본·충남대본의 구체적인 차이를 확인할 필요가 있다.

①은 '기자치성 대목'의 일부이다. 성대본·충남대본의 도입부에는 이 대목이 김정 부부가 옥화암에 가서 부처님께 자식 점지를 발원하는 것으로 되어 있다.

> 광음이 신속ᄒ여 나히 오십에 당ᄒ도록 슬하에 일기 ᄌ녀간 업스미 항숭 탄식일너니 일"은 부인 셕시 승셔를 뫼셔 말숨ᄒ다가 이에 가로되 근일 듯사오니 옥화암 부쳐 영험ᄒ샤 사람에 정성을 발원한다 ᄒ오니 나아가 비러 보사이다 평장이 허락ᄒ고 삼일 치직 후 향촉을 갓초아 부인으로 더부러 한가지로 옥화암에 올나가니 긔 화요초와 니수진금이 사람을 인도하난 곳에 치화로 무은 법당이 극히 절묘한되 그 우에 금불이 안져스니 긔상이 엄정ᄒ고 화표 비숭하여 사람으로 하여금 과연 성공할 긔상이어날 평중 부쳐 한가지로 불견에 나아가 직비ᄒ고 비러 가로되 김싱이 셰숭 아랏난지 오십년이로되 은덕을 일셰에 씻쳐 일홈이 사히에 현달ᄒ여스되 전싱

60) 정준식, 「숙대본A를 활용한 「김희경전」의 정본 구축 방안」, 『어문학』 132, 한국어문학회, 2016, 146-147쪽.

무슴 죄로 슬하에 한낫 주식이 업사오니 초로 인싱이 춘몽을 이로
오면 다시 씨지 못할지라 외로운 우리 시신을 뉘러 거두리오 간절이
빌건디 외롭고 체량한 정회를 감동하사 귀자를 점지ㅎ소서 ㅎ고 빌
기를 맛친 후 집에 도라왓드니...

(성대본, 1-2면)

인용문은 나이 오십이 되도록 슬하에 자식 없음을 근심하던 김정 부
부가 옥화암 부처가 영험하다는 소문을 듣고 함께 그곳으로 가서 자식
점지를 발원하고 돌아온다는 내용이다. 성대본의 이 내용은 성대본・
충남대본에만 국한된 것이 아니라 장편 이본인 숙대본A 계열과 국중
본A 계열에도 나와 있다. 이로 볼 때 성대본・충남대본 도입부의 '기자
치성 대목'은 원전의 내용이 그대로 계승된 것으로 볼 수 있다.

이에 비해 서울대본・숙대본B의 이 대목은 여타 이본과 달리 김정
부부가 옥화암으로 가는 것이 아니라 옥화암 주지승이 김정 부부를 찾
아오는 것으로 되어 있다.

문득 시비 고ㅎ되 문밧게 웃더흔 노승이 이르러 노야 뵈옵기를
청ㅎ느다 ㅎ거날 평장이 외당의 나아가 청ㅎ여 드리니…(중략)…
노승이 디왈 쇼승은 셔역 옥화암의 잇습더니 암즈 퇴락ㅎ여 불상
이 풍우를 가리우지 못ㅎ옵기로 상공의 어진 일홈을 듯고 불원천리
ㅎ여 시쥬를 바라나이다 ㅎ디 평장이 디왈 비인이 젼싱의 죄악이
지극ㅎ여 슬하의 일졈 혈속이 업나니 명산디쳔의 발원코즈 ㅎ미
힝혀 죤스를 만나시니 밝이 지도ㅎ기를 바라노라…(중략)…평장이
니당의 들어 황금 일만냥을 니여 시쥬ㅎ니 노승이 지비ㅎ여 밧고
갈오디 디셩이면 감텬이라 ㅎ엿시니 불젼의 발원ㅎ여 후스를 엇게
ㅎ리이다 ㅎ고 인ㅎ여 하딕ㅎ며 셤의 나려 두어 거름의 간 곳이 업
거날 평장이 비로쇼 부쳐의 도슐임얼 알고 공중얼 향ㅎ여 무슈 축

원ᄒᆞ며 부인으로 더브러 ᄌᆞ식 빌기를 일ᄉᆞᆷ더니…

(서울대본, 3-5면)

서울대본의 '가자치성 대목'은 옥화암 주지승이 퇴락한 절의 중수를 위한 시주를 청하기 위해 직접 김정의 집을 방문한다. 물론 김정 부부가 옥화암에 황금 일만 냥을 시주한다는 점에서는 다를 바 없지만, 주지승의 등장 유무와 시주의 명목에서 분명한 차이가 감지된다. 서울대본과 같이 승려가 퇴락한 절의 중수를 위한 비용 마련을 위해 권세가를 방문하여 시주를 부탁하는 내용은 고소설 도입부의 기자치성 대목에 흔히 사용되던 수법이다. 따라서 서울대본의 해당 대목은 무명의 필사자가 기존 소설에 대한 독서경험을 바탕으로 삼아 의도적으로 변개했을 가능성이 크다.

②는 명칭이 바뀐 경우이다. 「김희경전」의 여주인공인 장설빙의 부친 및 강물에 투신한 장설빙을 구출한 자의 성명이 두 이본에 달리 설정되어 있다. 성대본에는 장설빙의 부친이 '장자영'으로, 장설빙을 구출한 자가 '여남에 사는 이영찬'으로 되어 있다. 이에 비해 서울대본에는 장설빙의 부친이 '장대령'으로, 장설빙을 구출한 자가 '남경에 사는 이영'으로 표기되어 있다. 「김희경전」의 이본 가운데 '이영'이 '이영찬'으로 표기된 것은 성대본이 처음이다. 그 후 성대본의 서사를 계승한 충남대본·활자본A에도 바뀐 이름이 수용되어 있다. 반면 '장자영'이 '장대령'으로 바뀌고 '이영'의 거주지가 '여남'에서 '남경'으로 바뀐 것은 서울대본이 처음이다. 그 후 서울대본의 서사를 계승한 숙대본B와 국중본B에도 수용된 것으로 파악된다.

한편, 국구 유렴이 위국 왕으로 있으면서 함께 반역을 꾀한 나라가 성대본에는 '남경국'으로 되어 있는데 서울대본에는 '남명국'으로 되어 있다.61) 물론 이런 명칭의 변개가 대수로운 것은 아니지만, 세심한 것까지 바꾸고자 한 필사자의 의도성은 충분히 확인된다.

③과 ④는 간략한 내용인데 이본에 따라 유무가 다르다. 그런데 ③과 ④는 생략될 경우 서사논리에 문제가 생긴다. ③의 경우 김희경이 과거 응시와 혼인을 위해 고향을 떠나 경성으로 가다가 형초에서 장설빙을 만나 가연을 맺고 헤어진 후 곧장 경성으로 가지 않고 집으로 돌아간다. 그 까닭은 먼저 경성으로 갔다가 귀가하던 선비들이 나라에 일이 있어 과거가 연기되었다고 했기 때문이다. 이는 김희경이 상경하던 중 갑자기 귀가하게 된 배경을 담고 있어서 마땅히 나와야 한다. 이 점은 ④의 경우도 마찬가지다. 전쟁이 끝나면 논공행상이 뒤따르는 것이 마땅하다. 대원수와 중군으로 출전하여 대승을 거두고 귀환한 장설빙과 김희경의 경우는 더욱 그러하다. 이런 까닭에 장편 이본에는 모두 ③④가 나와 있고 서울대본에도 그대로 수용되어 있다. 이에 비해 성대본에는 ③④가 모두 생략되었다. ③이 없으니 독자들은 김희경이 상경하다가 중로에서 귀가한 이유를 알 수 없고, ④가 없는데 이후의 서사에서 장설빙과 김희경의 직위가 바뀌어 있어서 모순을 보인다. 이로 볼 때 서울대본이 성대본을 저본으로 삼되 부분적 결함은 장편 계열을 참고해서 채웠다고 할 수 있다.

⑤의 '평장 생신연 대목'은 변개 유무와 연관이 있다. 이에 관해서는 이미 자세히 검토한바 있으므로 여기서는 필요한 내용만 간략히 언급하기로 한다. 본래 이 대목은 원전 계열에서 '현구고례'를 그려낸 것인데, 이것이 후대에 와서 '평장 생신연'으로 바뀌자 그에 맞게 뒷부분에

---

61) 국중본A 계열에는 공통적으로 장설빙의 부친이 '장자영'으로, 장설빙을 구출한 자가 '여남에 사는 이영'으로, 원나라를 침공한 나라가 '위국과 남경국'으로 표기되어 일관성을 보인다.

없던 내용이 부연된 것이다. 이런 변개와 부연은 국중본A에서 비롯된 바, 성대본이 국중본A 계열을 저본으로 삼은 결과라 할 수 있다. 그런데 신부의 입장에서 볼 때 혼례가 끝나고 몇 개월이 지난 시점에 생뚱맞게 시부의 생신연이라는 계기를 마련하여 시부모에게 첫 인사를 올린다는 것이 쉽게 납득되지 않는다.62) 그런데도 국중본A 계열에는 이 대목이 '평장 생신연'으로 되어 있고, 이것이 성대본에도 그대로 수용되었다. 이에 비해 숙대본A 계열에는 이 대목이 '현구고례'로 채워져 있고, 이것이 서울대본에도 그대로 수용되었다. 이로 볼 때 서울대본이 성대본을 저본으로 삼되 이 대목은 숙대본A 계열에서 가져왔다고 할 수 있다.

⑥의 '상화루 담소 대목' 또한 이본에 따라 유무가 다르다. 장편 이본에는 이 대목이 빠짐 없이 수용되어 있어 원작에서보터 존재한 내용임을 알 수 있다. 이 대목은 김희경의 세 부인인 장설빙·최부인·영월공주가 어느 날 상화루에 모여 담소하다가 각기 시를 지어 즐기던 중 몰래 병풍 뒤에 숨어 이 광경을 지켜보던 김희경이 그들 앞에 나타나 시를 품평하며 고하를 말했다가 부인들의 핀잔을 받는다는 내용을 골자로 삼고 있다. 그런데 성대본에는 이 대목이 수용되었지만 뒷부분의 '시 품평 장면'이 없고, 서울대본에는 아예 이 대목이 통째로 생략되어 각기 다른 면모를 보인다.

⑥은 앞의 ⑤와 함께 김정 부자를 희화화하는 이색적인 장면으로 읽힐 여지가 있다. ⑤에 부연된 '외헌의 잔치 장면'은 김평장을 희화화의

---

62) 장편 이본의 경우 후반부에서 김희경과 애월공주·이소저의 혼례가 끝난 직후에 이와 유사한 장면이 재차 마련되어 있다. 숙대본A 계열에는 이 부분도 '현구고례'로 되어 있고, 국중본A 계열에는 '평장 부인 생신연'으로 되어 있다. 시부와 시모의 생신연이 모두 자식의 혼례 직후에 설정되는 것이 자연스럽지는 않다. 따라서 두 경우는 원전의 '현구고례'가 후대의 일부 이본에 '생신연'으로 개변되었다고 볼 수 있다.

대상으로 삼은 것이고 ⑥은 김희경을 그 대상으로 삼은 것이다. ⑤는 김희경이 거문고 타는 여악사로 변장하고 최승상 부녀를 감쪽같이 속인 것에 대해 최승상이 김정을 대상으로 김희경이 가장했던 '초운'이란 창기를 들먹이며 그를 왜 모르냐고 골려주는 내용으로 되어 있다. 이는 결혼 전 규방의 법도를 어긴 김희경의 돌발 행동에 대한 복수의 성격을 지니지만, 그것이 잔치 자리의 흥겨운 분위기를 타고 장난스럽게 그려지고 있어 적지 않은 웃음을 유발한다. ⑥은 김희경의 세 부인이 끈끈한 연대를 바탕으로 몰래 자신들의 광경을 엿본 김희경을 합심해서 질책하고 골려주는 장면이다. 이 장면에서 김희경은 세 부인의 뜻하지 않은 반응에 무안하고 약이 오른 태도를 보이지만, 세 부인은 전혀 악의 없이 의기투합하여 가장을 골려주며 유쾌한 놀이를 즐길 뿐이다. 이를 통해 일부다처가 한 공간에 거주하면서도 화락하게 공존할 수 있음을 강조하고 있다.63) 서울대본에 이 장면이 통째로 생략된 것은 일부다처에 대하여 다소 부정적 시각을 가진 서울대본의 필사자가 이 대목을 의도적으로 생략한 결과로 판단된다.

지금껏 검토된 단편 이본 중 가장 이른 시기에 필사된 이본은 성대본이다. 그리고 성대본과 동일한 서사 내용이 활자본A로 계승되어 11회나 출간된 것을 보면64), 19세기 말에서 20세기 초반 사이에는 성대본 계열이 가장 활발히 전승된 것으로 추정된다. 한편 서울대본은 성대본을 저본으로 삼되 몇몇 대목을 차별화하고 성대본에 누락된 내용은 장편 이본에서 채워 넣는 방식으로 생성되었다. 이 이본은 숙대본B, 국중

---

63) 이 대목은 「구운몽」의 영향이 다분하다. 「구운몽」에서 양소유와 여덟 명의 여인들이 엮어가는 일부다처의 화락한 공존이 「김희경전」에 거의 그대로 옮겨진 느낌이 든다. 정길수, 『구운몽 다시 읽기』, 돌베개, 2005, 81-173쪽.

64) 이주영, 『활자본 고전소설 연구』, 월인, 1998, 107쪽.

본B 등 필사본으로만 전승되고 활자본 간행은 한 번도 없었다. 모든 단편 이본은 전반부·중반부로만 구성되어 있지만, 서울대본·숙대본B는 성대본·충남대본에 비해 일부 내용이 변개, 부연, 생략된 흔적을 보여주고 있다. 물론 이로 인해 작품 해석이 크게 달라지는 것은 아니지만, 적극적인 독자의 개입으로 기존 서사의 일부가 의도적으로 바뀌고, 또 그렇게 바뀐 이본이 별도의 그룹을 형성하고 있었다면[65] 이를 독립된 계열로 분리하는 것이 마땅하다. 이에 따라 「김희경전」의 단편 이본을 '**성대본 계열**'과 '**서울대본 계열**'로 설정한 것이다.

이상과 같이 「김희경전」의 장편 이본 중 '숙대본A 계열'은 원전의 서사를 계승한 초기 이본의 면모를 지녔고, '국중본A 계열'은 원전의 서사를 부분적으로 생략, 변개, 부연한 중기 이본의 면모를 지닌 것으로 파악된다. 그리고 단편 이본 중 '성대본 계열'은 국중본A를 저본으로 삼되 후반부를 생략하고, '서울대본 계열'은 '성대본 계열'을 저본으로 삼되 부분적 결함은 장편 이본에서 보완한 후기 이본의 면모를 지닌 것으로 파악된다.

「김희경전」의 이본 가운데 장편 이본이 단편 이본보다 먼저 형성되었을 것이라는 필자의 주장에 의문을 가질 수도 있다. 단편이 먼저 형성되어 후대로 전승되는 과정에서 후반부가 추가된 장편 이본이 생성된 것이 아니냐고. 하지만 이런 가정이 성립되기 위해서는 수집된 이본 가운데 단편 이본의 필사시기가 장편 이본의 그것보다 앞선다는 명백한 근거를 찾아야 하고, 여성영웅소설의 장르관습에 비추어 보더라도 단편이 장편으로 확대되어야 할 만한 소설사적 배경이 충분히 뒷받침

---

65) 낙질본으로 남아있는 국중본B도 필사된 전반부의 내용 전체가 서울대본·숙대본B와 일치된다. 이것으로 볼 때 서울대본과 동일한 서사를 지닌 이본이 성대본 계열과는 별도의 계열을 이루고 있었던 것으로 추정된다.

되어야 할 것이다.

「김희경전」과 「홍계월전」은 18세기 말에 형성되었고, 원작이 장편이었다가 후대에 단편으로 개편되는 과정을 함께 겪었다. 「김희경전」은 후반부의 결연담을 생략하는 방향으로, 「홍계월전」은 네 차례의 군담 가운데 뒤의 두 군담을 생략하는 방향으로 각기 개편된 것으로 확인된다.[66] 「김희경전」에는 결연담이 과도하고 「홍계월전」에는 군담이 과도하니, 각기 군더더기로 보일 수 있는 후반부의 결연담과 군담을 과감히 생략함으로써, 동일 서사의 반복으로 인한 지루함을 없애고 19세기 후반 여성영웅소설의 장르관습에 부합되는 이중의 효과를 거두었다. 한편, 「김희경전」은 「부장양문록」, 「하진양문록」, 「김희경전」, 「육미당기」로 이어지는 장편 여성영웅소설의 계보에서 중요한 역할을 수행한 것으로 보인다. 특히 「김희경전」의 후반부가 「육미당기」의 후반부에 직접 영향을 끼친 것으로 보이는데[67] 「육미당기」의 창작시기와 후반부 서사를 고려하면 「김희경전」은 적어도 1863년을 전후한 시기까지 장편 이본 위주로 유통되었을 가능성이 높다. 이에 따라 「김희경전」의 원작은 전반부·중반부·후반부를 모두 지닌 장편으로 보는 것이 타당하다.

---

66) 정준식, 「초기 여성영웅소설의 서사적 기반과 정착 과정」, 『한국문학논총』 61, 한국문학회, 2012, 48-49쪽.
67) 「육미당기」는 서유영이 1863년에 창작한 소설이다. 이 작품의 후반부를 이루는 '김소선과 설서란의 결연담'이 「김희경전」의 후반부에 설정된 '김희경과 이소저의 결연담'과 매우 유사하다. 이로 볼 때 서유영이 읽고 참고한 여성영웅소설은 「김희경전」의 이본 중에서도 후반부가 나와 있는 장편이었을 것으로 추정된다. 정준식, 「「김희경전」과 「육미당기」의 상관성」, 『한국문학논총』 48, 한국문학회, 2008, 45-51쪽.

4. 계열별 선본의 이본적 가치

필자는「김희경전」의 이본을 지속적으로 수집·검토하는 과정에서 이본 계열을 분류하고 작품의 변모양상을 파악하는 데 중요한 단서가 될 만한 이본 4종을 수득하였다. 국중본A, 성대본, 서울대본, 숙대본A 가 바로 그들이다. 이 가운데 숙대본A는 강승묵이 소개한 것이고 나머지 3종은 필자가 소개한 것이다. 이들의 발굴로「김희경전」의 이본 실상을 보다 실증적으로 이해할 수 있었고, 이 작품에 대한 그간의 연구가 후대에 축약된 활자본 중심의 피상적 논의에 머물렀다는 반성에 이르게 되었다. 나아가 이들 4종은 최근「김희경전」의 이본 연구에서 각 계열을 대표하는 선본이 되었으니 그 가치가 작지 않다.

「김희경전」의 이본 실상에 대한 이해와 원전 탐색에 대한 기대는 최근 이 작품의 이본을 본격적으로 검토하는 과정에서 비롯되었다. '김희경전, 김상서전, 장씨효행록, 김씨효행록, 금환기봉, 여자충효록, 여중호걸' 등의 표제가 사용된「김희경전」은 동일 작품이지만 분량과 내용에서 적지 않은 차이를 보인다. 이런 사실이 인지되면서 이본 발굴 및 계열에 대한 연구가 본격화되었고, 계열 간 선후를 탐색하는 과정에서 원전에 대한 관심이 촉발되었다. 그간 수집된 26종의 이본 가운데「김희경전」의 이본 계열을 설정하고 원전을 탐색하는 데 중요한 기반이 된 것은 국중본A, 성대본, 서울대본, 숙대본A이다. 이하 이들 4종의 특징과 이본적 가치를 가늠해 보고자 한다.

국중본A는「김희경전」의 이본 가운데 전반부·중반부·후반부를 모두 지닌 장편 이본에 해당된다. 필자가「김희경전」의 필사본 가운데 가장 먼저 정독한 것이 국중본A인데, 이 이본은 한중연본A, 한중연본B, 김동욱본H와 전체 서사 내용 및 디테일이 일치된다.[68] 국중본 A를 통해 이들이 한 계열을 이루고 있음을 확인할 수 있었다. 그런데 필자는 국중본A를 포함한 장편 완질본 3종[69]을 면밀히 검토하던 중 이들 이본에 무리하게 생략되어 결함을 보이는 부분을 몇 군데 발견하였다.[70] 그 중에서도 '여장탄금 대목'과 '연왕 달초 대목'의 생략은 이들 3종이 궁중과 모종의 연관이 있는 것으로 추정한 바 있다. 이러한 추정의 근거로 필자는 한중연본A가 본래 장서각 낙선재에 소장되었던 이본이고, 그 내용이 국중본A의 내용과 완전히 일치한다는 사실을 들었다.[71] 그 후 필자는 낙질본 가운데 초기 이본으로 추정되는 김동욱본A・D・F 조합본을 대상으로 「김희경전」의 원전 재구 작업을 시도하여 국중본A 계열과 분명한 차이를 보이는 별도의 장편 계열이 존재했음을 증명하고자 하였다.[72]

성대본은 전반부・중반부로만 구성된 단편 이본이다. 이 이본은 필자가 수집한 단편 이본 가운데 필사시기가 가장 앞서며 활자본의 모본이 된 것으로 확인된다.[73] 그런데 1873년에 필사된 성대본은 1893년에 필사된 충남대본과 전체 내용이 거의 같고[74], 1917년에 간행된 활자본

---

68) 한중연본A, 한중연본B는 조선후기 창덕궁 낙선재에 소장되었던 이본이고, 국중본A와 김동욱본H는 이와 직접 관련이 있는 이본이라는 점에서 고대본A와는 성격을 달리한다. 이들 가운데 한중연본B와 김동욱본H는 낙질본이다.

69) 필자가 국중본A를 검토할 당시 수집한 「김희경전」의 완질본은 9종이었다. 이 가운데 전반부・중반부・후반부를 지닌 장편 이본은 국중본A, 한중연본A, 고대본A이고, 나머지 6종은 모두 전반부・중반부만 나와 있는 단편 이본이다.

70) 여장탄금 대목, 환약과 부적을 얻는 대목이 대표적이다.

71) 정준식, 「국립중앙도서관본 「김상서전」의 자료적 가치」, 『한국문학논총』 44, 한국문학회, 2006, 149쪽.

72) 정준식, 「「김희경전」 원전 재구」, 『한국문학논총』 제65집, 한국문학회, 2013, 89-119면.

73) 정준식, 「성대본 「김상서전」의 생성요인과 자료적 가치」, 『어문학』 94, 한국어문학회, 2006, 267쪽.

74) 성대본과 충남대본은 전체 서사 내용은 물론 구체적인 인명・지명과 생략된 내용

A 또한 두 이본과 유사하다. 필자는 성대본을 통해 필사본 중 국중본A 계열보다 축약된 단편 이본의 존재를 알게 되었다. 이런 과정을 통해 성대본, 충남대본, 활자본A가 장편 이본인 국중본A 계열과는 별도의 단편 계열을 이루고 있음이 확인되었다. 이를 성대본 계열로 설정한 것이다.

서울대본은 수집 당시 '이소저의 남장 행적'이 생략되었다는 점을 근거로 성대본 계열로 분류되었다. 물론 이와 동일한 내용을 지닌 국중본B가 있긴 했지만, 이는 낙질본이라서 필사되지 않은 부분까지 서울대본과 동일한 내용이었는지 전혀 알 수 없었다. 그 후 강승묵에 의해 숙대본B가 소개된바, 이 이본은 서울대본과 그 내용이 일치되므로 두 이본이 동일 모본에서 파생되었을 가능성이 크다고 본 것이다. 이런 과정을 통해 서울대본, 숙대본B, 국중본B가 단편 이본 중에서 성대본 계열과는 별도의 계열을 이루고 있었음이 확인되었다. 이를 서울대본 계열로 설정한 것이다.

숙대본A는 최근 강승묵이 숙대본B와 함께 소개한 이본이다. 이 이본은 필자가 기존 논의에서 낙질본인 김동욱본A・D・F를 조합하여 재구한 원전과 그 내용이 흡사하여 특별히 주목을 끌었다. 강승묵은 필자가 제기한 원전 계열의 존재가능성을 강하게 부인하였는데, 바로 그 논문에 필자의 추정이 타당했음을 입증할 수 있는 이본을 소개했으니, 기막힌 우연이 아닐 수 없다. 숙대본A는 국중본A 계열에 공통적으로 생략된 내용을 고스란히 지니고 있고 군담을 비롯한 몇몇 대목이 국중본A 계열과 다른 점으로 볼 때, 원전의 서사를 계승한 이본일 가능성이 높다. 숙대본A야말로 국중본A 계열의 서사적 결함을 보완할 수 있는 유일한 완질본이다. 더구나 이 이본의 서사 내용이 낙질본으로 전하는

까지 완전히 일치된다. 이로 볼 때 두 이본은 직접 영향을 주고받은 관계이거나 동일 선행본을 저본으로 삼았을 것으로 추정된다.

정명기본A, B, 김동욱본A, B, C, D, E, F, G, 국민대본 등 10종의 해당 내용과 일치되고 있어서 국중본A 계열과는 별도의 장편 계열이 존재하고 있었음이 분명하다. 이런 이유로 숙대본A 계열로 설정한 것이다.

숙대본A는 원전의 서사를 계승한 이본으로 다른 장편 완질본에서 공통적으로 확인되는 생략, 변개, 부연의 흔적이 거의 보이지 않는다. 강승묵은 숙대본A가 세책본임을 강조하며 이를 여타 필사본과 애써 구별했지만, 정작 숙대본A의 특징을 제대로 짚어내지는 못했다. 숙대본A는 원전의 서사를 계승한 초기 계열의 이본이 세책본의 저본이 되었음을 확인시켜 준다는 점에서 중요한 가치를 지닌다. 이 이본을 통해 원전의 면모를 짐작할 수 있게 되었으니, 「김희경전」의 원전 탐색을 위해서는 숙대본 A를 핵심 자료로 삼아야 할 것이다.

IV. 「김희경전」의 원전 탐색

「김희경전」의 이본은 26종에 이르지만 그 가운데 완질본은 10종에 불과하다. 그리고 10종의 이본 중에서 원전의 서사를 계승한 초기 계열의 이본은 숙대본A 한 종에 불과하다. 그런데 숙대본A는 중반부와 후반부 말미에 생략된 곳이 여럿 있어서 이를 보완하지 않고는 연구 자료로 활용하기 어렵다. 사정이 이러하므로 「김희경전」에 대한 보다 엄정한 연구를 위해서는 원전을 탐색하여 정본을 구축하는 일이 요구된다.

이런 요구에 따라 필자는 최근 숙대본A를 핵심 자료로 삼고 김동욱본 A · D · E · F를 보조 자료로 삼아 「김희경전」의 정본 구축 작업을 시도한 바 있다.[75] 하지만 여기에는 학술 논문이라는 제한된 지면 탓에 필자의 주장을 오롯이 담아내지 못한 것이 사실이다. 나아가 정본 구축 방안을 마련한 후 구축된 결과물을 곧바로 제공하지 않아 「김희경전」에 대한 연구 지평의 확대에 기여할 것이라던 애초의 기대를 충족하지 못했다. 이에 본장에서는 「김희경전」의 원전을 복원하고 그 결과물을 부록으로 제공하고자 한다.

필자가 수집한 「김희경전」의 이본 26종 가운데 숙대본A가 초기 이본을 계승한 유일한 완질본이기 때문에 원전 탐색에서도 숙대본A를 핵심 자료로 삼는다. 그리고 동일 계열의 낙질본인 김동욱본A, 김동욱본B, 김동욱본C, 김동욱본D, 김동욱본E, 김동욱본F, 정명기본A, 정명기본B, 국민대본 등을 보조 자료로 삼아 숙대본A의 미진한 부분을 보완하고자 한다.

숙대본A는 국중본A 계열의 여러 이본에 비하면 두드러진 결함이 없

---

75) 정준식, 「숙대본A를 활용한 「김희경전」의 정본 구축 방안」, 『어문학』 132, 한국어문학회, 2016.

는 편이긴 하다. 하지만 그럼에도 불구하고 곳곳에서 무리한 생략에 따른 서사적 단절이나 부자연스런 대목이 적지 않기 때문에 이들을 보완해야 작품을 온전히 이해할 수 있다. 이하 숙대본A를 저본으로 삼아 문제가 되는 부분을 저본의 문맥에 맞게 일일이 보완하여 결함이 해결된 정본을 구축하고자 한다.

1. 전반부의 결함과 해결 방안

숙대본A는 원전의 서사를 계승한 초기 계열의 이본으로 내용이 풍부하고 디테일도 잘 갖추어진 편이다. 그런데 이를 낙질본으로 남아있는 김동욱본A, B와 비교하면 간혹 생략된 부분이 눈에 띄기도 한다.

> ① 그날 평장 몽중에 한 동지 와 절하며 왈 소주는 천상 문창성이옵드니 <u>월궁 선녀와 희롱헌 죄로 인간에 닉치시민 갈 바을 몰누 쥬져호든 차에</u> 옥화산 신령니 지시허옵시기로 왓수오니 어엽비 녀기소셔
>
> (김동욱본A, 2~3면)

> 이날 밤 평장의 꿈의 한 동지 와셔 절호고 왈 쇼주은 천상 문창성이옵던니 옥하암 부쳐 지시허기로 이곳의 와 의퇴호온이 어엽비 여기옵쇼셔
>
> (숙대본A, 2면)

인용문 ①의 밑줄 친 부분은 장차 '김희경'으로 출생할 '문창성'이 천상에서 쫓겨난 이유를 밝힌 것으로 문맥상 생략해서는 안 되는 내용이다. 그런데 숙대본A와 김동욱본B에는 이 내용이 생략되고 김동욱본A에만 나와 있다. 이에 따라 김동욱본A의 밑줄 친 내용을 숙대본A의 생

략된 곳에 보충해야 태몽 부분의 문맥이 온전해진다.

② 문득 동편을 바라보니 무삼 현판이 달여거늘 그 글에 ㅎ 여스되
청쥬인 이부상셔 장ㅈ영은 흉중의 만단슈회 긔록ㅎ난이 슬프다
화복은 지쳔ㅎ고 ㅅ싱은 유명ㅎ니 일역으로 못ㅎ나이 늬 몸의
벼슬니 육경에 일오민 진츙보국ㅎ드니 시운니 불힝ㅎ여

(김동욱본B, 34면)

동편을 바라본니 무삼 현판니 다려거늘 그 글의 ㅎ 여쓰되 슬푸다
화복은 지쳔ㅎ고 ㅅ싱은 유명ㅎ니 일역으로 못 헐지라 늬 몸을
나라의 허ㅎ여 츙셩을 다 ㅎ던니 시운니 불힝ㅎ여

(숙대본A, 42-43면)

인용문 ②의 밑줄 친 부분은 북해에 적거된 장자영의 유언의 한 부분
이다. 이부상서 장자영은 장설빙의 부친으로 그녀가 15세 되던 해에 소
인의 참소로 북해에 유배 되었다가 그곳에서 죽었다. 밑줄 친 부분은
장자영이 죽기 전 현판에 쓴 유언장의 일부로, 유언을 하는 자의 성명
을 밝히는 내용이므로 생략해서는 안 된다.[76] 그런데 김동욱본A와 숙
대본A에는 이 내용이 생략되었고 김동욱본B에만 나와 있다. 이에 따라
김동욱본B의 밑줄 친 내용을 숙대본A의 생략된 곳에 보충해야 유언의
내용이 온전해진다.

이밖에도 숙대본A의 전반부에 나타나는 부분적인 결함은 김동욱본
A와 김동욱본B에서 찾아 보완할 수 있다. 그런데 전반부는 비교적 소
소한 것 외에는 크게 문제가 될 만한 결함이 없는 것으로 보인다.

---

76) 국중본A, 성대본, 서울대본에도 이에 해당하는 내용이 빠짐없이 나와 있다.

2. 중반부의 결함과 해결 방안

김동욱본D는 중반부만 남아있는 낙질본이다. 김희경과 장설빙의 영웅담과 결연담을 그려낸 중반부와 후반부의 초입에 해당하는 이소저의 남장 상경까지 나와 있어 숙대본A의 중반부와 비교하기 적절하다. 숙대본A는 여타 이본에 비해 세부 묘사가 섬세하지만, 곳곳에 철자가 잘못 표기된 것이 많아 문장을 이해하는 데 걸림돌이 된다. 이에 비해 김동욱본D는 대체로 철자가 바르게 표기되어 있고 문맥도 매끄럽다. 따라서 숙대본A의 중반부에 철자가 바르지 않거나 문맥이 통하지 않는 것은 김동욱본D의 해당 부분을 참조하여 보완할 수 있다.

③ 차인은 김평장의 아들이요 닉의 싱질이라 단건쳥삼이 완연ㅎ거늘 엇지 여지리요 초운의 조식을 잇지 못ㅎ 실진틴 발셔 닉게 사졍을 통치 안이ㅎ여 계신잇가 승샹이 금션을 드러 틴후을 치며 호호이 틴소 왈 닉 임의 발키 아나니 그틴 엇지 닉 눈을 속이난요 젼일 초운은 금일 김싱이요 금일 김싱은 젼일 초운이라 닉 그틴의 계교의 속으물 ㅎㅎ나 그틴는 명쳘군지라 방탕ㅎ 아희을 기결치 안이ㅎ고 경박헌 힝실을 가르쳐 닉집 도장을 여어보니 무삼 군자의 도리라 ㅎ리요

(김동욱본D, 1면)

이는 김평장의 아드리요 쇼졔의 싱질니라 ㅎ믈며 흑건쳥삼이 완연ㅎ거든 엇지 남여를 분별치 못ㅎ시는잇가 쵸운의 조식을 잇지 못ㅎ여 이갓치 병니 나셔 눈니 변ㅎ여 계신니가 쇼졔 실노 명공을 위ㅎ여 근심ㅎ 는니드 만일 이러ㅎ 실진틴 엇지 ㅅ졍을 니로지 안니ㅎ시는잇가 승샹니 금션을 드러 틴휘의 등을 치며 흐〃니 박장틴쇼 왈 닉 임의 아는지라 현졔는 금셰의 명쳘ㅎ 군

즈라 방탕흔 아희을 경계치 안니코 도로혀 경박흔 지스을 힝흔
니 이는 군즈의 정도 안니라

(숙대본A, 111면)

인용문 ③은 여장한 김희경이 최승상의 생일잔치에 초대되어 거문
고를 연주하고 돌아간 후 최승상이 딸에게서 거문고 타던 악사가 여장
한 남자일 것이라는 말을 듣고 석태위의 집을 찾아가 그 진위를 확인하
는 장면이다. 인용문의 밑줄 친 부분은 김희경이 최승상을 어떻게 속였
는가를 구체적으로 알려준다. 만약 이 내용이 없으면 그 상황에 대한
정보 전달이 애매해질 수밖에 없다.[77] 김동욱본D에는 밑줄 친 내용이
나와 있는데 숙대본A에는 생략되었다. 따라서 김동욱본D의 밑줄 친
내용을 숙대본A의 생략된 부분에 채워 결함을 해결할 수 있다.

④ 학시 심하의 비감험을 검치 못흐여 몸을 굽펴 사려 왈 소제 형의
무르시믈 인흐여 진정을 토흐여삽드니 이럿툿 비창흐시니 불승
감스흐여이다 한림이 말을 못흐다가 반향 후 가로되 형이 즁졍
을 다흐시미 소제 엇지 실졍을 긔이리요 소제 당초의 부명을 밧
자와 경셩으로 향흐다가 형초 긱졈의셔 영미를 만나 여츠여츠
흐여 셔로 언약을 졍흐고 흔 죠각 셔즁으로 금환을 밧고와 빅셰
를 긔약흐미 쳔지신명이 명감흐시미라

(김동욱본D, 13면)

학시 심즁의 그 유신흐믈 감동흐야 몸을 이러 스레 왈 쇼형니 우
연이 무르시니 불승감스흐여이다 한림이 오릭 말을 못흐다가
반향 후 말을 흐야 갈아듸 형이 즁심을 다 흐신니 쇼제 엇지 진

정을 니로지 안이리요 과년 부친의 명을 밧즈와 경성을 향ᄒ 듯
ᄀ 형쵸 긱졈의셔 영민을 만나 여츳 〃 〃 흔 언약을 졍ᄒ고 흔
죠각 셔즁으로 금환을 밧고와 기리 빅년을 미즈미 쳔지 일월니
졍감ᄒ신 비라

(숙대본A, 128-129)

　인용문 ④는 김희경과 장설빙이 형초에서 이별한 후 과거급제를 계
기로 다시 만나 대화하는 장면이다. 김동욱본D의 밑줄 친 내용이 숙대
본A의 해당 부분에는 생략되어 앞뒤 문맥이 통하지 않는다. 학사(장설
빙)가 한림(김희경)에게 "불승감스"하다고 한 것은 한림이 '장설빙의
소식을 물은 것' 때문이 아니라 '장학사의 진정을 듣고 통곡한 것'에 대
한 사례이다. 이런 대화가 오간 것은 장설빙이 남장을 한 상태에서 김
희경에게 자신을 '장수정'으로 변성명하며 장설빙을 자신의 누이동생
이라고 둘러댔기 때문이다. 이런 상황에서 김희경이 장설빙의 소식을
묻자 장설빙이 자신을 죽었다고 말했으니 김희경이 대성통곡을 한 것
이다. 따라서 문맥에 맞게 하려면 김동욱본D의 밑줄 친 부분을 숙대본
A의 해당 부분에 채워 넣어야 한다.

　⑤ 부인의 총명ᄒ시믈 항복ᄒ거니와 복의 심한는 부인의 난홀 빅
　　아니라 옥잠이 불어지고 명경이 씌여져시니 <u>상쳔이 조림ᄒ셔도
　　허일 업는지라</u> 부인이 드르시면 불안ᄒ실 거시오 유익지 아니
　　헐 거시로되 실졍을 듯고져 ᄒ시니 셜화ᄒ리이다

(김동욱본D, 16-17면)

부인의 총명니 스람의 심간을 비최니 그록키 탄복ᄒ건니와 복의
근심은 부인의 난홀 빅 안니라 옥즘니 부러지고 난경니 씌여지
니 부인니 드르면 심스 불안ᄒ고 도로혀 무익ᄒ리니 듯기 부즐

업ᄉ온나 졍심을 듯고져 ᄒ신니 셜화ᄒ리이다

(숙대본A, 134-135면)

인용문 ⑤는 김희경이 과거에 급제한 후 장설빙을 만났을 때 남장한 장설빙이 자신을 '장수정'이라 속이고 누이동생이 만경창파에 고혼이 되었다고 말한 것을 그대로 믿고 술에 취해 슬퍼하는 장면이다. 김동욱 본D와 숙대본A가 유사한 내용을 보이지만, 숙대본A에는 밑줄 친 부분이 무리하게 생략되어 문맥이 부자연스럽다. 김희경이 아내에게 "부인이 들으시면 불안ᄒ실 거시오 유익지 아니"하다고 한 것은, 어차피 말해봐야 죽은 사람을 살릴 순 없고 괜히 마음만 아플 것이라고 생각했기 때문이다. 그래서 하느님이 와도 어쩔 수 없다고 한 것이다. 이로 볼 때 밑줄 친 내용이 있는 것이 없는 것보다 문맥이 자연스럽다.

이밖에도 숙대본A의 중반부에 나타나는 부분적인 결함은 김동욱본D에서 찾아 보완할 수 있다. 이는 김동욱본D가 낙질본 가운데 중반부의 내용이 숙대본A와 가장 유사하기 때문에 가능한 일이다.

그런데 김동욱본D와 숙대본A는 공히 군담 대목에서 하나의 전투장면이 통째로 생략된 모습을 보인다. 해당 부분의 원문을 제시하면 다음과 같다.

⑥ 김원슈 잔을 들어 장원슈게 치하ᄒ니 원쉬 왈 승젼험은 다 장쫄의 공이라 <u>닉 무슴 공이리요 ᄒ드라 잇썬 위왕이 형왕다려 왈 이</u>졔 다시 싸홀진티 반다시 픽헐 거시니 의양셩이 비록 져근나 셩지 견고ᄒ고 양식이 둑ᄒ니 구지 직회여다가 원진의 양초 진험을 타 치면 양장을 잡을 거시니

(김동욱본D, 52면)

김원수 잔을 들어 장원수게 치하ᄒ니 원슈 왈 니는 제장의 죽기을
악기지 안니험과 ᄉ돌니 영을 듯치미요 겸ᄒ여 전장(젹장)니 씬
읍셔 승전ᄒ미라 닉 무삼 지죄 잇슬리요 제장니 다 머리을 됴와
가로되 원수의 신츌귀몰헌 게교는 사람의 승회 밋츨 비 아니라
엇지 원슈의 공니 아니리잇고 원수 왈 닉 쏘한 질리의 익지 못ᄒ
여 소로 잇는 쥴을 몰으고 밋쳐 방비치 못ᄒ여 <u>위왕으로 ᄒ여금
셩명 장슈정는 짐즛 장슈의 직목니라</u> 옛날 주야부라도 이의셔
더ᄒ지 못헐리니 조련니 파키 어려온지라 형장는 무삼 게교 잇
난니가 위왕 왈 니번 싸홈의 니긔여시나 ᄭ틔여 젹진의 손ᄒ미
읍슬지라 장수정은 용병을 잘 ᄒ고 김희경은 질약니 과닌ᄒ니
이제 싸홀진듸 반다시 속기 쉬울 거시오 양셩니 비록 겨근나 셩
지가 견구ᄒ고 경즁의 굴양니 십연을 견듸지라 젹병니 ″리 오
미 양초을 필연 당허기 어려울 거시오 달푼 되면 양식니 진허리
니 그ᄶ을 ᄶ 치면 젹병을 파허고 양장을 살오잡을 거시니

(숙대본A, 190~191면)

인용문 ⑥에서 김동욱본D의 밑줄 친 부분에서 "닉 무슴 공이리요
ᄒ드라"와 "잇쩌 위왕이 형왕다려 왈"의 사이에는 반드시 있어야 할
내용이 생략되었다. 그리고 이 생략된 내용이 숙대본A의 해당 대목에
도 생략되어 "위왕으로 ᄒ여금 셩명"과 "장슈정는 짐즛 장슈의 직목니
라"가 전혀 문맥에 맞지 않게 억지스럽게 연결되어 非文이 되었다. 두
이본의 해당 부분을 다른 낙질본과 비교하니 김동욱본D와 숙대본A에
중요한 전투장면 하나가 생략된 것으로 확인된다.

군담이 영웅소설에서 차지하는 비중과 의미를 고려할 때 전투장면
하나가 통째로 생략된 것은 단순한 축약으로 보기 어렵다. 다소 분량이
많지만 두 이본에 생략된 내용을 김동욱본E에서 찾아 원문을 제시한다.

⑦ 승명을 보죤ᄒ게 ᄒ미라 ᄒ고 다시 술을 닉와 질기이 원슈 졔즁을 딕ᄒ여 왈 너의 등은 본진으로 도라가 의갑을 벗지 말고 방심치 말나 ᄒ니 졔즁니 일시에 알외되 오날 유협니 간담니 씩려졋고 쏘 형왕니 겨우 졍신을 ᄎ리지 못ᄒ고 승명을 보젼치 못ᄒ고 겨에 엇지 무슴 계교을 힝허올니가 군ᄉ을 슈여 명일노 의양셩을 지쳐 발리고져 ᄒᄂ니다 원슈 왈 그러치 안아 그 위틱허물 싱각ᄒ라 ᄒ면 승젼허물 씨거말나 ᄒ딕 각셜 잇써에 위왕이 픽허물 분허고 군ᄉ을 즘고헌이 쥭은 장슈 십여원이 군ᄉ 만여 명이라 장딕에 방호연에 신위을 빅셜허고 친이 졔문 지어 졔헐싀 잔을 들고 딕셩통곡헌이 위진 장쫄리 뉘 안이 스러허리요 졔을 파허고 형왕을 청허여 왈 션봉이 닉에 슈죡 갓튼 장슈라 이졔 한 팔리 부러지고 쏘 양초와 군긔을 다 일러신이 웃지 슬푸지 안이허리요 형왕 왈 원병이 연일 싸홈에 극키 피곤헐 거신이 오늘 밤에 원진을 겁칙허면 반드시 큰 공을 일울 거신이 장슈졍을 사로잡지 못허면 양초와 긔게는 아슬인이 병법에 극키 묘헌 일니로다 형왕 왈 이 쓰지 가장 묘허도다 헌이 위왕이 크게 깃거 왈 졍이 닉 쯧과 갓도다 허고 군ᄉ 일만을 거날려 졀영 왈 장쫄은 쥭기을 다허여 싸호라 허고 원진을 힝ᄒ여 가든이 졍이 후군 셜틱에 진을 당허여는지라 잇써 셜틱 젹병을 파허고 본진에 도라와 슈리 임에 취허여는지라 쏘한 원슈에 염예허물 부죡키 아라 군즁에 진측이 읍쓰믹 군ᄉ 의갑을 벗고 잠을 깁피 드러든이 위병이 크게 납함허며 짓쳐 드러온이 원진 장쫄리 불에지변을 당허여는지라 군ᄉ 밋쳐 의갑을 입지 못허고 장슈는 밋쳐 안장을 슈습지 못허여 위병이 바로 짓쳐 즁영을 향허는지라 잇써 셜틱 취허여 장즁에 잠이 깃피 들러든이 함셩이 진동허거늘 딕경허여 급피 장즁에 나와 말을 타고 셧든이 한 장슈 도치을 들고 짓쳐 들어온이 이는 위장 젼달이라 원진 부장 원기리 닉다라 딕호 왈 오는 장슈는 승명을 통허라 마리 맛지 못허여 활시위 소릭 나며 원길에 왼눈이 마져 말게 쩌러지는지라 셜틱 그 쇼연에 긔셰을 당치

못헐 줄 알고 셔딕을 향허여 다라난이 원병이 셔로 발바 죽는 지 불가승슈라 위왕이 후군을 파허고 바로 원슈에 딕진을 향허드라 잇써 장원슈 군즁에 슌향허고 장즁에 도라와 부원슈을 쳥허여 젹병 파헐 게규을 의논허든이 호련 함셩이 진동허며 슈문장이 보허되 젹병이 진을 범허나이다 허거늘 원슈 부원슈로 허여금 급피 나가 막으라 허든이 부원슈 왈 젹병이 밤에 일른이 필련 간 게 잇도다 허고 즉시 군즁에 졀영 왈 진문을 구지 닷고 딕젹지 말나 잇써 위왕이 딕진을 범허여 십여 츠을 츙돌허되 구듬이 쳘 셕 갓트여 헤칠 길이 읍는지라 회군허여 셩즁으로 도라간이라 원진 후군이 스산분허여든이 평명에 픽군을 슈합헌이 장슈 죽 은 지 십여 원이라 쏘 군스 죽은 거시 슈빅인이라 양쵸와 긔게 일은 거시 무슈허고 창금에 상헌 지 무슈헌지라 딕원슈 셜틱 위 령허물 알고 장딕에 올나 셜틱을 나립허라 헌이 군스 일시에 다 라드러 스슬노 셜틱을 결박허여 장하에 꿀이거늘 원슈 크게 꾸 지져 왈 늬 비록 년소허나 황상이 즁임을 부탁허신이 그딕로 츙 심을 다허여 도젹을 방비허미 올커늘 진짓 장영을 거역헌이 무 죄헌 장쫄을 상헌이 군즁에 스졍이 읍는지라 죽기을 원통치 말 나 허고 군스을 호령허여 늬여 버히라 헌이 무스 일시에 다라들 러 등을 밀러 원문 빅게 느온이 감이 막을 지 읍더라 잇써 부원 슈 장즁에 잇짜가 셜틱 버린단 말을 듯고 급피 원문 박게 일른이 무스 바햐희로 향코져 허는지라 무스을 호령허 물리치고 장딕 에 올나 가 장원슈을 힝허여 왈 셜틱 장영을 거역허엿쓴이 쪽히 버힘 즉허나 국가 구장이요 겸허여 황상이 스랑허시는지라 원슈 는 잠간 노을 차무시기을 바라난이다 원슈 왈 이졔 딕병을 거날 려 젹병을 딕허미 영을 셰우지 못허면 엇지 도젹을 황복케 허리 요 부원슈 왈 이는 셜틱에 잘못헌 죄 안외라 쇼장에 과실이로쇼 이다 작일 회군시에 셜틱을 스랑허야 과이 권헌 죄 안인이 그 죄 는 쇼장이 당허야 맛당허린니다 원슈 노식이 느져지물 보고 졔 장군쫄리 일시에 당하에 나려 층스 왈 셜틱에 죄을 스허옵셔 지

상지덕을 나리옵신이 쇼장 등이 만만충수허나이다 원슈 셜틱을
나립허야 결곤 이십도을 친이 유혈리 낭즈허더라 원슈 다시 쑤
지져 왈 너에 죄는 족키 베힐 거시로되 부원슈에 말삼도 잇고 즁
장에 낫츨 보아 용서허건이와 츠후는 착실리 쇼허라 틱만이 말
나 허고 원문 박게 늬치라 헌이 일진 장쭐리 다 두려워 허더라
졔장이 엿즈외되 유협이 우리 진을 겁칙헐 거신이 연일 싸움에
장쭐리 피곤헌지라 슈일 쉬여 쌋올가 허난이다 장원슈 올의 여
겨 졔장군졸을 각각 본진으로 돌려보닌이라 위왕이 형왕더러 일
너 왈 묘헌 게교로 일진을 파허고 양쵸와 군긔을 으든이 어제 픽
헌 분이 족키 풀이는쏘다 형왕 왈78)

   인용문 ⑦은 「김희경전」에 형상화된 군담 대목의 3차 전투장면이다.
이 장면은 원국의 후군장 셜태가 경계를 늦추지 말라는 대원수 장셜빙
의 명을 어기고 휘하의 군졸들과 몰래 음주하고 취한 사이 적의 기습으
로 완패한다는 내용을 골자로 삼고 있다. 그런데 대원수 장셜빙의 남다
른 지략과 예견 능력을 증명하는 이 대목이 숙대본A에는 무리하게 생
략되었다. 이 장면은 초기 계열의 낙질본인 김동욱본E, 정명기본A, 정
명기본B에만 수용되어 있다. 세 이본 중에서도 김동욱본E의 3차 전투
장면이 온전한 모습을 보일 뿐 아니라, 60면에 이르는 전체 군담도 숙
대본A의 군담과 가장 유사하다. 숙대본A에 통째로 생략된 3차 전투장
면은 김동욱본E의 해당 장면을 참고할 수밖에 없다. 즉 인용문 ⑦을 인
용문 ⑥의 "위왕으로 ᄒ 여금"과 "장슈경는 짐줏 장슈의 직목니라"의
사이에 채워 넣어야 온전한 군담이 될 수 있다.

   ⑧ 잇찍 장원슈 김원슈로 더부러 딕병을 모라 호〃탕〃니 나가니

---

78) 김동욱본E, 36-44쪽.

뉘 감이 당헐리요 위국을 향허여 줏쳐 드러간니 향헌는 곳마다
항복 안니헐 지 읍더라…(중략)…진셰을 살펴 진을 베풀고 선봉
호영을 불너 가로되 니졔 유협니 형국과 합셰ㅎ여신니 족키 경
젹지 못허리라 그딕은 본부병 오천을 거날려 젹병으로 싸호다
가 거줏 픽허여 젹장을 유닌허라 쏘 송창(과 셜틱을 불너 왈 너
회 각〃 일만군식 거늘려 오십이만 가면 셔림이란 슈풀이 잇슬
거신이 좌우에 믜복허엿다가 쳥양산 우에 빅기을 보와 닉다라
치라 쏘 한셥을 불너 왈 너회 각각)[79] 본부병 오천을 거날려 즁
노에 유진허여다가 호영니 거줏 픽허여 도라올 거시오 젹병이
셔림의 들거든 호령과 합셰ㅎ여 젹병을 줏치라
(숙대본A, 168-169면)

인용문 ⑧은 위국과 형국의 반란을 진압하기 위해 대원수 장설빙이
중군 김희경과 함께 대군을 거느리고 적진 가까이 도달하여 휘하 장수
들에게 작전을 하달하는 대목이다. 장원수는 선봉 호영에게 거짓 패한
척 달아나며 적을 유인하게 하고, 송창과 설태에게는 서림이란 수풀 속
에 좌우로 매복해 있다가 적이 오면 기습할 것을 명한다. 그런데 숙대
본A에는 장원수가 송창에게만 명령을 하달하고 설태는 나오지 않는다.
그런데 뒤에서 송창과 설태가 각각 서림 좌우에 군사 오천씩을 거느리
고 매복해 있다가 그곳으로 들어온 적을 합세하여 물리치는 장면이 있
는 것을 보면 송창과 설태가 함께 장원수의 명을 받는 것이 자연스럽
다. 따라서 인용문 ⑧의 괄호 안의 밑줄 친 부분을 채워 넣어야 온전한
장면이 될 수 있다.

⑨ 여남후 평장 양위 비답을 보시고 못닉 쳔은을 축ᄉ허(고 심즁의

---

79) 괄호 안의 밑줄 친 부분은 김동욱본E, 14면에 있는 내용이다.

깃거ᄒ여 학스를 차자가 보고자 ᄒ)[80]시다가 문득 싱각허니 졔
님에 종젹니 탈노ᄒ여 규즁을 직희여스니 친니 차지미 블가타
ᄒ고 일봉 셔간을 닥가 시비로 허여금 장학스 부즁의 보닉니라

(숙대본A, 230면)

인용문 ⑨는 부마로 간택된 장설빙이 상표하여 자신의 남장 사실을
실토한 후 김희경이 장설빙에게 편지를 보내는 장면이다. 김희경은 장
설빙과 동방급제 후 조정과 전장에서 늘 생사고락을 함께 해왔다. 하지
만 이제 장설빙이 여자란 사실이 드러났으니 규중 처자를 함부로 볼 수
없다고 판단하여 편지에 청혼의 뜻을 담아 보낸 것이다.

장수정이 남장한 장설빙이란 사실이 알려지자 김희경은 기쁨과 흥분
을 감추지 못한다. 과거급제 후 장수정으로 변성명한 장설빙의 계략에
속아, 그녀를 죽은 것으로만 여겨 매년 정성껏 제사지내며 사무치게 그
리워했던 김희경이 아니었던가. 그런데 뜻밖에도 그녀가 살아있다니, 한
걸음에 달려가고 싶었을 것이다. 하지만 무엇보다 장설빙의 마음을 불편
하게 할까 염려되었고, 또한 그가 여성임이 드러난 이상 불쑥 찾아가기
도 쉽지 않았다. ⑨에서 괄호 안의 밑줄 친 부분에는 기쁜 마음을 감추지
못해 당장 장설빙을 찾아가 보고 싶지만, 애써 그런 욕망을 억눌러야 하
는 김희경의 심정이 잘 묻어난다. 이 내용이 유독 숙대본A에만 생략되었
으니, 생략된 자리에 위의 밑줄 친 부분을 채워 넣는 것이 마땅하다.

---

80) 괄호 안의 밑줄 친 부분은 김동욱본D, 73면에 있는 내용이다.

3. 후반부의 결함과 해결 방안

　김동욱본 F는 후반부만 남아 있는 초기계열의 낙질본이다. 이 이본
은 김동욱본G・국민대본과 필사된 내용 및 세부 묘사까지 유사하므로
이들 셋은 동일 계열의 이본으로 볼 수 있다. 이에 따라 숙대본A와의
비교 자료로 세 이본 중 어느 것을 활용해도 무방하지만, 여기서는 선
본으로 추정되는 김동욱본 F를 활용한다.

　숙대본A를 김동욱본F와 대조해 보니 후반부 전체 서사는 물론 세부
장면에 이르기까지 대체로 일치되는 모습을 보인다. 다만 숙대본A는
유독 후반부에 생략되거나 틀린 글자가 적지 않아 문맥 파악이 다소 불
편하다.

　　⑩ 학시 쏘 가로듸 불힝ᄒ여 부인니 기셰ᄒ시미 그 녀지 의지할
　　　고지 업셔 졍쳐 업시 나가다 ᄒ더니 귀긱니 니소졔 거쳐을 아라
　　　시난잇가 쳥컨듸 발키 갈오치쇼셔 한듸 (쇼졔 이 말을 드로믜 심
　　　신이 황홀ᄒ여 오릭 말을 못ᄒ다가 왈)81) 니쇼졔의 거취는 즘간
　　　아름니 잇건니와 부인니 엇지 그집 일을 주셔니 아로시난요
　　　　　　　　　　　　　　　　　　　　　　　　　(숙대본A, 294면)

　　⑪ 셩부인니 쏘한 가로되 노인니 팔주 긔박ᄒ여 흔갓 자녀 읍고 쇼
　　　쳔을 여희니 쳔디간 됴인이라 셰상에 웃지 듯시 잇스리요 장씨와
　　　모녀지졍니 자별허더니 이졔 쇼졔을 쏘 맛나니 하늘니 도으시미
　　　과희여 쇼졔는 머물너 노닌의 여년을 위로ᄒ면 웃지 셰상에 의
　　　혹헐 리 잇스리요
　　　　　　　　　　　　　　　　　　　　　　　　(숙대본A, 300~301면)

---

81) 괄호 안의 밑줄 친 부분은 김동욱본F, 24면에 있는 내용이다.

⑫ 잇씩 승상니 파됴ᄒ고 궁에 도라와 평장과 부인계 황명을 자셔
히 아뢰되 평장 부부 놀나며 황감ᄒ물 이긔지 못허여 왈 인간ᄉ
을 층양치 못ᄒ리로다 니쇼졔 잇고 또 공쥬 잇슬 줄을 웃지 뜻ᄒ
여스리요 젼일 드른니 이월공쥬는 영월의 두어 층이나 더ᄒ다
ᄒ니 <u>또한 승상니 슈명ᄒ고 물너나</u> 영월각의 이른니 최장 양 부
인니 임의 공쥬로 ᄒ여금 궐ᄂᆡ의 듸려보ᄂᆡ고 마음니 흔연ᄒ여
기다리더니

(숙대본A, 342면)

위의 인용문 ⑩은 이소저와 장설빙이 오랜 이별 후에 재회하여 대화
를 나누는 장면이다. 물론 이때는 이소저가 남장하고 있었기 때문에 둘
의 대화 내용은 서로를 잘 알아보지 못하는 상태에서 상대방의 신원을
확인해가는 과정을 보여준다.

이에 앞서 장설빙은 지난 날 남장한 채로 강물에 투신했다가 전 참지
정사 이영에게 구출되어 함께 기거하던 중 그의 딸과 정혼한 적이 있
다. 그 후 장설빙은 경성으로 올라가 과거에 급제하고 환로에 오른 뒤
에 국난을 맞아 대원수로 자원 출정하여 대승을 거두고 귀환한다. 하지
만 천자의 갑작스러운 부마 간택으로 어쩔 수 없이 본래의 신분을 밝힌
후 천자의 주혼으로 김희경과 혼인하게 된다. 물론 이소저는 이런 사정
을 전혀 모른 채 여전히 장설빙을 남자로만 알고 있다.

두 사람의 다시 만남은 뜻밖에도 소참정 부인의 죽음이 계기가 된
다. 이소저는 부모 구몰 후 남장한 채 상경하여 우연히 김희경의 눈에
들어 부마궁에서 거처하게 된다. 그러다가 모친의 유언이 든 금낭을
잃어버리자 신분이 노출될 것을 꺼려 집을 나온다. 그리고 산속에서
밤을 지내던 장설빙은 꿈에 남두노인성으로부터 환약과 부적을 얻고,
그것으로 급사한 소참정 부인을 살려낸 것이다.

인용문 ⑩은 장설빙이 이소저에게 소참정 부인을 살려낸 것에 대하여 사례하다가, '이위'로 변성명한 이소저가 자신의 고향을 여남이라고 하자, 여남 살던 이영의 딸 이소저의 거처를 아느냐고 다그친 것이다. 이런 물음에 이소저가 놀라고 당황할 것이 자명할 터인데, 숙대본A에는 괄호 안의 밑줄 친 부분이 생략되어 그저 일상적인 대화를 나누는 것처럼 보인다. 따라서 생략된 내용을 채워 넣어야 해당 장면의 구체적 정황이 온전히 전달될 수 있다.

인용문 ⑪는 ⑩의 장면이 이어지는 것인데, "됴인", "도으시미 과희여" 등의 잘못된 철자로 인해 판독에 어려움이 있다. 김동욱본 F의 해당 부분에는 "됴인"은 "죄인"(32면)으로, "도으시미 과희여"는 "도우미라 노신의 고단흐믈 살피수 부인의 뒤의을 도라보실인니 바라건 딕"(32면)로 표기되어 있어 이 내용으로 결함 부분을 해결할 수 있다.

인용문 ⑫는 김희경이 천자로부터 이소저·애월공주와 혼인하라는 명을 받고 귀가한 다음의 장면이다. 그런데 밑줄 친 "쏘한"과 "승상니 슈명ㅎ고 물너나"의 연결이 왠지 억지스러워 보인다. 원래 둘 사이에는 "천정이라 너는 황명을 슌죵ㅎ라"(김동욱본F, 77면)는 내용이 들어가야 문맥이 자연스럽게 통한다. 따라서 김동욱본 F의 이 내용을 둘 사이에 보충해야 완전한 문장이 될 수 있다.

이와 같이 숙대본A의 후반부에는 유독 잘못된 표기나 무리하게 생략된 단어가 빈번하다. 이를 김동욱본 F의 해당 부분에서 찾아 바로잡아야 할 것이다.

숙대본A의 후반부 말미에는 여러 곳에 통째로 생략된 대목이 있다. 숙대본A 혹은 그 모본의 필사자가 군더더기로 여겨 생략한 것으로 짐작되는데, 여기서 몇 가지 사례만 확인해 보자.

⑬ 학수 이 말을 듯고 더욱 이연ㅎ여 왈 전일은 도시 천슈라 왕수는 일녀 무익하거니와 쇼졔 이졔 지향힐 곳지 업고 또한 첩을 맛나스니 실노 쩌나기 어려운 쥼 겸ㅎ여 이곳지 극히 됴용헌지라 이에 머물너 건복을 벗고 의상을 다스려 첩으로 더부러 즈미지의를 믹즈 참졍과 부인의 영위을 모셔 졔스을 밧들며 빅년을 한가지로 지닉미 웃쩌허요

(숙대본A, 299면)

⑭ 학시 그 말을 듯고 더욱 이년ㅎ여 왈 전일은 다 그러타 ㅎ시연이와 의슐은 어듸 가 빅와 죽은 스람을 구ㅎ시눈요 쇼졔 피셕 딕왈 이눈 하날이 식이심이요 또ㅎ 스람의 직죄 안니이다 ㅎ고 ㅅ굼에 노인이 와 남극노인셩이라 일컷고 부작과 약을 쥬며 가로치던 말을 고ㅎ니 학시 신긔히 여겨 진(셩)부인을 향ㅎ여 스례 왈 부인의 션약을 하날이 감동ㅎ스 니쇼졔을 쥬시미로쇼이다 이눈 노인의 씀친 명을 이우신니 불승감은ㅎ 건니와 또ㅎ 혜알이 건딕 니쇼졔로 ㅎ여금 학수를 다시 만나게 ㅎ시미로다 학시 우어 왈 과년 그러ㅎ온가 ㅎ나이다 ㅎ고 한담을 마지 아니ㅎ다가 즈년 밤이 깁퍼는지라 인젹이 고요ㅎ믹 학시 죵용이 가로딕 쇼졔 갈 곳지 업고 또ㅎ 첩을 만나신니 쩌나기 어려운 쥼 겸ㅎ여 이곳지 극키 됴용ㅎ지라 이에 머물너 건복을 벗고 의상을 다사려 첩으로 더부려 즈미지의을 믹즈 츰졍과 부인의 영위을 모셔 졔스을 밧들며 첩으로 더부려 빅년을 한가지로 지닉미 엇더ㅎ시오

(김동욱본F, 29~30면)

인용문 ⑬과 ⑭는 이소저가 소참정 부인을 살려낸 후의 대목을 나란히 제시한 것으로, 장설빙이 이소저에게 사례한 후 자신과 자매의 의를 맺고 함께 살 것을 간청하는 장면이다. 그런데 소참정 부인이나 장설빙 입장에서는 의원도 아닌 자가 갑자기 죽은 사람을 살려냈으니 궁금증

이 클 수밖에 없다. 그리고 그 일이 장설빙과 이소저의 상봉을 위한 계기가 되었음을 드러낼 장치가 필요했던 것이다. 따라서 숙대본A(⑬)의 밑줄 친 부분 뒤에 김동욱본F(⑭)의 밑줄 친 내용이 추가되어야 앞뒤 연결이 자연스럽고 서사 논리에도 부합한다.

숙대본A의 후반부에서 특정 대목의 내용이 보다 큰 폭으로 생략된 예는 말미에 집중되어 있다.

⑮ 영츈당 완월각의 양인의 쳐쇼을 졍ᄒᆞ여 낫지면 각각 그 쥬모를 모셔 한담ᄒᆞ고 밤이면 승상을 모셔 <u>춍이 지극ᄒᆞ더라 승상니 오부인 니쇼실의</u> 구ᄌ 칠녀을 나흔니

(숙대본A, 351면)

⑯ 딕기 오부인 니쳡을 하날이 졍ᄒᆞ시이라 엇지 인덕에 밋츨 비리요 원닉 승상 쳔상 신션이요 장씨 니씨는 옥항의 근시ᄒᆞ든 시녀로셔 우연이 신인을 만나 희롱ᄒᆞ다가 득죄ᄒᆞ여 인간의 격강홀 시 신인은 김희경이 되고 장니 두 부인은 인간에 탄싱ᄒᆞ여 죄을 쇽지 못혼 고로 쳔심만고ᄒᆞ여다가 만나게 ᄒᆞ고 최부인과 양 공쥬는 쳔상 년분으로 김상공을 슌이 만나게 ᄒᆞ미요 영셜 양인는 장니 두 스람의 시비로셔 각각 쥬인을 짜라 위ᄒᆞ난 츙졀과 졍심이 지극ᄒᆞ기로 하날이 감동ᄒᆞ여 한 스람을 셤기게 ᄒᆞ미요 쇼츔졍 졀ᄉᆞᄒᆞ믈 잇게 ᄒᆞ며 니츔졍을 모셔 장씨로 보은ᄒᆞᄆᆞᆫ 쇼셰필과 니영의 츙셩을 하날이 살피시미라 김승상니 고힝ᄒᆞ다가 나라에 딕공을 셰우고 오부인과 니쳡을 취ᄒᆞ여 부귀영화을 쌍젼ᄒᆞ며 존당 양위을 효양ᄒᆞ여 죠모에 화락ᄒᆞ미 비혈딕 업시 ᄒᆞ기를 ᄉᆞ십여 년의 ᄌᆞ숀이 번셩ᄒᆞ여

(김동욱본F, 89~90면)

인용문 ⑮는 김희경이 이소저·애월공주와 한날한시에 혼인한 후

부마궁에서 5부인 2첩과 화락한 삶을 누리는 대목이다. 「김희경전」이 김희경과 일곱 여성들의 결연과정을 차례로 그려낸 작품임을 상기할 때 이 대목은 모든 결연이 성사된 이후의 후일담에 해당된다. 그런데 숙대본A의 경우 ⑮의 밑줄 친 부분에서 "총이 지극ᄒ더라"와 "승상니 오부인 니소실의"의 사이에 인용문 ⑯이 생략되었다. ⑯은 김희경과 일곱 여성의 천상 신분을 소개하고 그들이 지상에서 만나 인연을 이루게 된 곡절을 알려주는 장면으로 영웅소설, 애정소설, 가문소설 등에서 관습화된 모티프이다. 이 내용이 생략되면 김희경과 일곱 여인의 결연이 숙명이었음을 강조하려던 원작의 의도가 소실되고 만다. 따라서 ⑮의 밑줄 친 내용에서 "총이 지극ᄒ더라"와 "승상니 오부인 니쇼실"의 사이에 인용문 ⑯을 채워 넣어야 원전의 의도에 부합된다.

⑰ 평장 부부 팔십 오셰의 천명으로 돌ᄒ니 승상과 여러 부인니 익휘 집상ᄒ여 안장ᄒ고 쏘 쇼참졍 부인니 기셰ᄒ시니 승상과 장부인니 <u>친부모 갓치 익휘ᄒ여 치상안장ᄒ다</u> 니쎤 위국 치읍으로 장부인의 전공을 표허시니 상원부인니 황공허물 마지 아니ᄒ거날 최부인니 쇼왈 상원니 구갑에 창검을 비기 들고 쥰통을 풍우 갓치 모라 천만병마을 슈하에 호령ᄒ고 젹진 즁에 달여들기을 무인지경 갓치 ᄒ니 빅뒤 호걸이요 당금 영웅이라 가셕다 원융뒤장니 규즁 일녀즈 되니 웃지 이달지 안니ᄒ리요 ᄒ뒤 <u>만좌뒤쇼ᄒ드라</u> 일일은 승상니 녀러 부인으로 더부러 담화허든니 장부인니 가로뒤 상공니 당쵸 장즁의 드러가실 쎠의 쳡도 쏘한 드러갓는지라 장즁에셔 글 밧치물 직쵹허민 글을 밧비 쓰노라니

(숙대본A, 352면)

인용문 ⑰은 김평장 부부와 소참정 부인이 연이어 기세한 후 김희경

이 두 번이나 사직 상소를 올려 관직에서 물러나는 장면을 형상화한 것이다. 그런데 숙대본A의 이 대목에는 김희경이 사직하는 과정이 통째로 생략되어 "친부모 갓치 이휘ᄒ여 치상안장ᄒ다"와 "니ᄶᅵ 위국 치읍으로"가 무리하게 연결되면서 앞뒤 문맥이 맞지 않는 장면이 되었다. 그러므로 ⑰의 밑줄 친 부분에서 "친부모 갓치 이휘ᄒ여 치상안장ᄒ다"와 "니ᄶᅵ 위국 치읍으로"의 사이에는 다음의 인용문 ⑱을 채워 넣어야 김희경의 사직 대목이 온전해진다.

⑱ 승상이 나히 칠십을 당ᄒ민 평안ᄒ믈 싱각ᄒ고 향곡에 도라가 여년을 보늬고져 ᄒ여 진정표을 지어 가지고 궐하의 가 상달ᄒ니 표을 보시고 일변 섭섭ᄒ믈 정치 못ᄒ시다가 가로ᄉ되 경의 표을 본니 각각 쥬ᄒ 뜻지 잇건이와 교목세신이요 국가에 쥬석이라 하로을 보지 못ᄒ면 국시 젹치ᄒ믈 면치 못ᄒ거늘 짐이 엇지 노홀 마음니 이슬이요 익니 싱각ᄒ여 짐의 울젹ᄒ미 업긔 ᄒ라 ᄒ신듸…(중략)…잇ᄶᅵ 오부인이 승상의 벼슬 갈믈 듯고 못늬 깃거 치하ᄒ여 왈 첩등의 바라ᄂᆫ 바을 일우지 못ᄒ여 글노 근심ᄒ옵던이 니졔 쇼원을 일워ᄉ오니 황상의 은덕이 망극ᄒ온지라 부민 듸왈 황상이 허치 안니ᄒ시던이 퇴지 쥬달ᄒ시민 그졔야 허ᄒ시고 남국 치읍과 상원의 위국 치읍을 열어 번 ᄉ양ᄒ되 황상이 우리 공을 표ᄒ노라 ᄒ시고 종시 듯지 안니ᄒ시니 더욱 감격ᄒ온지라 이월공쥬 왈 치읍은 본듸 공을 표ᄒ시인이 구지 ᄉ양ᄒ리요 장부인이 듸쇼왈 승상후 공을 표ᄒ옴은 올삽건이와 첩의 후공을 표ᄒ미 엇지 불가치 안니ᄒ리잇가 최부인이 쇼왈 위남 두 나라 졍벌은 반다시 들어나니 투고 철갑에 창검을 ᄲᅦᆺ기들고 비룡 갓튼 쳥총마를 젹진즁에 달여들기를 무인지경 갓치 ᄒ오믄 옛날 됴진용이 장관교에 승젼험과 관운장의 오관참장ᄒ던 용밍인들 엇지 이에서 더ᄒ리요 일노 볼진듸 위국 치읍 일만경이 오히여 약소타 ᄒ리로소이다 가셕다 일즉 일원 듸장이 오날날 규즁의 녹녹ᄒ 녀ᄌ 도여 ᄯᅩ다 ᄒ이 좌즁이 일시의 듸쇼ᄒ드라

(김동욱본F, 93-96면)

한편 인용문 ⑰의 두 번째 밑줄 친 "만좌 듸쇼ᄒ드라"와 "일일은 승

상니"의 사이에는 아래 ⑲의 내용이 생략되었다. ⑲는 김희경이 사직한 이후 5부인 2첩과 한 자리에 모여 한담하던 중 난데없이 한 선녀가 장설빙 앞에 나타나 나탁 태자의 명이라며 보검과 병서를 거두어가는 내용이다. 이 대목은 초기계열의 이본인 김동욱본F, G, 국민대본과 중기계열의 이본인 한중연본A, 국중본A 등에 두루 수용된 것으로 보아 본래 원전에 있던 내용이 숙대본A에 생략된 것으로 추정된다. 따라서 인용문 ⑰의 밑줄 친 "만좌 딕쇼ᄒᆞ드라"와 "일일은 승상니"의 사이에 인용문 ⑲를 채워 넣어야 본래의 모습을 회복할 수 있다.

⑲ 부민 쇼왈 학싱이 위국에 가 진즁에 싸여실 제 만일 장원슈의 구ᄒᆞ미 안니어들 엇지 신명을 보존ᄒᆞ리요 ᄒᆞ고 한단ᄒᆞ더라 홀연 한 녀동이 와 빅네ᄒᆞ거늘 모다 본이 머리에 칠보 구류관을 쓰고 몸에 운화을 입고 발에 문우리을 ᄉᆞ을고 거름을 옴겨 상원부인의 압픠 나아와 허리을 굽퍼 왈 나는 낙탁 틱ᄌᆞ의 부리 빅년이 부인이 옛날 바드신 바 칼과 쳔셔는 아즉 쓸딕 업ᄉᆞ온이 부인의 오셰손의게 젼ᄒᆞ 거시이 ᄎᆞᄌᆞ오라 ᄒᆞ옵시민 이에 와ᄂᆞ이 쥬옵쇼셔 ᄒᆞ딕 부인이 놀나 몸을 굽퍼 문왈 낙탁은 뉘시잇가 그 녀동이 답왈 낙탁은 천궁 이쳔황의 삼틱라 이로시민 그 칼과 쳔셔를 ᄎᆞᄌᆞ오라 ᄒᆞ시더니다 부인이 딕경ᄒᆞ여 즉시 옥함을 열고 쳔셔와 칼을 닉여 두 숀으로 밧드러 션녀을 쥰이 션녜 바다 ᄉᆞ례ᄒᆞ고 셤에 라이며 두어 걸음에 믄득 간딕 업거늘 장부인이 마음의 혜오되 당초에 날을 갓다 쥬던 ᄉᆞ람은 반다시 낙탁 틱ᄌᆞ로다 ᄯᅩ 싱각ᄒᆞ되 니졔ᄂᆞ 닉 근본이 드러나고 임의 임의 ᄂᆞ 져시이 ᄎᆞᄌᆞ 가건이와 나의 오셰손의게 젼ᄒᆞ리라 ᄒᆞ니 고히ᄒᆞ도다 ᄒᆞ며 ᄯᅩᄒᆞ 모든 부인과 시비들은 마음니 아득ᄒᆞ여 션녀 왓든 쥴을 아지 못ᄒᆞ더라 일로 보건딕 장씨 비록 녀ᄌᆞ나 딕딕 원나라을 위ᄒᆞ여 난 쥴을 알네라 부민 임의 벼슬을 발리고 일신이 한가ᄒᆞ여 공쥬궁에 니르러 한담ᄒᆞ다가 일일은 공쥬궁을 헐어다가 종남산에 연ᄒᆞ여 짓고 오부인과 이쳡이 각각 쳐소을 졍ᄒᆞ여 질긴니 엇지 쾌락지 안니리요

(김동욱본F, 97-99면)

이와 같이 숙대본A의 후반부는 전반부·중반부에 비해 생략된 곳이 많은 편이다. 생략된 내용도 상대적으로 많기 때문에 일일이 확인해서 표기가 잘못되거나 누락된 내용이 있으면 김동욱본F에서 일일서 찾아 보완해야 한다.[82]

그밖에도 원전 탐색에서 반드시 고려해야 할 사항은 인명·지명의 통일, 오자·탈자·중복표기·비문 등을 일일이 바로잡는 일이다. 이에 관해서는 낙질본인 김동욱본A·D·F 조합본을 중심으로 그 기준이 마련된 바 있다.[83] 하지만 그 후 원전 계열의 유일한 완질본인 숙대본A가 발굴되었으니 이를 중심으로 기본 원칙을 다시 정하고자 한다.

「김희경전」에 등장하는 주요 인물로는 김희경, 장설빙, 김정, 석부인, 장자영, 정부인, 석태위, 최후, 최소저, 설낭, 영춘, 이영, 이소저, 설앵, 소부인, 천자, 영월공주, 애월공주 등이 있다. 물론 이들 중 이본에 따라 성명이 약간씩 차이를 보이는 경우가 있으므로 이를 통일할 필요가 있다.

'장자영'은 여주인공 장설빙의 부친이다. 그를 '장대영' 혹은 '장대령'으로 표기한 경우도 있지만, 대부분의 이본에 '장자영'으로 표기되어 있으므로 이를 따른다. '이영'은 전 참지정사로 강물에 투신한 장설빙을 구출한 인물인데, 성대본 계열에만 '이영찬'으로 나와 있고 다른 이본에는 모두 '이영'으로 표기되어 있다. 따라서 '이영'으로 통일한다. '석태위'는 남주인공 김희경의 외숙으로 김희경에게 최승상의 딸을 천거하고 혼인시키는 데 결정적인 역할을 한 인물이다. 초기 이본인 숙대본A 계열에는 '석태후' 혹은 '석태휘'로 되어 있고 국중본A 계열과 성대본 계열에는 '석태위'로 되어 있는데, '석태위'가 바른 표기이므로 이를

---

82) 숙대본A, 342쪽, 345쪽, 346쪽, 349쪽 등에 부분적인 결함이 확인된다.
83) 정준식, 「「김희경전」 원전 재구」, 『한국문학논총』 65, 한국문학회, 2013, 110-111쪽.

취한다. '최후'는 좌승상으로 김희경과 맨 먼저 혼인한 최소저의 부친이다. 숙대본A에는 '최현'으로 되어 있고 국중본A 계열과 성대본 계열에는 '최후'로 되어 있다. 이 외에도 '최희·최호·최연' 등의 표기가 보이지만, 숙대본A를 따라 '최현'으로 통일한다. '설앵'은 이소저의 몸종인데 이본에 따라 '설향'으로 표기된 경우도 있으나 초기 계열에 모두 '설앵'으로 표기되어 있으므로 이를 취한다.

한편, '영월공주'와 '애월공주'는 천자의 두 딸로서 '영월'이 장녀이고 '애월'은 차녀이다. 그런데 이본에 따라 서차가 달리 되어 있어서 혼란스럽다. 천자는 국난을 타개하고 돌아온 김희경과 장설빙을 부마로 간택하여 '김희경과 영월공주', '장설빙과 애월공주'를 혼인시키려 한다. 이에 장설빙이 상표를 올려 천자에게 자신의 신분을 실토함으로써 부마간택은 결국 '김희경-장설빙·영월공주'의 혼인으로 마무리된다. 이러다보니 애초에 장설빙의 짝으로 거론되던 '애월공주'는 뒷날 이소저와 함께 김희경과 혼인하게 된다.

사정이 이러한데도 '영월'과 '애월'을 혼동하여 이름을 바꾸어놓은 이본이 적지 않은 것으로 확인된다. 숙대본A, 정명기본A·B, 김동욱본D·E, 국중본A, 한중연본A·B 등에는 애월공주가 장녀로 영월공주가 차녀로 설정되어 있고, 김동욱본F·G, 국민대본, 고대본A에는 영월공주가 장녀로 애월공주가 차녀로 실정되어 있다. 그런데 정명기본A·B, 김동욱본D·E 등의 초기 이본을 보면 천자가 부마간택을 할 때 '김희경과 애월공주를 혼인시킨다고 말해서 혼란이 야기된 것이다.

짐니 늣기야 양여을 두어스되 장여는 익월공쥬요 차여는 영월공쥬라 연왕과 졔왕의 동긔니 비록 용열허나 즈기 덕힝이 닛쎠 죡키 군즈의 건지을 쇼님허미 북그럽지 아니힐지라 장여로 여람후의게

허허고 차여는 쳥쥬후의게 허허는니 모로미 츄탁지 말나 허고

(숙대본A, 213면)

숙대본A에는 장녀가 '익월공쥬'로 차녀가 '영월공쥬'로 표기되어 있고, 천자가 장녀 '애월'을 여람후 김희경에게 하가하고, 차녀 '영월'을 청주후 장설빙에게 하가한다고 했다. 그런데 뒤의 서사에서 천자가 혼자 남은 미혼의 딸을 김희경과 혼인시킬 때 그 명칭을 '영월'이 아닌 '익월'로 사용하고 있는 것을 보면 작품 내에서 혼동이 있었음이 분명하다.

상니 크계 우어 왈 인간에 고히흐고 긔특헌 일도 잇도다 널노 김희경의계 흐가흐고 익월의 가긔 느껴가민 굿타여 공경듸가 읍스미 아니로되 익월의 말니 졔 몸니 임의 장슈졍의계 흐흐여심은 쳔지 아르신지라 졔 비록 본싀니 변흐여스나 슉녀 한 번 몸을 허허미 또 웃지 이셩을 셥기리요 흐니 니는 다 장슈졍의 녀즈 된 탓시라 져 장씨는 엇썬 슉녀완듸 남녀 즁 져럿툿 춰듸을 밧는고

(숙대본A, 338-339면)

인용문은 천자가 김희경의 둘째 부인이 된 영월공주에게 하는 말이다. 이에 앞서 영월공주는 이소저의 과거 행적을 알고 천자를 찾아가 여동생과 이소저를 김희경과 혼인시켜 줄 것을 간청하게 된다. 위의 인용문은 영월공주의 간청에 대한 천자의 대답 가운데 일부이다. 장녀가 '영월'이니까 차녀를 '애월'로 표기한 것인데, 이 내용은 앞의 인용문의 "장여는 익월공쥬요 차여는 영월공쥬라"는 내용과 어긋난다. 그런데 숙대본A를 비롯한 대부분의 장편 이본에 김희경과 먼저 혼인하는 자가 영월이고 나중에 혼인하는 자가 애월로 되어 있기 때문에 "장여는

<u>익월공쥬요 차여는 영월공쥬라</u>"의 '익월'과 '영월'을 서로 바꾸면 모든 문제가 해결된다. 두 공주의 명칭과 관련해서 장녀가 영월공주, 일월공주, 일공주로, 차녀가 애월공주, 명월공주, 월공주 등으로 다양하게 표기되었지만, 다수의 이본에 장녀가 '영월'로 차녀가 '애월'로 표기되어 있으므로 이를 따른다.

이상으로 초기 계열의 완질본인 숙대본A를 핵심 자료로 삼고 낙질본인 김동욱본A, B, D, E, F를 보조 자료로 삼아 「김희경전」의 원전을 탐색하고 정본을 구축하였다. 물론 본서의 작업으로 원전이 완벽하게 복원되었다고 할 수는 없다. 그럼에도 불구하고 원전 탐색을 할 수밖에 없었던 까닭은 수집된 이본 가운데 연구 자료로 활용할 만한 것이 1종도 없는 현실 때문이다. 이제 본서에서 논의된 방안에 따라 원전을 복원한 결과물을 부록으로 수록한다. 이를 텍스트로 삼아 「김희경전」에 대한 연구가 더욱 확대되기를 기대한다.

V. 원전「김희경전」의 장편화 전략

「김희경전」은 김희경과 장설빙의 만남・이별・고난을 다룬 전반부, 김희경과 장설빙의 입신・영웅적 활약・혼인을 다룬 중반부, 김희경과 이소저의 만남・이별・혼인을 다룬 후반부로 구성되어 있다. 「김희경전」의 이본 가운데 전반부・중반부・후반부를 모두 지닌 이본은 장편 계열로, 전반부・중반부만 지닌 이본은 단편 계열로 분류되고 있다.「김희경전」에 장편과 단편이 공존하고 있다는 사실을 안 것은 90년대 중반이고[84], 근래에 와서 장편 계열이 원전의 서사를 계승한 이본이라는 주장이 제기되었다.[85] 그러다 최근 숙대본A의 발굴로[86]「김희경전」의 이본과 원전에 대한 연구가 새로운 전기를 맞게 되었다. 본서에서 이루어진「김희경전」의 원전 탐색도 이런 성과를 기반으로 삼았다.

본서는「김희경전」의 원전이 장편 계열과 직접 관련이 있고, 그 중에서도 숙대본A 계열이 원전의 서사를 큰 변화 없이 계승한 이본이라는 판단 하에 숙대본A를 핵심 자료로 삼아 원전을 복원하고자 하였다. 학계에서도 이본의 계열과 관련해서는 다소 논란이 있었지만, 장편 계열이 단편 계열보다 앞선다는 추정에 대해서는 별다른 이견이 없었다. 이와 같이「김희경전」이 애초에 장편으로 창작되어 독자들에게 유포된 것이라면, 이는「부장양문록」,「하진양문록」,「육미당기」등과 함께 장편 여성영웅소설의 범주로 분류될 수 있다.[87] 장편 여성영웅소설은

---

84) 김만은, 「「김희경전」의 서술구조 변용연구」, 부산대 석사학위논문, 1996.
85) 정준식, 「「김희경전」의 이본 계열과 텍스트 확정」, 『어문연구』 53, 어문연구학회, 2007.
86) 강승묵, 「「김희경전」異本의 존재양상 연구」, 성균관대대학원 석사논문, 2013.

'한 남성과 두 여성의 결연'을 핵심서사로 삼되 여성의 영웅담도 함께 그려낸 일련의 소설로, 전대의 재자가인소설과 가문소설의 영향이 동시에 감지되고 있다.

본장에서는 「김희경전」의 원전이 장편 여성영웅소설의 면모를 지녔다는 앞장의 논의 결과에 주목하여 장편화 전략을 구체적으로 검토하고자 한다. 이는 「홍계월전」, 「방한림전」 등의 단편 여성영웅소설과 구별되는 장편 여성영웅소설만의 서사 원리와 미학을 이해하는데 도움이 될 것이다.

1. 동일서사 반복과 줄거리 요약

'동일서사 반복'이란 한 작품 내에서 동일한 서사가 인물과 상황을 달리하여 반복적으로 펼쳐지는 것을 일컫는다. 「김희경전」의 경우 김희경과 장설빙, 김희경과 이소저의 결연담이 이에 해당된다. 이 작품은 남주인공 김희경이 5부인 2첩을 얻는 과정을 순차적으로 그려내고 있다. 하지만 일곱 명의 여성 중에서 극한의 수난을 감내하며 비중 있는 결연의 주체로 부각되는 인물은 '장설빙'과 '이소저'로 국한된다. 「김희경전」의 두 여주인공이라 할 수 있는 장설빙과 이소저는 공히 김희경과 혼약한 이후 사고무친한 고아의 처지로 전락하는데, 이때부터 김희경의 아내가 되기까지 겪는 두 여성의 수난의 양상, 혼인식 풍경 등이 흡사하다.

---

87) 여성영웅소설을 단편과 장편으로 나누는 뚜렷한 기준은 없다. 다만 여기서는 여성 영웅소설 가운데 장편 국문소설의 서사를 계승하여 영웅담보다 결연담이 서사의 핵심을 이루고, 사대부가의 부녀자들이 주로 읽었으며, 남녀의 성별 갈등보다 일부다처의 화락한 공존을 그려낸 작품을 일컫는 용어임을 밝혀둔다.

두 인물의 수난은 부모 구몰에 따른 의지처의 상실에서 비롯된다. 장설빙은 모친을 여의고 부친이 유배된 뒤 형초 객점에서 희경을 만나 혼약한다. 그리고 이소저는 부모가 생존한 상태에서 부친을 매개로 남장한 장설빙을 남자로 알고 혼약한다. 서로 다른 이유로 혼약한 상대와 이별한 뒤 얼마 지나지 않아 장설빙과 이소저는 공히 부모가 구몰하는 불운을 겪는다. 고아가 된 두 여성은 마지막 기대를 안고 남장을 한 채 혼약한 자를 찾아 나섰다가 우연히 신분이 노출되어 각기 김희경의 부인이 된다.

결연과 관련해서 한 가지 주목되는 것은 김희경과 이소저의 결연이 사실은 장설빙과 이소저의 이색적인 결연을 매개로 해서 이루어진다는 사실이다. '女-女'의 결연이 '男-女'의 결연으로 전환되는 이색적인 결연담은 중국 재자가인소설에 관습적으로 활용된 서사이다. 국내소설 중에는 「홍백화전」에서 처음 마련된 이래 「김희경전」을 비롯한 여러 여성영웅소설에도 다양한 방식으로 수용되었다.[88] 따라서 「김희경전」에 설정된 이색적인 결연담도 이들에 대한 독서경험을 기반으로 창안된 것으로 볼 수 있다.

혼인식 풍경에서도 '김희경-장설빙'의 결연담과 '김희경-이소저'의 결연담은 강한 유사성을 보인다. 김희경-장설빙의 혼인에서 김희경은 황제의 명에 따라 장설빙과 먼저 혼례를 올린 후 영월공주와 혼인하였으며, 첫날밤도 설빙의 처소에서 먼저 지내고 다음날 영월공주의 처소로 감으로써 일단락된다.[89] 그런데 이와 같은 절차는 김희경-이소저의 혼인에서도 그대로 반복된다. 여기서도 김희경은 황제의 명에 따라 이

88) 정준식, 「「김희경전」의 창작방법과 창작시기」, 『한국민족문화』 31, 부산대학교 한국민족문화연구소, 2008, 186쪽.
89) 숙대본A, 237-252쪽.

소저와 먼저 혼례를 올린 후 애월공주와 혼인하였으며, 첫날밤도 이소저의 처소에서 먼저 지내고 다음날 애월공주의 처소로 감으로써 일단락된다.[90] 이를 통해 「김희경전」의 작가가 김희경-장설빙의 결연담과 김희경-이소저의 결연담을 동일한 방식으로 형상화하기 위해 얼마나 고심했는가를 알 수 있다.

혼인 후 부인들의 서차를 정하는 과정에서도 두 결연담은 자로 잰 듯이 일치되는 모습을 보인다. 김희경이 장설빙·영월공주와 혼인할 때 그는 이미 좌승상 최후의 딸을 아내로 맞이했다. 그런 상황에서 다시 장설빙과 영월공주를 함께 아내로 맞았으니, 세 부인 간의 서차가 중요한 문제로 부각될 수밖에 없다. 이에 작가는 김희경과 장설빙·영월공주의 혼인식이 끝나는 지점에 특별히 '현구고례 장면'을 설정하여 이 문제를 효과적으로 해결한다.

'현구고례'는 내당과 외헌에서 동시에 진행된다. 내당에서는 김평장 부인의 주관으로 세 며느리[91]의 상견례가 이루어지고, 외헌에서는 백관이 모인 자리에서 김평장이 좌승상 최후에게 놀림을 당한다. 둘 가운데 나중에 반복되는 서사는 내당에서 이루어지는 세 부인의 상견례이다. 이 상견례는 최소저·장설빙·영월공주가 서로 자리를 양보하며 序次를 정하지 못해 고심하던 차에 황제가 전교를 내려 장설빙을 상원으로, 최소저를 버금으로, 영월공주를 말좌로 삼게 하면서 마무리된다. 그리고 이와 동일한 상견례가 나중에 다시 한 번 되풀이된다. 김희경이 세 부인을 얻은 후 몇 년이 지나서 또 이소저와 애월공주를 아내로 맞이한다. 이때에도 두 부인이 序次를 정하지 못해 고심하던 차에 황제가 전교를 내려 이소저를 넷째 부인으로, 애월공주를 다섯째 부인으로 봉

90) 숙대본A, 344-349쪽.
91) 최부인, 장설빙, 영월공주를 말한다.

하면서 마무리된다.92)

　이상과 같이 「김희경전」은 김희경과 장설빙, 김희경과 이소저의 결연담을 중심으로 동일 서사가 두 번 반복되는 모습을 확연히 보인다. 이는 「김희경전」의 작가가 김희경-장설빙, 김희경-이소저의 결연담을 작품의 핵심서사로 그려내기 위해 공력을 들였음을 의미한다.

　'줄거리 요약'이란 과거의 서사나 주요 인물들에 대한 서사적 정보를 뒤에서 반복적으로 요약, 제시하는 것을 말한다. 이는 17세기 이래 장편 국문소설에서 즐겨 사용되던 창작 기법인데,93) 「김희경전」에도 이러한 사례가 종종 발견된다.

> ① 김희경이 바위에 쓴 장설빙의 유서를 발견하고 제를 지내기 위해 작성한 **제문**에 지난 행적이 요약됨
>
> (숙대본A, 78-80면)
>
> ② 과거급제 후에 만난 희경과 설빙의 **대화** 가운데 각자의 지난 행적이 요약됨
>
> (숙대본A, 125-131면)
>
> ③ 전공을 세운 후 설빙이 부마로 간택되자 천자에게 올린 **상표**에 설빙의 지난 삶의 내력 및 희경과의 이합과정이 요약됨
>
> (숙대본A, 221-225면)
>
> ④ 설빙의 정체를 안 뒤 김희경이 천자에게 올린 **상표**와 설빙에게 보낸 **서간**에 지난날 희경과 설빙의 이합과정이 요약됨
>
> (숙대본A, 229-232면)

---

92) 숙대본A, 349쪽.
93) 최기숙, 『17세기 장편소설 연구』, 月印, 1999, 295-300쪽.

「김희경전」에서 과거의 사건이 뒤에서 요약적으로 제시되는 사례는 주로 희경과 설빙의 결연담에 집중되어 있고, 그 수단은 제문, 대화, 상표, 서간 등으로 나타난다. 이는 그만큼 이 작품이 희경과 설빙의 결연담에 큰 비중을 두고 있음을 의미한다.

①은 강가 바위에 쓴 장설빙의 유서를 김희경이 발견한 후 그녀를 죽은 줄로만 알고 수륙제를 지내기 위해 지은 제문이다. 사실 장설빙은 투신 이후 그곳에서 낚시하던 이영에게 구출되어 살아났는데, 김희경은 그 내막을 모르고 장설빙을 죽은 것으로만 여기고 정성껏 제를 지내게 된 것이다. 여기서 김희경은 장설빙과의 운명적인 만남과 혼약한 일을 상기하고, 이별 후 설빙을 찾기 위해 기울였던 노력을 강조하면서, 설빙을 따라 죽지 못하는 자신의 처지를 몹시 안타까워한다. 제문은 두 사람이 만난 시점부터 유서를 발견하기까지 김희경의 주요 행적이 망라될 정도로 이전 서사가 요약적으로 제시되어 있다.

②는 김희경과 장설빙이 형초에서 처음 만나 후일을 약속하고 헤어진 후 다시 만나 대화하는 장면이다. 이때 장설빙은 남장을 하고 자신을 장설빙의 오라비 장수정이라고 속이는데도 김희경은 이를 전혀 눈치 채지 못한다. 이런 상황에서 김희경과 장설빙이 대화를 나누다보니 장설빙의 거짓말이 없을 수 없다. 한 예로 김희경이 부친이 북해로 유배될 때 동행하지 않은 이유를 묻자 장설빙은 다음과 같이 답변한다.

> 한님이 문왈…(중략)…쥰딕인이 북히의 가실 씩의 형니 엇지 한 가지 뒤을 좃지 안니ㅎ신익가 학식 츄연 탄식 왈 형이 니럿틋 그옥키 무론이 감수ㅎ온지라 엇지 진정을 은휘ㅎ리요 부친니 말연의 쇼졔을 나ㅎ신니 과이 스랑ㅎ스 일시도 써나지 아이 ㅎ옵시든니 일"은 흔 도스 쇼졔을 보고 단명ㅎ두 ㅎ여 남을 쥬어 기르기을 권

흔이 마춤 니츰졍니 무즈ᄒ기로 마지 못ᄒ여 쇼졔을 그곳ᄃᆡ 보닉
여 거두어 길너 죵시 근본을 이로지 안이ᄒ믹 돈연이 모로든니 부
친이 기셰ᄒ시믹 츰졍이 남의 쳘륜을 막지 못ᄒ여 그졔야 진졍을
니로시니 쇼졔 망극ᄒ여 북희의 나가 션친 영구을 모셔 션영의 반
장ᄒ고 습년 쵸토을 지닌 후에 싱이 지금 부지ᄒ옵든이 요힝 금방
의 참녜ᄒ여 망친의 원을 신셜ᄒ온이 〃졔 죽어도 한이 업슬이로쇼
니다94)

위의 내용은 모두 명백한 거짓이다. 장설빙은 응과를 계기로 김희경
과 다시 만났지만, 이미 그가 혼인한 사실을 알고 정체를 숨기기 위해
자신을 '장수정'으로 소개하며 장설빙의 오라비라고 둘러댄다. 이에 따
라 두 연인은 다시 만났으면서도 김희경이 장설빙의 거짓에 속아 상대
를 제대로 인식하지 못하니, 불완전한 만남이 될 수밖에 없다. 사정이
이러하므로 ②에는 김희경과 장설빙의 지난 행적이 요약되어 있음에
도 불구하고 설빙이 줄곧 거짓 언술로 일관했기 때문에, 김희경이 '장
수정'으로 가장한 장설빙에게 자신의 지난 일을 일방적으로 토로하는
형국이 되고 말았다.

　③에는 ①②④에 비해 지난 서사가 더욱 포괄적으로 요약되어 있다.
즉 장설빙이 천자에게 올린 상표 ③에는 자신의 가문이 몰락하게 된 내
력, 희경을 만나 혼약하고 헤어진 경위, 이별 직후부터 강물에 투신하
기까지의 기나긴 여정, 이영에게 구출된 이래 입신까지의 전 과정이 모
두 포함되어 있다. 따라서 설빙의 상표는 결과적으로 독자들에게 주요
사건과 관련된 지난 서사를 친절하게 요약해서 정리해 주는 기능을 한
다. 이를 통해 독자들은 전반부와 중반부의 막대한 서사분량에 대한 적

---

94) 숙대본A, 125-126쪽.

지 않은 부담감에서 벗어나 이후 전개될 서사에 더욱 몰입할 수 있는 여유를 갖게 된다.

④는 김희경이 천자에게 올린 상표와 설빙에게 보낸 서간이다. ④의 상표는 ③의 장설빙의 상표에 비해 분량이 짧다. 그렇게 될 수밖에 없었던 까닭은 장설빙의 상표가 제출된 직후에 김희경의 상표가 작성된 데다가, 두 사람의 과거 행적 중 겹치는 부분이 많기 때문이다. 상표의 내용인즉, 자신은 장설빙과 혼약한 자로서 장설빙이 지난 날 강물에 투신한 줄로만 알았기 때문에 '형초의 언약'을 지키지 못했지만, 이제 장설빙이 스스로 남장한 사실을 토로했으니 장설빙과의 혼인을 허락해 달라는 것이다. ④의 서간 또한 이의 연장선에서 설빙을 향한 애절한 마음과 혼인에 대한 간절한 열망이 느껴진다. 앞의 ①에서 설빙에 대한 애절한 감정을 토로했던 희경이 ④에서는 설빙에 대한 변함없는 신의를 천명함으로써, 결국 천자의 마음을 움직여 설빙과의 혼인이 성사된다.

이상과 같이 「김희경전」에서 동일 서사가 반복되거나 과거 서사의 줄거리가 요약적으로 제시되는 부분은 대체로 김희경과-장설빙, 김희경과-이소저의 결연담, 그 중에서도 김희경과 장설빙의 만남-헤어짐-다시 만남의 과정과 긴밀하게 연루되어 있다.

2. 장면의 축조

소설에서 공간의 표현은 시간의 단절을 통해 순간적 인상을 각인시키거나 이를 확장하는 힘으로 작용한다. 따라서 공간을 표현할 때는 서술이 아닌 묘사의 방식을 취하기 마련이다. 서술이 사건의 시간적인 연속을 재구성하는 것이라면 묘사는 공간 속에 동시적으로 병치된 사물

들을 담화의 시간적인 연속의 양태로 재현하기 때문이다.95) 이에 따라 서술이 동적 서사를 그려내는 데 효과적인 반면, 묘사는 정적 서사를 그려내는 데 효과적이라 할 수 있다.96) 「김희경전」에서 공간의 표현이 효과적으로 이루어진 곳은 형초 언약 대목, 여장탄금 대목, 김희경과 장설빙·영월공주의 혼인 대목, 상화루 담소 대목, 김희경과 이소저·애월공주의 혼인 대목 등이다. 이들 중 몇 가지 사례만 살펴보자.

'형초 언약 대목'은 하나의 거대한 장면을 이루고 있다. 김희경과 장설빙이 형초의 객점에 도착한 이후 우연히 서로 만나 가연을 맺기까지 걸린 시간은 채 하루가 되지 않는데, 이를 묘사하는 데는 무려 24면이 할애되고 있다.97) '두 사람이 만나자마자 서로 첫 눈에 반해 혼약했다'라고 서술될 수 있는 내용을 수십 면에 걸쳐 세밀하게 그려낸바, 이 부분은 「김희경전」의 전체 서사에서 가장 큰 장면으로 묘사되고 있다.

> 츈니 쥬졔ᄒ다가 양구의 가로듸…(중략)…쇼졔 팔셰의 부인이 기셰ᄒ시미 궁천지통을 참고 상셔을 모셔 셰월을 보ᄂᆡ던이 익운이 미진ᄒ여 거연 츈의 상셔은 황견을 입어 복희의 원찬ᄒ신이 쇼졔의 일싱니 외오온지라…(중략)…명쳔니 살피스 이곳듸 와 상공을 만나신니 평상 과망이라 만일 상공니 더업다 안이시면 쇼졔와 유랑의 계 통ᄒ고 쇼비 스사로 월노의 쇼님을 당ᄒ리이 아지 못계라 존의 엇더ᄒ신잇가 싱이 쳥파의 블승경회 왈 쵸야의 한싱을 더럽다 안이코 규중 옥낭을 쳔거ᄒ온이 블승과망이로다 엇지 사양ᄒ리요만

---

95) 최기숙, 『17세기 장편소설 연구』, 月印, 1999, 310-312쪽.
96) 정길수는 17세기 장편소설의 장편화 방법 중 하나로 '정적 서사'의 활용을 들고 있다. '정적 서사'란 서사 진행과 직접적인 관련을 맺지 않으면서 흥미로운 장면을 축조하는 방식인데, 「구운몽」의 낙유원 말놀이 장면에서 첫 성공적인 사례를 보여준다고 하였다. 정길수, 『한국 고전장편소설의 형성 과정』, 돌베개, 2004, 246-249쪽.
97) 숙대본A, 14-37쪽.

은 그듸 임의 쥬인을 위호는 부탁을 바다슨이 임의로 자단혈련이와
나는 존명을 듯지 못호여슨니 일단 금심니라 연이나 그듸 금옥지언
을 져바리지 안여 권도을 좃츠니라 츈이 듸희 왈 상공의 말삼이 쇼
졔 말슴과 갓튼지라 상셔 비록 명호시나 쇼졔 졍심이 상셔 도라오
시기을 기다려 젹인코져 원이요 불연즉 탁쥐 졍슉이 친부의 나리지
안이호리 져의 쳐치을 기다리시는이 상공 말삼니 니러치 안여셔도
셩예는 죠련치 안일지라 상약을 졍호고 경사로 올나가 득의호신 후
고향의 도라가 친당의 고허시고 탁쥐로 통호시면 광명호리니 돈의
어더호신익가 싱이 졈두 왈 그듸 말이 실로 맛당호 건이와 셰사 번
복호미 만호니 피차 과긱으로 노즁의셔 한 말노 긔회호미 허쇼훈
이 극히 외람컨이와 그듸 말노 나을 위호여 쇼졔의 션안을 한 번 보
계 호면 비록 셔공의 거울 짜리는 일은 업스나 듸언을 미져 셩약을
뇌졍호면 늬 미싱의 신을 직회리니 쳥컨듸 늬 뜻즐 쇼졔계 통허라
츈이 침음 듸왈 상공의 말슴이 후회을 완졍코져 호시며 우리 쇼졔
쳥셩니 항상 상활호고 의견니 통달호리 듸사을 졍호시민 엇지 구
구리 츈광을 보닉리요 쇼쳡이 도라가 니 말삼을 통호고 다시 회보
호리니다 호고 인호여 도라온니 쇼졔 셜낭으로 더부러 츳사을 의
논호드니

(숙대본A, 26-29면)

김회경과 장설빙의 결연은 물론 당사자의 직접적인 만남과 노력의
결실이지만, 장설빙의 시비인 영춘의 적극적인 조력이 없었다면 불가
능했을 것이다. 인용문에 나와 있듯이, 영춘은 매사에 규범만 내세우며
권도를 거부하는 장설빙을 끝까지 설득하여 자신이 직접 김회경과 장
설빙 사이를 반복해서 오가며 그들의 결연을 성사시키기 위해 최선을
다한다. 시비가 사대부 남성을 대상으로 상전의 혼인을 직접 계획하고
주선하는 이 장면은 일상적인 시비의 역할을 벗어났기에 결코 예사롭

지 않다. 「김희경전」의 작가는 김희경과 장설빙의 결연과정에서 시비 영춘이 주도적인 역할을 하도록 그의 역할을 확대해 놓았다.[98]

'여장탄금 대목'은 김희경이 최소저와 혼인하기 전에 그녀의 자색을 직접 확인하기 위해 여악사로 변장하고 최승상의 생신연을 기회로 최소저 앞에서 거문고 곡조를 연주하는 장면을 일컫는다. 이 대목은 「김희경전」의 작가가 「구운몽」의 해당 대목을 축소하여 수용한 것인데도, 15면의 분량을 보일 정도로 하나의 장면을 이루고 있다.

쵸운이 거문고을 안고 흔 곡죠을 탄니 그 쇼릭 청아ᄒᆞ여 힝운을 머무는 듯 ᄒᆞ이 좌즁니 칭춘부리ᄒᆞ딕 쇼졔 홀노 깃거 안니ᄒᆞ여 왈 이는 당진황의 파진곡이라 틱죵니 병을 드러 쥬을 치고 천하을 평정 흔 후 이 곡죠을 즐겨신이 녀즈의 둣기 블가ᄒᆞ다 달른 곡죠을 타라 쵸운이 또한 다른 곡죠을 탄이 쇼졔 쳑년 왈 니는 쵸픽왕이 위미인 을 다리고 니 곡죠을 즐기다가 계명순 츄야월의 흔 통쇼 쇼릭의 팔 천 졔자 훗트시이 이난 픽망흔 영웅이라 반갑지 안이 ᄒᆞ이 다른 곡 죠을 타라 또 한 곡죠을 탄니 쇼졔 얼골을 곳치고 옥슈로 운빈을 어 로만지며 츄탄 왈 아름답다 니 곡죠을 어려서 둣고 지금 잇지 못흔 든이 그딕 어딕 가 이 곡죠을 빅화난요 딕슌이 남훈젼의셔 니 곡죠 을 타시며 만민을 사랑ᄒᆞ사 즐기신이 이른바 쇼쇼구셩 봉황니 늭의 ᄒᆞ는 곡죠라 틱평 셩군니 즐기시든 쇼릭니 가히 드렴즉ᄒᆞ다 비록 다른 곡죠 잇스나 이 만흔 빅 업슬인이 연ᄒᆞ여 이 곡죠을 타라 쵸운 니 심즁의 탄복ᄒᆞ고 니옥키 타다가 그치며…(중략)…남은 바 또 한 곡죠 잇스오딕 곡죠 일홈을 아지 못ᄒᆞ온이 청컨딕 가라치쇼셔 ᄒᆞ 고 인ᄒᆞ여 흔 곡죠을 탄니 쇼졔 문득 안식이 즈흥ᄒᆞ며 셩안이 미미 ᄒᆞ여 이옥키 쵸운을 보다가 운환을 슈기고 단슌을 닷다 말을 안이 ᄒᆞ거늘 쵸운니 그 긔식을 짐측ᄒᆞ고 짓즛 보치여 갈로딕 이 곡죠을

98) 이에 관해서는 다음 절에서 상세히 다룰 것이다.

아지 못혼이 발키 갈라치쇼셔 흐고 지슴 간쳥흐니 쇼졔 가장 쥬졔
흐다가 왈 나도 이 곡죠을 츰음 듯난 빅라 그 일홈을 아지 못흐노라
흐고 다시 눈을 드러 쵸운을 보드가 몸을 니러 부인계 고왈 쇼녀 운
연이 혼미흐여 졍신이 블평흐온이 드러가오려 흐난이다 흐고 몸을
이러 안으로 드러가난지라…(중략)…원닉 이 곡죠는 사마상여 탁문
군을 유인흐든 봉구황곡인이 짐즛 모로는 쳬흐고 이 곡죠을 타셔
져의 심즁을 시험코져 흐여드이 문득 아라 듯고 몸을 피흐믈 보고
가장 탄복흐나

(숙대본A, 99-102면)

인용문은 '여장탄금 대목'의 일부이다. 장설빙의 투신 이후 김희경은
그녀가 정말 죽은 줄 알고 부모의 권유에 따라 경성의 외숙 댁으로 간
다. 외숙 석태위가 김희경에게 최승상의 딸을 혼처로 천거하자, 그는
직접 최소저의 얼굴을 보게 해달라고 조른다. 이에 석태위가 치밀한 계
획을 세워 최승상의 생신연을 기회로 삼자고 한 것이다. 그 계획대로
김희경은 최승상의 생신연에 초대되어 최소저 앞에서 거문고로 <예상
우의곡>, <옥수후정화>, <파진곡>, <남훈곡> 등을 차례로 들려준
다. 이에 최소저는 음률에 대한 해박한 지식을 동원하여 각 곡조에 얽
힌 고사를 열거하며 그 잘잘못을 일일이 평론한다. 애초 여장탄금을 계
획한 이유가 최소저의 자질을 시험하고자 한 것이니, 그녀의 뛰어난 미
모와 남다른 자질을 확인한 김희경은 최소저가 자신의 배필로 손색이
없음을 확신한다.

　그런데 김희경이 마지막 곡조로 최소저가 원치도 않던 <봉구황곡>
을 연주하자 상황이 급변하게 된다. 물론 그가 <봉구황곡>을 연주한
것은 의도된 행위로, 사마상여가 탁문군의 마음을 떠보기 위해 여장한
채 그녀 앞에서 거문고를 탄 고사를 활용하여 최소저의 자질을 시험하

고자 한 것이다.[99] <봉구황곡>을 통해 넌지시 자신이 남성임을 암시하고 최소저의 자색과 식견도 확인한 김희경은 그제야 최소저가 자신의 배필임을 확신하고 혼인할 의사를 갖는다.

장설빙과 이별한 이후 김희경의 삶이 온통 고난과 불행으로 점철된 것이었음에 비해 최소저와의 만남은 그에게 낭만과 행복을 가져다주는 신호로 읽혀진다. 즉 낭만적인 '여장탄금'을 계기로 최소저와 혼인한 후 과거에 급제하고 환로에 올랐으니 이전 삶과는 비교할 수 없는 행복을 느끼기에 충분했을 것이다. 이와 같이 '여장탄금 대목'은 장설빙의 투신으로 좌절감에 빠져있던 김희경에게 새로운 삶의 전환점을 마련해준다는 의미를 지닌다.

'상화루 담소 대목'은 김희경의 세 부인인 최부인·장설빙·영월공주가 한가한 날 상화루에 모여 동심결의하고 시를 지어 읊으며 즐기는데, 병풍 뒤에 숨어서 이를 몰래 엿보던 김희경이 느닷없이 그들 앞에 나타나 시의 고하를 평론하다가 세 부인에게 심한 질책을 받는다는 내용이다.

부마 보다가 세 시젼을…(중략)…평논 왈 창히 갓치 널으기와 우쥬 갓튼 문장은 학스의 글리요 정쇠허기 어름 갓고 찰난허기는 공쥬의 글니요 민첩허기는 최부인 글리니 우열을 의논헐진디 학스는 장원니요 공쥬는 둘지요 최부인은 그 말니라 장원은 당연니 예을 허고 그 말은 벌흥 실인니 공쥬는 장원과 거말의 예벌 힝허옵쇼셔 삼부인

---

99) 「김희경전」의 이 장면은 「구운몽」의 해당 장면을 수용한 것이다. '여장탄금'은 중국 소설 「공공환」 등에 나오는데, 이 장면이 국내소설 「구운몽」에 처음으로 활용되고, 「구운몽」의 이 장면이 다시 「김희경전」을 비롯한 후대 소설에 영향을 끼친 것으로 추정된다. 전성운, 「구운몽」의 창작과 명말 청초 염정소설: 「공공환」과의 비교를 중심으로, 『고소설연구』 12, 고소설학회, 2001, 65~92쪽

니 묵묵허다가 장학스 미우을 씽그리며 피셕 디왈 첩은 듯즈오니
군즈 한 가지 글으믈 힝허면 빅 가지 어진 마음니 읍다 허오니 엇지
부마 즈최을 가만니 허여 분여의 자취을 여어보니 니는 군즈의 혈
비 아니라 문득 닝담 빗치 안광의 쇼사나니 봄니 변허여 겨우리 되
고 니슬니 믹자 셜리 되어는지라…(중략)…부마 손으로 최부인을
가르쳐 왈 부인은 나의 흠담을 무슈이 허되 장학스은 족키 금헐 거
시여날 금단치 아니허고 도로혀 말긋마다 웃기을 죠히 여기시고 공
쥬는 공교니 긔회 읍시오믈 씌닷지 못허고 연허여 슈작허믈 지촉허
시니 엇지 부동허여 나 훼방허미 아니리요 삼인니 우음을 참지 못허
여 일시의 박장디쇼허여 왈 부마 스스로 경박헌 스름에 일을 힝허
여거늘 늬 글으믈 씌닷지 못허고 도로혀 남을 칙허여 늬 허물을 감
쵸고져 허시니 엇지 쉬우리요 허고 또 일장을 디쇼허니 부미 헐일
읍셔 사믜을 썰치고 일어나며 왈 즁구난방이로다 허고 몸을 도로혀
나가거늘 삼인니 다시 웃고 화답허다가 야심허미 각각 쳐쇼로 도라
간니라

(숙대본A, 261-264면)

이 대목은 「김희경전」에서 유일하게 남녀갈등이 조성될 만한 상황
인데도, 작가는 갈등을 주조하는 대신 세 부인의 연이은 질책에 크게
주눅 들어 어쩔 줄 모르는 김희경의 형상을 희화적으로 그려내고 있
다.[100] 김희경은 이들의 질책에 기분이 상해 계속 자신의 억울함을 하
소연하지만, 세 부인은 더욱 합심하여 김희경의 도를 벗어난 행동을 다
그치면서 한껏 움츠러든 그의 모습에 박장대소를 금치 못한다. 이와 같
이 여성들끼리 공모하여 한 남성을 공동의 놀림감으로 삼아 조롱하는
것으로써 모종의 연대의식을 확보하는 장면은 「구운몽」에서 유래되었

---

100) 정준식, 「「김희경전」의 창작방법과 창작시기」, 『한국민족문화』 31, 부산대 한국
민족문화연구소, 2008, 179쪽.

다.101) 이 장면은 「김희경전」에서 일부다처의 화락한 공존을 극명하게 보여주는 대표적 사례로 꼽을 수 있는데, 이는 「홍계월전」, 「이현경전」 등의 단편 여성영웅소설과 뚜렷이 구별되는 장편 여성영웅소설의 미학적 특징으로 파악된다.

3. 시비의 역할 확대

「김희경전」에는 다른 여성영웅소설에 비해 시비의 역할이 확대되어 있다. 이 작품에 등장하는 시비 중에서도 비중 있는 역할을 수행하는 인물은 장설빙의 시비 '영춘'과 이소저의 시비 '설앵'이다. 영춘과 설앵은 각기 상전의 부모가 구몰한 이후부터 김희경과 혼인하기까지 혼자 남은 상전과 생사고락을 함께 하며 온갖 난관을 극복하는 데 주도적 역할을 한다. 만약 이들이 없었다면 장설빙과 이소저는 목숨도 부지하기 어려웠을 정도로 천애의 고아가 된 두 사람에게 시비의 존재는 절대적이다.102)

장설빙과 그의 시비 영춘은 오랫동안 친 동기처럼 지낸 사이로 소개되어 있다. 더구나 어려서 모친을 여의고 부친마저 적소로 보내야했던 설빙에게 시비 영춘의 존재감은 말로 형언하기 어려울 정도로 크다. 실제로 설빙이 가문의 몰락으로 집을 나온 이후부터 김희경의 부인이 될

---

101) 정길수, 『한국 고전장편소설의 형성 과정』, 돌베개, 2005, 241-248쪽. 이런 장면은 「김희경전」의 후반부 곳곳에서 재현되고 있다. 부인들이 모여 한가히 담소를 나누는 자리에는 항상 가장이 함께 참여하고 있는데도 이들 사이에 어떤 분란이나 갈등이 발생하지 않는다.

102) 설빙의 부친 장자영이 북해로 유배되기 전에 영춘에게 한 부탁과 이참정 부인이 임종할 때 설앵에게 한 부탁을 보면 두 시비가 그들의 상전인 장설빙과 이소저에게 친 동기 이상의 의미가 있었음을 알 수 있다.

때까지 영춘은 단 한 번도 그와 떨어진 적이 없다. 게다가 중요한 고비 때마다 완고한 설빙을 설득하여 자신의 뜻대로 움직이게 하는 놀라운 수완을 발휘하기도 한다.

⑤ 영춘이 형초 객점에서 희경을 발견하고 마음에 들어 설빙과 가연을 맺게 하는 데 결정적인 역할을 함

(숙대본A, 14-37면)

⑥ 설빙이 부친의 삼년상을 마친 후 자결하려 하자 영춘이 설빙을 설득하여 희경을 찾기 위해 함께 영천으로 감

(숙대본A, 50-53면)

⑦ 설빙이 급제 후 남장생활을 계속하자 영춘이 설빙의 장래를 걱정하며 희경과 혼인할 것을 권유함

(숙대본A, 143-144면)

⑧ 설빙이 부마로 간택되자 영춘이 설빙을 설득하여 스스로 본색을 밝히고 희경과 결혼하게 하는 데 주도적인 역할을 함

(숙대본A, 217-220면)

⑨ 설빙이 이영의 은혜를 갚지 못해 고민하자 영춘이 그 남은 가족을 경성으로 모셔와 이소저의 혼사를 정해줄 것을 권유함

(김동욱본 D:96면)

「김희경전」에서 확인되는 영춘의 역할 중에서도 ⑤가 가장 돋보인다. 영춘은 사람을 한 번 보면 알아보는 감식안을 바탕으로 김희경을 장설빙에게 천거함은 물론 두 사람 사이를 분주히 오가며 혼약을 맺는데 주도적 역할을 한다. 여기서 작가는 영춘과 장설빙, 영춘과 김희경 사이의 대화를 알맞게 창조하여, 처음엔 완강하게 거절하기만 했던 설빙의 심리 변화 과정을 자연스럽고 섬세하게 그려내고 있다.

⑥⑦⑧⑨에서는 영춘의 역할이 ⑤에서처럼 두드러져 보이지는 않는다. 하지만 장설빙이 자결을 시도하거나, 남장 생활을 지속하려 하거나, 이영의 은혜를 갚지 못해 괴로워하는 등의 어려운 상황에 처할 때마다 항상 그의 곁에서 따끔한 지적과 함께 바른 길을 인도해준 영춘의 조력은 어디에서든 빛을 발한다. 이처럼 「김희경전」에 나타나는 영춘의 주도적인 역할은 통상 시비에게 기대할 수 있는 수준을 훨씬 벗어나 있다. 이를 통해 작가가 시비의 형상을 창조하고 그의 역할을 확대하기 위해 얼마나 고심했는가를 짐작할 수 있다.

한편 이소저의 시비 설앵은 작품의 후반에 등장한다. 작품의 전반부에서 장설빙은 김희경과 이별한 뒤 거듭되는 고난을 감당하지 못하고 강물에 투신한다.[103] 그때 장설빙을 구해준 인물이 여남에 사는 전 참지정사 이영이다. 이영은 설빙에게 손수 거처를 마련해주고 남장한 그를 남자인 줄 알고 자기 딸과 결혼할 것을 간청한다. 이런 와중에 장설빙은 과거를 핑계로 혼약만 하고 경성으로 올라가게 된다. 이때까지만 해도 이소저와 설앵은 전혀 모습을 드러낸 적이 없다.

이소저와 설앵은 후반부 초입에서 처음 등장한다. 이소저의 모친이 임종 시에 이소저와 설앵을 불러놓고, 경성으로 가서 김희경을 찾아 혼사를 이루라며 유언하는 대목에서 두 인물의 언행이 감지되기 시작한다. 앞의 영춘에 비해 다소 미약한 면은 있지만 설앵의 역할 또한 만만치 않았음을 다음의 사례로 알 수 있다.

---

103) 장설빙은 김희경과 이별한 후 탁주로 외숙을 찾아갔지만 외숙은 죽고 외숙모는 조카와 함께 낭주로 이사하였고, 북해로 유배된 부친을 찾아갔지만 부친마저 죽은 뒤였으며, 하남으로 김희경을 찾아갔지만 그는 이미 영천으로 이사하고 없었다. 이처럼 장설빙은 중첩되는 고난을 감내하지 못해 크게 실망하여 강물에 투신하게 된 것이다.

⑩ 이소저가 모친의 3년 상을 마치자 시비 설앵이 이소저를 설득하여 장설빙을 찾기 위해 남장을 하고 경성으로 올라감

(숙대본A, 268-271쪽)

⑪ 이소저가 이위로 위장하여 부마궁에 거처하다가 장설빙을 만나 신분을 밝힌 후에 부모의 사당을 옮겨오지 못해 근심하자 설앵이 직접 여남으로 가서 이영 부부의 신위를 모셔옴

(숙대본A, 310-315쪽)

⑫ 이소저가 계속 혼인을 기피하자 설앵이 몰래 장설빙을 찾아가 이 사실을 말하고 영월공주의 도움을 얻어 김희경과 애월공주·이소저의 혼인을 성사시킴

(숙대본A, 322-331쪽)

앞서 장설빙이 김희경과의 혼약을 지키기 위해 거듭 고난을 헤쳐 왔듯이, 이소저 또한 장설빙과의 혼약을 지키기 위해 갖은 고초를 감내한다. 그런 면에서 두 여성의 삶의 여정은 서로 동질성을 보인다. 사실 장설빙과 이소저는 무남독녀로 태어나 일찍 부모를 여의고 고아로 전락하는 경험을 공유한다. 뿐만 아니라 혼약 이후의 오랜 이별 기간, 남장을 하고 상대방을 찾기 위한 집요한 노력, 상대의 결혼 사실을 알고 남장생활을 지속해가는 모습, 천자의 주선으로 김희경과 결혼하는 과정 등도 유사하게 형상화되어 있다.[104] 이에 따라 이소저의 곁에서 설앵이 한 역할 또한 장설빙의 곁에서 영춘이 한 역할과 크게 다르지 않다. 위의 ⑩⑪⑫에서 설앵이 주도적으로 해결한 일들이 모두 이소저에게는 목숨보다 소중한 것들이다. 부모 구몰 이후 이소저는 孝와 信을 위

---

104) 정준식, 「「김희경전」의 창작방법과 창작시기」, 『한국민족문화』 제31집, 부산대 한국민족문화연구소, 2008, 185쪽.

해 고심했지만, 효의 실천(⑪)도 信을 지키는 일(⑩⑫)도 설앵의 도움 없이는 불가능했을 것이다.

이처럼 「김희경전」의 두 시비는 특정 대목에서 제한된 임무만을 수행하는 것이 아니라 주인 곁에서 그들의 잘못된 판단과 행동을 교정·회유하는 역할을 충실히 수행함으로써 「김희경전」의 서사를 추동하는 원동력이 되고 있다. 훗날 영춘과 설앵은 나란히 김희경의 첩이 되는데, 이는 그들이 진심을 다해 주인과 생사고락을 함께 한 것에 대한 인간적 도리이자 보상인 셈이다. 고소설을 통틀어 시비의 역할과 비중이 이처럼 확대된 예가 흔하지 않은바, 「김희경전」의 작가가 독창적인 시비의 형상을 창조하기 위해 얼마나 고심했는가를 알 수 있다.

이상으로 「김희경전」의 원전이 전반부·중반부·후반부를 모두 지닌 장편이었을 것이라는 앞장의 논의 결과를 바탕으로 장편화의 구체적 방법을 검토하였다. 「김희경전」은 「홍계월전」, 「이현경전」 등의 여성영웅소설에 비해 동일서사의 반복과 줄거리 요약, 장면의 축조, 시비의 역할 확대 등의 방식으로 묘사 위주의 정적 서사가 확대된 작품임이 드러났다. 그런데 장편화에 기여한 대목들은 대부분 김희경과 장설빙, 김희경과 최소저, 김희경과 이소저의 결연과 관련이 있는 것으로 확인된다. 이를 통해 「김희경전」이 영웅담보다 결연담에 큰 비중을 두고 있었음을 알 수 있다.

VI. 장편 여성영웅소설로서의 「김희경전」의 의미

　최근 「김희경전」의 이본 발굴 및 이에 대한 연구가 지속됨에 따라 그간 연구자들이 간과해왔던 「김희경전」의 실상이 서서히 드러나고 있다. 특히 「김희경전」이 창작 당시에는 장편의 분량을 지녔다가 후대의 유통 과정에서 단편으로 축약된 사실을 확인한 것은 이 작품의 원전이 단편 이본이 아닌 장편 이본과 직접적인 관련이 있음을 확인시켜 주었다. 본서에서 장편 이본 가운데 초기 계열로 추정되는 숙대본A를 원전 탐색의 핵심자료로 삼은 것도 바로 이 때문이다.

　「김희경전」은 한 남성 대 두 여성의 결연담을 핵심으로 삼은 점에서 재자가인소설의 면모를 보인다. 그리고 국난을 타개하는 과정에서 남성을 능가하는 여성의 영웅적 활약상을 비중 있게 형상화한 점에서는 여성영웅소설의 면모도 보인다. 결연담과 영웅담의 절묘한 결합을 통해 남녀의 상호 존중에 바탕을 둔 일부다처의 화락한 공존을 그려내고자 한 것이 「김희경전」 원전의 의도였다. 하지만 후대의 유통과정에서 부분적인 생략, 변개, 부연의 과정을 거치다가 급기야 후반부가 통째로 생략되는 변모를 겪게 되었다. 그런데 「김희경전」에 장편과 단편의 이본이 공존하고, 이들 중 장편 이본이 원전에 가깝다는 주장은 최근 이본 논의에서 제기된 것이므로 아직 이에 대한 연구자들의 인식이 부족한 실정이다.

　그렇다면 「김희경전」의 이본에 장편과 단편이 공존한다는 사실이 왜 중요한가. 그것은 「김희경전」의 '남장결연담'이 장편 이본에는 완벽하게 구현되어 있는데, 단편 이본에는 그 편린만 남아 있기 때문이다. 만약 「김희경전」에 관한 기존 논의에서 '남장결연담'이 온전히 형상화된 장편 이본을 텍스트로 삼았다면 「김희경전」과 「육미당기」의 유사성이 쉽게 간과되지는 않았을 것이다.

「김희경전」은 '영웅서사'와 '결연서사'가 결합된 작품이다. 창작 당시 이 작품은 한 남성이 여러 여성과 차례로 인연을 맺는 과정을 장황하게 그려냄으로써 결연서사가 영웅서사를 압도하는 모습을 보였다. 이를 통해 작가는 가부장제에 기반 한 일부다처의 화락한 공존을 구현하고자 한바, 이러한 현상은 적어도 19세기 중반까지 지속되었다.[105] 그러다가 19세기 후반에 여성영웅소설이 성행하자 이들의 장르관습에 합치시킨 새로운 축약본이 등장하게 되었으니, 성대본 「김상서전」이 바로 그것이다. 그에 따라 결연서사와 영웅서사가 적절히 균형을 이루면서 「김희경전」은 당시 성행하던 「이대봉전」, 「정수정전」 등의 여성영웅소설과 별반 차이가 없는 작품으로 변했다. 그간 연구자들이 논의 대상으로 삼은 활자본 「김희경전」이나 「여자충효록」은 바로 후대에 축약된 성대본 「김상서전」을 서로 다른 방향으로 계승한 것이다.[106]

물론 「김희경전」의 이본이 숙대본A 계열→국중본A 계열→성대본 계열→서울대본 계열로 전개되었다고 해서 앞선 계열이 후대에 생성된 계열에 밀려 곧바로 소멸된 것은 아니다. 후반부의 '남장결연담'을 완벽하게 갖춘 장편 계열이 1907년까지 지속적으로 필사된 사실이[107]

---

105) 후반부가 생략된 가장 이른 시기의 이본인 성대본 「김상서전」이 1873년에 필사된 사실이 이러한 추정을 뒷받침한다.
106) 활자본으로 간행된 이본으로는 「김희경전」·「여중호걸」과 「여자충효록」·「쌍문충효록」이 있다. 그런데 앞의 두 이본과 뒤의 두 이본은 각기 표제만 다르고 내용은 서로 같다. 그러므로 사실상 활자본은 2종으로 보아야 한다. 「김희경전」은 성대본 「김상서전」을 저본으로 삼은 것이고, 「여자충효록」은 성대본 「김상서전」의 내용을 대폭 축소하고 부분적으로 변개를 가한 것이다.
107) 강승묵은 고대본A의 필사시기를 1907년 이후로 보고 있다. 이 이본이 연활자로 된 공책에 필사되었고 그 공책의 후미에 "起案 隆熙_年_月_日 伺濟"라고 인쇄되어 있

이를 말해준다. 이러한 사실은 「김희경전」의 이본 중 원전을 계승한 숙대본A 계열이 1863년에 창작된 「육미당기」에도 직접 영향을 끼칠 수 있었음을 의미한다. 이에 필자는 「육미당기」[108] 12회에서 15회까지 핵심을 이루고 있는 '남장결연담'이 「김희경전」의 후반부에 형상화된 '남장결연담'에 근원을 둔 것으로 추정한 바 있다.[109] 즉 두 작품은 '여-여의 정혼'이 '남-여의 결혼'으로 완성되는 과정을 독립된 서사로 그려 내고 있는데, 이와 동일한 서사가 다른 작품에는 없기 때문에 둘 사이의 직접적인 영향·수수관계로 보아야 한다는 것이다.

「김희경전」과 「육미당기」의 남장결연담을 대비적으로 검토하기 위해 「김희경전」의 해당 부분을 정리하면 다음과 같다.

　　① 이소저가 장설빙과 정혼과 이별
　　② 장설빙의 이영 빈소 조문과 이소저와 후일 기약
　　③ 부모 구몰 후 이소저의 남장 상경
　　④ 김희경과의 만남과 부마궁 더부살이
　　⑤ 이소저의 금낭 분실과 부마궁 탈출
　　⑥ 환약과 부적의 획득과 죽은 소참정 부인 재생
　　⑦ 이소저의 신분 노출과 장설빙과의 동기지의 결의
　　⑧ 장설빙의 주선에 의한 김희경과 이소저의 혼인

위에 제시된 것은 「김희경전」의 남장결연담을 구성하는 줄거리이

는데, 순종 황제가 즉위한 것이 1909년 7월 20일이므로 고대본A는 그 이후에 필사 되었다고 본 것이다. 강승묵, 앞의 논문, 82쪽.

108) 본서에서 활용한 「육미당기」는 가람문고본이다. 여기서는 장효현 역주, 『육미당기』 (고려대 민족문화연구소, 1998)를 참고했다. 앞으로 이 작품을 인용할 때는 이 책의 쪽수를 따르기로 한다.

109) 정준식, 「「김희경전」과 「육미당기」의 상관성; 남장결연담을 중심으로」, 『한국문학논총』 48, 한국문학회, 2008, 45-51쪽.

다. 물론 남장결연담은 「이대봉전」, 「양주봉전」, 「정비전」 등의 단편 여성영웅소설에도 수용되어 있다. 그런데 이들 작품에는 「김희경전」에 설정된 ①~⑧이 완벽하게 구현되지 않았다. 세 작품에 수용된 남장 결연담은 「김희경전」의 그것에 비해 단편적이고 부수적인 것에 불과하여 위의 줄거리 중 일부만 갖추고 있을 뿐이다. 이처럼 세 작품에 남장결연담의 편린만 남게 된 까닭은, 이들이 「김희경전」의 해당 대목을 변용하면서 이소저의 남장 행적을 그려낸 후반부에는 관심을 두지 않았기 때문이다.

여성영웅소설 내에서 이러한 변화를 주도한 작품은 「이대봉전」이다. 사실 「이대봉전」과 「김희경전」은 남녀주인공이 동일한 사주를 띠고 출생한 점, 여주인공의 남장결연담, 환로에 올라 무공을 세운 점, 부마로 간택되어 신분을 밝힌 점, 천자의 주혼으로 남주인공과 결혼한 점 등에서 강한 친연성을 보이므로 둘 사이의 영향·수수관계를 인정할 수밖에 없다. 이는 곧 「이대봉전」이 「김희경전」의 직접적인 영향 하에 창작된 작품임을 말해 준다. 따라서 여성영웅소설만의 독특한 남장결연담은 「김희경전」에서 처음 마련된 이래 「이대봉전」에서 대폭 축소되고, 그것이 다시 후대소설에 수용된 것으로 보인다. 이렇게 축소된 남장결연담은 후대 여성영웅소설에서 큰 의미를 지니지 못한 채 관습화된 모티프로 굳어졌다.

이와 달리 「육미당기」의 남장결연담은 오히려 「김희경전」의 해당 부분을 확대하는 쪽으로 변용되었다. 위의 줄거리에서 「육미당기」에도 유사하게 설정되어 있는 것은 ①, ③~⑤, ⑦⑧이다. 이들은 모두 남장결연담을 구성하는 핵심 요소인데, 「김희경전」의 장설빙·이소저·김희경이 각기 「육미당기」의 백운영·설서란·김소선으로 바뀐 것

외에 이들을 둘러싼 구체적인 서사내용이 매우 흡사하다. 이 내용은 고소설을 통틀어 두 작품에만 나타나고 있으므로 「김희경전」과 「육미당기」의 영향·수수관계를 고려하지 않고는 두 작품의 유사성을 설명할 길이 없다. 따라서 「김희경전」의 남장결연담이 「육미당기」의 해당 부분에 변용된 것이 분명하다고 본다.

두 작품의 남장결연담이 보이는 차이는 「김희경전」에 없던 사건이 「육미당기」에 새로 설정된 데서 비롯되었다. 이 새로운 사건은 왕파의 납치, 뇌파 아들의 겁탈 위협, 화주 소년배들의 희롱, 호삼랑의 겁탈 위협[110] 등으로 이어지면서 설서란의 세속적 시련을 더욱 강화하는 역할을 한다. 「김희경전」의 이소저는 집을 떠난 이후부터 김희경과 혼인하기까지 특별히 외부 위협에 직면한 적이 없다. 때문에 그의 여정은 오직 장설빙과의 재회를 위한 과정으로 이해된다. 이에 비해 「육미당기」의 설서란은 낯선 땅에서 겁탈 위기에 거듭 노출됨으로써 방향감을 상실한 채 표류하는 존재로 부각된다. 이를 통해 결연의 완성이라는 독자들의 일반적인 기대와는 별도로 조선후기 여성들의 현실적 질곡을 환기한다. 즉 시도 때도 없이 겁탈 위협에 시달리는 설서란을 통해 실제로 여성들의 바깥출입 환경이 얼마나 미약하고 불안했는가를 환기하고 있다.

하지만 이런 차이에도 불구하고 두 작품의 직접적인 수수관계는 분명하다. 「육미당기」 제1회에서 제11회에 이르기까지 설서란의 존재는 극히 미약하다. 그는 처음 부친을 매개로 백운영과 정혼한[111] 이후 좀처럼 종적을 드러내지 않다가 설서란과 김소선의 결연을 그려낸 제12회에 와서야 갑자기 중심인물로 부상한다. 이것은 「김희경전」의 전반

---

110) 최경환, 「「육미당기」의 텍스트 생성과정 연구」, 서강대 박사학위논문, 1997, 108쪽.
111) 장효현 역주, 「육미당기」, 『한국고전문학전집』 17, 고려대 민족문화연구소, 1998, 49-58쪽.

부에서 이소저가 부친을 매개로 장설빙과 정혼한 이후 별다른 종적이 없다가 이소저와 김희경의 결연을 그려낸 후반부에 와서 중심인물로 부상하는 것과 동일하다. 그리고「김희경전」에서 김희경-최소저, 김희경-장설빙의 결연이 차례로 완성된 시점에서 김희경-이소저의 결연담이 시작되듯「육미당기」또한 김소선-백운영, 김소선-옥성공주의 결연이 차례로 완성된 시점에서 김소선-설서란의 결연담이 시작된다. 나아가「김희경전」의 세 결연담 중에서 김희경-장설빙, 김희경-이소저의 결연담이 중심을 이루고 있듯「육미당기」에서도 김소선-백운영, 김소선-설서란의 결연담이 중심을 이루고 있다.

이러한 사실은「김희경전」과「육미당기」의 수수관계가 단지 남장 결연담에만 국한되는 것이 아님을 말해준다. 이에 관해서는 보다 정밀한 논의가 필요하므로 여기서는 다만 '백운영-설서란'의 정혼이 '김소선-설서란'의 결혼으로 완결되는「육미당기」의 남장결연담이「김희경전」의 해당 부분을 변용한 것이란 점만 확인해 둔다.

그런데「육미당기」는「김희경전」의 영향만 받은 것이 아니라「하진양문록」의 직접적인 영향도 감지된다.「김희경전」이 주로 후반부 서사에 영향을 끼친 반면「하진양문록」은 전반부·중반부 서사에 영향을 끼친 것으로 보인다.[112] 최근 학계에서「김희경전」,「하진양문록」,「육미당기」처럼 한 남성과 두 여성의 결연을 핵심으로 삼고 여성의 영웅적 활약을 부차적으로 그려낸 작품을 장편 여성영웅소설로 다루고 있다.[113] 재자가인소설의 면모를 지닌 장편 국문소설에 여성의 영웅적

---

112) 김민조는「하진양문록」과「육미당기」에서 일치되는 화소 20개를 설정하여 상세히 비교한 뒤에 둘 사이의 직접적인 영향·수수관계를 주장하였다. 김민조,「「하진양문록」의 창작방식과 소설사적 위상」, 고려대 석사학위논문, 1999, 92-94쪽.
113) 정병설,「여성영웅소설의 전개와「부장양문록」」,『고전문학연구』19, 한국고전문학회, 2000 ; 최윤미,「「부장양문록」연구」, 서울대 석사학위논문, 2009 ; 정준식,

활약상이 가미되면서 출현하게 된 장편 여성영웅소설은 「부장양문록」 과 같은 모색기의 단계를 지나 「김희경전」에 와서 나름의 장르관습을 갖추게 된다. 그리고 「김희경전」에서 마련된 장편 여성영웅소설의 서 사골격은 「육미당기」와 같은 19세기 소설에도 수용되면서 단편 여성 영웅소설과는 변별되는 하나의 계열을 이룬다. 이런 맥락에서 「김희경 전」은 장편 여성영웅소설의 정착을 선도한 작품으로 평가되는바, 향후 장편 여성영웅소설의 서사문법과 형성과정을 탐구할 때 중요한 자료 적 가치를 지닌다.

한편, 「김희경전」의 원전이 숙대본A와 같은 장편 이본의 서사내용 과 동일했을 것이란 주장이 왜 중요한가. 「김희경전」에 대한 기존 논의 에서 이 작품이 장편이란 사실이 간과된 까닭은 대부분의 연구자들이 후대에 축약된 단편 이본을 논의 대상으로 삼았기 때문이다. 그러다가 필사본이 본격적으로 검토되면서 장편 이본의 존재가 처음으로 알려 졌다.114) 장편 이본은 숙대본A 계열에서 국중본A 계열로 이행된바, 국 중본A 계열이 다시 성대본 계열로 이행되는 과정에서 단편으로 축약 된 사실이 드러났다.115) 이런 성과에 힘입어 「김희경전」이 애초에 장 편으로 창작되었음이 분명히 확인되었다.

이러한 논의 결과는 향후 「김희경전」에 대한 바람직한 연구 방향을 암시한다는 점에서도 중요한 의미를 지닌다. 「김희경전」의 이본은 목 록상으로 30여 종에 이르는 것으로 보인다. 국내에서 수집 가능한 것은 거의 수집된 상태이고, 북한에 소장된 이본은116) 구할 수 없는 형편이

「초기 여성영웅소설의 서사적 기반과 정착 과정」, 『한국문학논총』 61, 한국문학 회, 2012.

114) 김만은, 「「김희경전」의 서술구조 변용연구」, 부산대 석사학위논문, 1996, 1-69쪽.

115) 정준식, 「「김희경전」의 이본 계열과 텍스트 확정」, 『어문연구』 53, 어문연구학회, 2007, 249-260쪽.

다. 하지만 앞으로 어떤 이본이 추가로 수집되더라도 본서에서 이루어진 이본 계열의 설정 및 원전 계열에 관한 논의 결과가 뒤집힐 가능성은 없다고 본다. 그렇다면 본서의 논의 결과가 향후 「김희경전」의 연구에 미칠 영향은 무엇일까. 이 점을 짚어보면서 본서의 논의를 마무리하기로 한다.

「김희경전」은 처음에 원전의 서사를 계승한 숙대본A 계열만 한동안 전승된 것으로 보인다, 그러다가 원전의 서사를 부분적으로 생략·변개·부연한 국중본A 계열, 국중본A 계열을 저본으로 삼되 후반부를 통째로 생략한 성대본 계열, 성대본 계열을 기반으로 삼되 부분적으로 부연·변개한 서울대본 계열이 차례로 분화되는 과정에서 다양한 변모를 겪은 것으로 확인되었다. 이를 기반으로 본서에서는 숙대본A 계열을 원전의 서사를 계승한 초기 이본으로 추정하였다. 그리고 이를 핵심자료로 삼아 「김희경전」의 원전을 탐색하고 그 결과를 부록으로 첨부하였다.

본서의 논의 결과로 「김희경전」의 이본이 형성 당시의 모습을 지닌 이본, 중간 시기의 부분적 변개를 거친 이본, 후대의 축약된 이본으로 나뉜다는 사실이 드러났으니, 이들의 변모과정을 면밀히 검토하고 그 계기와 의미를 탐구하는 것이 새로운 과제로 제기된다. 그동안은 자료의 실상과 연구자의 텍스트 선정 사이의 괴리로 인해 「김희경전」의 실상을 제대로 드러낼 수 있는 기회를 얻지 못했다. 이제 본서에서 면밀한 이본 대비를 통해 계열을 설정하고 원전을 탐색한바, 부록으로 제시되는 원전은 향후 「김희경전」 연구에 올바른 텍스트를 제공한다는 의미를 지닌다.

---

116) 김일성종합대학교 도서관에 필사본 5종이 소장되어 있다. 조희웅, 『고전소설 이본
목록』, 집문당, 1999, 106-108쪽.

VII. 결론

본서는「김희경전」의 이본과 원전에 대한 연구를 진행하였다.「김희경전」은 여성영웅소설을 대표할 만한 작품인데도 그동안 이 작품에 대한 연구는 매우 부진했다. 필자는 그 원인을 두고 고민하던 중「김희경전」의 이본에 관심을 두게 되었다. 그리고 수집된 이본을 검토하면서 다양한 제명과 내용의 차이를 확인할 수 있었다. 특히 수집된 이본 중 완질본이 모두 결함이 있는 것으로 드러나면서 바람직한 연구를 위한 원전 복원의 절실함을 깨닫게 되었다. 본서의 연구는 이를 위해 마련된 것이다. 본서에서는「김희경전」의 이본 계열을 설정한 후 초기 계열의 완질본을 중심으로 원전을 탐색하였다. 논의 결과를 간략히 정리하면 다음과 같다.

먼저「김희경전」의 이본 현황을 검토하고 계열을 분류하였다. 기존 24종에 한중연본「金氏孝行錄」과 충남대본「김희경전」을 포함하여 총 26종의 문헌적 특징을 고찰했다.「김희경전」의 이본은 기존에 정명기본 계열·국중본 계열·성대본 계열로, 혹은 한중연본 유형·성균관대본 유형으로 분류되었다. 본서에서는 그 후 수집된 이본을 추가하여 이본 계열을 새로 분류하였다. 장편 계열로 숙대본A 계열과 국중본A 계열을 설정하였고, 단편 계열로 성대본 계열과 서울대본 계열을 설정하였다. 네 계열은 각기 서사 내용이 유형화되어 있어서 계열 간 차이는 분명하나 동일 계열 내의 개별 이본 간 차이는 거의 없다. 네 계열 가운데 숙대본A 계열을 원전의 서사를 계승한 이본으로 보았다.

다음으로 분류된 네 계열을 대비하여 구체적 차이와 선후 관계를 검토하였다.「김희경전」의 장편 이본 중 '숙대본A 계열'은 원전의 서사를 계승한 초기 이본의 면모를 지녔고, '국중본A 계열'은 원전의 서사를 부분적으로 생략, 변개, 부연한 중기 이본의 면모를 지닌 것으로 파악했다. 한편 단편 이본 중 '성대본 계열'은 국중본A를 저본으로 삼되 후반부를 생략한 후기 이본으로 보았고, '서울대본 계열'은 '성대본 계열'을 저본으로 삼되 부분적 결함은 장편 이본에서 보완한 후기 이본의 면모를 지닌 것으로 파악했다. 숙대본A는 원전의 서사를 계승한 초기 계열의 이본이 세책본의 저본이 되었음을 확인시켜 준다는 점에서 중요한 가치를 지닌다. 따라서 「김희경전」의 원전 탐색에서는 숙대본A를 핵심 자료로 삼아야 할 것이다.

본서의 연구를 위해 수집된 「김희경전」의 이본 중에는 연구 자료로 활용할 만한 온전한 이본이 없다. 이에 숙대본A를 핵심 자료로 삼고 김동욱본A, B, D, E, F를 보조 자료로 삼아 「김희경전」의 원전을 탐색하고 정본을 구축하였다. 이에 관한 기존 작업이 있지만, 여러 오류를 바로잡고 주장을 덧보탰으며 결과물을 부록으로 첨부했다.

복원된 「김희경전」의 원전이 전반부·중반부·후반부를 모두 지닌 장편이었을 것이라는 주장을 기반으로 장편화의 구체적 방법을 검토했다. 「김희경전」은 「홍계월전」, 「방한림전」, 「옥주호연」 등의 여성영웅소설에 비해 동일서사의 반복과 줄거리 요약, 장면의 축조, 시비의 역할 확대 등의 방식을 통해 정적 서사가 한껏 활용된 작품이다. 그런데 이 작품의 장편화에 기여한 대목들은 김희경과 장설빙, 김희경과 최소저, 김희경과 이소저의 결연과 관련이 있는 것으로 드러났다. 이것이 바로 남녀주인공의 영웅담보다 결연담에 큰 비중을 둔 장편 여성영웅소설의 서사문법으로 파악된다.

「김희경전」이 애초 장편으로 창작되었다고 보는 것이 본서의 입장이다. 장편 여성영웅소설의 범주에 드는 작품으로「김희경전」외에도「부장양문록」,「하진양문록」「육미당기」등을 들 수 있다. 그 가운데「김희경전」은 모색기의 작품인「부장양문록」,「하진양문록」을 계승하여 장편 여성영웅소설의 정착을 선도하고「육미당기」의 창작에 직접 영향을 끼친 작품으로 보았다. 이에 따라「김희경전」은 장편 여성영웅소설의 서사문법 및 전개과정을 탐구할 때 중요한 자료적 가치를 지닌다고 할 수 있다. 본서에서 복원된「김희경전」의 원전이 향후 이 작품을 포함한 장편 여성영웅소설 연구에 조금이라도 보탬이 될 수 있기를 기대한다.

제2부

「김희경전」원전

숙대본A 金喜景傳 原典

【일러두기】

■ 저본은 숙명여자대학교 중앙도서관에 소장되어 있는 필사본 「金喜景傳」(180장본)
이다. 이 작품은 원전의 서사를 계승한 유일한 완질본으로 전반부, 중반부, 후반부
에서 다른 완질본에 생략된 내용을 모두 지니고 있고 이들과 차이를 보이는 대목도
적지 않으므로 선본(善本)으로서의 가치가 있다.

■ 원전 복원은 숙대본A 「金喜景傳」을 핵심자료로 삼아 진행하되, 생략된 내용, 오자
나 탈자, 문맥이 자연스럽지 못한 곳에 한정하여 최소의 교감을 가했다. 복원된 원
전의 표제는 핵심자료의 소장처와 표제를 따라 "숙대본A 金喜景傳"으로 삼았다.

■ 교감은 초기 계열의 이본 가운데 숙대본A 「金喜景傳」과 비교할 완질본이 없어서
낙질본을 대상으로 삼았다. 전반부는 김동욱본A 『김희경전』, 김동욱본B 『김희경
전』과 비교했고, 중반부는 김동욱본C 『김희경면』, 김동욱본D 『김희경전』, 김동욱
본E 『김희경전』과 비교했으며, 후반는 김동욱본F 『김희경전』과 비교했다. 이들은
모두 단국대학교 율곡기념도서관 고전자료실 소장 필사본이다.

■ 저본에 결함이 적지 않지만 그 가치를 살리기 위해 원문을 그대로 싣고 각주에서 교
감하는 방식을 택했다.

■ 교감은 오기가 분명한 곳, 의미 차이가 나는 곳, 뜻이 모호한 곳을 중심으로 했으며,
김동욱본A~F에서 가져온 것을 본문에 채워 넣고 해당 부분을 [ ]로 표시했다.

■ 저본의 면수에 따라 원문을 표기하고 면과 면 사이를 띄웠으며, 원문의 면수를 괄호
에 넣어 맨 끝에 표기했다. 저본에 생략된 내용을 다른 이본에서 채울 경우에는 다
음과 같이 표기하였다. 김동욱본A, 5면: (김A, 5면)

숙대본A 金喜景傳

김희경뎐 권지상

각셜 디원 지졍 년간에 하람 벽도촌에 한 사람이 잇스되 셩은 김니요 명은 뎡이요 자는 무영인니 셰〃 명쬭니라 일즉 효렴의 쌔혀나 벼슬이 평장의 이르러던니 슌졔 후의 벼슬을 바리고 〃향의 도라와 월하의 밧 갈고 죠디의 강어을 낙가 자락ᄒᆞ든니 셰월니 여류ᄒᆞ여 오십 연광이 되어쓰되 한낫 자식이 업셔 미일 슬허ᄒᆞ든니 일〃은 부인 셕씨로 더부러 옥하암1) 졀의 발원코져 ᄒᆞ여 나아간니 연화디 상의 금부처 안져쓰되 긔상니 엄연헌지라 평장과 부인니 불젼의 직비 츅원ᄒᆞ되 김졍니 싱연 오십의 젹막흔 일이 업스미 죵亽의 〃탁헐 자식이 업쏫온이 복원 (1)

귀자을 졈지허亽 노리지낙을 보게 ᄒᆞ쇼셔 빌기을 맛치고 도라왓던니 이날 밤 평장의 꿈의 한 동지 와셔 졀ᄒᆞ고 왈 쇼ᄌᆞ은 천상 문창셩이 옵던니 옥하암 부쳐 지시허기로 이곳의 와 의탁ᄒᆞ온이 어엽비 여기옵 쇼셔 ᄒᆞ거날 말을 디답고져 ᄒᆞ던이 금계 식벽을 직쵹ᄒᆞ는 쇼리의 놀나 까달은니 남가일몽니라 심즁의 긔이히 여겨 부인을 씨와 몽亽을 일르니 부인의 몽亽도 쏘한 일반리라 부뷔 크게 깃거ᄒᆞ던이 과연 그달부

---

1) 옥하암: 옥화암.

터 잉틴ᄒ여 십 삭²⁾니 ᄎ민 일〃은 부인니 긔운니 불평ᄒ여 침셕의 의지ᄒ여던니 정신이 혼〃ᄒᆫ 가온디 방안의 향닉 진동ᄒ며 일기 옥동을 싱ᄒ니 골격이 쥰민ᄒ고 신식니 엄연ᄒ여 (2)

강산 슈긔와 일월 정긔을 픔슈ᄒ여시며 우름 쇼릭 웅장쇄락ᄒ여 구쇼의 학이 웃는 듯ᄒ니 평장 부뷔 불승환희ᄒ여 일홈을 희경니라 ᄒ고 잔³⁾는 장셩⁴⁾니라 ᄒ다 졈〃 자라민 풍되 슈려ᄒ여 니두의 문장과 죠자양의 필법을 모시ᄒ니 일딕영결⁵⁾니라 셰월니 여류ᄒ여 나히 십 오 셰의 당ᄒ오민 부뫼 봉황지낙니 더디믈 염예ᄒ여 희경다려 니로되 네 장셩ᄒ민 의가지낙니 밧분지라 하람 궁항의 슉례⁶⁾ 업스린니 싱각건디 네 경셩의 올나가 너의 외슉공을 ᄎ자 우리 고독ᄒᆷ믈 젼ᄒ고 장안 번화ᄒᆫ 짱의셔 요죠슉녀을 구ᄒ여 너의 빅필을 졍ᄒ라 셕퇴위 쏘한 명현지상인니 일졍 광구ᄒ여 너의 직픔⁷⁾을 져바리지 (3)

안니 혈인이 우리 마음을 위로ᄒ고 버거 계화을 썩거 죠션을 현달ᄒ민 우리 쇼망나라 네 뜻즌 엇지코져 ᄒ는다 싱니 본디 지긔 화려ᄒ고 의식 활달ᄒ여 흉즁의 쳔지 긔미을 아라는지라 민양 차탄 왈 닉 비록 말셰의 나스나 고인의 유풍이 잇슨이 월즁단계을 썩거 옥당의 칙의을 붓치녀 슉녀을 구ᄒ여 운병슈막⁸⁾의 지락을 니로며 츌장입상ᄒ여 이현부모코져 ᄒ되 니 쌍히 지협인쇼ᄒ여 쓰슬 졍치 못ᄒᆷ믈 한ᄒ던니 부모의 말슴을 드르민 바라ᄂ 바의 합ᄒᆫ지라 이의 맛당ᄒᆷ믈 알외고 부복슈명ᄒ니 평장이 딕희ᄒ여 즉시 셔간을 짝고 힝니을 슈습ᄒ여 보

<hr>

2) 십 삭: 십 삭(十朔).
3) 잔: 자(字).
4) 장셩: 다른 이본에는 '창셩'으로 표기되어 있다.
5) 일대영결: 일대영걸(一代英傑)
6) 슉례: '슉녀'의 오기. 김동욱본A에는 '빅필'로 되어 있다.
7) 직픔: 재품(才品).
8) 운병슈막: 운병수막(雲屏繡幙).

닉신이 싱니 기을 써나 경사로 향헐식 형쵸 지경 (4)

의 이로러 일셰가 져믈고 긔운니 곤ᄒ여 긱졈을 ᄎᄌ 쉬던이 니썬은 하사월니라 방초는 난만ᄒ고 유지의 느러진 버들ᄀ아지는 누른 빗츨 머금고 황잉9)은 분비ᄒ이 경기가 졀승흔지라 싱이 졈문 박계 나와 두로 빅회ᄒ던니 문득 일진향풍의 낭〃흔 년쇼 소릭 들리는지라 눈을 드러 살펴 본니 동편 화원 우희 두어 간 쵸옥니 잇고 쥭창을 반기ᄒ여 쥬렴을 빗겨는디 일위 미인이 노유랑으로 더불어 안져 표년니10) 원산을 바라본니 쌍미의 슈운을 머무르고 단슌이 연연ᄒ여 옥빈니 젹막흔니 명월이 흑운의 싸인 듯 연화 광풍을 시롬허는 듯ᄒ니 싱이 한 번 보미 황홀흔 자틱 눈을 놀닉는지라 요죠지틱 엇지 한갓 (5)

폐월슈화지릭라 삼혼니 표탕ᄒ고 칠쎅이 요〃ᄒ여 긔운을 졍치 못ᄒ던이 양구의 비로쇼 졍신을 슈습ᄒ여 싱각ᄒ민 엇지 이갓튼 식이 잇는고 쳔지 졍긔가 져의게 모혀쓰이 하날이 김희경을 닉시고 져을 닉시문 반듯시 년분니 잇슬연니와 쳔양이 영격11)ᄒ고 월노의 기리 업슨이 은하슈 오쟉교을 뉘라셔 노호며 쵸왕의 쳔양이 무슴 기을 바라리요 가셕다 월하의 노인을 만나지 못ᄒ면 무협의 운우 화ᄒ기을 바리지 못허인이 나의 인연니 쇽졀 업시 되여쏘다 싱각허되 졈쥐 나히 만코 집 사니12) 머지 안이 흔니 힝예 져의 근본을 알고져 ᄒ여 므르리라13) 흔고 몸을 두로혀 올졔 한 녀랑니 밧그로죠차 드러오다가 싱을 보고 경문ᄒ올 엇더 (6)

흔 공직완디 셩교을 바리고 외람이 공후 규슈 드르신 향차14)을 여허

9) 황잉: 황앵(黃鶯), 꾀꼬리.
10) 표년니: 표연히.
11) 영격: 영격(永隔).
12) 집 사니: 집 사이.
13) 므르리라: 물으리라.

본눈요 싱이 쏘한 연망이 놀나 몸을 굽혀 사례 왈 싱은 원방 선빅던니 경사로 향ㅎ다가 쥬로의 프른 긔운이 과긱을로 머믈 싀 마지 못ㅎ여 금전 두어 거름을 ㅎ비ㅎ믹 쥬량이 너르지 못ㅎ여 츈풍니 몸 부치눈 쥬을 씻닷지 못ㅎ여 니의 니르러 그딕의 칙을 드른니 불승슈괴ㅎ건이 와 뭇눈이 공후 규슈의 힝츠라 ㅎ니 근본과 셩씨는 뉘시며 어딕로 향 ㅎ며 그딕는 엇던 사람니완딕 취긱의 실체을 경계ㅎ눈요 그 차환이 딕왈 우리 쇼졔는 좌승상 익쥬후 장환의 손녀요 참지졍사 이부상셔 장 자영의 여ㅈ시오 쳡의 쥬인니라 본향으로 가시다 (7)

가 나리 더우믹 잠간 쉬여 피셔ㅎ눈니다 싱이 다시 본이 쥭창니 구 지 닷쳐고 향년15)니 모연ㅎ지라 아연실망ㅎ여 츈희시을 〃퍼 스사로 위로ㅎ고 졈의 도라온니 임의 셕반니 되여눈지라 싱니 셔동의계 분부 왈 닉 몸니 피곤ㅎ고 일셰 쏘한 져믈엇눈지라 명일 가니라 차셜 그 녀 ㅈ은 니부상셔 장자영의 여이이 그 모친 뎡부인이 쇼졔 잉틱혈 졔 빙 셜니 싸눈 고딕 도화 피여거날 동졀 츈싴니 극히 귀ㅎ여 그 곳츨 썩거 쥐고 귀경ㅎ던니 문득 곳츨 노화바리되 곳치 바람을 좃차 공즁의 올 나 림의로 왕닉ㅎ다가 간딕 업거늘 부인니 가장 셔우ㅎ여 씨다른니 침상일몽니라 마음의 〃심허더니 과년 그달붓터 (8)

잉틱ㅎ여 십 삭이 다〃은니 일〃은 향긔 집닉의 가득ㅎ며 오운니 몽〃헌 즁 한 션려 나려와 부닌다려 왈 힝이16)의 사랑ㅎ시든 바 빙낭 니 인간을 구경코져 ㅎ여 귀부의 하강ㅎ믹 쳡니 향아의 명을 밧짜와 탄싱혈 씨을 봉승ㅎ려 왓삽눈니 부닌은 고히 여기지 마르쇼셔 천상 문 창셩니 빙낭을 짜라 푸른 복숑화 가온딕 금셕 사니의 써러져신이 천졍

---

14) 향차: 행차(行次).
15) 향년: 행적.
16) 힝아: 항아.

을 어긔지 말로쇼셔 ᄒ고 가거날 부닌니 졍신을 차려 슌산싱여ᄒ니 옥올 ᄀ치 어라 명을 셜빙니라 ᄒ고 자을 도연니라 ᄒ다 셜빙 쇼졔 오셰의 일으ᄆᆡ 긔질니 총명영오ᄒ여 졔자빅가을 모롤 (9)

거시 업고 필볍17)니 졍묘ᄒ여 위부인을 압두ᄒ며 틱도 풍연ᄒ여18) 연화 아ᄎᆞᆷ 이슬을 쁠친 듯 ᄒ당화 츈풍의 웃는 듯 쇼월이 운간의 말가는 듯 녀공지사을 모를 것시 업스니 공니 크계 사랑ᄒ여 차탄 왈 문창셩니 닌간의 나리지 안여시면 녀아의 쌍니 업느니라 ᄒ든니 부인니 상셔의 문창셩리란 말을 듯고 몽즁 션여의 말을 자셔니 고ᄒ니 상셔 딕희 왈 나의 희담니 어긔미 업도다 그러나 푸른 복숑화 나무 금셕 사이에 쩌러지단 말은 어인 말인고 나즁의 자연 알니로다 ᄒ고 셔로 의혹ᄒ든니 홍안ᄲᅥᆨ명19)니 자고로 잇슨니 장쇼졔의 졀셰ᄒᆫ 직모로 엇지 직앙니 업슬니요 오셰 넘지 못ᄒ여 부인니 유질노 월여의 (10)

이지 못ᄒᆫ이 상셔와 쇼졔 망극이통ᄒ여 션산의 안장ᄒᆫ 후 광음이 훌〃ᄒ여 임의 ᄉᆞᆷ 년니 지나ᄆᆡ 쇼졔 졈〃 자라 나히 십 ᄉᆞᆷ 셰의 이르러 상셔 어진 군자을 어더 쇼졔 빅필을 삼고져 ᄒ되 ᄯᅳᆺ의 합ᄒᆫ 자을 엇지 못ᄒ든니 불향ᄒ여20) 상셔 쇼인의 춤쇼을 닙어 북히 극변의 원찬ᄒ니 상셔 젹쇼로 갈 졔 쇼졔 일싱을 근심ᄒ여 유모 셜낭과 시비 영츈을 경계 왈 닉 불힝ᄒ여 복히로 젹거ᄒᆡ 도라올 긔약니 업는지라 닉 인졔 죽으나 무삼 한니 잇스리요만은 다만 빙아의 혼인을 졍치 못ᄒ니 구원의 도라가도 눈을 감지 못ᄒ리라 셜낭은 여아에 유모요 영츈은 일홈이

---

17) 필볍: 필법(筆法).
18) 풍연ᄒ여: '늠연(凜然)ᄒ여'의 오기.
19) 홍안ᄲᅥᆨ명: 홍안박명(紅顔薄命).
20) 불향ᄒ여: 불행ᄒ여.

비쥬나 동긔 졍니21) 다름니 업슨이 빙아의 평싱을 너의 (11)

양인의게 부탁ᄒᆞᄂᆞᆫ니 나의 도라 오기을 기다리지 말고 어진 군ᄌᆞ을 구ᄒᆞ여 녀아의 일싱을 괴롭게 안일진ᄃᆡ ᄂᆡ 비록 쥭으나 혼ᄇᆡᆨ니 오희여 구원의 질기리니 슴가 명을 져바리지 말나 쇼졔의 손을 잡고 눈물을 드러 가로ᄃᆡ 나은 임의 세상을 바린 ᄉᆞ람이라 너는 시쇽 녀자의 쌧그럼을 가져 쎅년을 괴롭게 말지여다 쇼졔와 셜낭 영츈 등니 망극ᄒᆞ여 승셔을 붓들고 통곡ᄒᆞ니 그 비창ᄒᆞ미 뎡부인 상ᄉᆞ의 더ᄒᆞ드라 나리 느겨가미 사관니 지쵹ᄒᆞᆫ이 상셔 쇼졔을 어로만져 ᄎᆞ마 ᄯᅥ나지 못ᄒᆞ고 셜낭 영츈을 지슴 당부ᄒᆞ여 쇼졔을 보호ᄒᆞ라 ᄒᆞ고 ᄯᅩ 가로ᄃᆡ 만닐 어렵거던 뎡부인 죵졔 뎡시랑니 탁쥬22) 쌍의 잇슨이 (12)

그곳즐 차자가면 자연 쥬선허리라 ᄒᆞ시고 쳑연이 손을 난화23) 길을 발ᄒᆞ여 북희로 가신이 쇼졔 호쳔통곡ᄒᆞ다가 긔졀ᄒᆞ거날 셜낭 영츈 등이 구ᄒᆞ미 쇼졔 계우 졍신을 차려 망극ᄒᆞ믈 마지 안니ᄒᆞ드라 셜낭 영츈 등니 위로ᄒᆞ며 셰월을 보ᄂᆡ든이 〃러무로 가산니 졈〃 탕픽ᄒᆞ고 의지힐 친쳑니 업는지라 쇼졔 강표24)의 욕이 밋츨가 두려워 셜낭 영츈으로 더부러 의논 왈 우리 일신니 고단ᄒᆞ고 사고무친한 곳ᄃᆡ 잇스미 실노 위란헌지라 ᄃᆡ인 임힝시에 탁쥬 졍슉을 쳔거ᄒᆞᆫ신 비이 니졔 가산을 팔나 가지고 그곳슬 ᄎᆞ자 가 의지ᄒᆞ여다가 야〃 도라오시기을 기다려미 올흘지라 유모의 쇼견은 엇더ᄒᆞᆫ요 유모와 (13)

영츈니 올흐믈 일커거날 드듸여 가산을 파라 약간 경보을 진니고 힝장을 슈습ᄒᆞ여 탁쥬로 향힐ᄉᆡ 형쵸 쌍에 다〃라 일긔 심니 더우믜 쥬

---

21) 동긔 졍니: 동기(同氣)의 졍의(情誼).
22) 탁주(涿州). 져본에 '탁쥐'와 '탁쥬'가 혼용되고 있어서 '탁쥬'로 통일함.
23) 난화: 놓고.
24) 강표: 강포(强暴).

졈을 비러 잠간 슈일 시 영츈으로 ᄒ여금 차을 사라[25] 보니고 창을 지어 기달이든니 문득 바라본니 셔편 쇼로변의 한 쇼연니[26] 빈회허는[27] 긔골니 표〃ᄒ고 풍도 쇄락ᄒ여 두목의 화례험과 반악의 고음을 겸ᄒ여시며 양안의 강산 졍긔을 거두어 쥬슌은 단사로 졈친 듯 쎅셜용안의 쥬긔쟈약[28]ᄒ여신니 도화 졈〃헌 듯 틴양니 광치을 토험 갓튼니 진실노 한화의 필법니 빗치 업고 쇼장의 슌셜니 싀니 업슬지라 쇼졔 한 번 보믹 눈니 바아지고[29] 졍신니 살난ᄒ여 니윽히 바라보다 (14)

가 문득 규힝의 불가ᄒ물 씨다라 창을 닷고 몸을 감쵸와 방으로 드러가 심즁의 그 위인을 황복ᄒ여[30] 차탄ᄒ며 뇌 불힝ᄒ여 자모의 교훈을 듯지 못ᄒ고 야〃의 경계을 심입어 고셔을 과람ᄒ고 〃금역딕의 셩현군자와 풍유걸사의 힝지을 듯고 보미 만흐나 오히려 항복지 안니ᄒ여든니 차인은 진실노 고금의 엽은지라[31] 이 안니 호졉니 장쥬을 써나〃의 벼기을 임험인가 그럿치 안으면 일언 ᄉ람이 셰상의 엇지 잇스리요 졍언간의[32] 영츈니 그 쇼연으로 문답ᄒ거날 쇼졔 자긔 독힝니 탈노될가 두려워 급피 유모로 ᄒ여금 영츈을 불르니 츈니 드러오거날 쇼졔 문왈 쥬로 얼만아 멀관딕 그리 더딘요 츈니 딕 (15)

왈 쥬졈은 머지 안니ᄒ오나 향다 입의 맛지 안이ᄒ와 두로 도라 죠흔 차을 사오노라 ᄒ옵기로 ᄌ년 더딕든니다 드딕려[33] 옥죵의 차을

25) 사라: 사러.
26) 쇼연니: 소년이.
27) 빈회허는: 배회하는데.
28) 쥬긔쟈약: 주기자약(朱氣自若). 김동욱본A에는 '주긔만발'로 되어 있다.
29) 바아지고: 김동욱본A에는 '희미ᄒ고'로 되어 있다.
30) 황복ᄒ여: 탄복하여.
31) 엽은지라: 없는지라.
32) 졍언간의: 정언간(停言間)에. 말이 없던 사이에. 잠시 후에.
33) 드딕려: 드디어.

부어 드리거늘 쇼졔 바다 마신 후 셕반을 파ᄒ고 금침을 닉여 벼기의 ″지ᄒ여 셜낭 영츈으로 더부러 고셔을 문답헐 시 쵸혼이 겨워지믹 皓月니 쳐음을로 동영의 오른이 명광니 시인의 흥을 돕는지라 영츈이 쇼졔을 권ᄒ여 명월편을 지어 읍고 긱회을 쇼견ᄒ던니 밤니 야심ᄒ믹 츈니 쇼졔계 고왈 쇼비 어려셔붓트 쇼졔을 모션지 오릭믹 명위비쥬나 동긔지졍니 ″스니 쇼비가 쇼졔의 일싱을 렴예헐 빅라 이졔 쥬모 기셰ᄒ시고 쥬군니 말니의 졕거ᄒ신니 쇼졔 일신니 (16)

딕힉의 부평과 광풍의 부운 갓틋지라34) 부모의 쥬혼을 기다리는 ᄉ람과 다른지라 니졔 탁쥬로 가시나 졍시랑이 의긔 너르지 못ᄒ시고 겸ᄒ여 지협인쇼ᄒ니 쇼졔의 혼긔 업스리니 쇼졔 졍심은 엇지코져 ᄒ신는잇가 쇼졔 쳥파의 졍식 왈 쳐ᄌ의 혼인은 부모의계 달려슨니 비록 블힝ᄒ여35) 죠실자당ᄒ고 야야 머리 졕거ᄒ시여스나 황상니 부운의 웅피36)ᄒ시믈 거두시면 회환하실 거신리 닉 니졔 계ᄎ지년37)니 ᄎ지 못ᄒ여시니 엇지 젼졍을 미리 근심ᄒ리요 너는 다시 니로지 말나 언파의 옥면의 화긔 ᄉ라지고 츄상니 니러난니 닝담니 씩 ″ᄒ여 셜상한믹와 츄쳔상월 갓튼지라 영츈니 다시 옷깃슬 렴의오고 긔 (17)

유ᄒ여 왈 쇼졔 한나혼 알고 둘은 아지 못ᄒ미라 쥬군니 쳔은을 입어 도라오시면 ᄃ힝이연니와 그엇치38) 안인즉 쇼졔 연니 얼마나 ᄒ여 쇠로ᄒ며39) 쇼졔 ᄯ한 다른 동긔 안니 계시고 쇼졔 일신 샏니라 션부인과 노야의 즁탁니 틱산 갓고 죠션의 졀사헌 죄인니 되인리 블효40)

---

34) 갓틋지라: 같은지라.
35) 블힝ᄒ여: 불행ᄒ여.
36) 부운의 웅피: 뜬구름에 둘러 싸여 있음. 성총(聖聰)이 흐려짐.
37) 계ᄎ지년: 계자지년(笄子之年). 시집갈 나이, 혼인할 나이.
38) 그엇치: 그렇지.
39) 쇠로ᄒ며: 쇠로ᄒ면.
40) 블효: 불효.

막되ㅎ시고 노야 임향의 부탁ㅎ시던 교훈을 져바리시미니 통달ㅎ 식
견이 안니라 쇼비 도로혀 블승아년ㅎ나니다 언파의 쳥누 산련ㅎ니 쇼
졔 마음의 혀오되 츈니 날노 더부러 십 년을 동쳐ㅎ미 간담을 셔로 비
최여 졍의 골육 갓트나 이런 말 ㅎ난 닐리 업든니 이졔 노즁의셔 문득
니 말을 닌니 실노 고니ㅎ다 아모키나 쥬의을 드러보나라 ㅎ고 니 (18)

의 화긔을 여러 왈 닉 너와 더부러 명위비쥬나 일즉 셔로 지긔ㅎ여
일호나 은휘ㅎ미 업든니 금일 나의 죵신을 렴예ㅎ미 졍의을 의논헐 날
니 만커날 구틔여 녀기셔 쥴연니 발셜ㅎ문 진실노 그 쯧즐 모른니 필
유묘막니라 너의 쥬의을 알고져 ㅎ난니 날노쎠 엇지코져 ㅎ나요 영츈
니 쇼졔의 화긔 작ㅎ물 보고 마음의 되희ㅎ여 가로되 쇼비의 으견을
듯고져 ㅎ신니 엇지 간담을 다 ㅎ지 아리잇고[41] 이졔 쇼졔 탁쥬로 가
시나 혈〃ㅎ 일신니 졍시랑게 의지ㅎ여 빅연고락니 져의 슈즁의 잇슬
지라 져의 관후되덕이 업고 지인지감이 젹그며 쇼졔의 호구 업스리〃
만일 니두의 풍치을 바리고 상녀의 경박을 취 (19)

ㅎ면 쇼졔의 일싱니 가셕지 아리리요[42] 니러무로 쇼비의 쳔견의는
노냐[43]의 부탁ㅎ신 명니 계신니 남의 문하의 〃탁지 안닌 젼의 스사로
광문ㅎ와 영웅 군자을 갈희여 월노의 언약을 믹즌 후 졍문의 나아가나
시랑니 님의로 쳐단치 못ㅎ시리라 니러 ㅎ면 쥬혼ㅎ난 말을 막고 노냐
도라오시기을 기다려 니로면 졍히 고닌[44]의 보신지칙니라 찬혈유장[45]
ㅎ는 힝실니 안린니[46] 쇼졔 놉혼 쇼견을 쇼비의 바라는 비 안니로되

---

41) 아리잇고: 아니리잇고.
42) 아리리요: 아니리오.
43) 노냐: 노야(老爺). 아버지.
44) 고닌: 고인.
45) 찬혈유장(鑽穴踰墻): 구멍을 뚫고 담장을 엿보다. 간통하다.
46) 안린니: 아니니.

자미 두주을 혐의ㅎ사 죵신ㄷㅣ사을 혀아리지 안니신이 쇼비 그윽히 한심ㅎ여 ㅎ난나다 쇼제 ㄴㅣ 말을 드르믹 놀납고 가장 긔고ㅎ나 쏘한 세〃니 싱각ㅎ믹 비례 블법47)니 아니라 양구의 잠〃니 싱 (20)

각다가 〃로되 네 날을 위ㅎ미 지극 감사ㅎ건니와 나은 셕즁녀옥니라 어딕 가 군주을 갈희며 입을 여러 주믜ㅎ리요 일싱 괴롭기을 위ㅎ여 후세의 긔롱을 드르리요 츈니 고왈 쇼비은 듯사온니 진나라 농옥은 공쥬로쎠 쇼사을 싸라가되 음난탄 말리 업고 지음을 만나 갓다 ㅎ니 쇼제 농옥의 부귀 업고 노야 진왕의 형세을 당치 못헐 거시니 허믈며 농옥의 일을 힝ㅎ여도 오희려 긔롱니 업슬려든 광명니 정혼ㅎ고 후일의 셩예ㅎ면 엇지 긔롱니 될시잇고48) 사희을 두로 도라 어진 사람을 구ㅎ여 괴로오믈 몰로진딕 목하의 옥닌군자을 두고 긔회을 일으이잇고 바라건딕 쇼졔는 익키 살피쇼셔 쇼졔 싱각ㅎ딕 목 (21)

하의 군자 잇단 말을 듯고 씌다라 혀오딕 금셕의 츈니 그 쇼년과 말ㅎ미 잇든니 가장 의혹ㅎ여 왈 네 말니 비록 광딕ㅎ나 명교의 누덕니 되지 안니며 목하의 군자지셜은 어인 말고 츈니 흔년 딕왈 쇼비 금닐 차을 사라 갓다가 한 쇼연 셔싱을 만나니 옥안영풍니 인즁용49)니요 지상션인나라 블구의 용닉을 붓들고 얼고을 그린각의 그리옵고 일홈을 쥭빅의 젼흘리니 쇼비 〃록 덕죠의 지감니 업싸오나 사름의 심간을 비쵸읍는 거룰리 잇싸온니 엇지 그 장닉 화복을 모로닛가 그 쇼년 곳 안니면 쇼졔 쌍니 업슬 꺼시요 쇼졔 안니시면 그 쇼연의 쌍니 업스리니

47) 블법: 불법(不法).
48) 될시잇고: 되시리잇고.
49) 인즁용: 인즁용(人中龍). 김동욱본A에는 '인즁호걸'로 되어 있다.

〃로무로 간담니 기울러져 쇼졔의 직무[50]을 져바니지 말고 (22)

져 ᄒᆞ믹 ᄎᆞᆷ아 그 쇼년을 바리지 못ᄒᆞ여 거쥬셩명을 뭇자온니 하람 벽도촌 김평장의 아ᄌᆞ요 경셩 셕참졍의 외손니라 ᄒᆞ니 문호 상젹ᄒᆞ며 서로 욕되미 업사온니 니런 긔회[51]을 가히 일치 못허리니다 쇼졔 니 말을 드르믹 츈의 지린지감[52]을 항복ᄒᆞ며 ᄭᅢ다라 싱각ᄒᆞ되 모친 싱시의 문창셩니 복숑화 나무 금셕 ᄊᆞ니의 ᄶᅥ러져단 말을 ᄒᆡ득지 못ᄒᆞ여 부친니 밍양 상량ᄒᆞ시든니 그 쇼년의 승[53]이 김이요 외승[54]니 셕씨라 ᄒᆞ고 벽도촌의셔 산다 ᄒᆞ이 프른 복숑화나무 속의셔 잇단 마리 올토다 진실노 이러헐진딕 ᄯᅩ한 쳔의에린이[55] 일역으로 못ᄒᆞ리라 헐마[56] 엇지허리요 임의 오혈장탄[57] 왈 ᄂᆡ 일언의 허ᄒᆞ는니 모로미 상심ᄒᆞ여 딕 (23)

슈을 그르계[58] 말나 츈이 불승혼양ᄒᆞ여 빅사 왈 예날 ᄒᆞᆫ 고죠 드르면 ᄭᆡ달르미 잇든니 〃계 쇼졔 일언의 ᄭᆡ치신니 상좌[59]ᄒᆞ미 고인의 지난지라 쇼비 쇼졔의 슈하 되미 붓그럽지 안니 허리다 쇼졔 묵〃부답ᄒᆞ고 셜잉[60]니 쇼왈 자칭ᄌᆞ는 예부틈 니로지 안니난이 츈낭은 너무 몸을

---

50) 직무: 재모. 김동욱본A에는 '직모'로 되어 있다.
51) 긔회: 기회. 김동욱본A에는 '긔회'로 되어 있다.
52) 지린지감: 지인지감.
53) 승: 성(姓).
54) 외승: 외성(外姓). 외가(外家)의 성(姓).
55) 쳔의에린이: 천의(天意)이러니. 김동욱본A에는 '텬졍연분이니'로 되어 있다.
56) 헐마: 설마.
57) 오혈장탄: 오열장탄(嗚咽長歎).
58) 그르계: 그르게.
59) 상좌: '상쾌'의 오기.
60) 셜잉: 셜낭. 김동욱본A에는 '셜낭'으로 되어 있다.

기리지 말나 슈년니나[61] 차사은 일윤듸사니 슈이 아지 말지여다 츈니 역쇼 왈 유랑은 근심 말나 늬 비록 쇼장의 구변 업스나 엇지 군자 슉녀 의 가연을 근심ᄒ리요 쳥컨듸 유랑은 쵹을 슨치지 말고 나의 도라오 믈 긔다리라 언파의 표연니 나간나라 어시에 김싱니 장쇼졔을 본 후 만 시 홀 〃 ᄒ여 셔안을 의지ᄒ야 영화시을 읇퍼 심사을 (24)

위로ᄒ든니 문득 동직 보ᄒ듸 밧계 엇던 츠환니 와셔 보와지라 ᄒ 는니다 싱니 경아ᄒ여 드러오라 ᄒ니 그 녀직 진젼장녜 왈 두어 시 사 니[62]의 긔쳬 일향ᄒ신잇가 싱니 자셔니 본니 곳 장쇼졔의 사쳐의셔 보 든 차환니라 연망니 문왈 젼자의 슐을 취ᄒ고 실예 슈칙ᄒ미 지금 츰 괴든니 의외의 누쳐의 니른리 필유사리라 발키 일너 나의 〃심을 덜나 츈이 잠쇼 왈 쇼쳡이 경도ᄒ여 실언ᄒ밀더니 상공니 유의과렴ᄒ신니 불승황공ᄒ여이다 그러나 쳡이 당도리 심야의 이르오문 희보 잇셔 고 코져 ᄒ는니 상공니 즐겨 쾌히 답ᄒ올잇가 싱이 흔년 답왈 이향과긱을 위ᄒ여 즁심을 허비코져 흔이 쏘한 영광니라 (25)

그듸 쇼원을 듯고져 ᄒ노라 츈니 쥬졔ᄒ다가 양구의 가로듸 우리 상셔 노야 늣도록 자손이 업사와 셔어ᄒ시다가[63] 말연의 귀여을 어더 신이 장강지식과 반악의 어질믈 겸ᄒ여스며 슈공의 문장과 위부인의 직죠을 두어슨이 상셔와 부인니 과이ᄒ사 장즁보옥 갓치 여기시든니 쇼졔 팔셰의 부인이 기셰ᄒ시미 궁천지통을 참고 상셔을 모셔 셰월을 보늬던이 익운이 미진ᄒ여 거연 츈의 상셔은 황견을 입어 복희[64]의

---

61) 슈년니나: 수연(雖然)이나.
62) 사이.
63) 서운해 하시다가.

원찬흔 신이 쇼졔의 일싱니 외오온지라[65] 탁쥬 뎡시랑은 위부인 죵졔 신이[66] 상셔 젹쇼로 가실 듸의 쇼졔의 〃지을 그곳의 쳔거흐시고 유모 와 쇼첩으로 육쳑지고[67]을 부탁흐신이 명을 밧자와 탁쥬로 (26)

향흐든니 명쳔니 살피스 이곳듸 와 상공을 만나신니 평상 과망이라 만일 상공니 더업다[68] 안이시면 쇼졔와 유랑의계 통흐고 쇼비 스사로 월노의 쇼님을 당흐리이 아지 못계라 존의 엇더흐신잇가 싱이 쳥파의 블승경희 왈 죠야의 한싱을 더럽다 안이코 규즁 옥낭을 쳔거흐온이 블 승과망이로다 엇지 사양흐리요만은 그듸 임의 쥬인을 위하는 부탁을 바다슨이 임의로 자단헐련이와 나는 존명을 듯지 못흐여슨니 일단 금 심[69]니라 연이나 그듸 금옥지언을 져바리지 안여 권도을 좃츠니라 츈 이 듸희 왈 상공의 말삼이 쇼졔 말슴과 갓튼지라 상셔 비록 명흐시나 쇼졔 졍심이 상셔 도라오시기을 기다려 (27)

젹인코져 원이요 불연즉 탁쥬 졍슉이 친부의 나리지 안이흐리 져의 쳐치을 기다리시는이 상공 말삼니 〃러치 안여셔도 셩예는 죠련치 안 일지라 상약을 졍흐고 경사로 올나가 득의흐신 후 고향의 도라가 친당 의 고허시고 탁쥬로 통흐시면 광명흐리니 둔의[70] 어더흐신익가 싱이 졈두 왈 그듸 말이 실로 맛당흐건이와 셰사 번복흐미 만흐니 피차 과 긱으로 노즁의셔 한 말노 긔회[71]흐미 허쇼흔이 극히 외람컨이와 그듸

---

64) 북해(北海).
65) 외로운지라.
66) 종제(從弟)이시니.
67) 육척지고(六尺之孤): 15세 정도의 고아.
68) 더럽다고.
69) 금심: 근심.
70) 존의(尊意): 상대방의 의견을 높여 이르는 말.

말노 나을 위ᄒᆞ여 쇼졔의 션안72)을 한 번 보게 ᄒᆞ면 비록 셔공의 거울 ᄯᅡ리는 일은 업스나 ᄃᆡ언을 밋져 셩약을 뇌졍ᄒᆞ면 늬 미싱의 신을 직희리니 쳥컨ᄃᆡ 늬 ᄯᅳᆺ즐 쇼졔게 통허라 츈이 침음 ᄃᆡ왈 샹 (28)

공의 말ᄉᆞᆷ이 후희73)을 완졍코져 ᄒᆞ시며 우리 쇼졔 쳥셩74)니 항상 "활ᄒᆞ고 의견니 통달ᄒᆞ리 ᄃᆡ사을 졍ᄒᆞ시미 엇지 구"리 츈광을 보늬리요 쇼쳡이 도라가 니 말삼을 통ᄒᆞ고 다시 회보ᄒᆞ리니다 ᄒᆞ고 인ᄒᆞ여 도라온니 쇼졔 셜낭으로 더부러 ᄎᆞ사을 의논ᄒᆞ드니 츈이 우음을 ᄯᅳ어 오거늘 셜낭이 웃고 문왈 양ᄃᆡ의 쇼식이 깃부던야 영츈이 왈 양왕의 그림직 무산을 희롱코져 흔이 쇼졔 즐겨 션녀의 죠운 되기을 허ᄒᆞ실인니가 쇼졔 쳥파의 유미75)을 ᄶᅵᆼ긔고 션안을 흘여 영츈을 오의76) 보다가 왈 션여 조운 되기논 음난흔 힝실니요 양왕니 무산 찻기는 방탕ᄒᆞ미라 네 엇지 이런 광망지셜노쎠 나의 심사을 허비ᄒᆞ (29)

난요 츈니 실언허물 ᄭᅵ다라 피셕사죄 왈 니은 희언이요 유랑의 무르믈 ᄃᆡ답ᄒᆞ오미 경셜ᄒᆞ여 쇼졔의 빙심을 놀늬온니 황공ᄒᆞ여다 인ᄒᆞ여 김싱의 말을 니로고 긔회ᄒᆞ여 셩밍코져 ᄒᆞ는 ᄯᅳ즐 고ᄒᆞ고 낭" 쇼왈 니 마리 ᄯᅩ한 비례라 ᄒᆞ실년니와 쇼졔 임의 마음을 허ᄒᆞ시고 졔 ᄯᅩ 구ᄒᆞᄂᆞᆫ 밧을 돗차 허ᄒᆞ면 비록 예을 안여셔도 일류니 임의 졍ᄒᆞ리이졔 쳥치 안여도 쇼졔 ᄌᆞ구ᄒᆞ여 가연을 미즈미 올커늘 엇지 젹은 혐의

---

71) 기회(期會): 실제로 만남을 뜻함.
72) 고운 얼굴.
73) 후의(後意).
74) 천성(天性).
75) 미우(眉宇): 이마의 눈썹 근처.
76) 오래.

을 기회ᄒ리닛고77) 셜낭니 ᄯ한 의리로 기유ᄒ미 쇼졔 칭음양구의 왈 임의 일이 일어헐진ᄃᆡ 츄탁ᄒ미 불가ᄒ나 다만 밤의 모히미 비례라 명 죠의 쳥ᄒ여 타닌의 에심니78) 업계ᄒ리라 츈니 돈 (30)

슈 왈 쇼졔의 발그신 쇼견은 쇼비의 밋지 못ᄒ리로쇼다 니러무로 밤니 자못 깁흔지라 슘인니 잠간 조우든니 동방이 발가거늘 츈이 즉시 김싱의 쥬졈의 나아가 싱을 보고 쇼졔 ᄯ즐 젼ᄒ리79) 싱이 져의 졍ᄃᆡ 혐믈.니로고 영츈과 한가지로 사쳐의 일로려80) 셜낭이 잘리을81) 즁당 의 졍졔ᄒ고 싱을 마져 좌졍ᄒ미 셜낭니 눈을 드러 김싱을 바라본이 옥모영풍82)니 빅일의 죠요ᄒ여 츄공명월니요 현안헌 풍치는 슘츈셰 유 갓고 졍헌 미우의 강산슈긔을 안아 올나 늠연흔 긔상니 일ᄃᆡ영걸이 라 셜낭니 한 번 보미 경탄ᄒ여 영츈의 지인지감을 황복83)ᄒ드라 이윽 ᄒ여 영츈니 쇼졔을 모셔 즁당의 다〃르미 싱니 읍양예필의 동셔 (31)

분좌ᄒ고 싱니 잔간84) 츄파을 흘여 쇼졔을 바라보니 운바리 삼사ᄒ 여85) 옥빈을 덥퍼시며 빗 업슨 의상의 장쇽을 폐ᄒ여시나 명월니 슈운 을 만난 듯 부용니 광풍의 쏘린86) 듯헌지라 싱니 일견의 쳘셕지심니 스라지믈 ᄭᆡ닷지 못ᄒ고 졔 ᄯ한 호화론 몸니 안니라 셰사 일러틋 구

---

77) 적은 의를 기휘(忌諱)하리잇고. 김동욱본A에는 '적은 의을 혐의ᄒ리요'로 되어 있다.
78) 타인의 의심이.
79) 전하니.
80) 이르러.
81) 자리를.
82) 옥모영풍(玉貌英風).
83) 탄복(歎服).
84) 잠깐.
85) 삼삼하여: 매력적이거나 마음에 끌리는 데가 있어.
86) 쏘인.

차ᄒᆞ믈 슬어ᄒᆞ는 줄을 짐작ᄒᆞ믹 창년이셕ᄒᆞ여 양구의 렴슬단좌ᄒᆞ고 말삼을 펴 사로딕 쇼싱은 한문필부라 마츰 부모의 명을 밧자와 경사의 외구[87)을 보외라 가든니 쳔도 유의ᄒᆞ사 위연니[88) 츈낭을 만나 죤딕인니 이미니 젹거ᄒᆞ심과 쇼졔의 셜부[89) 고단ᄒᆞ시믈 드른니 감창ᄒᆞ옴믈 졍치 못ᄒᆞ옵던니 쳔만 몽의[90) (표믹 그 읇기을 젼ᄒᆞ신이 학 (32)

싱니 하감승당니리요만은)[91) 츈낭의 위쥬츙심을 감동ᄒᆞ여 쳥쥬의 위흘 좃츠 니의 니르러 셔안을 딕ᄒᆞ온니 블승감힝ᄒᆞ여니다 쇼졔 아미을 슈계 듯기을 다ᄒᆞ믹 붓그리는 빗치 옥면을 가리오고 강기ᄒᆞᆫ 마음을로 입을 다″신리 엇지 딕답니 이스리요 빅셜 양빈의 홍운니 무로녹고 원산 쌍미의 슌운[92)니 몽농ᄒᆞ여 반향니 지나되 단슌니 밍″히 열리지 안니 ᄒᆞ니 영츈니 가장 밋망ᄒᆞ여 가만니 고왈 쇼졔 엇지 슈습ᄒᆞ시믹 니러틋 ᄒᆞ신요 죵시 딕답니 업사온면 졔 무류리 믈너 가린니 빅연 즁약니 광풍의 부운니 될 지라 평일 쇽틱을 녹″타 ᄒᆞ시던니 쇼졔 스사로 힝ᄒᆞ시난닉가 니러틋 기유ᄒᆞ여 씩 너무 느즈믹 (33)

쇼졔 마지 못ᄒᆞ여 홍슈[93)을 드러 얼골을 가리옵고 영츈으로 젼어 왈 쳡니 본딕 비빅누질노 슘싱의 죄 즁ᄒᆞ여 유치지연의 자모 긔셰ᄒᆞ시고 니졔 가엄[94)을 원별ᄒᆞ온니 혈″일신니 셰상의 부칠 곳지 업사되 향

---

87) 외숙(外叔)을 가리키는 듯.
88) 우연히.
89) 셜부: 눈처럼 하연 살갗. 여기서는 '몸'을 의미함.
90) 쳔만 뜻밖에. 김동욱본A에는 '쳔만몽외의'로 되어 있다.
91) ( )의 내용은 다른 이본에 없음.
92) 수운(愁雲): 근심스런 기색.
93) 옥수(玉手). 김동욱본A에는 '옥슈'로 되어 있다.
94) 가엄(家嚴): 가친(家親). 남에게 자기 아버지를 일컫는 말.

혜95) 가친의 면목을 다시 볼가 명을 부지ᄒ여 탁쥬 표슉을 차즈 의지
코져 ᄒ더니 의외의 군자의 과연96)ᄒ심을 입은니 슈괴ᄒ미 치신무지
라 낫츨 더러 언어을 슈작ᄒ미 명교의 버셔나되 임의 일윤듸사을 졍ᄒ
미 셰슈을 칭양치 못ᄒ는 고로 북그림을 무릅쓰고 우회97)을 고ᄒ옵난
니 비박다 안니사 나죵을 고렴ᄒ실진듸 쳡니 결초ᄒ믈 호측98)ᄒ리로
쇼리다 셜파의 이용은 빅일니 무광ᄒ고 낭음99)은 빅 (34)

옥을 두다리난 듯ᄒ지라 싱니 듯기을 다 ᄒ미 블승춤년ᄒ여 곳쳐
몸을 굽퍼 답ᄒ되 쇼졔의 진졍을 신명니 감동헐지라 싱니 비록 우미ᄒ
나 무신블의100)을 안니 허리니 금일 언약을 일월니 죠림ᄒ고 신명니
아르신니 비록 쳔지 변복ᄒ여 듸히 산쳔니 될지라도 싱의 마음은 변치
안리인니101) 바라건듸 쇼졔는 방심보즁ᄒ여 나의 득시ᄒ믈 기다려 부
모게 고ᄒ고 육예로 마지리니다 언파의 낭즁으로셔 빅옥 셔즁102)을
늬여 영츈으로 쇼졔계 견ᄒ여 왈 니거시 블과ᄒ나103) 금일 빅연 신을
믈104) 숨을 거시 업는 고로 일노쎠 단심을 표코져 ᄒ난니 신변보로 밧
고와 쥬시면 ᄐ일 증ᄒ미 될가 ᄒ나이다 츈이 바다 쇼졔계 드 (35)

린이 쇼졔 거두러 장ᄒ고 쇼졔 쪄든 슌금 지환을 버셔 견ᄒ여 왈 군

95) 행여. 김동욱본B에는 '힝여'로 되어 있다.
96) 과념(過念): 지나치게 염려함.
97) 소회(所懷). 김동욱본A에는 '말삼'으로 되어 있다.
98) 효칙(效則).
99) 낭음(琅吟): 옥구슬 같은 음성.
100) 무신불의(無信不義).
101) 아니하리니.
102) 거울.
103) 변변치 못하나. 김동욱본B에는 '불관ᄒ오나'로 되어 있다.
104) 신물(信物)을.

자의 후의 여츠ᄒ신니 블승감힝ᄒ여ᄂ이다 차믈리[105] 슈미나 자뫼 첩을 영별ᄒ시든 날 일노써 모여의 정을 표ᄒ시미 한 쎠도 손의 버슬 적이 업든니 금일 군즈의 셩교을 밧쯧온니 달리 빙졍헐[106] 거시 업셔 한 짝을 보ᄂ니난니 고히 역니지 말로쇼셔 싱니 바다 낭즁의 너코 기리 스레 왈 쇼졔의 후의 여츠ᄒ신니 싱의 복니 숀헐가 ᄒ노라 요힝[107] 금방의 참예헐진디 쇼졔의 복니요 싱의 힝니온니 숨가 진즁ᄒ쇼셔 니러틋 문답ᄒ여 일영니 기울미 쇼졔 인언을 두려 영츈으로 니별을 견ᄒ여 왈 날리 늣겨슨니 쳥컨디 도라가스 훗 긔약을 잇지 말로쇼셔 (36)

ᄒ디 싱니 은졍니 여산ᄒ나 이곳지 유련헐 곳지 안니라 상심 보즁ᄒ믈 지슴 부탁ᄒ고 ᄯᅩ 영츈다려 왈 닉 그디의 셩심을 아난니 소졔을 평안니 모실런니와 다시금 당부ᄒ여 나의 바라믈 져바리지 말나 인ᄒ여 쇼졔을 향ᄒ여 기리 알영ᄒ믈 니로고 몸을 니러 나간니 셜낭 영츈니 못닉 차탄ᄒ여 니별을 결연ᄒ여 ᄒ드라 싱니 긱졈의 도라와 향니을[108] 슈습하여 닛튼날 경사로 향헐시 마음의 셔위흔 졍을 금치 못허드라 어시의 쇼졔 김싱을 니별ᄒ고 심하의 심니 결년ᄒ나 사싁지 안니ᄒ고 힝즁을 슈습ᄒ여 탁쥬로 향헐시 긔운니 블니하여 사〃니 낭픽 되여 뎡시랑니 발셔 쥭고 자녜 업스미 그 부인 (37)

손씨 의지헐 곳지 업셔 그 쪽질을 차져가고 업난지라 쇼졔 천신만고ᄒ여 니의 니르러 바라든 바 싇쳐 견는지라 망극ᄒ믈 니긔지 못ᄒ여

105) 차물(此物)이.
106) 증빙(證憑)할. 김동욱본A에는 '표헐 거시'로 되어 있다.
107) 요행(僥倖)으로: 뜻밖에.
108) 행리(行李)를.

하날을 우러어 실셩유체 왈 쳔지가 비록 광활허나 고〃 쳑신이 의지헐
곳지 업슨이 사라 무엇ᄒ리요 차라리 죽어 만스을 몰로미 올타 ᄒ고
언졀의 혼졀ᄒ니 셜낭과 영츈니 빅 번 구ᄒ여 계우 졍신을 진졍ᄒ나
원한이 흉즁의 가덕ᄒ고 말을 일로지 못ᄒ고 옥누 쌍〃 허여 화시의 이
음찬이 '옥용이 젹막고 난감흔이 니화일지춘듸우'109)라 ᄒ믈 오날 두
고 일음니라 영츈니 위로 왈 쇼졔는 과도리 스허 마옵쇼셔 홍진비릭요
고진감늬라 ᄒ여쓰온니 불구의 노야 도라오시 (38)

고 김싱니 득지ᄒ오면 금일 고싱니 일장츈몽 갓틀지라 엇지 과도니
슬허ᄒ시난잇가 쳔금 귀체을 보즁ᄒ쇼셔 흔듸 쇼졔 오혈유체 왈 금슈
라도 깃드릴 곳지 잇는니 허믈며 사람니 되어 의지헐 곳지 업슨이 츠라
리 죽어 셰상을 니져 바리난 거시 오흘지라 지금 목숨을 보죤ᄒ기난
야〃 의 얼골을 다시 뵈옵고 김싱의 언약을 져바리지 말고져 ᄒ미라 니
졔 블효무신을 무롭스고 죽어 모로미 올토다 영츈니 위로 왈 쇼졔 엇지
일어ᄒ신 말삼을 ᄒ신난익가 니졔 불효무심을 무롭쓰고 죽쓰오면 죽
은 혼빅니라도 용납지 못 헐지라 쇼비의 쳔견은 구〃리110) 북그림을
바리고 김싱을 차자 몸을 의퇵ᄒ여다가 노 (39)

야 도라 오시기을 기다려 지쳐ᄒ시미 올흘가 ᄒ옵난니〃다 쇼졔는
익니 싱각ᄒ옵쇼셔 쇼졔 왈 블연ᄒ다 김싱을 차즈 의퇵고져 ᄒ나 졔
의 일홈니 죠로111)의 나지 안여슨니 장안 ᄒ다흔 사름의 알 지 업는지

---

109) 白樂天의 <長恨歌> 25首의 '玉容寂寞淚闌干(옥용적막루난간) 梨花一枝春帶雨(이
화일지춘대우)'를 이름. '옥 같은 얼굴 쓸쓸하게 눈물이 그렁그렁, 배꽃 한 가지가
봄비에 젖은 듯하네'
110) 구차하게.
111) 조보(朝報).

라 엇지 지향ᄒ여 츠즈리요 닉 니졔 북희을 차자 가셔 야〃을 좃고져
ᄒ노라 영츈니 유체 왈 북희는 예셔 만여 리라 장부도 오히려 득달키
어렵컨든112) 허물며 규즁 약질니 갈 의ᄉ을 두리잇가 쇼졔 왈 녯날 목
난는 아비을 위ᄒ여 여화위남ᄒ여쓰되 오희려 보죤ᄒ여쓰니 닉 니졔
목난의 고사을 본바다 남복을 기착ᄒ면 무삼 어려오미 잇스리요 여등
은 말유치 말나 츈니 헐 슈 업셔 눈물을 흘여 뒤왈 소졔의 셩심 (40)

  을 신명니 감동헐지라 쇼비 둥니 죽도록 뒤을 좃츠리다 쇼졔 뒤희
ᄒ여 즉시 슈신 진보을 팔라 셰 벌 남복을 지어 기착ᄒ고 필마을 달려
복희을 향헐ᄉᆡ 발셥도〃ᄒ여 삼 삭113) 만의 북희의 다〃른니 글역니
쇠진ᄒ여 삼인니 쥬졈을 어드 유ᄒ고 두로 광문ᄒ되 아는 직 업셔 민
망ᄒ던이 문득 한 노인니 녹음 즁의 비회ᄒ다가 쇼졔을 보고 셧다가
뭇거늘 쇼졔 나가 빅사 왈 쇼싱은 경셩 사롬니라 이부상셔 장ᄌ령114)
이 거연의115) 젹거ᄒ여 니곳듸 와쓰오미 반가리 뵈옵고져 ᄒ오나 죵
젹을 모로온니 노션싱은 발키 가로치쇼셔 그 노인니 문왈 그듸의 뭇는
바난 익쥐후 장한의 아들 자영니신가 쇼졔 뒤왈 긔로쇼니다 노 (41)

  인이 문득 안ᄉᆡᆨ을 변ᄒ고 화긔 스라지며 두어 쥴 눈물을 흘니든니
반양 후 가로되 니리로셔 슈 리을 가면 청산이 슈례ᄒ고 숑쥭니 무셩
흔 듸 일위 초당니 잇스니 그곳듸 가 물어보면 ᄌ년 아리라 ᄒ거늘 쇼
졔 빅ᄉᆞ고 길을 차자가며 노인의 슬ᄒ허믈116) 의혹ᄒ고 슈이 올나

---

112) 어렵거든.
113) 삼 삭(三朔)만에.
114) 장자영.
115) 거년(去年)에: 작년에.
116) '슬허ᄒ믈'의 오기.

간니 과연 산슈 절승흔 곳듸 쳥틔가 쪄잇고 안기 잠견난 듸 스람 스는
곳 갓지 안트라 졍히 의혹ᄒ여 두로 살펴 본니 쥭임 스리로 한 초당니
뵈니거날[117] 나가 보니 한 스당을 위ᄒ엿는지라 졍히 의아허여 동편을
바라 본니 무슴 현판니 다려거늘[118] 그 글의 ᄒ여쓰되 슬푸다 화복은
지쳔ᄒ고 스싱은 유명흔니 일역으로 못 헐지라 늬 몸을 나라 (42)

    의 허ᄒ여 츙셩을 다 ᄒ던니 시운니 블힝ᄒ여 쇼인의 참쇼을 만나
졀역의 젹거헌니 비원니 무궁니라 일병니 고황의 드러시니 쇽졀 업시
북희의 고홈[119]니 되리로다 슬프다 일긔 미익[120]는 죠셕으로 북희을
바라고 쇽졀 업는 간장을 사로는쏘다 황쳔니 블우[121]ᄒ미여 일명[122]
을 빌기 어엽쏘다 죠션 향화는 뉘라셔 밧들며 고〃 안녀[123]는 어듸 가
의지허리요 유〃헌 창쳔은 살필스 일긔 혈육을 보존ᄒ여 장씨 후사을
잇게 ᄒ쇼셔 ᄒ고 그 아릐의 셧스되 쳥쥬[124]후인 장자영는 유혈필셔
ᄒ노라 허여드라 쇼졔 보기을 다 못ᄒ여 부친 긔셰허신 쥴 알고 일셩
호곡의 혼졀ᄒ여 업드러진니 셜낭 영츈 등니 쏘한 긔졀흔니라 슬프다
무인공 (43)

    산의 비풍니 쇼슬ᄒ고 슈운니 젹막ᄒ다 뉘라셔 구호헐니요 졍니 위

---

117) 보이거늘.
118) 달렸거늘.
119) 고혼(孤魂).
120) 미아(迷兒).
121) 불우(不佑).
122) 일명(一命). 김동욱본A에는 '인명'으로 되어 있다.
123) 아녀(兒女).
124) 저본에 '쳥쥐'로 표기됨. 김동욱본A와 여타 이본에 '쳥쥬'로 되어 있어서 이로 통일
한다.

급흐여던니 차시의 그 노인니 길을 가로치고 싱각흐되 그 쇼년의 얼골
니 장공과 방불흐나 장공은 본딕 아드리 업다 흐든니 뭇는 말리 급흐
니 일정 친쪽간 사름 니넌니와 장공의 ᄉ적을 보면 반듯시 안〃치 못허
리니 아무커나 닉 가보리라 흐고 급피 나아간니 숨인니 홈졀125)흐여
는지라 되경흐여 집으로 도라와 약을 구흐여 가지고 가 먼져 쇼년의
입의 흘녀126) 너흔 후의 쏘 두 사름을 먹기고 쇼년의 숀을 쥬믈너 빅
번 구혼127)흐니 양구 후의 문덕 나숨을 드러 거두칠 식 빅셜 갓튼 비
상의128) 일졈 잉도129) 차년하거늘130) 노인니 놀나 믈너 안져던니 셜낭
이 먼 (44)

져 숨을 닉 쉬며 몸을 들쳐 누어며 정신을 ᄎ리지 못흐난지라 노인
니 셜낭을 씌여 왈 그딕은 엇지 닐룻툿 흐는다 셜낭니 정신을 진정흐
여 나가 본니 쇼졔와 영츈니 혼졀흐여 싱도 망년흔지라 셜낭니 망극흐
여 아믈리 헐 쥴을 모로든니 가장 오릭계야 쇼졔와 영츈니 정신을 진졍
흐는지라 쇼졔 눈을 드러 본이 곗틱131) 약병니 뇌이고 길 가로친든 노
인니 벽을 의지흐여 안져거늘 그 노인의 구흠믈 짐작흐고 몸을 일어
빅사 왈 존공의 지시흐믈 입어 가친의 유셔을 보온니 은혜 망극흐옵거
날 쏘 니의 님흐여 활명지은을 씨치신니 불승감ᄉ흐도쇼니다 노인니
탄식 왈 니난 도시 쳔쉬라 엇지 나의 은혜라 헐니요 (45)

---

125) 혼절(昏絶). 김동욱본A에는 '혼졀'로 되어 있다.
126) 흘려.
127) 구호(救護).
128) 비상(臂上)의: 팔둑에. 김동욱본A에는 '팔둑에'로 되어 있다.
129) 잉도: '앵혈'의 오기. 꾀꼬리의 피로 문신한 자국, 처녀의 상징. 김동욱본A에는 '잉
　　 혈'로 되어 있다.
130) 분명치 않으나 '뚜렷하거늘'의 의미로 추정됨. 김동욱본A에는 '잇거늘'로 되어 있다.
131) 곁에.

그러ᄒ나 그ᄃᆡ 장공의 안들나라 ᄒ리132) 영ᄃᆡ인을 본 듯 반갑기 층
양 업도다 슬프다 말리장졈의133) 쳔신만고ᄒ여 와쓰나 쳔양니 영격ᄒ
여 셔로 반기리 업슨리 엇지 슬푸지 안니리요 장공은 나의 즁마고
위134)라 한가지 용문의 올나 쳥운을 발부며 일즉니 관포지의을 허ᄒ여
든니 니곳셔 〃로 만나 의지ᄒ여 셰월을 보ᄂᆡ다가 불ᄒᆡᆼ여 금츈의 긔
셰ᄒᄆᆡ 감창ᄒ믈 엇지 칭양허리요 노뷔 쥬상ᄒ여 틱산안장ᄒ고 틱슈
의계 쳥ᄒ여 니 집을 짓고 임죵의 유언을 긔록ᄒ여 현판을 다라더니
의외에 그ᄃᆡ 니르시니 장공의 영혼니 질겨헐지라 노부도 비감 즁 희ᄒᆡᆼ
135)ᄒ건니와 장공 싱시의 아드리 업쓰믈 슬ᄒ허여던 (46)

니 〃계 그ᄃᆡ 목난을 호측136)허미 안인가 쇼졔 차언을 드르ᄆᆡ 만신
니 숑구ᄒ여 져두무언137)ᄒ드니 다시 싱각ᄒᄃᆡ 져는 부친의 지극ᄒ
붕우요 나의 난망지은인나라 엇지 츄호나 은휘ᄒ리요 니의 가로ᄃᆡ 쇼
녀는 과년 장공의 녀자라 일즉니138) 자모을 여회고 부친을 모셔 일월
을 보ᄂᆡ옵든니 불ᄒᆡᆼ여 가친니 이고ᄃᆡ 젹거ᄒ신니 뒤을 좃고져 ᄒ
오나 군명니 지엄ᄒ 고로 뜻즐 일로지 못ᄒ고 ᄯ한 강표139)의 욕을 두
려워 탁쥬로 외슉을 차자 의지고자 ᄒ여습든니 발셔 죽어난지라 의지
헐 곳지 업셔 부득니 외람ᄒ 의사을 ᄂᆡ여 유모와 시비로 더부러 음양
을 밧고와 남복을 ᄀᆡ착ᄒ고 쳔신만고ᄒ여 니의 리로니140) 젹막 (47)

---

132) 아들이라 하니.
133) 만리장졍(萬里長程)에. 김동욱본A에는 '말리장졍에'로 되어 있다.
134) 죽마고우(竹馬故友). 김동욱본A에는 '쥭마고우'로 되어 있다.
135) 희행(喜幸): 기쁘고 다행함.
136) 효칙(效則).
137) 저두무언(低頭無言): 머리를 숙이고 말이 없음.
138) 일찍이.
139) 강포(强暴).

흔 공산 즁의 두어 줄 필젹 쁜니라 가친의 음용[141]니 구원의 영격ᄒ
여쓰온니 엇지 망극지 안니 ᄒ올잇가 니졔 죽어 가친의 뒤을 좃고자
ᄒ오나 말리 타향의 망친의 고혼니 임자 업슬지라 잔명을 보존ᄒ여 망
친의 시신을 션영의 완장코ᄌ ᄒ온ᄃᆡ 힘니 업쌉는지라 복원 ᄃᆡ인은 고
우의 졍을 싱각ᄒ사 ᄃᆡ은을 ᄭᅵ치시면 망친의 고혼니 구원의 감응허실
거시오 쇼녀은 맛당히 결초ᄒ믈 싱각ᄒ올니리다 셜파의 슬피 통곡흔
니 일싁니 무광ᄒ고 비풍니 쇼슬흔지라 노인니 니 말을 드로ᄆᆡ 크게
감창ᄒ믈 니긔지 못ᄒ여 문득 두어 줄 눈믈리 븍슈을 젹시는지라 쇼졔
을 위로 왈 쇼졔는 과도니 슬러 말나 니는 도시 쳔 (48)

쉬라 헐마[142] 엇지 허리요 노뷔 비록 가난ᄒ나 쇼졔의 근심을 들게
허리라 쇼졔 사례 왈 ᄃᆡ인의 홍은니 여차ᄒ옵신니 은혜 븍골난망니로
쇼니다 복원 ᄃᆡ인은 망친의 분묘을 가로치옵쇼셔 흔ᄃᆡ 노인니 쇼졔을
다리고 슈리을 가든니 한 분묘을 가로친거늘[143] 쇼졔 나가 본니 초목
니 무셩흔 곳ᄃᆡ 한 분묘가 외로니 잇고 그 압펴 비셕이 잇슨니 쳥쥐후
인 장자영지묘라 ᄒ여거늘 쇼졔 분묘을 ᄭᅡᆺ들고 실셩통곡ᄒ다가 혼졀
흔니 영츈 등니 위로 왈 쇼졔 쳔금 귀쳬을 도라 보지 안니ᄒ고 엇지 이
룻틋 과도니 슬허ᄒ신는요 노인니 또 위로 왈 그ᄃᆡ는 슬프믈 진졍ᄒ고
나을 ᄯᅡ라가 ᄃᆡᄉᆞ을 의논ᄒ라 쇼졔 강잉ᄒ여 노인 (49)

을 ᄯᅡ라 가며 당부 왈 ᄃᆡ인은 쇼녀의 근본을 누셜치 말게 ᄒ옵쇼셔

---

140) 이르니.
141) 음용(音容)이: 음성과 용모가.
142) 설마.
143) 가리키거늘.

혼딕 노인 왈 그딕 니르지 안니 흐여도 닉 임의 아는 빈니 딕사을 엇지 누설흐리요 쇼졔 빅사 왈 딕인의 후의 여츠흐신니 블승감사로쇼니다 노인니 집의 니로니 별당을 쇼쇄흐여 삼인을 안돈흐고 힝상 긔구을 츠릴 식 틴슈의계 장공의 아들니 와 반구흐여 선산으로 반장흐믈 고흐니 틴슈는 장공의 은인니라 친히 나와 죠문흐고 군닌 삼십 명을 정흐여 영구을 청쥐까지 모시계 흐니 노닌니 숨십 니 밧계 나와 눈물을 뿌려 전송흐니 쇼졔 쏘한 눈물을 흘여 빅스흐고 즉시 하즉흐고 영구을 모셔 션슨의 도라와 틱일안장흐고 묘하의 초막을 지어 셜낭 (50)

영츈으로 더부러 셰월을 보닉든니 비회 골슈의 깁허 곡읍을 끈칠 찍 업슨니 보난 스람니 슬허 안니 허리 업든라 일 〃은 쇼졔 셜낭 영츈으로 더부러 의논 왈 닉 부친의 힉골을 선산의 안장흐고 숨상을 마치여슨니 져기 블효을 면헐지라 아물니 싱각호되 의틱[144]니 망년흐니 차라리 죽어 부모을 쫏차 지하의 셔로 질길 만 갓지 못흐도다 영츈니 딕왈 쇼졔 니 어인 말숨니신익가 이졔 부모의 신체을 선산의 안장흐여쏘온니 졔스을 밧들고 후사을 니여 블효을 면허실 거시여늘 엇지 블효을 감심코져 흐신는요 쇼졔 유체 왈 닌들 엇지 모로리요만은 의틱헐 곳지 업셔 부득니 〃 계규[145]을 싱각흐미라 영츈니 딕왈 (51)

쇼졔 그 사이 형초 긱졈의 금셕 갓틋 언약을 니져 계신잇가 김싱니 후의 틴산 갓고 임의 삼싱을[146] 지닉여슨니 그 사니 벽 〃니[147] 계화을

---

144) 의탁(依託).
145) 계교(計巧).
146) 삼상(三喪)을.
147) 벽벽이: 미루어 짐작컨대 틀림없이.

썩거 몸니 영귀ᄒ 실인니 이제 김낭을 차자 긔약을 일워 졔수을 밧들미 엇지 올치 안니ᄒ리요 쇼졔 오릭 싱각ᄒ다가 마지 못ᄒ여 묘하의 나가 반일을 통곡ᄒ여 하직ᄒ 후 힝장을 슈습ᄒ여 기을 써나 하람으로 향ᄒ여 슈월 만의 득달ᄒ여 쥬졈을 어더 유ᄒ고 영츈으로 김싱의 쇼식을 탐지ᄒ라 ᄒ든니 츈니 도라와 울며 고왈 우리 무슴 죄악니 지즁ᄒ여 사〃의 낭픠 되난잇고 ᄒ거늘 쇼졔 딕경 문왈 그 어인 말인고 영츈니 딕왈 두로 김싱의 쇼식을 탐문ᄒ온 즉 그 사이의 영천 (52)

으로 갓다 ᄒ오니 영천은 남방 한가이라 북희 가기나 다로지 안니ᄒ온지라 인싱 괴로오믈 싱각ᄒ온 즉 자년 비회을 금치 못ᄒ리로쇼니다 쇼졔 쳥파의 눈물을 흘여 마리 업슨니 셜낭니 위로 왈 일니 임의 그릇 되여싸온니 슬허ᄒ미 무익ᄒ옵고 쏘한 져을 임의 차즈려 헐진딕 영천을 엇지 사양ᄒ리요 ᄒ딕 쇼졔 그 말을 좃차 하람을 써나 영천으로 향헐 시 빅여 일 만의 득달ᄒ여 두로 무르되 아는 직 업는지라 하날을 우러〃 실셩유체헐 시 날리 셕양니 되고 긔운니 쇠진ᄒ여 젼〃방황ᄒ든니 믈 가의 큰 바회 잇거늘 반셕상의 안져 슈이며 바라보이 북으로 딕강니 둘녀 잇고 어션니 왕닉ᄒ난지라 쇼졔 (53)

영츈다려 왈 져곳딕 인가 잇난가 십푼니 그곳의 나가 양식도 빌고 김싱의 종젹을 탐지ᄒ미 올흘가 ᄒ노라 영츈니 딕왈 그곳지 인가 업싸온니 오든 길노 나가 밤을 지닉고 명일 다시 차즈미 올토쇼니다 쇼졔 쳑연니 함누 왈 몸니 곤ᄒ니 잠간 쉬여 가자 ᄒ고 강변 큰 바회 우희 안져더니 홀연 마음의 싱각ᄒ되 닉 츠라리 니 믈의 싸져 죽어 지하의 도라가 부모을 쫏츠미 올타 ᄒ고 사미로셔 치필을 닉여 바회 우희 크계 써 가로딕 청쥐후인 장씨 셜빙은 병자 츄칠월 망일의 블효 무신을 무릅쓰고 니 믈의 쌔져 죽스온니 천지일월과 황천후토은 쇼감호옵쇼셔 써기을 다호민 하날을 우러어 크게 통곡호고 몸을 (54)

강슈의 쑤려 드니[148] 슬푸다 옥경니 씨려지고[149] 명쥬가 잠기리[150] 강상의 슈운니 일어나며 비풍니 쇼슬호고 믈결리 하날의 다아스니 경긱의 간딕 업는지라 셜낭 영츈니 딕성통곡 왈 우리 슘인니 천신만고 호야 니곳딕 와 쇼계을 영결호니 엇지 살기을 바라리요 차아리 죽어 혼빅니 서로 의지헐만 갓지 못다 호고 셜파의 쇼계의 글 쓴 아릭 쓰가로딕 동연 동월 동일의 유모 셜낭과 시비 영츈니 쏘한 쥬인을 쏫츠니 믈의 쌔져 죽쓰온이 일월숭신과 천지신명은 정셩을 살피쇼셔 쓰기을 다호민 일셩통곡의 양인니 서로 손을 잡고 믈의 쑤려 드니 슬푸다 명천니 엇지 무심호리요 니적의 려람[151]촌의 한 스람니 잇스 (55)

니 셩은 니요 명은 영니라 벼슬니 춤지졍스의 니르러쯧니 연긔 칠십의 벼슬을 갈고 〃향의 도라와 손쥬[152] 밧갈기와 고기낙기을 일삼아 셰월을 보니드니 이쩐 공니 마춤 두어 가동을 다리고 일렵편쥬의 어망을 실고 창파의 왕니호며 은인옥쳑[153]을 낙가 빈젼을 두다리며 어부사을 외오든니 문득 슈상으로셔 푸른 거시 써오며 슈운니 둘너든니 졈〃 빅 가의 다〃으거늘 살펴본니 사름의 시신라 공니 딕경호여

---

148) 뛰어 드니.
149) 깨어지고.
150) 잠기니.
151) 여람.
152) 손수.
153) 은린옥척(銀鱗玉尺): 비늘이 은빛으로 빛나고 모양이 좋은 큰 물고기.

동자을 명ㅎ여 건져 빅의 올인니 인스을 모로고 호협니154) 씌쳐난지
라 공이 츠악ㅎ여 두로 살펴본즉 그 숀의 호로병니 믹여거늘 글너 본
니 프은155) 집으로 부리을 봉ㅎ고 글을 쎠쓰되 환혼슈라 ㅎ야거늘
(56)

딕희ㅎ여 병을 기우려 믈을 입의 흘녀 너흔 후의 슈족을 쥬믈은니
(얼마)156) 안이ㅎ여 호흡을 통ㅎ고 몸을 둘회여 누은니 그 정신 차리기
을 기다리던이 문득 사람의 시신니 상유로 쎠나려와 빅의 다닷거늘 니
공니 건져 빅의 오려157) 약을 먹니고 다시 본니 약병니 간딕 업난지라
크게 의혹ㅎ여 싱각ㅎ되 하날이 츠인을 구ㅎ시미라 엇지 긔특지 안이
ㅎ리요 인ㅎ여 금낭을 기우려 회싱단을 닉여 믈의 환ㅎ여158) 먹니고
죵자로 슈족을 쥬믈너 구ㅎ드니 〃쎠 쇼졔 정신을 즉히 차리나 긔운니
혼미ㅎ여 누어든니 하날노셔 한 션녜 나려와 니로딕 부인의 익운니 진
ㅎ여슨니 근심치 말고 귀체을 안보ㅎ쇼셔 쳡은 남희 용궁 신(57)

예옵든니 부인을 구ㅎ고 가난이다 인ㅎ여 표연이 가거늘 쇼졔 놀나
눈을 쎠 본이 집이 안이요 니 곳 슈즁나라 여러 사름니 왕닉ㅎ는딕 일
위 장직 션충을 의지ㅎ여 안져거날 마음의 그 스람니 구ㅎ여 스라난
쥴을 알고 급피 니러나 빅스 왈 죤공니 어딕로좃차 와 씌친 명을 구ㅎ
신익가 노인니 문왈 그딕는 엇썬 쇼연니완딕 청츈의 세상을 바려 구
원을 좃고자 ㅎ난다 쇼졔 진비 왈 쇼싱은 남방ㅍ 스람니라 구틱여 염

---

154) 호흡이.
155) 푸른.
156) ( )의 내용이 생략된 것으로 추정됨. 김동욱본B에는 '이윽고'로 되어 있다.
157) 올려.
158) 화하여.

셰ᄒ미 안이로ᄃᆡ 익운니 블이ᄒ여159) ᄂᆡ 지경의 니르러던니 ᄃᆡ인의 활명지은을 입ᄯᅪ 지싱ᄒ온니 은혜 난망니로쇼니다 노인 왈 ᄂᆡ난 도시 쳔슈라 엇지 노부의 덕니라 ᄒ리요 어언지간의 셜낭 영 (58)

춘 등니 ᄯᅩ한 회싱ᄒ여 션창으로 나와 쇼졔을 붓들고 실셩통곡ᄒ리 쇼졔 ᄯᅩ한 져의 죽지 안니ᄒᄆᆞᆯ 다힝ᄒ여 유체비읍ᄒ든이 공니 비로쇼 노규간인 쥴을 알고 창감니 여겨 ᄎᆞᆯ 닉여 위로ᄒ며 쇼년을 자셔이 본니 얼고리 빅옥160)을 교탁ᄒ고 ᄡᅡᆼ안은 츄쳔의 효셩니 발가는 듯 미우의 강산졍긔을 감쵸왓고 양미는 부용니 셩기ᄒ며 쥬슌는 단ᄉᆞ을 졈친 듯 유지셰료의 츈풍긔상니 완년니 슈즁긔린니요 금즁봉황니라 엇지 반졈니나161) 시쇽 틔도 잇스리요 공니 견필의 경찬 왈 긔진며 션진라 그ᄃᆡ의 션픔162)이 무슴 일노 옥경을 하직ᄒ고 진셰의 나려와 강어 복즁의 장코져 ᄒ난다 아지 못계라 가향163)니 어ᄃᆡ며 영 (59)

죤공 셩휘는 뉘시오 쇼졔 공경 ᄃᆡ왈 쇼싱은 젼임 니부상셔 장ᄌᆞ영의 ᄌᆞ요 명은 슈졍이로쇼니다 공니 쳥파의 ᄃᆡ경차탄 왈 가셕다 닉 죤당으로 더부러 쥭마고구너이164) 닉 일즉 벼슬의 ᄯᅳ지 업셔 고향의 도라온 지 임의 슴십 연니라 셔로 보기을 원ᄒ든니 금일 그ᄃᆡ을 보이 장후을 본 듯 반갑기 무궁ᄒ나 그ᄃᆡ 무삼 일노 이 지경의 니로러스며 장후 셩체 부양ᄒ신익가 쇼졔 오혈양구의165) 눈물을 흘니며 ᄃᆡ왈 가운이 블

---

159) 불리하여.
160) 백옥(白玉). 김동욱본A에는 '빅옥'으로 되어 있다.
161) 반점이나.
162) 선풍(仙風): 신선과 같은 기질이나 풍채.
163) 가향(家鄕): 자기 집이 있는 고향.
164) 죽마고우였더니. 김동욱본A에는 '쥭마고우런이'로 되어 있다.
165) 오열양구(嗚咽良久)에: 목메어 울다가 한참 후에.

향166)ᄒ여 슈연 젼의 가친이 쇼닌의 츰쇼을 입싸와 북히의 젹거ᄒ여
일 연니 못되야 젹쇼의셔 긔셰ᄒ시민 쇼지 겨유 반구ᄒ와 션산의 완
장 후의 삼싱을 마츠미 쇼지 의지할 곳지 업셔 광풍의 부운 (60)

갓치 당니옵든니 영쳔 지경의 이로러 젹환167)을 만나 노쥬 슘인이
플의 싸지온니 엇지 살기을 바라올익가만은 되인의 되은을 입어 싣어
진 명니 다시 사라 쳔일을168) 보온니 슌히 갓튼 은덕은 호쳔망극니라
폐부의 삭여 쥭은 후 플을 미즐니로쇼니다 공이 쳥파의 츄연탄식 왈
셰스 니 갓치 변혈 쥬을 엇지 듯ᄒ여슬니요 슬프다 그되 어듸로 향코
져 ᄒ난다 쇼졔 되왈 낙렵니 광풍을 만나고 되히의 부평 갓싸온니 거
쳐을 엇지 아리잇가 공니 탄식 왈 진실노 그되 말 갓트면 노뷔 쏘한 고
단헌 스람니라 닉 나희 그되의 부집169)인니 ᄒ믈치170) 말고 닉 집의
유ᄒ여 학업을 심쎠 공명을 이로면 그되의 유풍니요 오희여 영죤 (61)

공의게 나리지 안이 ᄒ린니 노부의 졍을 싀각ᄒ라171) 쇼졔 비스 왈
되인의 후은이 여차ᄒ옵셔 의지 업슨 죵젹을 거두고져 ᄒ옵신이 엇지
감니 스람니라172)ᄒ올잇가만은 의방지훈173)을 일코 도로의 분쥬ᄒ와
쇼학174)니 업스오니 셩문의 에지ᄒ여다가 되인의 셩덕을 드리일가 ᄒ

---

166) 불행.
167) 젹환(賊患): 도둑으로 인한 근심. 김동욱본A에는 '젹화'로 되어 있다.
168) 쳔일(天日)을: 하늘과 해를.
169) 부집존장(父執尊長): 아버지와 나이가 비슷한 어른을 높여 부르는 말.
170) 허물치.
171) 생각하라.
172) '사양'의 오기.
173) 의방지훈(義方之訓): 집안에서 아버지가 아들에게 주는 가르침.
174) 쇼학(所學): 배운 것.

는니다 공이 디회ᄒ여 ᄇᆡ을 강구의 ᄆᆡ이고 슘인을 다리고 집으로 도라와 별당을 슈쇄175)ᄒ여 당싱을 안돈흔 후의 ᄂᆡ당의 드러가 부인다려 장싱을 구ᄒ여 다려온 말을 니로고 그 직질이 ᄲᅡ혀나믈 못ᄂᆡ 칭션176)ᄒ드라 니씩의 쇼졔 셜낭 영츈으로 더블어 셔원의 머믈ᄉᆡ 이참졍니 유산을 폐ᄒ고 ᄆᆡ일 셔실노 와 장싱으로 고금ᄉᆞ을 의논ᄒ니 장싱의 (62)

문답이 유쥬ᄒ여 장강을 기우리ᄂᆞᆫ 듯 흑운을 혀치고 청천의 올론는177) 듯 흉금니 상활흔지라 참졍니 격졀 탄왈 그ᄃᆡ는 블셰지인이라 노부 어진 스승을 어든니 막"흔 흉금니 열니ᄂᆞᆫ쏘다 싱이 ᄇᆡ사 왈 디인니 싱의 용우흔 식견을 니러틋 위자178)ᄒ신니 블승참괴ᄒ여이다 참졍니 블승흠션ᄒ여 쥬찬을 ᄂᆡ와 종일 흔답179)ᄒ다가 파헌니라 쇼졔 셔칙을 힘써 일그며 시부을 지어 날을 보ᄂᆡ든니 셰월니 여류ᄒ여 발셔 일연니 지ᄂᆡᄆᆡ 참졍의 은근흔 졍과 상하의 공경ᄒᆞᄆᆡ 졈"더ᄒ니 쇼졔 블승감사ᄒ여 죽기로써 은혜을 갑고져 ᄒ나 ᄯᅳᆺ즐 엇지 못할가 염례ᄒ드니 일"은 참졍니 장싱으로 더블러 말슴ᄒ며 슐을 취 (63)

ᄒ고 시부을 지러180) 경기을 화답ᄒ든니 참졍니 취흥을 ᄉᆞ어 싱의 시부을 지삼 을푸며 칭찬 왈 그ᄃᆡ의 문장은 이쳥년 두공부라도 오히려 밋지 못허리로쇼니다 장형니 비록 죽어시나 그ᄃᆡ 갓튼 영자을 두어스

---

175) 소쇄(掃灑): 비로 쓸고 물을 뿌림.
176) 칭션(稱善): 착한 것을 창찬함.
177) 오르는.
178) 위자(慰藉): 위로하고 도와줌.
179) 한담.
180) 지어.

이 혼빅니 지하의 질기지 안니 ㅎ리요 인ㅎ여 장싱의 숀을 잡고 등을 어로만지며 왈 그듸 갓튼 아들을 두어스면 늬 니졔 죽다 스무여한 니[181] 닛스리요 ㅎ니 쇼졔 그 은혜을 감격ㅎ나 싱각허듸 늬 머무런지 임의 일연니 지늬듸 집슈ㅎ기 쳐음나 심즁의 놀나오나 사싴지 안이 ㅎ고 다만 스례 왈 듸인이 쇼자을 이러툿 스랑ㅎ신니 블승감스ㅎ도 쇼이다 참졍니 호ㅅ니 우스며 다시 슐을 늬와 잔을 잡고 왈 (64)

늬 그듸로 더부러 잇슨지 일년니 지늬믜 간담니 셔로 비쵀난지라 엇지 실졍을 그리이요[182] 노뷔 나히 칠십의 아드리 업고 다만 일여을 두러스듸 싴덕니 비록 고인을 밋지 못ㅎ나 또한 슉녀가인나라 그윽히 지스을 구ㅎ듼니 신명니 도으사 그듸을 만나니 엇지 깃부지 안니 ㅎ 리요 바라건듸 그듸는 가긱을 허ㅎ여 노부의 믈유ㅎ믈[183] 면케 ㅎ면 니졔 죽어도 여한니 업슬니로다 쇼졔 니 말을 드르믜 졍신이 상막ㅎ 고[184] 긔운니 최상[185]ㅎ여 묵ㅅ히 듸답니 업다가 오릭기야 칭스 왈 듸인니 쇼자을 사랑ㅎ신는 마음니 ㅅ러툿 간졀ㅎ옵신니 쇼지 엇지 감 히 죤명을 거역ㅎ올잇가만은 싱의 졍심이 부모의 싱시의 큰 말을 ㅎ (65)

여 과가 젼은 취쳐 안니키을[186] 심졍ㅎ여싸온니 쇼자의 졍심을 쳔 지신명니 아르실지라 일러ㅎ 고로 듸인의 셩교을 봉승치 못ㅎ온니 블 승황공ㅎ도쇼니다 참졍니 쳥파의 묵ㅅㅎ다가 문득 흔연 왈 그듸 쳥운

181) '스무여한니'를 '한들 무슨 여한이'로 바꿔야 문맥이 통함.
182) 속이리요. 김동욱본 A에는 '긔리이요'로 되어 있다.
183) 무료함을.
184) 삭막하고.
185) 저상하여. 김동욱본 A에는 '져상허여'로 되어 있다.
186) 아니 하기를.

의 오르기는 장즁의 잇난니 만일 노부의 뜻즐 져바리지 안니 홀 진딕
아즉 납치만 ᄒ여다가 과거흔 후의 성예ᄒ면 엇지 맛당치 안니ᄒ리요
싱니 민망ᄒ여 안식을 고쳐 셩교 지극 맛당ᄒ오나 니난 마음을 쇽니미
라 남지 치례을 보닉오면 그 집 ᄉ회요 녀지 차례을 바드면 그 집 머나
니라187) 엇지 셩예 못ᄒᆯ 혐의ᄒ올잇가 말습니 쥰졀ᄒ고 긔상니 늠
열ᄒ니 공니 올히 여겨 왈 노부의 우몽니 엇지 그딕 (66)

의 츙혜ᄒᆯ 미츠리요 만일 득지ᄒ거든 노부의 뜻즐 져바리지 말나
싱니 빅사 왈 만일 득지ᄒ온면 엇지 딕인의 뜻즐 봉송치 안니 ᄒ이잇
가 공니 딕희ᄒ여 왈 과일니 불원ᄒ니 얼마ᄒ여 노부의 뜻즐 니로리
요188) ᄒ드라 셰월니 여류ᄒ여 겨우리 진ᄒ고 명츈니 되믹 나라의셔
셜과ᄒ여 인직을 쌔실식 사방 션빅 구름 모듯 ᄒ난지라 츰졍니 셔원
의 나가 장싱다려 왈 니졔 과일니 불원ᄒ니 그딕의 직죠로 등과ᄒ기
은 장즁의 잇난지라 노부의 회향189)ᄒ는 졍니 무궁ᄒ도다 쇼졔 니 말
슴을 들으믹 경리ᄒ나190) 달리 츄탁헐 마리 업셔 딕왈 과가191) 득실은
직쳔ᄒ온니 엇지 일역으로 ᄒ올익가 ᄒᆯ며 엇지 비박지지 (67)

라 바라오리요 그러ᄒ오나 관광코져 ᄒ난니다 츰졍니 딕희ᄒ여 장
즁 졔구을 츠려 쥬신니 쇼졔 ᄉ양치 안니ᄒ고 셜낭 영츈으로 더블러
츰졍계 하직ᄒ고 직일192) 발향ᄒ여 경ᄉ로 향흔니라 각셜 니젹의 김

---

187) 며느리라.
188) 이루리요.
189) 희행(希行): 어떤 일을 이루거나 하기를 바람.
190) 경괴(驚怪)ᄒ나.
191) 과거(科擧).
192) 즉일(卽日): 당일, 바로 그날.

싱니 형초 긱점의서 쇼졔을 니별ᄒ고 경ᄉ로 향ᄒ드니 낙동강의 니로
러 무슈ᄒ 션비 강을 거너거늘 193) 싱니 고히 여겨 그 년고을 무로니
모다 니로딕 나라의셔 파과ᄒ민 도로 오ᄂ 기리라 ᄒ거날 싱니 마음
의 싱각ᄒ되 닉 임의 요죠슉녀을 정ᄒ여 언약을 믹자ᄉ니 구틱여 원
노의 발셥ᄒ미 블가ᄒ니 환귀ᄒ여 부모임게 ᄉ년을 고ᄒ고 장쇼졔을
취ᄒ 후 다시 계화을 써거 청운의 올나 부모을 현달ᄒ면 (68)

엇지 영화 안니리요 ᄒ고 하람으로 도라와 부모게 보온니 평장 부뷔
반기며 도라온 연고을 무르신니 싱니 파과ᄒ 스년을 고ᄒ딕 평장니
분렬194) 왈 너 한갓 과가만 위ᄒ미 안니라 너의 실가〃 느껴 가민 슉녀
을 구코져 ᄒ미라 엇지 이류딕ᄉ195)을 싱각지 안니 ᄒ고 무단니 도라
오리요 싱니 다시 쥬왈 싱니 엇지 부모의 뜻즐 봉승치 안니 ᄒ올잇가
만은 과년 여츳여츳ᄒ 슉여을 만나 결약ᄒ 스년을 고ᄒ고 왈 경성니
번화ᄒ고 셕슉니 아무리 광구ᄒ온나 장쇼졔의 적슈 업스을지라 니러
ᄒ오민 친영ᄒ기을 믹즈ᄊ온니 바라옵건딕 살피옵쇼셔 공의 부〃 츠
언을 듯고 딕경딕회 왈 빅연 가긔는 임즈의게 달려다 (69)

ᄒ니 너 친니 보아슨 즉 오작이 봉황을 싸로지 못ᄒ고 우마 긔린을
싸로지 못ᄒ난니 오아의 쇼견니 말근지라 슈리196) 셩예ᄒ녀 우리 마
음을 위로ᄒ라 싱니 딕희ᄒ여 슈일을 유ᄒ 후 향장197)을 차려 낭
쥐198)로 힝ᄒ여 정시랑을 츠즈니 문견니 적막ᄒ고 장원이 퇴락ᄒ여

---

193) 건너거늘.
194) 불열(不悅): 기뻐하지 아니하며.
195) 인륜대사(人倫大事).
196) 쉬이. 김동욱본A에는 '슈이'로 되어 있다.
197) 행장(行裝). 김동욱본A에는 '힝장'으로 되어 있다.

인젹니 고요ᄒᆞ거날 ᄉᆡᆼ니 놀나 두로 무르니 모다 리로되 졍시랑니 발셔 기셰ᄒᆞ시고 그 부인이 발셔 탁쥬[199]로 갓다 ᄒᆞ거날 ᄉᆡᆼ니 ᄃᆡ경실망ᄒᆞ여 도라와 부모게 고ᄒᆞ고 다시 탁쥬[200]로 가셔 찻고자 ᄒᆞ니 평장니 말여 왈 먼져 가동을 보ᄂᆡ여 탐지혐미 올타 ᄒᆞ신니 ᄉᆡᆼ니 비록 마음니 급ᄒᆞ나 부모의 명을 거역지 못ᄒᆞ여 창두을 당부ᄒᆞ여 자셔니 아라 오라 ᄒᆞ (70)

여든니 도라와 보ᄒᆞ되 졍시랑 부인은 그리로 오실 시 분명ᄒᆞ되 장쇼졔ᄂᆞᆫ 쇼문도 업더니다 ᄒᆞ거날 공의 부〃ᄂᆞᆫ 놀나시고 ᄉᆡᆼ은 얼골니 변ᄒᆞ며 긔운니 졔상ᄒᆞ여[201] 목〃키[202] 마리 업고 안ᄉᆡᆨ니 ᄎᆞᆷ담ᄒᆞ거날 공니 ᄉᆡᆼ의 긔ᄉᆡᆨ을 보고 힝예[203] 상혈가 두려워 심즁의 ᄎᆞ악ᄒᆞ나 ᄉᆞᄉᆡᆨ지 안니ᄒᆞ고 ᄎᆡᆨ왈 ᄃᆡ장부 셰상의 쳐ᄒᆞᄆᆡ 간 ᄃᆡ마다 집니요 집마다 안ᄒᆡ 잇다 ᄒᆞ니 엇지 일 녀ᄌᆞ을 위ᄒᆞ여 리릇틋 비쳑ᄒᆞ리요 ᄉᆡᆼ니 황공ᄇᆡ복 왈 쇼ᄌᆞ 구ᄐᆡ여 졍옥[204]을 위ᄒᆞ미 아리라 그 녀ᄌᆞᄂᆞᆫ 고금의 드문 숙녀라 그 인몰은 니로지 말고 졀힝과 효셩은 비록 임ᄉᆞ라도 더ᄒᆞ지 못 헐진니 〃려ᄒᆞ온나 자연 마음니 년셕[205]ᄒᆞ여니다 평장의 마음 에연ᄒᆞ나 (71)

ᄉᆞᄉᆡᆨ지 안니 ᄒᆞ시고 졀ᄎᆡᆨ[206]ᄒᆞ신니 다시 말을 못ᄒᆞ나 일렴의 장쇼

---

198) 탁주. 김동욱본A에는 '탁쥬'로 되어 있다.
199) 낭주. 김동욱본A에는 '냥듀'로 되어 있다.
200) 낭주. 김동욱본A에는 '냥듀'로 되어 있다.
201) 저상(沮喪)하여. 김동욱본A에는 '져상허여'로 되어 있다.
202) 묵묵히.
203) 행여.
204) 김동욱본A에는 '져의'로, 김동욱본B에는 '청츈'으로 되어 있다.
205) 연석(憐惜): 불쌍히 여겨 아낌.
206) 절책(切責): 몹시 책망함.

졔을 잇지 못ᄒ여 히음 업시 병니 되어 침셕의 위돈207)ᄒ니 부묘 크게
민망ᄒ여 병셕의 나가 문왈 네 병셰을 본니 풍일208)의 상ᄒ 빅 안니라
반듯시 장씨을 사모ᄒᄆ 안니야 진정을 그리지209) 안니 ᄒ면 아믈리
어려온 일나라도 너의 쇼원을 좃차 ᄶᄅ 막지 안니 ᄒ리라 ᄒ시니 싱
니 황공 사죄 왈 부모의 셩교 엿차 ᄒᆞ옵신니 쇼자의 블효지힝니 실노
클지라 쇼지 ᄉ정을 위ᄒᄆ 안나라 져의 일싱니 그릇되오믈 싱각ᄒᄋᆫ
니 블승감창ᄒᆞ옵든니 셩교 ᄂᆞ 갓삿오ᄆ 마음니 상활ᄒ여 병근니 ᄌᆞ년
쇼복210)ᄒ리로쇼니다 ᄒ든니 슈 일리 못ᄒ여셔 병니 노니고 긔 (72)

부 여상ᄒ니 부묘 크게 질겨 왈 '너히 만일 위헐진듸'211) 오히려 느
져신니 밧비 그 죵젹을 ᄎ지미 올타 ᄒ신니 싱니 사렴ᄒ든 ᄎᆞ의 말ᄉᆞᆷ
을 듯고 듸희ᄒ여 빅사 왈 셩교 엿차ᄒᆞ옵신니 ᄉ가 명을 봉힝ᄒ리니
다 익닐의 힝장을 차려 길을 ᄯ여 나 새212) 부모게 ᄒ즉ᄒ니 먼 기리 죠
만을 아지 못ᄒᄋᆫ니 복원 부모은 하렴치 마옵시고 셩쳬 아령213)ᄒ옵쇼
셔 평장니 다시금 당부ᄒ여 슈히 도라오라 ᄒ시드라 싱니 은ᄌ 오십
양을 가지고 흑건쳥숨의 일필 쳥여을 묘라 탁쥬로 향ᄒ여 유싱을 차
ᄌᆞ 믈은니 졍시랑 부인은 오실시 분명ᄒ나 장씨의 죵젹니 망연ᄒ지라
다시 무믈 곳지 업셔 기리 탄식ᄒ다가 홀연 마음의 싱각ᄒ되 져 (73)
의 친쳑니 업고 의탁헐 곳지 업ᄂ지라 일정 그 부친의 젹쇼을 ᄎᆞᄌ
가도다 그러ᄒ나 마리장졍의 듸강니 막커시니 즁쳡 길의 규즁헌 약지

---

207) 김동욱본A에는 '뇌둔'으로 되어 있다.
208) 풍일(風日): 날씨.
209) 속이지. 김동욱본A에는 '긔이지'로 되어 있다.
210) 소복(蘇復): 병이 나은 뒤에 원기가 회복됨.
211) 김동욱본A에는 '네 만일 져을 위헐진듸'로 되어 있다.
212) 김동욱본A에는 '써날 식'로 되어 있다.
213) 김동욱본A에는 '안강'으로 되어 있다.

리214) 엇지 능히 득달ᄒ리요 일졍 길의셔 쥭도다 이러틋 싱각ᄒᄆᆡ 슬
픈 마음을 금치 못ᄒ여 눈믈리 비오듯 ᄒ야 옷깃슬 적시는지라 다시금
싱각ᄒ되 비록 쥭어시나 신체라도 으더 본 후의 도라가리라 ᄒ고 바로
복희215)로 ᄎᆞ자가 장공을 보고 무로리라 즉일 발힝ᄒ여 북희의 득달
ᄒ여 장공의 젹쇼을 무르니 모다 리로ᄃᆡ 장공니 젹거ᄒ 지 닐연216) 만
의 기세ᄒ신이 틱쉬 블상니 여겨 후녜217)로 장ᄒ여든니 슈년 젼의 장
공의 아드리 나려와 운구ᄒ여 본향으로 갓다 ᄒ거날 싱니 장 (74)

공의 쥭엄을 듯고 감탄 왈 장씨 오릭비 잇단 말을 안니 ᄒ든니 실노
고이ᄒ도다 장씨의 죵젹을 알 기리 업ᄂᆞᆫ지라 슬프다 말리장졍의 져 장
씨을 위ᄒ여 쳔신만고ᄒ야 왓다가 쇼식도 아지 못ᄒ고 도라온니 마음
이 울〃ᄒ여 심회을 졍치 못ᄒ고 인ᄒ여 북희을 써나 ᄇᆡ을 잡아타고
오강으로 향할 ᄉᆡ 글을 지어 굴슴녀의 츙혼을 위로ᄒ고 츙오산을 바라
보며 ᄃᆡ슌의 송덕을 일카르며 쇼상강의 반쥭지의 혈누을 감동ᄒ여 니
비의 졍열을 감탄ᄒ고 닐렵편쥬 흘니 져어 오호동졍을 향ᄒ든니 슈운
니 창파을 덥푸며 광풍이 ᄃᆡ즉ᄒ여 파랑이 졉쳔ᄒ이 ᄇᆡ을 것줍지 못
ᄒ여 간ᄂᆞᆫ 디로 두어든이 한 곳디 이로이 풍셰218) (75)

잔〃ᄒ여 일긔 쳥명ᄒ거날 ᄇᆡ을 가의 다이고 싱이 ᄉᆞ공다려 문왈
이곳지 어딘라 ᄒ난다 ᄃᆡ왈 니 무른 병희쉬219)라 니리로셔 영쥐을 통

---

214) 규즁약질(閨中弱質)이. 김동욱본A에는 '규즁약질이'로 되어 있다.
215) 북해(北海).
216) 일년(一年).
217) 후례(厚禮).
218) 풍세(風勢).
219) 벽해수(碧海水). 김동욱본A에는 '벽파슈'로 되어 있다.

호옵고 가시는 기리 슌호여이다 싱이 마음의 싱각헌뒤 뉘 본뒤 슐로[220]의 익지 못호여 풍랑의 긔운니 손졀호니 육노로 가리라 호고 빈의 나려 나귀을 치쳐 홀홀리 도라오며 감창호믈 금치 못호여 탄식 왈 뉘 장씨을 위호여 부모 슬하을 쩌난 지 여려 날이로되 원을 니로지 못호고 도라 온이 엇지 감창치 안이 호리요 슬프다 져 장씨난 어뒤 가 의퇵호여시며 장공의 죽엄을 아난가 갈년타 말 업슨 금환은 신을 직희여 완연이 낭즁의 잇건만은 어뒤 가 누을 의지호여 희경을 쑴의나 싱각호난 (76)

가 뉘 쩌난지 오릭니 부모의 ″려지망이 간졀호실지라 청여을 밧비 모라 영쥐로 도라오든니 슈십 니을 와셔 홀연 바라본니 강변 언덕의 큰 바회 잇고 그 밋틱 한 졍즈 잇거날 잠간 슈여 가고져 호여 청여의 나려 졍즈의 올나 문득 본이 암상의 완연한 글즈 잇는지라 즈셔이 본이 그 글의 호여스되 박명 첩 장씨는 불효무신을 무릅숫고 병즈 츄칠월 망일의 이 믈의 쌔져 죽싼온이 천지일월과 후토실영은 쇼감호옵쇼셔 호고 그 아릭 쓰스되 동연 동월 동일의 유모 셜낭과 시비 영츈 등이 쏘한 쥬인을 싸라 니 믈의 쌔져 죽사온니 쳔지일월과 강신하빅은 졍셩을 살펴 쇼셔 호여드라 싱니 보기을 다 못호여 인스 (77)

을 일코 혼졀호여든니 오릭기야 졍신을 진졍호여 다시 보고 크게 통곡 왈 슬프다 뉘 장씨을 위호여 쳔신만고호여 두로 츠즈 당니다가 니곳딕 와 장씨의 필젹을 본니 엇지 슬푸지 안니리요 손으로 바회을 두다리며 방셩통곡호니 힝노지인니 뉘 안니 감탕[221]호리요 싱니 비회

---

220) 수로(水路).
221) 감창(感愴). 김동욱본A에는 '감탄'으로 되어 있다.

을 금치 못ᄒ여 은즈을 늬여 제전을 갓쵸와 졔헐 싀 그 졔문의 ᄒ여쓰
되 유셰츠 하람인 김희경은 슴가 쳔지의 가득ᄒ 슈회을 가져 쳥쥐후
인 장씨 영〃의 고ᄒ난니 오호통지라 쳔지 슴긴 후의 오륜니 잇고 오
류 가온듸 친ᄒ문 부〃라 형쵸 긱졈의셔 위연니 셔로 만나 한 죠각 벽
옥으로 일기 금환을 밧고온니 〃셩지친과 슴죵지의을 믹 (78)

져던니 슬프다 쇼졔의 옥 갓튼 마음을 허ᄒ시믹 학싱니 ᄯ한 간담
을 드러늬여 빅연 가약을 믹즈니 쳔지신명니 죠임ᄒ실지라 ᄒ 번 계
화을 써거 쳥운의 올를진된 부모의 고쵸ᄒ시믈 위로코져 ᄒ여 니별니
춍〃ᄒ나 다시 만날 가긔을 니르기 반듯ᄒ고 셔홀리 이별ᄒ고 경수로
힝ᄒ든니 문득 날라에셔222) 파과ᄒ시믹 일변 셔위ᄒ나 다힝ᄒ문 쇼
졔의 옥안을 다시 볼가 ᄒ여 쳔산만슈의 쳔신만고ᄒ여 계유 츠즈 간니
옥용니 젹막ᄒ고 쇼식니 격졀ᄒ니 바라는 마음니 광풍의 부운니라 상
심실셩ᄒ여 셰상의 유할 쓰시 업시나 아모죠록 쇼졔의 죵젹을 츠질려
ᄒ고 두로 힝ᄒ여 니곳에 니르러 와 ᄭᅩᆺ치 ᄶᅥ러지고 (79)

구슬리 즘긴 쥬을 엇지 ᄯᅳᆺᄒ여스리요 가런타 무슴 일노 쳘리 타힝
223)의 외로온 혼빅니 되연난고 슬프다 쇼졔야 금옥 갓튼 언약을 져바
리고 쇽졀 업시 희경으로 ᄒ여금 반나마 셕은 간장니 직되게 ᄒ난요
옥슈셤총으로 두어 줄 필젹니 셕상의 완년ᄒ다 운빈옥안니 구쳔의 젹
막ᄒ고 듸강의 믈쇼릐 샌니로다 오날〃 늬 몸을 바려 쇼졔의 뒤흘 좃
츠 고혼을 위로코져 ᄒ나 부모의 바라심니 다만 나ᄲᅮᆫ이라 임의로 힝치
못ᄒ니 구쳔타일의 셔로 보기 붓그럽도듸 만경쳥파의 슈운니 리러나

222) 나라에서.
223) 타향(他鄕).

고 비풍이 쇼슬ᄒ다 오회라 쇼졔의 영혼니 아름니 잇거든 일빈 박젼을 흠향ᄒ옵쇼셔 ᄒ드라 젼후 졔젼을 파ᄒ고 일셩 (80)

통공224)의 비회을 금치 못ᄒ여 다시금 싱각ᄒ여 왈 닉의 인연니 쇽 졀 업고 부모의 기다리시미 간졀ᄒ실지라 슬픈 마음을 억졔ᄒ여 쳥여 을 밧비 모라 집으로 도라와 죤당의 뵈온듸 평장 부뷔 반겨 싱을 본니 얼고리 슈쳑ᄒ고 미우의 슈긔 가득ᄒ지라 평장니 듸경 문왈 네 오릭 부모을 써나 부모을 그리다가 다시 본니 응당 반겨ᄒ여든 미우의 슈긔 가득ᄒ이 무슴 일니 잇난다 싱이 유〃ᄒ다가 장씨의 죽은 말슴과 유 모 셜낭과 시비 영츈니 한가지 익슈침사ᄒ믈 고ᄒ니 평장 부뷔 니 말 을 드르시고 감창ᄒ믈 금치 못ᄒ여 눈물을 흘니며 왈 가련타 장쇼졔여 쳥츈니 쇽졀 업슨 충파 고혼니 되어슨니 엇지 슬푸지 (81)

안니ᄒ리요 ᄒ시고 싱을 만단 위로ᄒ신니 싱니 부모의 원여ᄒ시믈 두려워 강잉ᄒ냐 화식을 지오나 심즁의 이연ᄒ 졍을 금치 못할드라 각셜 니씨 경셩의셔 셜과 흉단 쇼식니 드리믹 평장니 싱을 볼너 왈 장 씨는 임의 바람니 슷쳐난지라 너의 실가가 느껴가믹 우리 근심니 젹지 안니 ᄒ니 니졔 과거을 뵈다 ᄒ듸 밧비 올나 가 과거도 구경ᄒ고 너의 외가의 가 슉여을 구ᄒ여 우리 마음을 질겁게 ᄒ라 싱니 비록 장씨을 위ᄒ난 마음니 간졀ᄒ나 임의 쇽졀 업셔지고 또한 죤당 교훈을 승슌 ᄒ여 흔연 듸왈 엇지 장씨을 위ᄒ여 죵수을 근심치 안니 ᄒ올익가 인 ᄒ여 향장225)을 츠려 부모게 하직ᄒ고 경수로 향할 식 바로 셕 (82)

---

224) 통곡(痛哭).
225) 행장.

부로 나아간나라 니젹의 셕공니 벼슬을 갈고 집니 한가니 쳐ㅎ든니
홀년 김공직 일우려226) 예비을 ㅎ고 부친의 셔간을 드리믹 바다 보고
만심환희ㅎ여 싱의 손을 잡고 닉당의 드러가 한훤을 맛고 눈을 드러
싱의 풍도을 ᄌ셔니 살펴 본니 풍치 아람다와 당셰 긔남지라 공니 칭
찬 왈 니졔 너의 죤당 셔간을 보니 슉녀가닌을 구ㅎ여 영화을 뵈라 ㅎ
여시나 당셰의 현질의 쌍니 업슬가 ㅎ노라 싱니 블감ㅎ믈 숀샤ㅎ고 모
셔든니 틱위 별당을 슈쇄227)ㅎ고 싱을 머믈게 혼 후의 슉녀을 광구ㅎ
드니 일 〃은 믹픽을 널이 홋트 방문ㅎ믹 좌승상 최현의 여아가 직덕
니 잇슬믈 듯고 김공ᄌ을 블너 니로시되 믹픽의 젼언을 (83)

드른 즉 좌승상 최공의 여아 요죠슉녀라 가희 현질의 쌍니라 ㅎ되 최
공은 당시 영결니요 겸ㅎ여 즉위 죤즁ㅎ리 반듯시 허치 안일지라 금번
과거의 고둥ㅎ면 요힝 쓰쓸 일을가228) ㅎ나니 공부을 힘쓸지여다 싱
니 졍금 딕왈 과거는 쇼질의 장즁의 잇습건니와 쇼질의 졍심은 아모
녀ᄌ라도 얼골을 친견혼 후의야 인연을 믹즈려 ㅎ옵는니 쳥컨딕 최
쇼졔의 얼골을 보게 ㅎ쇼셔 틱위229) 딕쇼 왈 오활혼 아희 가쇼론 말을
싱의치 말나 어닉 규즁 쳐ᄌ의 얼골을 여혀 보며 허믈며 공후귀가의
쥬슈230)을 엇지 어더 보리요 외람혼 쓰즐 두지 말나 ㅎ신딕 싱니 쇼이
딕왈 쇼질의 쳔셩니 고니ㅎ와 뎡혼 뜻즐 고치지 못ㅎ여 진졍 (84)

을 고ㅎ여습든니 외람타 ㅎ신니 블승황공ㅎ여니다 공니 오릭 싱각

---

226) 이르러.
227) 소쇄(掃灑).
228) 이룰까.
229) 저본에 '틱휘' 또는 '틱후'로 표기되어 있는데 모두 '틱위(太尉)'로 통일했다.
230) 규수(閨秀).

ᄒ다가 왈 현질니 무슴 음뉼의 지조 잇는다 공지 왈 쇼질니 달은 음뉼은 아지 못ᄒ오나 일직 유산ᄒ다가 니인을 만나 거문고 타기을 비와습든니 비록 희강의 묘협니 읍사온나 즈윽니 음뉼을 통ᄒ옵너니다 공니 딕희 왈 만일 글어ᄒ면 너의 쇼원을 일을 뜻ᄒ니 아즉 기다리라 ᄒ신딕 공지 그 쥬의을 무즈온딕 공니 갈오딕 금츈 망일은 승상의 탄일리라 여차 〃〃 ᄒ면 현질의 원을 일로 뜻ᄒ건니와 블년 즉 규슈의 얼골을 엇지 보리요 아지 못계라 현질니 그 일을 즐겨 힝헐쇼야 싱니 쇼왈 비록 경박ᄒ여 군즈의 졍도 안니오나 부모의 호 (85)

양과 죠션 봉스을 위ᄒ미온니 엇지 그만 일을 스양ᄒ올잇가 공이 역쇼ᄒ고 날을 기달리드니 문득 숨츈 망일니 이르믹 셕공니 의관을 졍계ᄒ고 최부의 나갈 시 싱을 당부ᄒ여 장쇽을 츠리고 승상부의 나간니 즁당에 빈긱이 셩렬ᄒ고 풍악231)니 낭즈ᄒ여 질기미 무궁ᄒ지라 슈리 반취ᄒ믹 틱위 승상계 쳥ᄒ여 왈 쇼졔 명공의 셩연의 춤녜ᄒ여 딕연을 구경ᄒ니 불승여힝니옵건이와 쇼졔 우연니 한 미층을 어든이 거믄고 타는 볍이 희강의 후의 일인요 당시 명금니라 극히 스랑ᄒ여 집의 두려삽든니 오날 렬어 희창이 모다슨이 쳥컨딕 즘간 블너 좌즁 우음을 도을가 ᄒ나니다 승상니 딕희 왈 현졔 날을 위 (86)

ᄒ여 스랑ᄒ는 미층을 쳔거ᄒ니 실노 감격232)ᄒ지라 쇽히 블너 연상 광치을 도으라 틱위 즉시 죵즈로 ᄒ여금 미층을 부로신니 김공지 녹의홍상의 단장을 졍이 ᄒ고 아미을 다스려 운빈을 쑴미고 단금을 빗기 안아 시즈을 싸라 승상 부즁의 현달ᄒ니233) 승상은 동벽의 좌을 졍

---

231) 풍악(風樂).
232) 감격.

호여고 틱위난 여러 빈긱으로 열좌호여난되 치의홍상혼 미인니 각〃
단장을 다사리고 교틱을 먹음어 연상의 분〃헌니 가위 요지셩년이라
공지 당하의셔 빅알호이 승상니 명호여 당상의 좌을 쥬고 눈을 드러
본이 운빈화용은 부용니 죠양을 쓸친 듯 녹발운환은 츈산의 힝운니 머
무른 듯 완연혼 얼골은 츄천명월이 흑운을 혀치ᄂ (87)

듯 빅틱구비호여 셔왕묘 요지에 임흔 듯호며 월궁 힝아 옥경을 쓰
나 인간을 희롱ᄒᄂ 듯흔지라 만좨 눈니 시고 계층이 빗치 업셔 각〃
몸을 기우려 탄싱부리234)ᄒ드라 승상니 틱위을 도라보아 왈 니 층기
난 한나라 쇼군이요 당국 틱진니라 아지 못계라 현졔 어듸 가 니러혼
미인을 어드난요 틱위 잠쇼 왈 그 직죠을 보오면 얼골의셔 빈나 더혼
지라 명공이 혼 번 보시면 만던의 틱혹허실가 못닉 렴예ᄒ나니다 승상
이 틱쇼호고 나아오라 ᄒ여 문왈 네 나희 얼마나 ᄒ며 일혼은 무어신
다 미창이 홍상을 ᄶ을고 연보을 음지겨 각가니 나아가 몸을 굽펴 틱
왈 일홈은 쵸운이요 ᄌ난 회년235)이요 세상을 아온 지 십 뉴 셰로 (88)

쇼니다 승상이 틱쇼 왈 예날 쵸왕이 죠운모우의 션여을 만나드이 너
일홈이 가히 합당ᄒ도다 셕틱위 너의 직죠을 심이 기리시이 혼 번 듯
고자 ᄒ노라 ᄒ신되 쵸운이 잠쇼호고 흔연이 단금을 무릅 우히 언겨
셤〃옥슈로 쥴을 히롱ᄒ여 틱평곡을 타며 듁지ᄉ을 을프니 쇼릭 쳥아
ᄒ여 반공의 쇼스 힝운을 머무난 듯 옥반의 진쥬 구ᄂ 듯흔지라 빈긱
과 모든 창기 칭션 안니 ᄒ리 업고 승상니 금션을 드려 셔안을 치며 칭

---

233) 김동욱본A에는 '이른이'로 되어 있다.
234) 탄상불이(歎賞不已): 감탄하여 크게 칭찬함.
235) 김동욱본A에는 '회연'으로 되어 있다.

춘 왈 션지며 미지라 닉 육십니 지나시되 이러흔 인직는 츠음 보난 바라 당금 엇지 니러흔 지죠 잇난고 흔 신이 쵸운이 빅스 왈 쳡의 용우흔 셩음을 이 갓치 과장흐신이 블숭슈괴흐여니다 흔 (89)

고 북〃 스례236)흐다 승상 부인이 모든 부인과 친죡 부여을 다리고 딕연을 비셜흐여 질기더니 외당의 일딕 명창 초운이 기즁237) 독보흐다 흐거늘 흔 번 구경코졔 흐여 시비로 흐여금 승상게 쳥흔이 승상이 흔연 왈 니 갓튼 인믈과 지죠는 쳔고의 드문지라 엇지 홀노 보리요 초운드려 왈 부인니 네 일홈을 드러시고 보고져 흐신니 모로미 한 번 거름을 악기지 말나 흐신니 쵸운니 본딕 그 안을 보려 흐미요 그 박글 위흐미 안이라 심즁의 암희흐여 흔연 딕왈 하교 여츠흐옵신이 엇지 스양흐리잇가 흐고 시비을 싸라 닉당의 드러가 눈을 드러 본이 승상 부인이 모든 부인을 거늘려 즁헌238)의 좌졍흐여시이 봉관화리 (90)

홍상픠옥이 진즛 요지승연니라 초운이 블숭경찬흐여 겨흐의셔 빅알흐이 부인니 명흐여 좌을 쥬고 잠간 살펴본이 셜부화용과 녹발운환이 일딕 명기라 경탄블이흐며 부인이 가로사딕 네 얼골이 졀어듯 고른이239) 지죠은 가리240) 알지라 말근 음셩을 듯고져 흐노라 초운이 피셕 칭스흐고 인흐여 단금을 슬상의 놋고 양츈곡을 타며 요지가을 노릭흐니 쇼릭 쳥아흐여 구쳔의 봉황니 나라오는 듯흐니 만좌 부인이 칭스흐기을 마지 안이흐여 왈 츠인은 일졍 비션의 후인이요 희강의 졍영이

---

236) 복복사례(伏伏謝禮): 매우 기쁘고 감사함.
237) 기중(妓中). 김동욱본A에는 '즁기즁'으로 되어 있다.
238) 중헌(中軒).
239) 고우니. 김동욱본A에는 '고으니'로 되어 있다.
240) 가히.

라 ㅎ믈며 금일 잔치는 가즁 셩연니온이 옥낭즈 안이 오면 져 미인을
딕젹ㅎ리 업습옵고 곡죠을 지음ㅎ리 업스온니 쇼 (91)

제을 쳥ㅎ와 좌즁 광치을 도으쇼셔 부인니 쇼왈 니 아희 본디 니런
곡죠을 죠화 안이ㅎ고 말만 드러도 피코져 ㅎ니 부르기 어려오되 즁인
의 강권ㅎ믈 괄쳑241)ㅎ기 어렵도다 ㅎ시고 인ㅎ여 쇼졔을 나와 셩연
의 춤예ㅎ라 ㅎ사 시비로 부르시다 잇써 죠운이 좌우을 살펴 본디 쇼
졔의 그림즈 업스미 마음의 가장 셔위ㅎ여 ㅎ드이 문득 쇼졔 부르믈
보고 심즁의 암희ㅎ든 차의 시비 회보ㅎ되 쇼졔 죠연242)이 촉상ㅎ여
죤명을 밧드지 못ㅎ시난이다 ㅎ거날 좌즁은 다 아연ㅎ야 ㅎ고 죠운은
가장 실망ㅎ여 마음니 심히 비창ㅎ든니 승상 부인니 쇼왈 닉 쳐음의
부르지 안이 ㅎ기는 나오지 안이 헐 쥬을 아는 고로 유의미 (92)

결ㅎ나 즁언을 막지 못ㅎ여 명초ㅎ여든이 칭병츄탁ㅎ미 너무 과도
ㅎ도다 흔 부인니 낭연243) 쇼왈 이럿틋 스양ㅎ온이 쇼질이 슉모의 명
을 밧쏘와 친회 가 다려올리이다 좌즁이 디쇼 왈 만닐 쵀부인니 가시
면 쇼졔 엇지 츄탁ㅎ리요 ㅎ드라 쵀부인은 틱학사 유도의 쳐인니 승상
의 친질니라 평싱 쇼졔의 직모 덕힝을 스랑ㅎ여 동긔나 다름니 업든
이 니날온244) 원근 친쳑니 다 모다 즐기며 타인니 업스미 그 인믈과 직
덕을 자랑코져 ㅎ여 부인계 쳥ㅎ고 가 다려오려 ㅎ미라 쇼졔 칭병ㅎ
고 시비 츈빙으로 더부러 잉무을 희롱ㅎ든이 호련 시비 보ㅎ되 유학스

---

241) 괄쳑(恝斥): 괄시하여 물리침.
242) 졸연(猝然): 갑자기, 뜻밖에.
243) 낭연(琅然): 맑은 소리로.
244) 이날은.

부인니 오시난니다 ᄒ거날 쇼졔 피코즈 ᄒ나 그 부 (93)

인니 발셔 난간의 오른지라 마지 못ᄒ여 몸을 니르 마져 왈 져〃은
무삼 연고로 셩연을 바리시고 누지의 오신잇가 최부인니 쇼왈 오날은
가즁 셩연니라 현졔 무슴 연고로 칭병ᄒ고 슉모의 쇼명을 거살여 우리
은근ᄒ 졍을 져바리는요 쇼졔 듸왈 [웃지]245) 탁병ᄒ여 죤명을 거역
ᄒ올잇가 우연니 쵹상ᄒ여 죤명을 밧드지 못ᄒ여는다 부인니 쇼왈
현졔의 화안의 츈ᄉ닉니 의구ᄒ리 죠금도 병ᄉ닉시 업거날 쵹상ᄒ다 칭ᄒ
리 니는 귀을 막고 방울을 도젹ᄒ미라 ᄒ고 인ᄒ여 부인의 명을 젼ᄒ
고 나가기을 직쵹ᄒ니 쇼졔 마지 못ᄒ여 부인을 싸라 졍당으로 향헐
ᄉ 최부인니 먼져 드러가 쇼졔 나올믈 통ᄒ리 쇼연 부인 (94)

드리 가장 기거ᄒ드라246) 추시 김공지 쇼졔 칭병ᄒ고 나오지 안니
ᄒ믈 보고 향혀 쇼원을 니르지 못 ᄒᆯ가 심즁의 양〃ᄒ든니 문득 최부
인니 다려올믈 듯고 심즁의 암희부니ᄒ다 이윽고247) ᄒ 쌍 ᄎ환니248)
쇼졔을 인도ᄒ여 나아올 ᄉ 쇼졔 치의홍상으로 연보을 움직겨 좌의
다〃른니 모든 부인니 마자 한훤을 맛고 부인의 겻틱 안즈니 초운니 몸
을 일어 쇼졔을 향ᄒ여 공슌니 비례ᄒ고 믈너 안져 눌을249) 드러 쇼졔
을 본니 구름 갓튼 녹발니 양변의 빗겨스며 틱양니 츠음으로 치운을
헛치는 듯 양협은 모란화 츈풍의 무릅녹고 단슌은 쥬잉이 감노의 블거
시며 빅셜 긔부의 나슴니 졍졔ᄒ고 셤〃셰요의 홍상니 츤란 (95)

---

245) 저본에 생략되어 김동욱본A에서 가져왔다.
246) 기뻐하더라.
247) 저본에 '안니ᄒ여'로 되어 있어서 김동욱본 A에서 가져왔다.
248) 차환(叉鬟): 여종이. 김동욱본A에는 'ᄎ한'으로 되어 있음.
249) 눈을.

흐리 직여 금셤에 희롱흐며 힝아 요지의 임흔 듯 여즁군자요 만딕
졀싁니라 쇼년 부인 즁 일싁니 만흐나 발근 구슬니 모릭의 셥기고250)
옥니 진토의 더짐251) 갓트려 엇지 쇼졔의 빅틱의 구비흐믈 당흐리요
그러나 빙졍흐고 혜닐단아252)흔문 장쇼졔의셔 져기 나흐나 상활찰란
흐고 빅틱 윤틱흐기는 장쇼졔만 못흐리 각〃 쳔틱 다름너라 심즁의
가장 탄복흐나 임의 요지을 구경흐고 월아253)를 보와시미 각별 놀나
오미 업스나 사름 되미 이럿틋 구비흐믈 탄복흐드라 좌즁 우음과 말솜
니 가덕흐딕 오직 쇼졔 홀노 졈금단좌흐여 아미을 슈기고 언쇼을 간딕
로 안이 흐리 그 단졍흔 틱도와 닝렴흔 긔식을 칭양치 못헐 (96)

드라 좌즁이 광활흐여 갓가리 나아 안즐 계교을 싱각흐드니 홀년
승상 부인니 거문고 쇼릭을 쇼졔의게 들니고져 흐여 타기을 직쵹흐이
쵸운니 힝희254)흐여 몸을 일어 가로딕 곡죠 분명치 못흐오니 좌을 갓
가이 흐믈 쳥흐는니다 부인이 웃고 나오라 흐신이 쵸운이 거문고을
안고 연보을 옴겨 쇼졔 압히 나아가 말솜을 나자기 흐여 왈 츤쳡은 쳥
줘 창기라 어려서 니인을 만나 거문고 두러 곡죠을255) 빅와스나 그 곡
죠 일홈을 아지 못흐온니 듯ᄊᆞᆫ온니 쇼졔 희강의 지음을 가져 졍츙흐
신다 흐온니 극희 외람흐온나 졈논흐여 발키 가라치시믈 바라는니니
다 쇼졔 시비의 말노 명창 와시믈 드러시나 쳔셩니 단즁 (97)

---

250) 섞이고.
251) 떨어짐.
252) 혜일단아(慧逸端雅): 총명이 뛰어나고 단정함.
253) 월아(月娥): 월궁(月宮)의 항아(姮娥)를 이름.
254) 희행(喜幸): 기쁘고 다행스럽게 여김.
255) 두어 곡조를.

ᄒᆞ여 눈을 드러 살피미 업든니 문득 그 말 듯고 비로쇼 눈을 드러 살펴본이 형용니 슈려ᄒᆞ미 눈을 놀ᄂᆡ며 취미단슌은 정신을 상활키 ᄒᆞ리 쇼계 한 번 보믹 심즁의 ᄃᆡ경ᄒᆞ여 스사로 싱각ᄒᆞ되 ᄂᆡ 일즉 천하의 젹슈 업슬가 ᄒᆞ여든이 차인을 보니 독보ᄒᆞ미 엇지 붓그렵지 안이 ᄒᆞ리요 져런 자틱로 츤인 되기 앗갑도다 ᄂᆡ리 싱각ᄒᆞ는 졍이 쇼사난이 닝담ᄒᆞᆫ 긔식니 스라지고 흔년 답왈 심규 여직 엇지 음를256) 알이요 그러나 비혼 바을 듯고져 ᄒᆞ노라 셜파의 화긔 ᄌᆞ약ᄒᆞ리 모든 쇼년 부인니 ᄃᆡ쇼 왈 쇼계 나온 지 오릭되 옥음을 여지 안이 ᄒᆞ든이 츤인을 ᄃᆡᄒᆞ여 졍담ᄒᆞ미 닝담ᄒᆞᆫ 풍치 니져쏘다 쇼계 아미을 슉기고 미 (98)

쇼부답ᄒᆞ드라 쵸운이 거문고을 안고 ᄒᆞᆫ 곡죠을 탄니 그 쇼릭 청아ᄒᆞ여 힝운을 머무는 듯 ᄒᆞ이 좌즁니 칭춘부리ᄒᆞ되 쇼계 홀노 깃거 안니ᄒᆞ여 왈 이는 당진황의 파진곡이라 틱죵니 병을 드러 쥬을 치고 천하을 평졍ᄒᆞᆫ 후 이 곡죠을 즐겨신이 녀ᄌᆞ의 듯기 블가ᄒᆞ다 달른 곡죠을 타라 쵸운이 쏘한 다른 곡죠을 탄이 쇼계 쳑년 왈 니는 쵸픽왕이 위 미인을 다리고 ᄂᆡ 곡죠을 즐기다가 계명손 츄야월의 ᄒᆞᆫ 통쇼 〃릭의 팔천 졔자 훗트시이 이난 픽망ᄒᆞᆫ 영웅이라 반갑지 안이 ᄒᆞ이 다른 곡죠을 타라 쏘 ᄒᆞᆫ 곡죠을 탄니 쇼계 얼골을 곳치고 옥슈로 운빈을 어로 만지며 츠탄 왈 아름답다 니 곡죠을 어려셔 듯고 지금 잇 (99)

지 못ᄒᆞ든이 그딕 어딕 가 이 곡죠을 빅화난요 ᄃᆡ슌이 남훈젼의셔 니 곡죠을 타시며 만민을 사랑ᄒᆞ사 즐기신이 이른바 쇼〃구셩 봉황니 ᄂᆡ의ᄒᆞᄂᆞᆫ 곡죠라 틱평 셩군니 즐기시든 쇼릭니 가히 드럼즉ᄒᆞ다 비록 다른 곡죠 잇스나 이 만ᄒᆞᆫ 빅 업슬인이 연ᄒᆞ여 이 곡죠을 타라 쵸운니

---

256) 음률을.

심즁의 탄복ᄒ고 니옥키 타다가 그치며 렴용 비사 왈 니 곡죠을 비록 빅화시나 일홈을 모로든이 쇼졔의 발커 가라치시믈 인ᄒ여 진위을 아온니 흉금이 상활ᄒ여 운무을 혀치고 쳥쳔의 오르 듯ᄒ지라 블승감사 ᄒ옵건이와 남은 바 ᄯ 한 곡죠 잇ᄉ오딕 곡죠 일홈을 아지 못ᄒ온이 쳥컨딕 가라치쇼셔 ᄒ고 인ᄒ여 흔 곡죠을 탄 (100)

니 쇼졔 문득 안싴이 ᄌ홍257)ᄒ며 셩안이 미〃ᄒ여 이옥키 쵸운을 보다가 운환을 슈기고 단슌을 닷다 말을 안이 ᄒ거늘 쵸운니 그 긔싴을 짐측ᄒ고 짓즛258) 보치여 갈로딕 이 곡죠을 아지 못흔이 발키 갈라치쇼셔 ᄒ고 직슴 간쳥ᄒ니 쇼졔 가장 쥬졔ᄒ다가 왈 나도 이 곡죠을 츠음 듯난 빅라 그 일홈을 아지 못ᄒ노라 ᄒ고 다시 눈을 드러 쵸운을 보ᄃ가 몸을 니러 부인계 고왈 쇼녀 운연이259) 혼미ᄒ여 졍신이 블평ᄒ온이 드러가오려 ᄒ난이다 ᄒ고 몸을 이러 안으로 드러가난지라 (101)

긔ᄒ구월쵸이일죵 칙쥬김 구곡셔

己亥九月初二日終 冊主金 舊谷書

---

257) 자홍(紫紅): 자줏빛이 나는 붉은 색.
258) '짐짓'의 오기. 김동욱본A에는 '진짓'으로 되어 있다.
259) 기운이. 김동욱본A에는 '긔운이'로 되어 있다.

김희경뎐 권지즁

각셜 부인과 졔인은 긔싟을 아지 못ᄒ고 일졍 촉상ᄒ가 ᄒ여 가장 렴예 무궁ᄒ드라 원ᄂᆡ 이 곡죠는 사마상여 탁문군을 유인ᄒ든 봉구황 곡인이 짐즛 모로ᄂᆞᆫ 쳬ᄒ고 이 곡죠을 타셔 져의 심즁을 시험코져 ᄒ여드이 문득 아라 듯고 몸을 피ᄒᄆᆞᆯ 보고 가장 탄복ᄒ나 오ᄅᆡ 머무지 못ᄒ여 하직ᄒ여 왈 쇼졔 쇼쳡을 사랑ᄒ사 문답ᄒ시든니 긔후 블졍260)ᄒ시ᄃᆞ ᄒ오ᄆᆡ 가장 블안ᄒ온지라 도라가ᄆᆞᆯ 쳥ᄒ나니다 부인ᄂᆡ 비록 셔위ᄒ나 막지 못ᄒ여 치단을 만히 상사ᄒ시고 다시 보ᄆᆞᆯ 쳥ᄒ시이 ᄉᆞ양ᄒ여 밧지 안이코 외당의 나와 승상게 ᄒ직ᄒᄅᆡ 승상니 못ᄂᆡ 츙 (102)

춘ᄒ시고 금빅을 상사ᄒ신이 ᄯᅩ한 밧지 안코 나온니 좌즁이 칭션블리ᄒ다 리령구러261) 나리 져믈ᄆᆡ 졔긱니 ᄃᆞ 도라갈 ᄉᆡ 셕틱후 ᄯᅩ한 도라와 싱을 부르시니 싱니 흑건쳥슘으로 옥면의 우음을 머금고 드러와 뵈거늘 틱휘 쇼왈 현질니 변ᄒ여 명창니 되고 명창이 변ᄒ여 현질이 된니 아지 못계라 음양 밧구미 엇지 그리 쉬온요 싱이 ᄯᅩ한 ᄃᆡ쇼ᄒ고 인ᄒ여 묘셔드니 셕공이 문왈 무협의 쇼식이 어ᄯᅳᄒ든요 싱이 거문고 졈논ᄒ든 말슴을 고ᄒᆞᆫᄃᆡ 공이 ᄃᆡ경 왈 심규 녀지 엇지 음율을 니러틋시 지음ᄒᄆᆡ 말그리요 그 싟틱ᄂᆞᆫ 드러시나 이럿틋 고명ᄒᄆᆞᆫ 몰나ᄃᆞ

---

260) 불평.
261) 이러구러.

니 가장 긔특ᄒ도다 칭찬ᄒ시믈 마지 안이시드라 (103)

싱니 봉구황곡 타든 셜화을 고코져 ᄒ다가 망영되다 칙ᄒ실가 두려워 고치 안이코 죵일 말삼ᄒ다ㄱ 야심 후 서당의 도라와 최쇼졔의 용광ᄌ틱을 ᄉ모ᄒ며 즁쇼졔의 춤ᄉᄒᄆ를 싱각ᄒ니 간장니 바라지는 듯ᄒ지라 블승상감ᄒ여 왈 만일 장쇼졔 ᄉ라시면 슉녀 가인을 ᄒ 쌍을 어더실가 ᄒ노라 ᄒ며 탄식ᄒ기을 마지 안이 ᄒ드라 ᄎ시 최쇼졔 칭병ᄒ고 침쇼의 도라와 심즁의 혹ᄒ여 경숄니 나가믈 못닉 뉘웃쳐 죵일 슈쉭이 만면ᄒ니 시비 츈빙이 고히 여겨 공경 문왈 쇼졔 금일 셩연의 춤예ᄒ신 후 실음262)니 츈광을 가리와슨니 아지 못겨라 무삼 일니 잇습ᄂᆞ잇가 쇼졔 침음ᄒ ᄃᆞㄱ 왈 너ᄂᆞ 눈이 발고 총명 (104)

ᄒ니 일졍 모로지 안니 ᄒ리라 금일 년상의 거문고 타든 미인니 분명 무심치 안니 ᄒ 스름니라 닉 쳐음의 나가믈 한탄ᄒ노라 츈빙니 ᄃᆡ왈 본딘 셕틱후 집 가인니라 무삼 의심니 잇스올잇가 쇼졔 왈 불연ᄒ다 니ᄂᆞ 반닷시 탐화광졉니 외람ᄒ 의ᄉ을 닉여 심규을 엿보고져 ᄒ미라 불연 즉 엇지 봉구황곡을 타리요 츈빙니 그 연고을 무른니 쇼졔 왈 그 미인니 쳐음의 여러 곡죠을 타든니 최후 딕슌의 남훈곡을 타거늘 닉 가장 죠히 여겨 ᄃᆞ른 곡죠을 쳥치 안니ᄒ딕 졔 쏘한 남은 곡죠 잇ᄃᆞ ᄒ고 자원ᄒ여 탄니 그 곡죠의 ᄒ여시되 봉혜〃〃여 ᄉ희을 두로 도라 황을 구ᄒ되 만나지 못ᄒ리 고힝으로 도라갈만 갓 (105)

지 못ᄒ도다 ᄒ여신니 니난 ᄉ마상여 탁문군을 유닌ᄒ든 곡죠라 봉

---

262) 시름.

구황곡을 타민 닉 가장 의혹ᄒ여 ᄌ셔니 보니 얼골니 비록 고오나 긔
운니 웅장ᄒ고 거동니 민첩ᄒ나 힝지 활발ᄒ여 은〃니 쳔지을 직족
할 지락을 풍어슨니263) 셰상 여ᄌ 엇지 니러ᄒ리요 닉 그릇 남의 계교
의 싸져시니 엇지 난츠264) 드러 남을 딕ᄒ리요 츈빙니 ᄯ 의혹ᄒ나 오
히여 밋지 안니ᄒ여 왈 남ᄌ 엇지 니러툿 졀식니 잇슬니요 쇼졔의 춍
명니 너무 과ᄒ신가 ᄒᄂ니다 쇼졔 왈 닉 비록 지식니 업스나 그릇 보
미 업슬인니 ᄌ연 아리니 잇슬니라 ᄒ드라 잇툿 날 존당의 승후265)을
맛고 묘셔 안져든니 부인니 문왈 어졔 쵹상히ᄃ ᄒ든니 즉시 (106)

향ᄎᄒ니 깃부도ᄃ 쇼졔 딕왈 죨연흔 병니 그딕지 올리올잇가 부
인266) 쇼왈 아마도 번요ᄒ믈 슬회 여겨 츄틱ᄒ미로ᄃ ᄒ시니 쇼졔 미
쇼부답일던니 승샹니 그 말을 아지 못ᄒ여 연고을 무르시니 츈빙니 쇼
졔의 말삼을 ᄌ셔니 고흔딕 승샹과 부인니 경혹ᄒ며 오릭 잠〃ᄒ시던
니 쇼졔 렴용고왈 니는 블과 경박흔 스람의 힝실나 져의는 비록 유
의ᄒ나 쇼년는267) 무심흔 일니라 힝동을 경니 ᄒ오믈 뉘웃쳐 헐 싸름
니요 무삼 기회헐리닛가 승샹니 탄왈 여아의 졍딕ᄒ미 여ᄎᄒ리 그
아비된 바 엇지 붓그럽지 안니 헐야 그러ᄒ나 그 미인니 츌쳐 잇스
나268) 셕공을 보아 무르리라 ᄒ고 즉 (107)

시 셕부의 간니 셕공니 마져 반겨 왈 명공니 누사의 임ᄒ시니 블승감

---

263) 품었으니.
264) 낯을. 김동욱본D에는 '낫츨'로 되어 있다.
265) 승후(承候): 웃어른에게 문안을 드림.
266) 저본에 '승상니'로 되어 있으나 문맥으로 볼 때 '부인'이 맞다.
267) 소녀는.
268) 있으니. 김동욱본D에 '잇스니'로 되어 있다.

사ᄒᆞ여니다 승상 왈 작일 연석의 쵸운의 금셩을 듯고 여흥269)을 참지
못ᄒᆞ여 ᄃᆞ시 보고져 왓시이 현제ᄂᆞᆫ 쾌니 블너 나을 위로ᄒᆞ라 틱위 딕
경ᄒᆞ여 쥴연 딕왈 블관흔 쇼릭을 권연270)ᄒᆞ시나 쵸운니 연셕을 써나
오든 날 쳥쥐로 나려가시믹 명공의 권년ᄒᆞ시미 속졀 업도쇼니다 승상
니 임의 쇼제 말을 드른지라 가장 의혹ᄒᆞ여 ᄒᆞᄂᆞᆫ지라 틱위 츄탁ᄒᆞ믈
보고 더옥 의심ᄒᆞ여 왈 언제나 다시 만나리요 틱위 쇼왈 쳥쥐ᄂᆞᆫ 기리
먼지라 한 번 가믹 다시 올 긔약니 업ᄂᆞ니다 승상니 져의 아죠 거졀ᄒᆞ
믈 보고 더옥 의혹ᄒᆞ든니 문득 본니 흔 쇼년니 드러오ᄃᆞ가 (108)

   승상을 보고 피ᄒᆞ여 나가거늘 승상니 문왈 아람답다 져 어써흔 쇼년
인고 틱위 본니 이난 곳 김싱니라 심즁의 경황ᄒᆞ나 ᄉᆞ싴지 아니코 왈
쇼제의 싱질니라 마츰 당리라271) 왓ᄃᆞ가 유ᄒᆞᄂᆞ니ᄃᆞ 승상 왈 니 안니
김평장의 아드린가 딕왈 연ᄒᆞ여니다 승상니 그 풍치272)을 ᄉᆞ랑ᄒᆞ여
동ᄌᆞ로 싱을 쳥ᄒᆞ여 당상의 올으믹 눈을 드러 본니 니목니 쳥슈ᄒᆞ고
안용니 온화ᄒᆞ여 슘츈지싴을 써여시이 진즛 일딕 영걸273)니요 당셰
긔남ᄌᆞ라 공슌니 지비ᄒᆞ고 틱위 겻히 안즌니 승상니 ᄌᆞ셰니 본니
은〃니 젼일 보든 ᄉᆞ름 갓거늘 고히ᄒᆞ여 틱위을 도라 보아 왈 영질의
쥰믹ᄒᆞᆷ믄 진짓 쳔인니라 타인의 미츨 빅 안리로딕 심즁의 ᄌᆞ년 반
(109)

   가오미 잇스이 언제 셔로 보미 잇ᄂᆞᆫ가 틱위 미쇼 왈 평싱 츠음으로

<hr />

269) 여흥(餘興).
270) 권련(眷戀): 간절히 생각하며 그리워함.
271) 다니러.
272) 풍채(風采): 겉으로 드러나 보이는 인상.
273) 영걸(英傑).

보은 빈라 엇지 구면니 잇슬이요 틱위 비록 딕답이 여유ᄒ나 ᄌ년 우음을 ᄎᆷ지 못ᄒ여 일장을 딕쇼ᄒ니 싱니 쏘한 옥면의 우음을 먹음고 츄팔[274]을 흘여 틱위을 보며 서로 슈상흔 긔식니 잇스니 승상니 눈을 드러 싱을 오릭 보다가 황연니 ᄭᆡ다라 손으로 무릅흘 쳐 딕쇼 왈 진실노 현제의게 속음을 입어쏘다 인ᄒ여 싱의 ᄉ민을 줍고 왈 일젼 나의 연석의 왓든 미인니 일졍 네 안인나 ᄂᆡ 엇지 모로니요 석공을 빅반ᄒ고 방탕흔 일을 힝ᄒ여 세상을 속니미 엇지 이르틋 심흔요 싱니 황공ᄒ여 빅셜용안의 홍광니 가득ᄒ여 딕답니 업고 틱위 쏘한 (110)

놀나 묵연ᄒ드이 표연니 딕쇼 왈 명공니 엇지 거짓 말삼 ᄒ시기가 이럿틋 심ᄒ신요 이는 김평장의 아드리요 쇼제의 싱질니라 ᄒ믈며 흑 건청삼이 완연ᄒ거든 엇지 남여를 분별치 못ᄒ시는잇가 쵸운의 ᄌ식을 잇지 못ᄒ여 이갓치 병니 나셔 눈니 변ᄒ여 계신니가 쇼제 실노 명공을 위ᄒ여 근심ᄒ는니ᄃ 만일 이러흔실진딕 엇지 ᄉ정을 니로지 안니ᄒ시는잇가 승상니 금선을 드러 틱위의 등을 치며 ᄒ〃니 박장딕쇼 왈 ᄂᆡ 임의 아는지라 현제는 금셰의 명철흔 군ᄌ라 방탕흔 아희을 경계치 안니코 도로혀 경박흔 지ᄉ을 힝ᄒ니 이는 군ᄌ의 졍도 안니라 그옥히 형졔을 위ᄒ여 한심ᄒ여 ᄒ노라 틱위 (111)

임의 긔이지 못흘 줄 알고 싱각ᄒ딕 군ᄌ 숙여을 구ᄒ미 썻〃흔 일니라 니ᄯᆡ을 타 구혼ᄒ미 올타 ᄒ고 니이 피석 ᄉ왈 명공의 거울니 임의 비쳐엿스니 쇼제 엇지 츄호나 긔졍ᄒ올잇가 김평장니 벼슬을 바리고 고향의 도라간 후 질아을 나흔니 풍치 쥰미ᄒ고 힝식 비범[275]흔지

274) 추파(秋波).
275) 비범(非凡).

라 힝혜 봉황니 오작을 짝헐가 두려워 쇼졔의계 통ㅎ여 슉여을 광구ㅎ
던니 명공의 여아 임스의 덕니 잇스믈 듯고 그옥키 구혼코즈 ㅎ디 외
람틋 ㅎ실가 져ㅎ 쥬졔ㅎ든니 질이 쏘한 도량니 타인의계 지나는지
라 평싱 졍심이 규슈의 얼골을 본 후 젼의는 취쳐치 아이 헐여 헐 시
막지 못ㅎ여든이 명공의 셩연을 당ㅎ여 문득 외람흔 의 (112)

스을 닉와 요힝 계화을 썩그면 공의 스랑ㅎ시믈 입을가 ㅎ여습든
니 스젹니 탈노ㅎ온이 블승춤괴ㅎ여니다 승상니 쳥파의 여아의 총명
을 감탄ㅎ시고 쏘한 싱의 풍치을 스랑하니 엇지 ㅎ들이 잇슬리요 어
언간 스랑ㅎ는 졍이 외모의 쇼스난이라 추역 쳔의라 이어 갈로디 김
평장은 나의 동연붕우요 틱위는 쏘한 지긔라 엇지 외람타 ㅎ리요 영질
의 공명은 당즁의 잇슬인니 과거 젼 금일리라도 퇴일ㅎ여 진줏 인연을
미즈리라 틱위 블승힝희ㅎ여 빈스 왈 명공의 후의 여추ㅎ옵신이 블
승감스ㅎ여니다 니졔 언약을 구지 졍ㅎ믹 승상니 쏘한 깃부믈 니긔지
못ㅎ여 싱을 블너 쇼왈 니 방탕흔 아희야 약관 (113)

의 추지 못ㅎ여 외람이 의스을 닉여 어룬을 쇼기고 쵸운의 즈을 희
연나라 ㅎ기는 창쥴의 엇지 ㅎ며 녹의홍싱을 어디 두고 혹건쳥숨이
완년ㅎ다 닉 너의 죄을 발키고져 ㅎ나 쳔졍이 쇼활ㅎ여 용스ㅎ는이
추후는 싱심도 방탕흔 쯧즐 닉지 말나 나의 여아는 네 친이 보안신이
죡키 군즈 건지을[276] 죡히 욕되지 안이ㅎ리요 셜파의 흔연이 우은니
싱니 깃분 즁 황공ㅎ여 빈스 왈 쇼즈의 방탕ㅎ믈 용셔ㅎ시고 이러틋
권이ㅎ신이 블승황괴ㅎ여이다 말씀이 졍디ㅎ고 긔운이 활널ㅎ니 승

---

276) 건즐(巾櫛)을.

상이 스랑ᄒᆞ믈 금치 못ᄒᆞ시드라 날이 져물ᄆᆡ 집의 도라와 부인게 김 싱의 말을 젼ᄒᆞ고 결혼277)ᄒᆞ믈 이론이 부인 ᄯᅩ한 크게 놀나 (114)

며 그 지죠을 스랑ᄒᆞ고 위인을 흠모ᄒᆞ여 ᄎᆞ탄 왈 셰스을 이로 칭양치 못ᄒᆞ리로다 그러ᄒᆞ나 호탕ᄒᆞ기 심ᄒᆞ니 여아의 평싱이 염예롭도쇼니다 승상니 쇼왈 풍유지ᄉᆞ라 김싱의 위인을 ᄌᆞ셔니 본이 죡히 일녀 ᄌᆞ로 늘글 긔상이 안이요 은〃이 강슨 졍긔을 감쵸와시며 부귀로써 신을 져바릴 사람이 안니라 부인은 의여278)치 마로쇼셔 부인이 ᄯᅩ한 못ᄂᆡ 희힝ᄒᆞ여 ᄒᆞ드라 마춤 츈빙이 니 말을 듯고 쇼졔 침쇼의 니르러 고왈 쇼졔 말ᄉᆞᆷ니 일월 갓도쇼니다 젼일 탄금ᄒᆞ든 미인이 틔후 셕공의 싱질니라 ᄒᆞ든이다 쇼졔 ᄃᆡ경 문왈 엇지 ᄌᆞ셔니 안ᄂᆞᆫ다 츈빙이 승상의 ᄒᆞ시든 말삼을 젼ᄒᆞ고 결혼 헌 ᄉᆞ연을 고ᄒᆞ리279) 쇼졔 (115)

드를 ᄯᆞᄅᆞᆷ이요 다시 뭇지 안이ᄒᆞ다 ᄎᆞ시 셕공니 깃거 틱일ᄒᆞ여 예단을 갓쵸와 보ᄂᆡ고 쳥쥐로 긔별ᄒᆞ여 평장 오기를 기다려 셩예코ᄌᆞᄒᆞ더라 각셜 쳔ᄌᆞ 김평장의 츙의을 잇지 못ᄒᆞ사 다시 평장슈을 복지280)ᄒᆞ시고 명픽로 부르신니 평장 교지을 밧ᄯᅪ 가쇽을 거날려 경ᄉᆞ의 일르려 궐하의 나가 슉ᄉᆞᄒᆞ고 셕부의 도라온니 틱위와 부인이 싱으로 더부러 반기며 오릭 그리우든 졍회를 못ᄂᆡ 셜워ᄒᆞ고 결혼흠을 더욱 깃거ᄒᆞ더라 이ᄯᆞᆫ 최승상이 평장 오심을 듯고 셕부의 이르러 셔루 반기고 더욱이 결친ᄒᆞᄆᆡ 졍이 젼의셔 더ᄒᆞ더라 평장이 즉시 틱일ᄒᆞ고

---

277) 결혼.
278) 의려(疑慮): 의심하여 염려함.
279) 고하니.
280) 복직(復職).

성네헐 시 싱이 옥안영등281)의 길복을 갓쵸고 금안쥰마로 (116)

최부의 이르러 젼안을 맛고 화쵹이 나아가 츄파를 흘여 쇼졔을 보니 월모성안의 봉관이 졔 "ᄒ고 셤" 셰로의 홍군이 부치인이 난슴혀질이라 봉정학골이 광치 찰난ᄒ여 진줏 침어낙안지상이요 졔월슈하지락282)이라 싱이 불승경복ᄒ여 졍신니 황홀흔지라 밤리 져믈ᄆᆡ 화쵹을 들이고 원왕금이283)의 비취낙을 니르리 양인의 졍니 견권ᄒᄆᆞᆫ 칭양치 못헐드라 싱이 쇼원을 니르ᄆᆡ 부부화낙ᄒ여 일졀284)을 보ᄂᆡ든이 광음이 여유ᄒ여 명츈니 되여ᄂᆞᆫ지라 틱ᄉ관이 쳔ᄌ계 쥬왈 근간 문창셩이 장안의 비최여ᄊᆞ온이 일졍 긔리흔285) ᄉᆞ름이 잇ᄂᆞᆫ가 ᄒ난이ᄃᆞ 쳔ᄌ 즉시 셜과ᄒ여 인ᄌᆡ을 ᄲᅦ실 시 (117)

ᄉᆞ히[셩비 구름 모히 듯하고 글졔을 거려쓰니 쳔하틱평츈이라 ᄶᅩ]286) 시긱을 쳥ᄒ고287) 글졔을 거러신이 시한이 급ᄒ기는 인ᄌᆡ을 보려 ᄒ미라 싱이 글졔을 보ᄆᆡ 의ᄉᆞ 무궁ᄒ여 일필휘지ᄒ야 션장의 밧치고 방목을 기다리던이 ᄎᆞ시 상니 글을 친이 ᄭᅩᆫ오실ᄉᆡ288) 션장 글을 보시고 경희ᄒ여 칭찬부리ᄒ시던이 ᄯᅩ 한 글장을 보시니 필법289)니 졍묘ᄒ고 문치 찰난ᄒ여 의ᄉᆞ 훤츨ᄒ냐 쳐음 글과 ᄎᆞ등이 업셔 일

---

281) 옥안영풍(玉顔英風): 아름다운 얼굴과 영웅스러운 모습.
282) 폐월수화지태(閉月羞花之態).
283) 원앙금침(鴛鴦衾枕).
284) 일월(日月): 세월.
285) 기이한. 김동욱본D에는 '긔이헌'으로 되어 있다.
286) 저본에 생략되어 김동욱본C에서 가져왔다.
287) 정하고.
288) 김동욱본C에는 'ᄭᅩᆫ으실ᄉᆡ'로 되어 있다.
289) 필법(筆法).

딕 문장니요 한쌍 보벽니라 졔신니 경찬ㅎ여 합쥬 왈 두 그리 츠등이 업쓰온니 두 스람을 부르스 인견ㅎ신 후 고하을 졍ㅎ쇼셔 샹이 윤쥬 ㅎ사290) 비봉을 써여본이 한나흔 하람인 김희경의 년이 십 팔셰요 부 는 평장 김졍니라 ㅎ고 쏘 한나흔 쳥쥬인 장슈졍의 연이 십 팔셰요 (118)

부는 젼임 이부샹셔 장즈영니라 ㅎ여는지라 최승샹니 김평장을 도 라 보와 희식이 만안ㅎ니 쏘한 깃분 즁 장싱의 일홈을 드르믹 딕경ㅎ 여 싱각ㅎ되 츠인의 부명이 심니 고히ㅎ도다 장샹셔 아드리 잇든가 각셜 장쇼졔 이츰졍의 간권ㅎ믈 막지 못ㅎ여 경셩의 올나와스나 과거 볼 쓰지 업든이 날리 당ㅎ믹 문득 싱각ㅎ되 닉 오년을 남복을 힝셰ㅎ 믹 셰샹니 다 남즈로 알고 쏘 동긔와 드른 친쳑이 업신니 부친이 말리 밧게 원스ㅎ시되 지금 신원치 못ㅎ여는지라 닉 여즈로 니스면 뉘 션 친의 원을 풀이요 이졔 요힝 창방291)ㅎ면 우희로 나라을 셤기고 벅 어292) 부친 원을 신셜ㅎ고 아릭로 공명을 취ㅎ면 쳔고의 희스 (119)

라 나리 싱각ㅎ나 만일 과거ㅎ면 니츰졍의 혼인을 엇지 ㅎ리요 려 러 가지 난체흔지라 오릭 침음ㅎ 드가 홀연 싱각ㅎ되 니츰졍의 쯔즐 슌이 못ㅎ문 나의 일신이 녀지라 거졀ㅎ여도 무신흔 일니 아리라 혈 마 엇지 혈이요 쯔즐 졍ㅎ고 장즁의 드러가 글을 지어 밧쳐든이 문득 김싱의 회명293)을 드러믹 딕경ㅎ여 싱각ㅎ되 져을 니별흔 지 오연니

---

290) 김동욱본C에는 '올히 여겨'로 되어 있다.
291) 참방(參榜): 과거에 급제하여 방목에 이름이 오름.
292) 버거: 두 번째, 다음. 김동욱본D에는 '버거'로 되어 있음.
293) 호명(呼名).

라 청운의 오른가 ᄒ여든이 엇지 이계가지 잇서든고 정언간의 또 ᄌᆞ긔 일홈을 부르ᄂᆞᆫ지라 희황[294] 즁 경황ᄒ여 몸을 이르어 나가든니 김싱이 승쇼ᄒ여 젼피로 나오다가 장상셔 아들 장슈경을 회명ᄒ믈 듯고 ᄃᆡ경ᄒ여 싱각ᄒ되 ᄂᆡ 북히의 가슬 ᄶᆡ의 장상셔의 아들이 와 (120)

셔 그 부친의 영구을 묘셔갓ᄃᆞ ᄒ던이 니지 일홈을 드른이 분명ᄒ건이와 동셩동명니 만흔니 엇지 진젹키 알리요 ᄒ고 졈〃 나아갈 ᄉᆡ ᄒᆞᆫ 쇼년이 청삼을 부치며 오거늘 ᄌᆞ셔니 본이 옥모영풍니 즁인즁 ᄲᅢ혀ᄂᆞᆨ고 일ᄃᆡ영걸니라 싱이 ᄃᆡ경 문왈 그ᄃᆡ 안이 장슈정인가 답왈 긔로라 ᄒ거늘 싱이 ᄃᆞ시 뭇고ᄌᆞ ᄒ나 젼상의셔 부르는 쇼릭 급ᄒᄆᆡ 양인이 연망이 옥계의 다〃른니 상이 눈을 드러 보신 즉 두 쇼연이 억기을 연ᄒ여시이 풍치 졀윤ᄒ고 긔상니 쥰믹ᄒ여 틱양니 광치을 흐리오고 명월이 운ᄃᆡ의 발갓ᄂᆞᆫ 듯 표〃양〃ᄒ여 구고의 학니요 단산의 봉니라 상이 ᄃᆡ경ᄒ시고 계신이 눈이 어두어 말을 못ᄒ (121)

드라 상이 갈로ᄃᆡ 인간의 엇지 이런 ᄉᆞ람이 니슬이요 ᄶᆡᆨ〃이 쳔션이 나려와 짐을 돕고져 ᄒ미라 김희경으로 할임학ᄉᆞ을 ᄒᆞ리시고[295] 장슈정으로 무년각[296] 틱학ᄉᆞ을 ᄒᆞ리ᄉᆞ 무슈이 진퇴ᄒ신니 양인니 쳔은을 못ᄂᆡ 감츅ᄒ고 믈너 나올 ᄉᆡ 옥모영풍의 계화을 슈기 쓰고 빅마금안의 쳥홍쌍기와 싱쇼고각[297]이 진동ᄒ여 궐문의 나온이 노상 인민이 칭춘ᄒ더라 김할임이 장학ᄉᆞ로 더부러 말머리을 갈셔[298] 나올 ᄉᆡ 졍

<hr />

294) 희행(喜幸).
295) 김동욱본D에는 'ᄒᆞ이시고'로 되어 있다.
296) 문현각.
297) 생소고각(笙簫鼓角): 생황, 퉁소, 북, 나발.
298) 가로로 서서. 김동욱본D에는 '갓치'로 되어 있다.

니 뭇고져 ㅎ나 최승상 김평장니 줏ㅊ[299] 나온니 정담을 펴지 못ㅎ고 각〃 집으로 도라온이 석부인과 화부인 크계 깃거ㅎ드라 이젹의 장학시 김하림[300]을 만ㄴ민 닉렴의 반가온 마음니 무궁ㅎ나 졔 말리 (122)

업셧고 춍〃니 도라간니 닉 말ㅎ기 불가ㅎ여 쥬인으로 도라온이 셜낭 영츈이 마즈 반기며 눈을 드러 본이 쇼졔 머리의 계화을 곳고 몸의 청슘을 부쳐시며 숀의 빅옥호을 들고 완〃니 드러온이 셜낭 영츈 양인니 그 망영되믈 간코져 ㅎ나 아역 츄즁니 변득ㅎ니 말슴을 고치 못ㅎ고 져믈기을 기다리던이 졔인니 다 훗트지거늘 학시 쵹을 도〃고 셔안을 의지ㅎ여 그옥히 무슴 일을 싱각ㅎ는 듯ㅎ지라 셜낭 영츈 양인이 나가 엿즈오딕 쇼졔 쳐음 경수로 힝ㅎ기는 니참졍의 권ㅎ시믈 좃치미요 장즁의 드러가시기는 김싱의 쇼식을 탐지코져 ㅎ밀던이 니졔 단계을 썩거 옥계을 발부시니 나죵을 엇지코져 ㅎ시 (123)

는요 쇼졔 츄연 탄식 왈 니는 나의 본심니 안이라 부득키 ㅎ미라 부친의 원을 신셜ㅎ고 분묘의 한 번 나아가 영〃을 위로ㅎ면 비록 죽어도 한이 업슬너라 혈마 엇지ㅎ리요 인ㅎ여 김싱의 과거ㅎ여 할림 벼슬ㅎ여시믈 이르니 츈등이 딕경ㅎ여 왈 그러ㅎ면 더고나 셩명을 엇지ㅎ려 ㅎ신는요 학시 왈 한림의 양안의 비록 말리경을 거르시ㄴ〃을 부친의 아들노 아라시리 닉 즈연 딕답 헐 말니 잇슬인이 여등은 근심치 말나 이르무로 밤이 깁흐민 쵹을 무리고져 ㅎ드가 홀년 싱각ㅎ고 왈 닉 이졔 표을 올여 부친의 원을 신셜ㅎ리라 ㅎ고 인ㅎ여 표을 지어 가지고 명죠의 궐하의 나가 부친의 신원ㅎ기을 쥬달ㅎ (124)

---

299) 좋아. 김동욱본D에는 '좃ㅊ'로 되어 있다.
300) 김한림: 김희경이 한림학사에 제수되어 그렇게 지칭함.

온딕 상이 표을 보시고 감동ㅎ사 즉시 상셔의 죄명을 탕쳑ㅎ고 후
작을 츄증ㅎ니라 학싀 쳔은을 슉ㅅ301)ㅎ고 쪼 쇼분ㅎ기을 쳥흔딕 일
싴 슈유302)을 허〃시거늘 힝장을 츠려 발힝코져 ㅎ든니 문득 김한림
니 오신다 ㅎ거늘 마지 못ㅎ여 셔로 마져 한훤을 파ㅎ고 한림니 문왈
죤딕인이 마리의303) 원동304) ㅎ시니 ㅅ름의 원탄ㅎ든 빗든니 현형니
명박키 신셜ㅎ여 후즉을 바드신이 쇼졔 쪼한 회힝ㅎ건니와 마츰닉
현형니 잇스믈 둣지 못ㅎ여든니 금일 셔로 보온니 셰상 ㅅ람니 허언을
즐기ᄂᆞᆫ쏘다 그러ㅎ나 죤딕인이 북희의 가실 쩌의 형니 엇지 한가지
둬을 좃지 안니ㅎ신익가 학싀 츄연 탄식 왈 형이 니럿틋 그옥키 무
(125)

론이 감ㅅㅎ온지라 엇지 진정을 은휘ㅎ리요 부친니 말연의 쇼졔을
나흐신니 과이 ㅅ랑ㅎㅅ 일시도 쩌나지 아이 ㅎ옵시든니 일〃은 훈
도ㅅ 쇼졔을 보고 단명ㅎ듯 ㅎ여 남을 쥬어 기르기을 권ㅎ이 마츰 니
츰졍니 무즈ㅎ기로 마지 못ㅎ여 쇼졔을 그곳딕 보닉여 거두어 길너
죵시 근본을 이로지 안이 ㅎ믹 돈연이 모로든니 부친이 기셰ㅎ시믹
츰졍이 남의 쳘륜을305) 막지 못ㅎ여 그졔야 진졍을 니로시니 쇼졔 망
극ㅎ여 북희의 나가 션친 영구을 모셔 션영의 반장ㅎ고 슴년 초토을
지닌 후에 싱이 지금306) 부지ㅎ옵든이 요힝 금방의 참녜ㅎ여 망친의
원을 신셜ㅎ온이 〃졔 죽어도 한이 업슬이로소니다 니 (126)

---

301) 슉사(肅謝): 슉배(肅拜)와 사은(謝恩).
302) 수유(須臾): 말미.
303) 만리에.
304) 원종(冤終): 억울하게 죽음.
305) 천륜을.
306) 지금까지. 김동욱본C에 '지금까지'로 되어 있다.

제 바야흐로 쇼분코져 ᄒ여 발힝ᄒ려 ᄒ옵든니 형의 죤체 누지의 왕굴ᄒ신니 블승감ᄉᄒ여니ᄃ 한림니 셰〃ᄒ ᄉ졍을 드르ᄆᆡ 실상 그러ᄒᆫ가 ᄒ여 감창ᄒ든니 ᄃᄉ시 문왈 현형니 독신이요 ᄃ른 동긔 업ᄂᆫ 잇가 학ᄉᆡ 답왈 쇼졔 ᄃ른이 쇼졔 이츔졍 집의 보닌 후 쇼ᄆᆡ을 나흐신니 유치지연을 면치 못ᄒ여 모친니 기셰ᄒ시고 부친니 젹거ᄒ시ᄆᆡ 심규약질이 외로오믈 견ᄃᆡ지 못ᄒ여 녀츠〃〃ᄒ여 유리ᄒ ᄃ가 부친의 얼골나 다시 보고 죽으려 ᄒ여 북희로 힝ᄒ다가 죵시 득달치 못ᄒ고 즁노의셔 몸을 바려 만경청파307)의 어육이 되여 지금 시신을 찻지 못ᄒᄆᆡ 원한니 흉격의 싸이여든이 오날 형니 동긔 (127)

유무을 무로신니 비회을 금치 못ᄒ여 실졍을 고ᄒ난다 셜파의 안ᄉᆡ기니 참담ᄒ여 슬픈 눈믈니 옷기슬 젹시며 이음츤니308) 한림이 듯기을 다 ᄒᄆᆡ 비회을 금치 못ᄒ며 옥슈로 낫슬 가리우고 오열장탄ᄒ며 눈물이 비오듯 ᄒᄂᆫ지라 츈풍긔상이 변ᄒ야 안ᄉᆡ이 츔담ᄒᆫ지라 학ᄉᆡ 심즁의 그 유신ᄒ믈 감동ᄒ야 몸을 이러 ᄉ례 왈 쇼형니 우연이 무르시니 블승감ᄉᄒ여이라 한림이 오ᄅᆡ 말을 못ᄒ다가 반향 후 말을 ᄒ야 갈아ᄃᆡ 형이 즁심을 다 ᄒ신니 쇼졔 엇지 진졍을 니로지 안이리요 과년 부친의 명을 밧ᄌ와 경셩을 향ᄒᄃᆞᆨ 형쵸 긱졈의셔 영ᄆᆡ을 만나 여츠〃〃ᄒ (128)

언약을 졍ᄒ고 ᄒᆫ 죠각 셔즁으로 금환을 밧고와 기리 빅년을 ᄆᆡᄌ믹 쳔지 일월니 졍감ᄒ신 빅라 엇지 언약을 즈바리닛가 쇼졔 쥬야 블망ᄒ여 부모계 고ᄒ고 탁쥬로 츠쳐 가셔 죵젹을 아지 못ᄒ고 죽기로

---

307) 만경창파(萬頃蒼波).
308) 줄줄이 이어지니.

써 찻고져 흐여 사히을 두로 도라 탁쥬로셔 북히까지 추즈 가셔 종적을 모로고 벽히슈의 다 " 라 강변 큰 바휘 우히 쓴 글을 보니 벽 " 니 영민의 필젹니라 간장니 바아지고 흉격이309) 모싁흐여 죽어 뒤을 쫏추 흔가지로 지하의 즐기고져 흐나 쌍친니 겨신지라 참아 못 흐여 두만 쥬과로 고혼을 위로흐옵고 도라오미 두시 실가의 쓰시 업셔 영민의 언약을 져바리지 말고져 흐나 부모의 미드심이 쇼제의 일 (129)

신 쑨니라 졀수흐기 즁난흐여 좌승상 최모의 여을 취흐여 셩예흔 연 지 계우 양월이라 언의 씨의 영민을 잇즐이요 흔 죠각 방촌니 구회 간장의 싸인 한을 니즐 씨 업듣이 금일 형을 보니 의용이 영민와 방블흔지라 비감흔믈 금치 못흐든 차의 형의 말숨을 드른미 더옥 슬픈지라 비록 하날니 문흐져도 희경의 한을 싣치지 안니 흐리로듯 그러나 영민는 임의 죽어시나 현형니 잇슨니 관표지의을 미즈 져바리지 말고져 흐온이 형은 깁피 싱각흐옵시며 쇼제의 은근흔 졍을 져발이지 말로쇼셔 말을 맛치며 두쥴 눈믈니 옥면의 이음춤니 학시 그 신의 이럿틋 구드믈 보고 못뇌 감창흐여 쏘한 눈믈을 흘리며 왈 쇼 (130)

제 타문의 잇스미 비록 동긔간 일나나 이갓치 구든 쥬을 모로든이 형의 말숨을 드르니 간담니 바라지는지라 엇지 감격지 안이리요 쇼제 션산의 쇼분흐고 도라와 형의 견마을 감슈흐여 몸니 맛도록 은혜을 잇지 아이 흘리로다 한림니 답수흐고 졍회을 셜화흐드가 날니 느즈미 갈시 슈이 회환흐믈 당부흐드라 학시 한림을 보닉고 드러 간이 셜낭 영츈니 발을 구르며 왈 김한림의 은졍니 틱산 갓거늘 엇지 져바리고져

309) 흉격(胸膈)이.

ᄒ여 몸을 감쵸고 나죵을 장ᄎᆞ 엇지코져 ᄒ신ᄂᆞ요 학시 왈 졔 임의 날을 죽ᄃᆞᄒ여 ᄃᆞ른 녀ᄌᆞ을 취ᄒ여신이 신졍니 오히려 미흡ᄒ여실지라 니셰을 당ᄒ여 나의 일을 알면 한림은 단졍ᄒ (131)

군자라 상녀의 무릉 ᄎᆞ기을 힝ᄒ면 져 여ᄌᆞ의 신셰 빅두음을 〃푸리니 엇지 남의 원을 깃치리요 연구셰심ᄒ여 은졍니 깁고 열려310) ᄌᆞ녀을 나ᄒ면 비록 ᄂᆡ 일을 아라도 져의 민ᄂᆞᆫ311) 바 골육이 잇슨이 한림의 셧지312) ᄯᅩ한 ᄂᆡ도치 안이 헐지라 니러무로 아즉 근본을 감쵸와 져의 부〃로 은졍니 온젼ᄒ여 상하의 원니 업고져 ᄒ노라 여등은 의심치 말지여ᄃᆞ ᄎᆞ듕니 빈사 왈 쇼졔의 인ᄌᆞ 셩심은 하날이 감동허실지라 엇지 안향치 못 ᄒ리잇가 그러ᄒ온나 날이 오릭오면 이쳠졍의 혼인은 엇지 ᄒ여 ᄒ신ᄂᆞ요 학시 쇼왈 니 ᄯᅩ한 혜알니미 니슨니 ᄌᆞ년 쳐치헐 도리 잇슬지라 양인니 믈너나다 학시 힝니을 ᄎᆞ려 쳥쥐로 힝 (132)

ᄒ여 간나라 김한림니 집의 도라와 장씨의 이원헌 경상을 싱각ᄒ니 비회을 금치 못ᄒ여 쵀씨 침쇼의 드러가 셔안을 의지ᄒ여 시비로 ᄒ여 금 슐을 가져오라 ᄒ여 십여 빈을 취ᄒ고 누엇든니 취즁의 고인을 싱각ᄒ미 더ᄒ지라 낭즁의셔 금환을 ᄂᆡ여 손의 들고 탄식 왈 금환은 완년ᄒ디 임ᄌᆞᄂᆞᆫ 어듸 가고 모로ᄂᆞᆫ고 니졔 슉녀을 어드시니 부죡ᄒ미 업스나 슬프ᄃᆞ 만경쳥파의 고혼니 어듸 가 의지ᄒ연ᄂᆞᆫ고 나의 셔즁은 속졀 업시 벽히 즁의 뭇쳐도ᄃᆞ 탄식ᄒ기을 마지 안니ᄒ드라 ᄎᆞ시의 쵀씨 마츰 니 말을 듯고 가장 의혹ᄒ여 싱각건디 만경창파라 ᄒ니 믈

<hr>

310) 여러.
311) 믿는.
312) 뜻이.

의 죽기 분명ᄒ고 금환과 셔즁을 일커은니 창녀의 를 (133)

리은 안이요 일졍 명문죡쇽니라 아지 못겨라 어찌ᄒᆫ 사름인고 졍니 의혹ᄒ든니 한림니 문득 취긔을 찌여 이러 안거늘 최씨 옷깃슬 렴의오고 안식을 온화리313) ᄒ여 문왈 쳡이 군즈의 건지314)을 쇼임흔 연 지 슈 식니로ᄃᆡ 한 번도 실음315)ᄒ신는 빗츨 보지 못 ᄒ여든니 금일은 미우의 슈식니 즘겨싸온니 당〃니 젹지 안니 흔 근심이라 쳡이 비록 블민ᄒ온나 군즈의 금심을316) 져기 난호고져 ᄒ온니 쳥컨ᄃᆡ 즁심을 그리지317) 말로쇼셔 한림니 슈려흔 쌍미을 쯩긔고 양구의 답왈 부인의 춍명니 스람의 심간을 비쵀니 그록키318) 탄복ᄒ건니와 복의 근심은 부인의 난홀 ᄇᆡ 안니라 옥즘니 부러지고 난경니 찌여지니 부인니 드르 (134)

면 심스 블안ᄒ고 도로혀 무익ᄒ리니 듯기 부즐업스온나 졍심을 듯고져 흔신니319) 셜화ᄒ리이다 ᄒ고 인ᄒ여 등초 장쇼졔 만나든 일과 장쇼졔 고싱ᄒ ᄃᆞ가 나즁의 벽희슈의 싸져 죽은 말을 셰〃니 셜화ᄒ고 쏘 장학스 만난 일을 니르니 최씨 듯기을 다 ᄒᄆᆡ 문득 옥용니 춤담ᄒ여 화긔 스라지고 옥빈의 쌍누 종횡ᄒ여 능히 말을 이로지 못 ᄒᄃᆞ가 양구의 가로ᄃᆡ 가련코 앗갑다 장쇼졔여 쳥춘 홍안니 쇽졀 업시 강어의 밥니 되니 엇지 슬프지 안이리요 감창ᄒ긔을 마지 안니ᄒ더라 한

313) 온화하게.
314) 건즐(巾櫛).
315) 시름.
316) 근심을.
317) 숨기지.
318) 그윽히.
319) 하시니.

림 심즁의 그 어지믈 못뇌 탄복ᄒ드라 니옥고 최씨 슬푸믈 거두고 용광을 안져니320) ᄒ여 왈 군지 엇지 첩의 방촌을 즉계 싱각ᄒ (135)

여 니런 ᄉ정을 일즉니 리로지 안니ᄒ신요 구쳔의 도라간 고혼을 ᄲᆨ〃니 김씨 문하을 의지ᄒ여시니 이 엇지 임ᄌ 업는 고혼을 위로치 안니 ᄒ시고 흔갓 녀ᄌ의 셜〃ᄒ믈 품어 ᄉ람의 〃심을 두시ᄂ요 첩 니 비록 용우ᄒ오나 죠강을 쇼임ᄒ여 봉ᄉ의 욕되지 안이 ᄒ올인이 바라건듸 군ᄌᄂ 첩의 원을 좇ᄎ 장씨의 ᄉ당을 셰워 그 가련흔 졍영을 위로케 ᄒ쇼셔 한림니 ᄎ언을 드러믹 츈몽을 쳐음 씬 덧ᄒ여 몸을 니러 ᄉ례 왈 부인의 곳 ᄃ온 셩덕니 여ᄎ흔온이 복이 못뇌 탄복ᄒᄂ니다 엇지 금옥지언을 좃지 안니 ᄒ리요 ᄒ고 잇틋날 부모계 고ᄒ고 장씨 ᄉ당을 셰우고져 헐 시 최부인니 죠금도 어여오미 업 (136)

셔 졍셩으로 밧드이 최부인이 니 갓튼 부덕으로 복녹니 엇지 창셩치 안니 ᄒ리요 평장 부〃와 일니 친쳑니 칭찬 안니 리 업더라 화셜 당학 ᄉ 쳥쥬321)의 나라가322) 션산의 쇼분헐 시 셕ᄉ을 싱각ᄒ고323) 슬피 통곡ᄒ니 산쳔니 춤담ᄒ드라 십녀 일 유ᄒ고 여람으로 도라 온이 그 ᄉ니 인ᄉ 변ᄒ여 니춤졍니 긔셰ᄒ시고 부인니 쇼졔로 더부러 셰월을 보뇌든니 뜻밧게 장싱니 등과ᄒ여 와ᄉ믈 보고 깃분 즁 춤졍을 싱각 ᄒ고 비회을 금치 못ᄒ여 일장을 크게 통곡ᄒ고 학ᄉ을 뇌당으로 쳥 흔니 학식 드러가 뵈온듸 부인니 비회을 금치 못ᄒ여 눈믈을 흘여 옥

---

320) 안졍(安靜)히: 편안하고 고요하게.
321) 저본에 '쳥쥐'로 표기되어 있으나 김동욱본D에 '쳥쥬'로 되어 있어서 이를 따랐다.
322) 내려가서.
323) 생각하고.

면의 이음츤니 학시 더옥니 슬허ᄒ고 츰졍 영위의 나아가 방셩 (137)

통곡ᄒ 후 부인을 위로ᄒ고 슈일지닉의 슈유 긔한니 당ᄒᄆᆡ 부인계 고왈 쇼싱니 임의 몸을 나라의 ᄒ허ᄆᆡ 힝동 츌입니 임의로 못 할지라 니러ᄒ 고로 영딕을 써나오며 부인의 고쵸ᄒ시믈 위로치 못 ᄒ옵고 슈니 써나오니 창결324)할 쑨 안여 비회을 빅졀ᄒ온니 바라건딕 부인 은 셩체을 보즁ᄒ옵쇼셔 광음니 여류ᄒ여 잠간 스이예 숨상니 지나 올인니 쇼싱니 날을 혀알여325) 부인을 경셩으로 모셔 빅연을 ᄒ가지 ᄒ올인이 부인은 관심ᄒ쇼셔 부인니 말을 듯고 못닉 감젹ᄒ드라 학시 즉시 하직ᄒ고 경셩의 도라 오니라 김할임이 죵남슌 하의 큰 집을 졍 ᄒ고 죤당을 묘시며 장씨 영위을 셰우이 마음에 져기 졍ᄒ드라 각셜 김한림 (138)

니 장학스을 이별ᄒ고 마음의 심이 울〃ᄒ드이 도라오믈 듯고 가장 반기여 학시의 집의 이르러 그리든 졍회을 펴ᄆᆡ 학시 쏘한 반계 셔로 마즈 오릭 던난326) 졍을 셜화호며 힝노의 고쵸ᄒ믈 니르드라 니러무 러327) 여름니 진ᄒ고 가우리328) 당ᄒ니 마츰 츄칠월 망일이라 한림니 장쇼졔의 긔일을 지닉고 명됴329)의 장학스을 쳥ᄒ니라 츠야의 학시 셜낭 영츈으로 더부러 셕스을 싱각ᄒ고 셔로 셔허ᄒ드니 야심 후 침금 의 의지ᄒ여 잠간 죠으던이 홀년 풍운이330) 몸을 인도ᄒ여 ᄒ 곳딕 니

---

324) 참연(慘然): 애처로움.
325) 헤아려.
326) 떠난.
327) 이러구러. 김동욱본C에는 '이렁절렁'으로 되어 있다.
328) 가을이.
329) 명조(明朝): 다음날 아침. 김동욱본B에는 '잇튼날'로 되어 있다.
330) 저본에 '풍운의 싸여'로 되어 있다.

르린이331) 니곳즌 김한림의 집니라 닉당으로 더러가니 치각의 쥬렴을 드리오고 쳐양훈 곡성니 은〃니 드리거늘 학시 고히 역여겨 쥬 (139)

렴을 들고 본이 탁ᄌ 우히332) 훈 신위을 비셜ᄒ고 상 우히 졔젼을 버리고 훈 부인으로 더부러 상하의셔 슬피 울며 왈 가련타 쟝쇼졔야 무슴 일노 금셕 갓튼 언약을 져바리고 쳥츈의 외로온 혼빅니 되엿는고 금일 벽희슈의 싸지든 나리라 슴가 쳥쥭으로 영혼을 위로ᄒᄂ니 아름니 잇거든 흠양ᄒ라 ᄒ고 통곡ᄒᄃ가 그 겻틔 셧ᄂ 부인을 도라보와 왈 금일 쟝씨 고혼을 위로ᄒᄆ 부인의 덕니라 쟝씨 고혼니 엇지 감동치 안니 ᄒ리요 흔딕 부인니 이원훈 얼골에 쥬류333)을 흘녀 왈 니는 군ᄌ의 유신ᄒ시미라 엇지 쳡의게 ᄉ례ᄒ리요 ᄒ며 못닉 슬허ᄒᄂ지라 학시 고히 여겨 신위의 쓴 글을 본니 쳥쥬후인 쟝씨 영위 (140)

라 ᄒ여거늘 학시 즈기 의혹ᄒ여 뭇고ᄌ ᄒᄃ가 빅 심이 곰파334) 상의 버린 졔믈을 됴ᄎ 먹고 옥즌의 슐을 마신 후 즌을 놋난 쇼릭의 씨다른이 남가일몽니라 일긔을 상고ᄒᄂ이 졍이 벽희슈의 싸지든 날니라 김한림니 즈긔을 위ᄒ여 졔ᄒᄂ 쥴을 짐죽ᄒ고 심즁의 감격ᄒᄆ을 ᄉ례ᄒ든니 쏘한 씨다라 싱각훈딕 그 부인은 당〃이 한림의 부인니라 그 어질고 현쳘ᄒᄆ을 가히 알이로딕 ᄎ탄ᄒ기을 마지 안이ᄒ든이 훈 비지 보ᄒ되 김한림니 쳥ᄒ시ᄂ니다 ᄒ거늘 마지 못ᄒ여 김한림 집의 니르니 한림니 마ᄌ 반기며 즁헌의 좌을 졍ᄒ고 쥬과을 닉여 딕졉

---

331) 이르니. 김동욱본B에는 '다다르니'로 되어 있다.
332) 위에.
333) 주루(珠淚): 구슬 같이 떨어지는 눈물.
334) 고파.

흐리 그 음식이 다 쑴의 뵈든 빈라 학ㅅ 잔을 잡고 왈 쇼졔 금일의
(141)

형의 부르시믈 입어 셩츈을 만이 먹ㅅ오니 힝니오나 형니 긱을 딕
흐여 희싴니 업고 미우의 실음니 가득흐온니 아지 못계라 무슴 년고
잇삽ᄂ닉가 한림니 기리 탄식 왈 금일은 추칠월 망일니라 영미 세상을
바리든 날니미 일빅 박젼으로 미셩을 표흐온니 ᄌ년 비창흐여 슈회을
금치 못흐리로쇼니다 학싀 쳥파의 ㅅ례 왈 현형의 유신흐시미 니러흐
니 미졔 고혼니 지하의 감격흐리라 쇼졔은 동긔로딕 흔 번 고렴흐미
업ㅅ온니 그 무졍흔믈 가리335) 알지라 흐고 슈작흐ᄃ가 날니 느즈미
집니 도라와 한림의 유정유신을 못뇌 감격흐여 흐드라 화셜 상니 김희
경으로 더부러 니부상셔을 흐이시고 장슈졍으로 (142)

병부상셔을 흐이신이 양인의 은춍니 일국의 진동흐니 만죠 졔신의
두 ㅅ롬니 강직쳥고흐믈 두려워 감히 그른 일을 힝치 못흐드라 일〃
은 장상셔 파죠 후 집의 도라와 옷슬 벗고 난간을 의지흐여든니 셜낭
영츈 이인이 눈을 드러 본이 금관옥딕의 죠복니 휘황흐고 픠옥니 장장
흐여 옥모영풍이 즘짓 지상의 골격이요 여ᄌ의 틱되 죠금도 업거늘 셜
영336)니 일변 두긋기며 일변 민망흐여 죠용니 고왈 쇼졔 심구 여ᄌ로
서 외람니 쳥운의 올나 금관옥딕로 세상을 쇼긔신이 일신의 죤귀흐믈
즐기시나 그 나죵을 엇지코ᄌ 흐시ᄂ요 상셔 쳑연 왈 뇌 ᄌ년 쳐치흐
믈 일너거든 엇지 다시 부질 업슨 말노 흐여 나의 (143)

335) 가히.
336) 셜낭과 영츈의 줄임말.

심회을 불안키 ㅎ난다 일후는 다시 긔구치 말나 언파의 긔싁니 엄
졀ㅎ니 춘등니 다시 말을 못ㅎ고 믈너 와 가장 민망ㅎ여 ㅎ드라 명춘
을 당ㅎ여 빅화 만발ㅎ여 금원337)의 풍경니 졍이 아람ᄃ온지라 상이
풍경을 구경ㅎ시며 졔신으로 더부러 글을 지어 풍경을 화답ㅎ시던이
김희경 장슈졍 양인의 그을338) 보시고 빅요의 쌔혀나 상활흔 쯧지 쟝
강을 허치는 듯 운무을 혀치고 쳥쳔의 오른 듯 ᄉ룸의 마음니 상년339)
흔지라 상니 크계 칭찬 왈 김희경 장슈졍 양인은 고금의 드문 지죠라
니쳥영340) 두공부341)라도 오히여 더ㅎ지 못 ㅎ린니 엇지 긔특고 아름
답지 안이리요 ㅎ시고 장슈졍으로 연왕 틱부을 ㅎ이시고 김희경 (144)

으로 졔왕 틱부을 ㅎ이ᄉ 졍도로써 왕을 인도ㅎ라 ㅎ신이 양인니
나희 졈고 지죠 비박ㅎ여 불감ㅎ오믈 상달ㅎ온듸 상니 불윤ㅎ시고 파
죠ㅎ신니 양인니 마지 못ㅎ여 왕의 궁의 나아가 관인졍도로 왕을 인도
할 ᄉ 엄졍ㅎ고 씩〃ㅎ여 죠금도 사ᄉ 업슨니 왕니 가장 공경ㅎ여 죠
금도 틱만ㅎ미 업드라 화셜 어시에 연왕니 ᄂ젼의 들어 갓ᄃ가 날니
져문 후에 나와 사부 잇스며 읍스믈 살피든이 호련니 눈니 마죠치믹 놀
나 몸을 도로리혀342) 피ㅎ거늘 학ᄉ 본쳬 아니 ㅎ든니 상셔 문왈 연왕
이 들어오다가 연고 읍시 도로 나아가니 필연 우리 친이 맛지 못힐물
혐의허미라 후일 황상니 칙헐리이 형은 살피쇼셔 학ᄉ 상 (145)

---

337) 금원(禁苑): 대궐 안의 동산.
338) 글을.
339) 상연(爽然): 상쾌하다.
340) 이청련(李靑蓮): 이백.
341) 두공부(杜工部): 두보.
342) 돌이켜. 김동욱본C에 '돌리켜'로 되어 있다.

셔의 말을 듯고 오린 묵〃허든니 표연니 몸을 닐어 의관을 정제허고 좌우을 블너 연왕을 잡아올라 흔이 상셔 딕경허여 말여 왈 형니 엇지 망영된 말 허는요 학〴 부답허고 사자을 〵지져 호령허미 츄상 갓튼지라 좌우인니 연왕을 붓들고 나오거날 학〴 명허여 쑬리고 코계343) 경계허여 왈 장슈정니 비록 용열허나 국가 딕신니요 젼흥의 스승이라 황상니 젼하을 맛기〵 정도로 인도허라 허시딕 츄호도 빌예로344) 힝허미 읍거날 젼하의 종젹니 문을 들믹 도로혜345) 가만니 몸을 피허니 실노 예되 안니라 그 자취을 남이 알아스면 얼골을 단정니 흐고 말숨을 나즉니 허여 허물을 자칙허면 스승된 직 도로혜 황공허여 (146)

의리로 기유허시여날 젼히 공교니 여어 보시고 몸을 피허시니 힝실니 썻〃헌 일니 안닌니 성교을 져바리미라 좌우을 명허여 큰 믹을 가져올라 허여 친니 믹을 쥐우고 달초 니십 도을 친니 옥 거튼 다리에 유혈니 낭자허거날 왕니 정신니 혼미흐여 그 글웃허믈 익걸허되 듯지 아이 허거날 상셔 연망이 나아가 믹을 잡고 가유허니 학〴 비로쇼 믹을 놋코 일장을 경계허니 긔상니 엄〃허고 위풍니 밍열흐여 셜상의 찬바람니 쇼슬험 갓틋니 상셔와 졔인니 그 강즉허물 못닉 층찬허들라 학〴 즉시 표을 올여 죄을 청흐니 그 표문에 허여쓰되 신니 비록 힝실니 즉고 직죄 읍〵온나 펴하의 명을 밧자와 연왕 스승 (147)

니 되여 허물을 엇고 간친346) 안니 허오미 불과흐와 잠간 〵졔지도

---

343) 크게.
344) 비례(非禮)로.
345) 도리어. 김동욱본D에는 '도로혁'로 되어 있다.
346) 간(諫)하지. 김동욱본D에는 '간치'로 되어 있다.

을 힝허오미 신의 쳔셩니 스〃을 힝허미 업쓰와 약간 틱벌을 허오미 왕의 옥체 상험을 씨닷지 못허니 업듸여 싱각허온딕 신의 죄 만수무셕 니오니 복원 폐하는 신의 죄을 발키스 그 방즈허오믈 다스리옵쇼셔 허여더라 상니 보시기을 다허시미 용안을 곳치시고 츙찬 왈 장슈졍은 실노 한젹 급암347)니라 허시고 즉시 젼지흐스 가로스딕 짐니 경의 표을 보고 연왕이 사름 되믈 가니 알지라 깃거헌는니 닐런 표을 하로 셰 번식 으들진딕 짐의 마음이 실노 질거올지라 왕은 경의 졔즈요 경은 왕의 스승니라 졔즈 허믈리 잇슬진딕 경계흐미 올커늘 엇 (148)

지 방즈허리요 족키 경에 명덕흐믈 후셰의 견흐여 남의 스승 된 즈로 허여금 본밧고져 허난니 연왕이 글웃허미 니거든 법으로 다스려 글웃허미 읍게 헐라 학시 젼지을 밧드미 황공감수허여 황은을 감수허고 왕니 쏘한 죠심허여 글웃허미 읍드라 김상셔 장학수에 강즉졍딕허믈 보고 못닉 탄복허더라 일〃은 학수 셔안을 의지허여 고셔을 보든니 옛 닐을 싱각허고 북히 노인의 은혜을 싱각허여 차탄 왈 닉 쇼공에 닉망 지은을 닙어는지라 몸니 부귀 극진허미 읏지 빈쳔허여실 씩 일을 싱각지 안니 흐리요 감탄허믈 마지 안니 허든니 명일 조회의 빅관니 다 파흐미 학수 죠용니 탑젼의 알외오딕 신이 듯쏘 (149)

온니 법을 셰우미 간신이 틈을 엇지 못허여 츙셩을 싱각헌다 허온이 젼 참졍 쇼셰필니 북히의 젹거허여는지 거위 삼십 여연니라 지금 황수을 입지 못 허여쏘온이 쇼모는 딕〃 츙신니요 쇼셰필은 강직헌 사름니라 쇼인의 참쇼을 입어쏘온이 복원 황상은 살피옵쇼셔 상이 가로스딕

347) 한나라 때 급암(汲黯). 김동욱본D에 '한나라 급암'으로 되어 있다.

짐이 혼암허여 니져든이 경의 말을 들으민 비로쇼 박지 못 허물 씨달은지라 허시고 쇼세필을 사허시고 예부시랑으로 부르신니 빅관니 장학스의 청덕을 칭찬허더라 사관이 북희의 나려간니 쇼공니 기세허연지 님의 일 삭니 되여는지라 북희 틱슈 셰필의 죽으믈 게달허니 상이 측은허스 틱슈의게 젼지허스 쇼공의 시신 (150)

을 션산의 안장허고 가쇽을 경사로 올이라 허시이 틱슈 교지을 밧자와 쇼공의 영구를 션산의 안장허고 가쇽을 경스로 호송허이 쇼공 일기 국은을 못닉 츅스허드라 학스 쇼공의 긔세헐믈348) 듯고 감창허여 즁노의 나와 죠문허고 크게 통곡허니 눈믈니 사민에 적시은지라 학시 죠문을 파허고 다시 쇼공 부인의게 권ㅎ여 가로되 학싱은 젼임 니부상셔 장자영의 아들니라 션친니 북희의셔 기셰ㅎ시민 영우을349) 션산의 모시믄 쇼상공의 틱산 갓튼 은혜을 입어 무사니 안장허고 삼연을 진닌 후 쳔은을 입사와 금방에 참예허여 몸니 죠졍의 민닌 고로 다시 상공게 빅올 길 업사와 쇽기로쎠350) 쳔위을 범ㅎ여 츰졍의 이미 (151)

ㅎ시믈 신원허여숩든니 상니 씨달으스 사명을 날리오시민 반가니 뵈올가 ㅎ여숩던니 그 스니의 닌싱 변ㅎ여 유명니 달나스온니 감창ㅎ오믈 층양치 못ㅎ 리로쇼니다 부인니 말을 듯고 감격ㅎ믈 못닉 층스ㅎ고 드옥 슬허〃더라 쇼공니 본딕 무즈ㅎ여 쥬장ㅎ 리 업슨니 학시 부인을 뫼셔 죵남산으로 드러가 별노니 집을 지어 부인을 머믈게 ㅎ고 죠셕 봉양 극진이 ㅎ여 파죠 후 민일 문안을 폐치 안이 ㅎ니 부인니 그

348) 기세(棄世)함을.
349) 영구(靈柩)를.
350) 죽기로쎠. 김동욱본D에는 '죽기로쎠'로 되어 있다.

감격ᄒᆞᆷᄋᆞᆯ 층양치 못ᄒᆞ더라 니적에 쳔ᄒᆡ 틱평ᄒᆞᄆᆡ 만민니 격양가을
닐삼고 국가의 닐니 업셔 승덕을 층숑ᄒᆞ드라 닐〃은 학ᄉᆡ 죠회을 파ᄒᆞ
고 집으로 도라 오든니 호현351) 헌352) 도ᄉᆡ 쇼요관을 쓰 (152)

고 쳥학의을 닙고 언덕을 의지허여 길니353) 읍허여 맛거날 학ᄉᆞ 황
망니 말게 날려 공경 답예허고 문왈 학ᄉᆡᆼ니 일즉 빅온 봐 읍거날 노상
을 혐의 아이 허시고 니갓치 감격키 혀신니 감이 뭇줍나니 도호는 뉘시
며 무슴 허물을 가르치고져 허시는잇가 그 도ᄉᆡ 미〃이 웃고 쇼ᄆᆡ로셔
보금 일 병과 칙 한 권을 ᄂᆡ여 쥬며 왈 쳔지 간 지극키 비밀헌 일을 감
미 누셜치 못 허는니 이 두 가지을 심쓰면 불구에 임군에 은혜을 갑고
조션을 영화로니 밧들고 부귀 츙효 쌍젼헐 거시니 감이 타닌니354) 알
게 말나 말을 맛치ᄆᆡ 문득 간 ᄃᆡ 읍거날 학ᄉᆡ 가장 긔이 여겨 셔셔 자셔
니 본니 칼니 삼쳑니 못 헌듸 일월 졍긔며 두우 광치 은〃니 쏘 (153)

니거날 두로 본니 틱양금나라 ᄉᆡᆨ여들라 쏘 칙을 보이 쳔디 광활
험355)과 귀신의 불칙허미 무궁허니 틱공 손오에 병법도 아니요 황셕공
의 비셔도 아니라 학ᄉᆞ 본듸 아이 본 병셔 읍스되 처음 보는 빈라 마음
에 쳔의 비밀허믈 짐작허고 가장 의아허여 ᄉᆡᆼ각허되 니는 장수에 긔
믈356)나라 나의 본졍은 셰상 사름니 알니 읍고 쳔지신명은 임의 명박
키 알으실지라 니을 ᄂᆡ게 젼허문 웃진 일닌고 다시 ᄉᆡᆼ각허되 나라에

---

351) 홀연(忽然). 김동욱본D에 '홀연'으로 되어 있다.
352) 한.
353) 길이.
354) 타인이.
355) 광활함.
356) 기물(器物).

츙셩을 다 허믄 남녀 읍는니 만일 위틱헐진딕 칼을 잡고 젼장의 나아 가 군부에 위틱허믈 구헐진니 허믈며 닉 몸니 초토의 나타낫스나 규즁 의 집피 거헌 여즈와 달은지라 불힝헌 닐니 닛스면 죽기을 셰 (154)

아려 시셕을 피허리요 쳔의을 아지 못허건니와 그 도인니 날다려 츙 효 겸젼허리라 허든 말니 일졍 오릭지 아니허여 국가의 변이 나리로다 허고 긔탄허믈 마지 아니 허드라 니후는 학식 조회을 파허고 도라와 쳔 셔을 닉고357) 밤니 들면 가만니 후졍의 들어가 칼 쓰기을 닐삼으니 병 법과 금슐니 족키 초픽왕을 딕젹헐지라 학스 닉럼의 싱각허되 음양을 박구문 일시 부친의 면목을 보려 허미요 장즁의 들어가문 김싱의 종젹 을 찾고져 허밀더니 외람니 등과허여 벼슬니 경상의 을나358) 부친의 이원허믈 셜치허고 버금 김싱을 맛나고 쏘 쳔셔와 보금을 으든니 일졍 쳔의 잇는지라 만일 국가의 위틱허믈 당허면 졍 (155)

츙딕졀을 잡아 젼장의 나가미 니곽의 영웅을 회즉359)허고 도라오미 공훈니 죽빅의 올나 일흠니 후셰의 유젼허면 쏘 흔 쳔고의 회환360)헌 지라 혈마 웃지 헐리요 허들라 니젹의 국구 유협으로 위왕을 봉허여 위 국의 간지 삼연니로딕 일춫 조회허미 읍거날 조졍니 문죄허믈 쳥허온 딕 쳔지 올히 여기스 즉시 사관을 보닉여 슈죄허시고 슈니 도라와 조 회361)허라 허시고 사관을 보닉여든니 위왕니 죠셔을 보고 발연딕로허 여 손으로 북을 가로쳐 꾸지져 가로딕 조고마헌 아희 엇지 일어틋 무

357) 읽고.
358) 올라.
359) 효칙(效則).
360) 희한(稀罕): 드묾.
361) 조회(朝會).

레허리요 뉘 니 욕을 보고 무삼 면목으로 위국 졔신을 듸허리요 무사
을 영허여 늬여 버히라 헌니 무사 일시의 달여 들어 사 (156)

신을 잡아 늬여 궐문 밧긔 참허고 슈급을 들니거날 사관의 종자을 맛
기고 즐욕362)을 무슈니 허여 보늬니 종자 황성의 도라와 사신의 슈급
을 들이고 즐욕허든 말을 쥬달허니 쳔지 듸경허사 가로사듸 니졔 위왕
유협니 반혀여 짐의 사자을 비히고363) 무사로 즐욕허니 위왕은 짐의
외슉나라 사세 실노 난쳐허니 엇지 헐고 졔신니 쥬왈 위왕니 조희을 폐
허오믹 그 죄을 물으미 올커날 방즈니 쳔사을 버히고 조졍을 즐욕허니
불구의 군사 일회여 쳔위을 침범헐지라 폐하 만일 닌의364)을 베푸시고
사졍의 걸익씨시면 후일의 뉘우치미 잇스올니니 〞다 져의 몬져 치
사365)치 아니 허여셔 듸병을 닐회여 반적을 쇼멸허옵 (157)

고 후한을 읍게 허옵쇼셔 상니 감탄 왈 짐니 무덕허여 골육니 반허니
짐니 듸병을 닐회여 반신을 멸ᄒ고 위국을 평졍코져 허나니 졔신 즁의
뉘 능히 짐을 위허여 근심을 난우리요 졔신니 묵〞허고 듸답지 못 허든
니 반부 즁의셔 쇼연 지상니 묘연니 츌반 쥬왈 신니 비록 직조 읍사오
나 일지병을 빌니시면 쳔위을 밧들어 위국의 나아가 유협을 사로잡아
폐하의 분허옵시믈 풀고 폐하 위염을 빗늬리니다 허거날 모다 보니 그
사름의 얼골니 형산빅옥 갓고 허리은 츈풍세유 갓고 쇼릭은 쳥아허여
봉니 구쇼의 우는 듯 미우의 강산졍긔와 쳔듸조화을 품어시니 니는 틱

---

362) 질욕(叱辱).
363) 베고. 김동욱본D에는 '버히고'로 되어 있다.
364) 인의(仁義).
365) 기병(起兵). 김동욱본D에 '긔병'으로 되어 있다.

학ᄉ 겸 병부상셔 연왕틱부 장슈정니라 상 (158)

니 딕회허시고 졔신니 고히 여기든니 호련 반부 즁의 쏘 한 사름니 몸을 쒸여 닉다라 가로되 신니 셰딕 국은을 닙사와스딕 촌공니 읍사와 스니 원컨딕 장슈정으로 더부러 심을 다허여 위적의 머리을 버혀 젼하의 금심을366) 들니니다 허거날 모다 보니 쳥춘 쇼연니요 긔셰 영웅니라 위풍니 늡〃허고367) 골격니 쥰슈허여 영풍니 사름의 쒸닌니 좌우 졔신니 다 빗츨 닐어는지라 니는 츈방 한림학ᄉ 겸 니부상셔 졔왕틱부 김희경니라 샹니 딕회허ᄉ 양닌의368) 위풍과 의긔을 층찬ᄒ시고 그 나히 얼혀도369) 국가의 츈신370)니라 즁지의 보닉믈 자져허시든니 졔 신니 엿ᄌ오딕 니 두 사름니 쥰슈허고 문장직학니 유여허나 딕병

(159)

을 거나려 즁지의 나아가믹 국가 홍망니 직차일개여날 허믈며 나희 젹고 무예 숭상헌 빅 읍사오니 보닉미 블가ᄒ니〃다 장슈정니 〃 말을 듯고 분긔 딕발ᄒ여 크게 쇼릭허여 가로딕 옛날 강틱공은 위슈변의 어부로딕 쥬나라 팔빅연 긔업을 셰우고 후한적 졔갈양은 흔 농부로딕 촉한의 그니헌371) 공업을 셰워는니 영웅직햑372) 잇기는 노쇼 업는니 〃졔〃인에 조고마헌 쳔견으로 신등 양닌에 연쳔허믈 읍슈니 여기 온니 신등니 만일 위적을 평정치 못허거든 긔군망상지죄을 당헐올리

---

366) 근심을.
367) 늠름하고.
368) 양인의.
369) 어려도.
370) 충신.
371) 기이한. 김동욱본D에는 '긔이흔'으로 되어 있다.
372) 영웅지략. 김동욱본D에는 '영웅의 지략'으로 되어 있다.

라 천지 크게 층찬 왈 경등의 츙셩니 일어허니 짐니 엇지 위국을 염예
ᄒ리요 허시고 즉일의 쟝슈졍을 빌허여 디원슈 겸 슐육병 (160)

마도총독373)을 허니시고 김희경으로 부원슈 겸 위국관찰슌무어
스374)을 허니시고 졍병 십만을 조발허여 쥬시니 양닌니 사은허고 물너
나와 즁군장의게 졀령ᄒ여 군병을 모하 교장의 진을 치고 쟝영을 디후
허라 허고 각〃 집으로 도라올 시 쟝원슈 부모 사당에 하직허고 버금
쇼참졍 부인게 하즉허니 쇼부인니 가장 결연허여 쳔만 보즁허믈 무슈
니 당부허시드라 또 셜낭 영츈을 불너 왈 늬 잇든 궁을 잠고 젼쟝에 ᄂ
아가는니 너희는 미사을 부면니 허고375) 셩부인을 지셩으로 모셔 조금
도 틱만허미 읍게 헐라 영츈 등니 가만니 쳬읍허여 왈 소비 등니 평싱
의 촌보을 써나미 읍는지라 니졔 말니 젼쟝을 당허미 (161)

쇼비 등도 함게 젼쟝의 나아가 사싱과 시셕을 한가지로 허려 허읍거
날 웃지 등한니 집을 직희라 허나니가 원슈 츄연 탄식 왈 늬 엇지 너희
을 써날 마음니 잇슬리요만는 늬 다른 동긔 읍고 스당을 부탁헐 곳지
읍셔 너희게 부탁허느니 아즉 늬 몸을 디신혀여 나 도라오기을 기달리
고 츄호도 범연치 말나 영츈 등니 하즉허고 물너가다 김원슈 쏘한 부
즁의 도라가 출젼허믈 고허고 하직헐 시 평장 양위 그 결연허믈 층양
치 못헐들라 쟝원슈 김원슈로 더부러 군즁의 나아간니 즁군장니 진셰
을 닐으고 쟝영을 기다린는지라 원슈 쟝디의 올나 졔쟝을 분발헐시 졍
동쟝군 쟝호쳘을 불너 왈 늬 임의 그디의 근실험 (162)

---

373) 수륙병마도총독. 김동욱본D에는 '디원슈 겸 슈륙병마도총독'으로 되어 있다.
374) 김동욱본D에는 '위국안찰슌무어스'로 되어 있다.
375) 김동욱본D에는 '범연이 말고'로 되어 있다.

물 아는니 군마을 거나리고 도성을 직희여 불의지변을 방비허라 ᄒ
고 광능틱슈 호령376)을 불너 왈 그듸는 전부병 오천을 거나려 몬져 발
싱377)허여 산관을 직희듸 위병니 오거든 ᄊ호지 말고 직희여 적병니
지경을 범치 못허게 하라 만일 영을 어긔면 군법으로 시ᄒᆡᆼ하리라 호령
니 영을 듯고 군ᄉ을 거나려 가니라 전장군 용창378)으로 좌익을 하이
시고 즁낭장 셜틱로 우익장을 삼고 하셔도독 장익으로 후군장을 하이
시고 왕츙으로 운량관을 하이시고 정동장군 한셥이요 평남장군 딩쳘
니라 분발허기을 다 허ᄆᆡ 제장을 도라보아 가로듸 닉 비록 연쳔허나
쇼임이 즁헌지라 그듸 등으로 더부러 말니의 공훈을 셰워 (163)

일홈을 쳥ᄉ의 올여 부귀을 한가지로 누리고자 허나니 조금 그릇 ᄒ
미 웁게 ᄒ라 군법은 ᄉ정이 웁나니 삼가 령을 어긔지 말나 제장이 그
엄숙ᄒ물 두려워 쳥영ᄒ고 나아가 각별 조심ᄒ더라 김원슈ᄂ 본듸 장
원슈의 강즉청결ᄒ물 아라쓰나 긔질리 셤약ᄒ물로 오릭 듸장지임올
못홀가 염예ᄒ엿드니 이날 듸군을 조발홀 ᄉᆡ 범ᄉ의 쥬밀홈과 군정
의 법도 잇쓰물 보고 닉닉 탄복하여 왈 장원슈 이러틋 영민ᄒ
니 그 동긔를 가이 알이라 앗갑다 장쇼졔야 만경창파의 고혼은 어듸 가
의탁ᄒ여 도쳐의 김희경의 익원을 도웁ᄂ고 ᄒ며 장탄불이ᄒ더라 이
의 ᄒᆡᆼ군ᄒ여 발졍홀 ᄉᆡ 쳔ᄌᆡ 친이 십리 밧게 동가ᄒ사 두 원슈 (164)

의 슈릭을 미려 전송허실 ᄉᆡ 장원슈ᄂ 자금투구의 빅화전포을 닙고
김원슈ᄂ 황금투구의 반셔갑을 닙고 녹양단 전포을 붓쳐쓰니 빅모황

376) 김동욱본D에는 '호영'으로 되어 있다.
377) 김동욱본D에는 '발힝'으로 되어 있다.
378) 김동욱본D에는 '숑창'으로 되어 있다.

월니며 용젼봉긔379)는 바람을 좃차 위염을 돕는지라 힝군허미 씩〃허
여 호령니 엄슉허니 쳔지 졔신을 도라보아 왈 명쳔니 감동허스니 두
스름을 닉시니 짐니 엇지 위국을 근심허리요 허시고 흔연니 빅관을 거
나려 환궁허시다 니젹의 위왕니 쳔스을 버히고 졔신을 묘아 의논허여
왈 원졔 필연 군스을 일희여 침범헐리니 닉 몬져 군스을 일위여 즁원
을 쇼멸허고 어린 아회을 잡아 분을 풀나라 졔신니 모다 가로되 딕국에
장원슈와 군시 만코 겸허여 졔후에 구병니 잇 (165)

스니 일방 쇼국으로 졸연 황거키 어려온지라 딕장 셔달니 츌반 쥬왈
닉 쳔스을 버히고 조졍을 능욕허여신니 문죄허미 반듯헐 거시오 이졔
쳔자혐도380) 불가헌지라 듯ㅈ온니 형왕니 양초을 모으고 군긔을 슈습
헌다 허온니 〃는 반다시 딕국을 여어보미라 니졔 젼히 형왕으로 더부
러 합셰허면 족키 딕사을 도모허리니다 위왕니 그 말을 듯고 즉시 글월
을 닥가 형국의 보닉고 일변 양초을 준비허고 군병을 연습허여 형국 회
보을 기달리더라 니젹의 형왕니 군스 강셩허고 양초 유죡허믈 밋고 딕
국을 범코져 허딕 위왕은 쳔자의 지친니요 겸허여 즁노 갓오 씬 고로
졸연니 긔병치 못ㅎ여든니 긔별을 듯 (166)

고 딕희허여 날을 긔약ㅎ여 사신을 보닉고 형초병 십만을 조발허여
위국의 나아가니 위왕니 마져 궁즁의 들어가 예을 맛치미 [위왕
왈]381) 원졔 나에 자질니여날 방ㅈ니 쳔명을 의논허여 과인을 읍슈히
여기니 엇지 분치 아니 허리요 딕병을 들어 즁원을 쳐 분을 풀고져 허

---

379) 김동욱본D에는 '용졍봉긔'로 되어 있다.
380) 김동욱본D에는 '쳥죄험도'로 되어 있다.
381) 저본에 생략되어 김동욱본D의 내용을 가져왔다.

딕 군스 죽고 십니 약허무로 근심허든니 딕왕니 즁병을 닐희여 일엇텃 도으시니 족키 딕사을 도모허고 버금 닉에 분을 풀니니 이졔 우리 형제지의을 믹자 원졔을 잡은 후에 천하을 반분허미 엇지 질겁지 아니 허니요 형왕니 혼연니 답왈 딕왕니 욕을 보시믹 곳 본국의 북그러움미라 과인니 들으믹 분허믈 니긔지 못허여 졍병 십만을 조발허여 왓 (167)

슈오니 딕장뷔 엇지 물읍물382) 쑬어 남의 아릭 되리요 허물며 딕왕니 형졔지의을 허〃시니 엇지 죽기을 사양허리요 심을 다허여 삼가 영딕로 허리니다 위왕이 딕희허여 닉에 피을 마셔383) 사싱을 하날게 밍셰ᄒ고 니튼 날 장딕의 올나 군스을 모흐니 졍병이 〃십만이요 장슈 쳔여 원니라 쥬야 연습허여 졍니 즁원을 힝코져 ᄒ든니 문득 보ᄒ딕 천지 장슈졍으로 딕원슈을 봉허고 김희경으로 부원슈을 삼아 졍병 십만을 조발ᄒ여 션봉니 발오384) 지경을 범헌다 허거날 위왕과 형왕니 본국병을 [거나려]385) 나올시 긔봉부 지경의 다〃은니 딕국 딕군니 발쎠 황하슈을 근너 진셰을 베풀고 졍니 딕병을 기달니든니 잇썩 장원슈 김 (168)

원슈로 더부러 딕병을 모라 호〃탕〃니 나가니 뉘 감이 당헐리요 위국을 향허여 즛쳐 드러간니 향헌는 곳마다 항복 안니헐 직 읍더라 하슈을 근너 즛쳐 들러간니 이에 위병을 만나고 쏘 형왕니 반ᄒ믈 알라는 지라 진셰을 살펴 진을 베풀고 션봉 호영을 불너 가로되 니졔 유협니

---

382) 무릎을. 김동욱본D에는 '무릅플'로 되어 있다.
383) 마셔.
384) 버로.
385) 저본에 생략되어 김동욱본D의 내용을 가져왔다.

형국과 합세ᄒ여신니 족키 경적지 못허리라 그듸은 본부병 오천을 거
날려 적병으로 싸호다가 거즛 픽허여 적장을 유닌허라 쏘 송창[과 셜
틱을 불너 왈 너희 각 〃 일만군식 거늘려 오십이만 가면 셔림이란 슈풀
이 잇슬 거신이 좌우에 믹복허엿다가 청양산 우에 빅기을 보와 늬다라
치라 쏘 한셥]386)을 불너 왈 너는 본부병 오천을 거날려 즁노에 유진
허여다가 호령니 거즛 픽허여 도라올 거시오 적병이 셔림의 들거든 호
령과 합세ᄒ여 적병을 즛치라 졔장니 각 〃 청명허고 물너가다 쏘 김원
슈을 (169)

　청허여 왈 원슈는 일지병 거날려 청양산의 올으면 셜님니 굽어뵈리
니 적병이 셔림에 들거든 빅긔을 세워 복병을 지휘허옵쇼셔 김원슈 장
원슈게 문왈 원슈은 엇지 〃리을 자셔니 알으시는니잇가 장원슈 딕왈
늬 발힝허기 젼 체람387)을 보늬여 지형을 살피고 도형을 글여 왓스온
니 위왕과 형왕이 엇지 늬 장약의 버셔나리요 위왕니 친니 쌀아오면
늬게 살오잡피미 될리니 원슈는 양진 승픽을 구경허옵쇼셔 김원슈 탄
복허고 일지병을 거나려 나아간니라 장원슈 즁군의 졀영허여 슐과 우
양을 준비허여다가 승졍헌 후 호군허리라 졔장이 도로여 밋지 아니 허
더라 잇써 호령니 위국 진젼의 나가 크게 쑤지져 왈 (170)

　반적 유협은 쌜니 나와서 늬 칼 바들라 위왕이 형왕을 쳥허여 왈 니
졔 장슈졍니 션봉을 보늬여 우리 딕진을 졸웅허니 우리을 웁슈이 예기
미라 션봉을 버히고 적진을 함몰허여 편갑도 〃라가지 못 허게 허리라
원진의 예긔을 쩍거 장슈졍으로 허여금 간담니 썰어지게 헐리로다 허

---

386) 저본에 생략되어 김동욱본E의 내용을 가져왔다.
387) 채탐. 김동욱본E에는 '체탐'으로 되어 있다.

고 졔신을 도라보아 왈 뉘 능히 젹장을 버혀 젹진의 긔을 썩글고 위국 선봉장 방홀연은 만부〃당지용니라 쒸여 닉다라 왈 쇼장니 비록 지죠 읍사오나 젹장을 버혀 휘하의 들리이다 위왕니 딕희허여 졍병 일만을 조발허여 나가 쌋홀 시 방홀연니 창을 들고 말게 올르거날 부장 쥬벽 니 방쳔극을 들고 말을 달여 몬져 닉달아 바로 호영 (171)

을 취허니 호영니 마자 쌰화 슈합니 못허여 호영니 창을 날여 쥬벽의 머리을 버혀 말게 나리치니 방홀연니 쥬벽의 죽으믈 보고 딕로허여 말 을 치쳐 닉다라 호영을 마져 쌰화 니십여 합의 승부을 결치 못허든니 호영니 거즛 픽허여 창을 쓸고 다라나거날 홀연니 크게 외여 왈 젹장 은 닷지 말고 닉 칼을 바들라 허며 승셰허여 쌀으든니 호영이 문득 말 을 도로며 쌰화 니십여 합의 승부 읍든니 원진 즁의셔 부장 셔달이 닉 다라 합역허여 치되 홀연니 양장을 마져 쌰호되 조금도 겁허미 업든니 문득 홀연니 창니 빗나며 셔달의 머리 말게 날여지는지라 호영니 쏘한 거즛 픽허여 다라나니 홀연니 분노허여 삼십여 (172)

리을 짜라오는지라 잇쎡 김원슈 창양산[388] 우의셔 바라본즉 호영니 방홀연을 유인허여 셔림의 들거날 급피 빅긔을 셰우니 좌변은 송창니 닉닷고 우편은 셜틱 닉달라 좌우로 쪄치며 합셰허여 한셥니 호영으로 더부러 군사을 사면을로 에우고 치니 위병니 크게 어질어워 셔로 짒바 라 죽는 지 부지기슈라 홀연니 게교의 싸진 쥴 알고 남을 혜치고 다라 나거날 김원슈 산상의셔 홀연니 힝허는 딕로 빅긔을 드러 가로친니 원 병니 겹〃이 에우미 능히 버셔나지 못허는지라 홀연니 더옥 분노허여

---

388) 청양산. 김동욱본D에는 '쳥양산'으로 되어 있다.

군스을 잠간 슈니고 다시 말을 치쳐 남을 헤치든니 숑창니 궁뇌슈을 거늘여 닐시의 닉달아 쏜니 위병이 살 마자 (173)

죽는 지 무슈허고 머리 숙여 항복허는 지 슈천여인니라 홀연니 픽군을 거날여 믈너난니 남은 군스 빅여 그라 홀연니 부장을 도라보아 왈 형세 급헌지라 닉 죽기로셔 압흘 헤칠거시니 뒤을 싸라오라 허고 평싱 긔운을 다허여 크게 고함허고 말을 치쳐 닉달으니 쌜으기가 풍우 갓튼지라 바로 동남을 헤치은지라 향헌 바에 감니 당힐 지 읍더라 셜틱 홀연의 다라나믈 보고 창을 들어 길을 막든니 슈합니 못허여 홀연의 유성퇴 공즁의 써러지거날 셜틱 급피 창으로 밧다가 창니 부러지는지라 말을 두로혀 다라난니 군시 물결 허여지듯 허는지라 쏘흔 장슈 도치을 들고 닉다라 길을 막으니 〃는 원국 평남장 (174)

군 번근니라 홀연니 마져 싸화 일합니 못허여 창을 날여 번건의 말가슴을 질너 업질으니 몸니 번듯쳐 말게 나려지은지라 홀연니 창을 들어 가로쳐 왈 네 목슘을 살여 보닉나니 쌜니 도라가 장슈졍더려 쌔리 나와 나을 딕적허라 허고 말을 치쳐 슈풀 밧긔 나며 도라 보니 부장 두리 원진에 쓰니여 나오지 못허는지라 말을 두로회며 창을 날여 싼 딕을 헤치고 나는 드시 들어가니 감니 당힐 지 읍는지라 남은 장슈을 구허여 완 〃 본진으로 도라가니 그 위염과 용밍을 비힐 딕 읍드라 김원슈 졍을 쳐 군사을 거두어 본진의 도라온니 장원슈 진문의 나와 마져 장즁에 드러가 적장의 슈급과 창궁 아슨 거시 무슈허고 황복 (175)

바든 군스 오천인니라 장원슈 왈 엇지 위왕에 슈급니 읍는잇가 김원슈 되왈 위왕은 오지 아니허고 선봉 방홀연의 용밍은 옛날 초픽왕니라도 오히려 더허지 못헐지라 허고 양진 싸호든 말을 셜파허니 원슈 왈 유협의 밋는 바는 필연 니 장슈라 명일 싸홈의 반다시 니 장슈을 버혀 유협으로 허여금 간담니 셔늘커 허리라 김원슈 왈 그리 허면 게교 장차 어두로 나는이가 장원슈 왈 자연 도리 잇는니다 이졔389) 장졸을 스게 호궤허니 즐기는 쇼릐 진동허드라 잇씌 위왕니 장되의셔 양진 싸홈을 구경허든니 홀연니 젹장을 씌라 깁픠 들어가거날 힝혀 실슈헐가 허여 되장 셔달노 졍병 삼쳔을 거나려 졉응허든니 셔림을 (176)

당허여 일셩 포향의 복병니 닉다라 홀연을 에워싼니 셔달니 그 게교의 쌔진 쥴 알고 쏘한 군시 즉은지라 쌜니 본진의 도라와 홀연의 급허믈 고헌되 위왕니 되경허여 형왕으로 더부러 급피 나오든니 멀니 바라본니 홀연니 겨우 슈긔을 거나리고 오거늘 위왕니 되희허여 본진의 도라와 홀연니 투구을 벗고 복지쳥죄ᄒ거날 위왕 왈 셩픽는 병가상싀라 엇지 근심헐리요 홀연니 쥬왈 원진의 쇼장의 젹슈 읍싸온니 명일의 반다시 김희경과 장슈졍을 버혀 오날 픽헌 분을 풀니니다 위왕니 되희ᄒ여 군즁의 졀영ᄒ여 오경의 밤머고 미명의 진셰을 베풀고 싸홈을 쥰비ᄒ드라 니젹의 장원슈 장되의 올나 젹병 파 (177)

헐 게교을 의논헐 시 원슈 왈 유협니 죵시 분허믈 가져고 형왕이 한갓 강표만 밋드미 만일에 분명니 크게 싸홀 거시니 씌을 쌰 방홀연을 버히고 위진을 아슬리라 김원슈 왈 엇지 헐리요 장원슈 김원슈 귀의 다니고 니윽키 말ᄒ든니 원슈 미쇼허고 층찬 왈 닉 뜻과 합허니 졔 엇지

389) 이에. 김동욱본E에는 '이에'로 되어 있다.

버서나리요 장원슈 우어 왈 늬 비록 젼장니 쳐음나나 니만 도젹을 염예허리요 졔장니 그 뜻즐 몰나 허드라 원슈 밍쳘 장익 두 장슈을 불너 왈 각〃 졍병 오쳔식 거나려 오날 밤 달빗츨 써여 남으로 오십 니만 가면 호눈산³⁹⁰⁾니란 뫼 잇스니 졍이 젹진 뒤히라 진신의³⁹¹⁾ 젹진 후면으로 드러오면 젼진니 부엿슬 거시니 젹진을 앗고 만일 시긱을 어긔오 (178)

면 군법으로 시힝허리라 밍쳘 장익 두 장쉬 영을 듯고 발힝허다 쏘 졔장을 불너 각〃 약속을 졍헌 후 김원슈다려 왈 오날 싸홈은 늬 구경코자 허온니 원슈는 본진을 직희여 긔게나 만니 츠리쇼셔 김원슈 왈 엇지 그 쇼님을 당헐려 허시나니가 원슈 왈 늬 틱양검을 오날 시험허리니 형장은 염예마옵쇼셔 김원슈 오히려 힝허믈 마지 안니허드라 잇튼날 평명의 원슈 십만군을 거나려 위진을 싸라오든니 위병을 맛나³⁹²⁾ 양진니 셔로 진셰을 버리고 위왕이 형왕으로 더부러 진젼의 나스니 좌편은 방홀연이요 우편은 셔달일드라 원진즁의셔 방포 쇼릭 나며 진문니 크게 열닌 곳의 양원 딕장니 장속을 긴니 허고 양편으로좃차 (179)

나셔니 좌편은 송창니요 우편은 셜틱라 즁앙의 황긔 움작니며 일원 쇼연딕장니 머리의 자금봉투구을 쓰고 몸의 반션음심갑을 입고 촉금자화젼포을 붓치며 헐리의 치운활용딕을 씌고 손의 틱쳥히검을 쥐고 쳘니딕완 황토말을 타고 완연니 나셔니 좌우의 빅모황월은 휘황찰난허고 어사곡병양산는 틱양을 가리와스면 쓴 긔발리 바람의 날니〃 흰

<hr />

390) '호순산'의 오기. 김동욱본D에는 '호슌산'으로 되어 있다.
391) 진시(辰時)에. 김동욱본D에는 '명일 수시의'로 되어 있다.
392) 만나자. 김동욱본D에는 '맛나믹'로 되어 있다.

바탕의 불근 자로 써쓰되 딕원국 정남딕원슈 겸 병부상셔 연왕틱후 집
현관 틱학ᄉ 장슈정이라 허여드라 긔운니 씩〃허며 치운의 빅일니 소
삿는 듯 풍치 늠〃허야 양유 츈풍의 붓침 갓트여 쳔디을 자작헐 조화
산쳔을 혼들 긔상니 일신의 둘너쓰니 한 번 보믹 (180)

　사름의 심졍을 놀닉드라 위왕니 딕경허여 닉렴의 헤오되 셰상의 엇
지 니런 사름니 잇스리요 니는 곳 쳔신니로다 허고 크게 우어 왈 네 웃
지 일홈 읍는 군ᄉ을 일흐여 감니 닉 지경을 범허는다 원슈 칼을 들어
위왕을 갈으쳐 크게 쑤지져 왈 네 죄을 즘줏 모르는 체허고 굿틱여 닉
입을 비려 참아[393] 사름으로 허여금 네 죄을 알고져 허니 닉 발로 일으
거든 자셔니 들어라 우리 황상이 골육지친을 고영허ᄉ[394] 크게 미드시
고 즁헌 왕작을 앗기지 아니 허시고 강산을 버혀 널노 허여금 왕작을
누리게 허시니 셩은니 망극헌지라 츙셩을 다허여 은혜 갑기을 싱각헐
거시여날 방ᄌ니 쳔ᄉ을 버히고 황상을 능욕ᄒ니 삼강 (181)

　오상니 네게 당ᄒ여 문어진지라 일어허무로 쳔자 질노허사 날노 허
여금 죄을 무으라 허시딕 마지 못허여 딕병을 거날려 완난니 두렵거든
황복[395]허여 스사로 결박허여 진젼의 나와 사죄허면 황상이 널부신 덕
에 살기을 바라연이와 그려치 아니 허면 네 수급이 장차 옥계에 밧치면
목 업슨 구신이 될 거시니 네 싱각헐연이와 어린 쇼견의 씩닷지 못ᄒ
고 감히 쌋호고져 ᄒ면 닉 쏘한 사양치 안니 ᄒ리라 일장을 크게 쑤
지〃믹 말삼니 쥰졀ᄒ고 의긔 당〃ᄒ여 쳥아헌 쇼릭는 츙쳔의 뇌졍니

393) '천하'의 오기. 김동욱본에는 '쳔하'로 되어 있다.
394) 김동욱본D에는 '고렴ᄒ여'로 되어 있다.
395) '항복'의 오기.

은〃ㅎ고 단산의 봉황니 우는 듯ㅎ니 양진 장졸니 다 빗츨 일어들라 위왕니 딕로ㅎ여 왈 어린 아희 으른을 모르고 감니 천명을 칭ㅎ여 날을 슈욕ㅎ니 닉 결단코 니 아희을 잡 (182)

아 일만 조각의 닉여 분을 풀니라 친니 나와 싸호고져 ㅎ든니 문득 한 장슈 창을 들고 말을 달여 닉달라 크게 쇼릭혀여 왈 딕왕은 노을 참으쇼셔 쇼장니 아희을 잡아 딕왕의 분을 풀리〃다 모다 보니 〃는 곳 방홀연니라 창을 들어 원슈를 가르쳐 왈 어린 아희 쳥츈을 앗기지 아니ㅎ고 당돌리 큰 말노쎠 을은396)을 욕ㅎ니 〃는 어린 긔아지 밍호을 모르미라 ㅎ고 바로 원슈을 취ㅎ니 원진즁의셔 한 장슈 닉달으니 〃는 부장 손탁니라 홀연을 마져 싸화 십여 합의 홀연의 용밍니 과닌ㅎ지라 능히 딕젹지 못 헐 쥴 알고 도로혀 다라나거날 홀연니 급피 유셩퇴을 드려 친니 말니 마져 걱쑤러지여 손탁 (183)

이 몸을 번듯쳐 말하에 날려지는지라 즉니397) 창을 드러 지르고져 ㅎ드니 호영니 급피 말을 닉모라 워여 왈 젹장은 나에 부장을 히치 말나 호영니 예 인노라 ㅎ고 바로 홀연을 취ㅎ니 홀연니 손탁을 바리고 호영을 마즈 싸와 슴십 합에 승부을 결치 못 ㅎ드니 호영니 크겨 쇼릭ㅎ고 창을 드러 홀연을 질으니 홀연니 좌슈로 호영의 창을 잡고 우슈로 창을 들어 호영을 지으니 호영니 창을 바리고 말을 물여 다라나거날 홀연니 급피 싸로더니 원슈 문긔 아릭 겨시믈 보고 호영을 바리고 바로 원슈을 취ㅎ니 원슈 말을 두루여398) 진으로 드러가며 진문니 다치는지

---

396) '어른'의 오기.
397) '즉시'의 오기.
398) 돌려.

라 홀연니 크게 고함ㅎ고 말을 달여 원진을 허치니 감니 당헐 지 업는
지라 바로 풍영을 짓치더니 바라본니 원슈에 황긔 진 북 (184)

문을 열고 다라나며 거느린 군시 만치 안코 다 창금을 바리고 살기을
도모허거늘 홀연니 급피 말을 치쳐 셩화 갓치 짜르더니 바라보니 압히
져근 슈푸리 닛고 황긔 은 〃니 수풀 뒤으로 다라나는지라 홀연니 헤오
되 수풀니 즉어도 젹니 복병허엿 즉지 안니코 원진 장쫄니 다 허여져
슨니 오날 장슈졍을 잡고 바로 즁원을 짓치면 웃지 듸사을 도모치 못
허리요 ㅎ고 크거 위여 왈 장슈졍은 한날노 오으며 쌍으로 들다 쌜니
늬 칼을 바드라 ㅎ며 졍니 수풀을 지나더니 호련 말 뒤의서 불너 왈 홀
연은 장슈졍을 아는다 홀연니 듸경ㅎ여 말혁을 잡으며 급피 도라보니
일원 쇼장니 자금투구을 쓰고 (185)

빅화젼포을 닙고 황토말을 타슨니 발셔 말머리가 등에 다은지라 홀
연니 미쳐 손을 놀니지 못허여 틔양금니 빗나며 한 줄 무지기 공즁에
일어나며 홀연에 머리 말하에 나려지니 〃는 듸원슈 장슈졍일더라 잇
씨 위왕니 형왕으로 더부러 양진 싸홈을 구경ㅎ드니 홀연니 원진에 들
며 위진 장쫄니[399] 다 허여지거늘 급피 군수을 거나려 승셰ㅎ여 짓쳐
드러간니 원진 장쫄니 스면으로 허여져 혹 의갑과 창검을 바리고 슈풀
을 헤치며 모도 너머 다라나는지라 위왕니 듸희ㅎ여 급피 지쳐 습십니
을 짜로니 압혀 잇는 군쫄니 다라나며 길의 굴양과 치즁 실은 슈릐 무
슈헌지라 위왕니 형왕을 도라보아 왈 원병 (186)

---

399) '원병(元兵)이'의 오기. 김동욱본D에는 '원병이'로 되어 있다.

이 치즁을 바리고 달라나니 장슈졍에 딕진의 직흰 군ᄉ 피연 다라날 거시니 우리 니졔 바로 원진을 파ᄒ고 양쵸을 앗스면 졔 반다시 다라날 거시니 ᄶᅥ을 타 뒤을 조치면 장슈졍을 ᄉ로잡으리라 형왕니 올히 여게 바로 원진으로 힝ᄒ여 동남으로 헤치고 드러가니 약간 긔치만 셰우고 진니 부여는지라 마음에 딕회허여 바라본니 즁군 딕장400) 압헤 한 장슈 칼을 들고 셧스되 머리 읍거날 위형 양왕니 딕경ᄒ여 나가본니 가삼의 ᄶᅥ스되 위국 션봉장 방홀연니라 ᄒ여거날 그 계교의 ᄶᅢ지믈 알고 급피 퇴군허던니 문득 방포 일셩의 ᄉ면 산곡으로셔 복병니 닉다라 협공헌니 좌편은 왕쥰니오 우편은 호쳡니라 크겨 엄살헌니 고각함셩니 쳔지 진동ᄒ는지라 위병니 황겁ᄒ여 셔로 집바라 죽는 직 부지기슈라 위왕니 군ᄉ을 직 (187)

쵹ᄒ여 본진을 힝ᄒ고 달라나더니 멀니 바라본니 일진 군마 길을 막아고 ᄯᅩ 빅긔의 ᄶᅥ스되 딕원슈 장슈졍니라 ᄒ엿거늘 위왕니 딕경ᄒ여 큰 길을 바리고 쇼로〃 다라나더니 호련 셔편으로셔 일셩 포향의 일원 딕장니 군ᄉ을 직쵹ᄒ여 길을 막근니 머리의 황금투구을 쓰고 몸에 녹양단젼포을 닙으며 숀에 양구일월도을 들어슨니 큰 긔에 ᄒ여 쓰되 딕원국 부원슈 겸 츈방할님학ᄉ 니부상셔 졔왕틱부 김희경니라 ᄒ엿더라 급피 닉다라 일진을 엄살ᄒ니 위병니 황겁ᄒ여 감니 싸올 마음니 업셔 양쵸와 치즁을 바리고 남을 헤치고 다라나더라 원닉 김원슈 산상에셔 복병을 지휘ᄒ더니 위왕니 쇼로〃 다라나믈 보고 압등질너 산곡으로ᄶᅩᆺᄎ 나려와쓰나 군ᄉ 즉음무로 감히 ᄶᅡ로지 못ᄒ고 다만 군긔만 거두어 가지고 도라오니 위왕니 김원슈을 만나 일진을 다 죽니

---

400) '장대(將臺)'의 오기. 김동욱본D에는 '장딕'로 되어 있다.

고 창황니(188)

본진에 도라오니 진문니 다쳐는지라 신젼을 보닉여 진문을 열나 헌
니 홀연니 방포소릭 나며 진문니 크게 열니며 양원 딕장니 군수을 거
나려 닉달으니 니는 원장 밍쳘 장익 니 두 장슈라 바로 위병 쳔명을 지
치니 위병니 불에지변을 당ㅎ여 아모리 헐 쥴 모로고 각기 살기만 위
ㅎ여 스면으로 다라나고 겸ㅎ여 장원슈의 딕진니 뒤을 좃추 들러오니
위왕니 밋쳐 손을 놀니지 못ㅎ여 형왕으로 더부러 약간 장쫄을 다리고
의양셩의 드러 가니 허여진 군수 도망ㅎ여 차〃 모히는지라 장원슈 니
날에 크겨 위왕을 파ㅎ고 위진의 다〃라든니 밍쳘 장익 두 장슈 원슈
을 마즈 들러가니라 니젹의 김 (189)

원슈 쏘한 후군을 거나려 진을 옴겨 위진으로 오니라 장원슈 김원수
을 마져 장딕의 올나가 승젼ㅎ물 셔로 치하ㅎ여 즉시 쳡셔을 닥가 황
셩의 보닉고 졔장을 모와 딕연을 빅셜ㅎ여 우양을 만니 잡아 삼군을
상스헐싀 김원수 잔을 들어 장원수게 치하ㅎ니 원슈 왈 니는 졔장의
쥭기을 악기지 안니험과 스돌니 영을 둧치미요 겸ㅎ여 젹장니 쇠웁
셔 승젼ㅎ미라 닉 무삼 지죄 잇슬리요 졔장니 다 머리을 됴와 가로되
원수의 신츌귀물헌 게교는 사름의 숭회 밋츨 빅 아니라 엇지 원수의
공니 아니리잇고 원수 왈 닉 쏘한 질리의 익지 못ㅎ여 소로 잇는 쥴을
몰으고 밋쳐 방비치 못ㅎ여 위왕으로 ㅎ여금 (190)

[셩명을 보죤ㅎ게 ㅎ미라 ㅎ고 다시 슐을 닉와 질기이 원슈 졔중을
딕ㅎ여 왈 너의 등은 본진으로 도라가 의갑을 벗지 말고 방심치 말나

흐니 졔쥼니 일시에 알외되 오날 유협니 간담니 쎠려졋고 쏘 형왕니 겨우 정신을 츠리지 못흐고 승명을 보젼치 못흐고 져에 엇지 무슴 계 교을 힝허올니가 군스을 슈여 명일노 의양셩을 지쳐 발리고져 흐난니다 원슈 왈 그러치 안아 그 위틱허믈 싱각흐라 흐면 승젼허믈 씨거말나 흐되 각셜 잇 (김E, 36면)

쎠에 위왕이 픽허믈 분허고 군스을 즘고헌이 죽은 장슈 십여원이 군스 만여 명이라 장듸에 방홀연에 신위을 비셜허고 친이 졔문 지어 졔헐싀 잔을 들고 듸셩통곡헌이 위진 장죨리 뉘 안이 스러 허리요 졔 을 파허고 형왕을 청허여 왈 션봉이 늬에 슈죡 갓튼 장슈라 이졔 한 팔 리 부러지고 쏘 양초와 군긔을 다 일러신이 웃지 슬푸지 안이 허리요 형왕 왈 원병이 연일 싸홈에 극키 피곤헐 거신이 오늘 밤에 원진을 겁 칙허면 반드시 큰 공을 일울 거신이 장슈정을 사로잡지 못허면 양초와 긔게는 아슬인이 병법에 극키 묘헌 일니로다 형왕 왈 이 쓰지 가장 묘 허도다 헌이 위 (김E, 37면)

왕이 크게 깃거 왈 졍이 늬 쯧과 갓도다 허고 군스 일만을 거날려 졀 영 왈 장죨은 죽기을 다허여 싸호라 허고 원진을 힝흐여 가든이 졍이 후군 셜틱에 진을 당허여는지라 잇쩍 셜틱 젹병을 파허고 본진에 도라 와 슈리 임에 취허여는지라 쏘한 원슈에 염예허믈 부죡키 아라 군즁에 진측이 읍쓰미 군스 의갑을 벗고 잠을 깁피 드러든이 위병이 크게 납 함⁴⁰¹⁾허며 짓쳐 드러온이 원진 장죨리 불에지변을 당허여는지라 군스 밋쳐 의갑을 입지 못허고 장슈는 밋쳐 안장을 슈습지 못허여 위병이 바

---

401) 납함(吶喊): 여럿이 함께 큰소리를 지름.

로 짓쳐 즁영을 향허는지라 잇씩 셜틱 취허여 장 (김 E, 38면)

즁에 잠이 깃피 들러든이 함셩이 진동허거늘 딕경허여 급피 장즁에 나와 말을 타고 셧든이 한 장슈 도치을 들고 짓쳐 들어온이 〃는 위장 젼달라 원진 부장 원기리 늬다라 딕호 왈 오는 장슈는 승명을 통허라 마리 맛지 못허여 활시위 소릭 나며 원길에 왼눈이 마져 말게 써러지는지라 셜틱 스 쇼연에 긔셰을 당치 못헐 쥴 알고 셔딕을 향허여 다라난이 원병이 서로 발바 죽는 직 불가승슈라 위왕이 후군을 파허고 바로 원슈에 딕진을 향허드라 잇씩 장원슈 군즁에 슌향허고 장즁에 도라와 부원슈을 쳥허여 젹병 파헐 게규을 의논허든이 호련 함셩이 (김E, 39면)

진동허며 슈문장이 보허되 젹병이 진을 범허나이다 허거늘 원슈 부원슈로 허여금 급피 나가 막으라 허든이 부원슈 왈 젹병이 밤에 일른이 필련 간게 잇도다 허고 즉시 군즁에 졀영 왈 진문을 구지 닷고 딕젹지 말나 잇씩 위왕이 딕진을 범허여 십여 츠을 츙돌허되 구듬이 쳘셕 갓트여 헤칠 길이 읍는지라 회군허여 셩즁으로 도라간이라 원진 후군이 스산분 허여든이 평명에 픽군을 슈합헌이 장슈 죽은 직 십여 원이라 쏘 군스 죽은 거시 슈빅인이라 양쵸와 긔게 일은 거시 무슈허고 창금에 상헌 직 무슈헌지라 딕원슈 셜틱 위령허물 알 (김E, 40면)

고 장딕에 올나 셜틱을 나립허라 헌이 군스 일시에 다라드러 스슬노 셜틱을 결박허여 장하에 쑬이거늘 원슈 크게 쑤지져 왈 늬 비록 년소허나 황상이 즁임을 부탁허신이 그딕로 츙심을 다허여 도젹을 방비허미 올커늘 진짓 장영을 거역헌이 무죄헌 장쫄을 상헌이 군즁에 수정이 읍는지라 죽기을 원통치 말나 허고 군수을 호령허여 닉여 버히라 헌이 무슨 일시에 다라들러 등을 밀러 원문 빅게 늑온이 감이 막을 지읍더라 잇찍 부원슈 장즁에 잇짜가 셜틱 버힌단 말을 듯고 급피 원문 박게 일른이 무슨 바햐희로 향코져 허는지라 무수을 호령허 물리치고 장 (김E, 41면)

딕에 올나 가 장원슈을 힝허여 왈 셜틱 장영을 거역허엿쓴이 쭉히 버힘 즉허나 국가 구장이요 겸허여 황상이 수랑허시는지라 원슈는 잠간 노을 차무시기을 바라난이다 원슈 왈 이졔 딕병을 거날려 젹병을 딕허미 영을 셰우지 못허면 엇지 도젹을 황복케 허리요 부원슈 왈 이는 셜틱에 잘못헌 죄 안외라 쇼장에 과실이로쇼이다 작일 회군시에 셜틱을 수랑허야 과이 권헌 죄 안인이 그 죄는 쇼장이 당허야 맛당허린니다 원슈 노식이 늑져지물 보고 졔장군쫄리 일시에 당하에 나려 층수왈 셜틱에 죄을 수허옵셔 직상지덕을 나리옵신이 쇼장 등이 만〃 층수허나이다 원슈 셜틱을 나림 (김E, 42면)

허야 결곤 이십도을 친이 유혈리 낭즈허더라 원슈 다시 쑤지져 왈 너에 죄는 쭉키 베힐 거시로되 부원슈에 말삼도 잇고 즁장에 낫츨 보아 용셔허건이와 츠후는 착실리 쇼허라 틱만이 말나 허고 원문 박게 닉치라 헌이 일진 장쫄리 다 두려워 허더라 졔장이 엿즈외되 유협이 우리 진을 겁칙힐 거신이 연일 싸옴에 장쫄리 피곤헌지라 슈일 쉬여 쓰올가 허난이다 장원슈 올의 여겨 졔장군쫄을 각〃 본진으로 돌려보닉이라 위왕이 형왕더러 일너 왈 묘헌 게교로 일진을 파허고 양쵸와 군긔을 으

든이 어계 퓌헌 분이 죽기 풀이는또다 형왕 왈 (김E, 43면)][402]

장수정는 짐즛 장슈의 직목니라 옛날 쥬아부라도 이의셔 더흐지 못
헐리니 조련니 파키 어려온지라 형장는 무삼 계교 잇난니가 위왕 왈 니
번 싸홈의 니긔여시나 쑤틔여 적진의 손흐미 웁슬지라 장수정은 용병
을 잘흐고 김희경은 질약니 과닌흐니 이계 싸홀진듸 반다시 속기 쉬울
거시요 양셩[403]니 비록 적은나 셩지가 견구흐고 셩즁의 굴양니 십연
을 견듸지라 적병니 〃리 오믹 양초을 필연 당허기 어려올 거시오 달
푼 되면 양식니 진허리니 그쎄을 쌰 치면 적병을 파허고 양장을 살오
잡을 거시니 현계의 쯧의 웃더헌요 형왕니 가장 계교 올흐물 일컷고
스긔 비밀커 흐 (191)

고 군수을 분발허여 사면을 구지 직희니라 장원수 닐군을 퓌헌 후에
듸병을 인허여 의양셩 하의 나아가 진셰을 일으고 셩즁의 격셔을 보늬
여 쏫홈믈 도도니 회답허되 명일 쏫호즈 허거날 닛튯날 원수 듸병을
거나려 진셰을 니르고 죵닐 기달니되 한 군수도 나지 아니허거날 져물
긔야 본진의 도라와 실긔허믈 칙허엿든니 명일 쏘 쏫호자 언약허거날
원슈 쏘 셩하의 나가 기달니되 쏘한 죵적니 웁거늘 잇튼날 일어틋 허
믹 삼사일니 되여는지라 원수 듸로흐여 군사을 호령흐여 셩을 에우고
크게 치되 셩지 견구허여 능히 파치 못허고 즐욕을 무슈니 흐되 한 말
도 듸답헐 리 웁는지라 날니 져물 (192)

믹 군을 거두어 본진의 도라와 부원수로 더부러 적진 파헐 계교을

---

402) 김동욱본E, 36-43면. 저본에는 이 부분이 생략되었다.
403) '의양셩'의 오기. 김동욱본E에는 '의양셩'으로 되어 있다.

의논헐 시 김원수 왈 적병니 셩의 들고 나지 아니믄 필연 게교 잇는지라 한나흔 구완병을 기달리미요 한나흔 우리 양초 진헌믈 기달리미라 원수 왈 그러허면 무슴 게교로 셩을 파ᄒ리요 김원수 왈 셩지 견구ᄒ고 유협니 구지 직희여신니 조런니 파ᄒ기 어려온지라 반다시 유인ᄒ여 닌 후에 게교로써 파ᄒ미 올을가 허나니다 원슈 왈 그러ᄒ면 무삼 게교로 유인허리잇가 김원수 장원수 귀의 다히고 오릭 말허든니 장원슈 미우에 은위 사라지고 화긔 만면ᄒ며 원슈를 향ᄒ여 층사 왈 형장의 놉푼 쇼견과 비밀헌 게교는 (193)

진실노 귀신도 층양치 못헐지라 이제 비록 몸의 날기 돗쳐쓰나 엇지 버셔나리요 ᄒ고 서로 즐기드라 장원슈 즉시 좌익장 송창을 불너 왈 그딕는 오쳔병을 거나려 셔흐로 팔십니만 가면 옥쳔산 뫼니란 뫼 닛스니 놉고 골리 깃푸니 〃는 위국 도성을 통헌 기리라 큰 낭글 버히여 돌을 굴여 고을 셔편 어귀을 막아다가 적병니 골 어귀의 들거든 불을 질으고 산상의 긔치를 무덧다가 즉시 셰워 의병을 삼아 적병으로 ᄒ여금 뫼을 넘지 못허게 ᄒ되 만일 한 군사라도 노흐면 군법으로 시힝허리라 송창니 쳥영ᄒ고 나지면 슘고 반니면 힝군ᄒ여 가니라 쏘 밍쳘을 불너 왈 그딕는 삼쳔 군을 거나려 옥 (194)

쳔산 겻태 만마산니란 뫼 잇스니 뫼을 의지ᄒ여 민복ᄒ엿다가 옥쳔 산의 불 닐어나물 타 옥쳔산 어귀을 막고 일니 〃〃 여츠 〃〃허라 쏘 부원슈의게 쳥허여 왈 원수는 삼만 군을 거나려 수월산을 너무면 옥쳔 산니 뵈ᄂ니 잠간 유진허여다가 옥쳔산의 화광을 보고 밍쳘을 졉응헌 후 바로 도성의 들어가 빅셩을 진무ᄒ쇼셔 ᄒ고 나문 장수을 다 분발

헌 후 원슈 친니 군사을 거나려 성화404)의 나아가 쌋홈을 도〃니 니씩
위왕니 성즁의 잇서 원진니 물너가기만 탐지ᄒᆞ든니 체탐이 보허되 원
병 슈만니 남으로 슈월산을 너무며 크긔에405) 부원슈 김희경니라 허여
든니다 위왕니 듸경 왈 원병이 슈월산을 너무문 필연 쇼로〃 (195)

  좃차 도셩을 범힐려 ᄒᆞ미라 만일 도셩을 실슈허면 우리 장찻 어듸로
가리요 형왕다려 왈 늬 친니 도셩을 구ᄒᆞ고 도라을리니 현졔는 셩을
직희여 나 도라오기을 고듸허라 형왕니 허락허거날 위왕니 즉시 졍병
일만을 죠발허여 원병니 물너가기을 기달리든니 원슈 죵일 쌋홈을
도〃다가 ᄒᆡ가 기울믜 병을 도로혀 본진으로 도라가거날 위왕니 군ᄉᆞ
을 거나려 셔문을 크계 열고 도셩을 향허여 나가든니 옥쳔산의 다〃르
니 졍니 밤즁니 되여는지라 거위 골 어귀의 올나가든니 션봉니 급피 보
허되 큰 나무와 [돌이]406) 골 어귀을 막아나니다 위왕니 군ᄉᆞ로 길을
헤치든니 홀연 방포소릐 나며 골 어귀의 화광니 츙쳔 (196)

  허여는지라 위왕니 듸경허여 군ᄉᆞ을 도로혀 나오든니 골 어귀의
다〃르니 일원 듸장니 군ᄉᆞ을 거나려 길을 막아스니 니는 원장 밍쳘니
라 위왕니 황겁허여 뫼을 너무려 허든니 원진 긔치 산상에 붓치며 사면
산상의셔 외여 왈 항복ᄒᆞ는 직면 슬리라 ᄒᆞ니 군시 닷토와 의갑을 벗
고 창검을 바리고 산상의 올나 항복 허는지라 위왕니 듸로허여 군ᄉᆞ을
두루혀 다시 골 어귀을 헤치던니 〃씩 부원슈의 듸병니 〃르니 감니
헤칠 시 읍는지라 졍신를 가다듬어 죽기로쎠 원병을 츙돌허든니 밍쳘

---

404) 김동욱본D에는 '의양성 하의'로 되어 있다.
405) 김동욱본D에는 '큰 긔의'로 되어 있다.
406) 저본에 생략되어 김동욱본D에서 가져 왔다.

을 만나 일 합니 못허여 밍쳘의 창니 빗나며 위왕의 머리 마하의 써러지는지라 남은 군수 일시의 항복 (197)

흐드라 부원슈 즉시 위병을 불너 왈 니는 유협이 반허여쓰미 너의는 그 날아 빅셩니라 불가불 좃치미니 너희 무슴 뫼 잇슬리요 너의 니제 의양의 가 셩을 밧치면 죵니 상수헐 거시요 쏘흔 슈니 도라가 글리든 부모와 쳐즈식을 보미 엇지 질겁지 아니 허리요 위병니 이 말을 듯고 일시에 울며 왈 원수의 덕틱으로 지상지닌407)니 되오니 엇지 수하라도 피헐리이가 분부 뒤로 시힝 헐리다 김원슈 뒤회하여 위병 반을 난아 반은 밍쳘의게 붓치고 반은 원수의게 부친니 거나려 전부을 삼아 송창과 합셰허여 위국 도셩으로 힝허니라 잇써 밍쳘니 위병을 거나리고 황혼의 승시허여 의양셩으로 나아가니라 니 (198)

젹의 형왕니 위왕을 도셩으로 보뇌고 회보을 기달니든니 슈문장니 급히 보허되 위왕 전희 노즁의셔 복병을 만나 응히 나아가지 못허고 맛참뇌 픽군허여 원진 션봉 밍쳘의게 히을 당ㅎ여나니다 허되 밋지 아니 허든니 불의〃 위병니 셩하의 일을러 들싸거늘 급피 문을 여러 들리니 과연 위병니라 무심니 알아든니 션봉니 문의 들며 방포 쇼리 나며 군시 다라드러 형왕과 좌우 계신을 다 결박허니 틱반 원병일더라 셩즁니 크게 요란하여 군시 셩을 너머 훗터질려 허든니 홀연 셩에 화광니 츙천하며 장원수의 뒤병니 셩을 에워는지라 원쉬 군즁의 절영하여 망영쏘니 빅셩을 히ㅎ면 군법으로 치힝허리라 ㅎ고 (199)

---

407) 재생지인(再生之人)

성즁의 들어가 빅셩을 진무ᄒ고 장디의 올나 형왕과 양국 졔장 시
신을 다 나닙ᄒ여 장하의 굴리고 원쉬 크게 ᄭᅮ지져 왈 너희 한갓 강포
만 밋고 유협으로 한가지 방ᄌ니 천위을 범ᄒ니 엇지 살기를 바라리요
무사을 호령ᄒ여 닉혀 버히라 ᄒ니 무ᄉ 달여 들어 형왕을 원문 밧긔
버힌 후 졔신을 경즁디로 다 살리고 다시 ᄭᅮ지져 왈 너희 반젹을 도와
스니 가니408) 삼족을 멸헐 거시로되 임의 형왕을 버혀 왕법을 셰워쓰
믹 너의을 용셔허나니 너희 도라가 황은을 칭송ᄒ고 싱심도 외람헌 ᄯᅳᆺ
즐 닉지 말나 양국 졔장 군졸니 원슈 하히 갓튼 은혜을 못닉 층송허더
라 원슈 호협 왕쥰 두 장수로 디병을 거늘여 의양셩의 (200)

머믈으고 잇틋날 졔장과 일지병을 거늘여 위국 도셩을 힝허니라 잇
ᄯᅢ 부원수 디병을 거나려 셩하의 다〃른니 셩문니 닷쳐는지라 위왕의
머리을 닉여 뵈여 왈 닉 니에 닐으문 빅셩을 진무코자 험미니 감니 황
겁허는 지면 삼족을 멸허리라 슈문장니 위왕의 머리을 보고 황겁허여
문왈 문을 열고 원슈을 마즈니 원슈 셩에 들어가 위왕의 족속을 잡아
가둔 후 빅셩을 진무헐ᄉᆡ 츄호도 범허미 읍스니 만셩인민니 황상의 셩
덕과 원슈의 은혀을 칭송ᄒ더라 원수 쳡셔을 닥가 장원수의게 보닉고
졍니 긔달니든니 장원수의 션봉니 셩하의 다〃라는지라 원수 셩하의
나아가 장원수을 마져 셩즁의 (201)

들어와 양국을 파ᄒ믈 셔로 치하ᄒ고 장디의 올나 위왕의 족속과 당
유을 다 츌일 ᄉᆡ 죽니는 지 빅여 인니라 부고을 여러 빅셩을 진무ᄒ고
삼군을 상사허니 질기는 쇼릭 원근의 징동허여 동니 사름들니 잠을 조

---

408) 가히.

금도 못 자들라 장원수 왈 형왕을 버혀쓰나 그 족당니 형국의 잇스니 불가불 형국을 진무헐지라 형은 잠간 에서 머무르시면 닉가 형국을 평정ᄒ고 올리니다 김원수 왈 원수 긔질니 약헌지라 향혀 원노의 편치 아니허실가 허니다 장원수 왈 닉 잠간 단여올니 〃다 김원수 왈 장뷔 젼장의 나오믜 말가족에 쏘여 도라가미 다힝허거든 엇지 니만 일을 갓부다 헐리요 그러나 형니 굿틔여 갈여 하시니 십분 (202)

보즁허여 슈니 도라오믈 바라나니다 허고 김원수 흔연니 허락허고 첩셔 닥가 경수로 보닌 후 군수을 난화 호영으로 션봉을 허시고 셜 틔로 후군장을 허니고 원슈는 즁군을 총독허여 형초로 힝허여 나가니라 장원슈 셩박긔 나와 부원슈을 젼송헐 싀 니에 써나믈 싀로니 창연허여 허더라 부원슈 딕병을 총독허여 형국 지경의 다 〃른니 형초군니 형왕 죽으믈 보고 일으는 곳마닥 문을 열어 항복허니 무인지경 갓드라 바로 형국 지경의 들어가 형왕의 족당을 다 쳐결허고 빅셩을 다 진무헌 후 글월을 닥가 장원슈게 보닉고 즉시 군수을 도로혀 위국으로 온나라 장원슈 부원슈을 형국의 보닉고 쳡 (203)

셔을 기달리더니 슈월 간의 쳡셔 니르고 쏘 부원슈 환군허여 위국 지경의 들어오걸늘 장원슈 딕희허여 즁노의 나아가 마즐싀 원노의 무사니 도라옴과 기간 젹조헌 졍을 못닉 일컷들라 한가지로 셩의 들어와 딕연을 빅셜허여 장졸노 더부러 크게 즐기고 군사을 두루혀 경수 도라올싀 의양셩의 들어가 형국 장졸을 방송허니 양국 장졸 질기는 소릭 산야에 진동허더라 잇쩌 쳔지 두 원수을 위국의 보닉고 주야 쳡셔을 기달리더니 형왕의 반허믈 들으시고 딕경허스 조신을 모아 왈 형왕니 반허여 양국이 합셰허여스니 그 셰 가장 심상치 아니 헐지라 명국 딕병을 일희여 짐니 친정코자 허느니 경등 (204)

의 쇼견니 웃더ᄒ요 졔신니 다 질싴허여 묵〃부답ᄒ는지라 좌승상 최현 쥬왈 신니 장슈졍을 보온니 범승헌 사름니 아니라 흉즁의 쳔지죠화을 품엇고 김희경은 신니 임니 아는 빅온니 죡키 즁임을 당헐지라 신니 혜아리건딕 형국 위국의 이 두 사름의 격슈 읍슬가 허나니다 폐하는 잠간 차으쇼셔409) 첩셔을 기달리미 늦지 아니 헌니〃다 상니 유예허시든니〃적의 승젼 첩셔 연ᄒ여 올리고 위왕 형왕 양왕을 버혀 양국을 평졍허고 반슈허는 표문을 드리미 쳔ᄌ 크게 깃거허스 밧비 도라오믈 날노 기달리시든니 션봉니 발셔 역슈을 근너다 허거늘 쳔ᄌ 졔신을 거나리고 슴십니의 나와 길가의〃막을 졍ᄒ (205)

고 기달리시든니 승젼곡 쇼릭 각〃으며 젼부 딕병니 다〃르니 군스 칼을 츔츄며 장슈는 치로 등ᄌ을 쳐 즐기는 빗치 군용의 나타나되 딕의 졍졔허며 군용니 엄슉허여 감히 헌화치 못 허며 츌사헐 씩와 조금도 다르미 읍스니 원수의 법되 닛스믈 가니 알드라 쳔ᄌ 낫빗츨 곳치스 졔신을 도라보아 왈 장슈졍 김희경은 용병허미 사마양져 졔갈양니라도 더허지 못 헐리로다 허시고 탄복허믈 마지 안니 허시더라 (206)

경자삼월십오일죵 셔칰쥬의구곡김

庚子三月 十五日終 書册主舊谷金

---

409) '참으소서'의 오기.

김희경젼 권지삼

　각셜 잇찍 양원수 좌우로 갈나 셔〃 들어 오시든니 쳔즈 길가의 딕
후허시믈 듯고 딕경허여 황망니 말게 날려 복지허여 왈 셩쳬 일어틋 굴
허옵시니 신등니 간담을 쎅혀 찍히 발라도 하히 갓튼 셩은을 갑지 못
헐가 허나니다 상니 크게 반기스 친니 두 원슈의 숀을 잡고 층찬허스
왈 경등니 한 번 가믹 딕공을 일으고 도라온니 엇지 하날니 도으시미
아니리요 허시고 즐기시믈 마지 아니 허시더라 원슈 즁군의 졀영허여
딕군을 셩외의 머믈으고 쳔자을 모셔 환궁헐 식 만셩인민니 길의 나와
원슈의 쳥츈약질노 창검을 잡아 만군즁의 횡힝쳔하허고 젹장의 머
(207)

　리을 버혀는고 허들라 상니 황극젼의 젼좌ᄒ스 빅관을 모흐시고 틱
평연을 빅셜허시고 크게 질기실식 상니 명ᄒ스 어쥬을 양 원슈의게 권
ᄒ시고 졍남헌 공을 치하허시니 양 원슈 복지 딕왈 펴하의 널부신 덕
과 졔장의 심쓰미라 신등니 무삼 공니 잇슬니가 셩교 일어틋 엄즁허시
니 두리건딕 신등의 복니 숀상헐가 허나니다 상니 다시 층찬허시믈 마
지 아니허시더라 상니 사관을 명ᄒ여 장슈졍으로 쳥쥬후 슝졍공을 봉
허시고 김희경으로 하람후 평국공을 봉허시고 졔신을 차례로 공을 표
허신 후 금빅을 훗터 스돌을 상스허시니 즐기는 쇼릭 산야의 진동허
여 귀가 먹〃허들라 양인니 황망니 엿 (208)

　즈오되 신등니 지식니 젹스와 양국을 시긱의 파치 못 허고 펴하로

허여금 여러 날 근심 허시게 허온니 오히려 죄을 기달리옵거든 엇지 후
작을 감담410)허오리가 샹니 왈 짐의 츠음 뜻슨 두 경의 환조허믈 기다
려 천하을 반분허리라 허여든니 다시 싱각헌니 하날의 두 날니 읍고
빅셩의게 두 님군니 읍는지라 쳐음 뜻을 바리고 후공을 쥬는니 경등은
감니 사양치 말나 양인니 황공허여 천은을 슉ᄉ허고 집의 도라올 ᄉ
여람후 집의 도라오니 평장 부〃와 셕틔위며 최승샹니 갈오되 말니 젼
장의 듸공을 일우고 무ᄉ니 도라오니 못늬 깃거허시들라 쳥쥬후 집의
도라가니 셜낭 영츈니 반기며 기간 샹조헌 졍을 못 (209)

  늬 일커들라411) 부모 사당의 뵈온 후 셩부인게 뵈온니 부인니 크게
반기시며 친자나 지지 안니허여 사믹을 잡고 쳥춘약질로 말니의 무ᄉ
히 도라오믈 다시 치하허시들라 잇튼날 쳥쥬후 여람후 부즁의 나아가
평장계 뵈온니 평장니 십부 경익허ᄉ 말니젼장의 무사니 도라오믈 치
하허시고 왈 군후 노부의 미쳐 찻지 못 허믈 혐의치 아니 허시고 일러
틋 몬져 욕님허시니 불승황괴허여니다 쳥쥬후 층사허고 버금 여람후
을 듸허여 한헌을 파헌 후 평장니 듸연을 비셜허여 쳥쥬후을 듸졉헐
ᄉ 잇쩌 셕부닌니 쳥쥬후 표치 그록허믈 본듸 들는지라412) 한 번 구경
코져 허여 발틈으로 여허 보니 금관의 자금포을 (210)

  닙고 허리의 쳥쥬후 닌신을 차고 단졍니 안져스니 말근 긔운니 일좌
의 쏘니엿는지라 크게 놀나와 화부인을 도라부믜413) 가로되 셰상의 회

---

410) 감당.
411) 일컫더라.
412) 들었는지라.
413) 돌아봄이. 김동욱본D에는 '도라보와'로 되어 있다.

경 한나만 잇는가 허여든니 일언 사름니 잇스니 조믈니 편벽되지 아니
믈 가니 알지라 허시고 층찬허믈 마지 아니 허시더라 슈일 후 여람후
청쥬후 부즁의 나아가 슐을 나오며 정니 슈작허든니 문득 명픠 나와
양공을 블오시니414) 양후 연망니 나아가 봉명허온듸 상니 인견허스 왈
맛춤 한가허믈 인허여 경등의 아름다온 의논을 듯고져 블으미라 인허
여 연졔 양왕을 부으시니 양왕니 들어와 사졔지례로 뷔 시 두 공니 황
공허여 불감허믈 사양허니 상니 회연 왈 비록 짐 (211)

의 친즈나 경등의 졔즈라 엇지 스양허리요 오날니 맛도록 모셔 말
슴허든니 날니 져믈고 달니 동영의 올나 옥난의 빗치며 말근 바람니 쥬
렴을 흔들거날 상니 취흥을 니긔지 못허스 금션을 들어 셔안을 두다리
며 남풍시을 외시다가 양공을 명허사 글을 을퍼 짐의 질거온 마음을 도
으라 허시니 양공니 쏘한 어쥬의 취허여 시흥니 소사 나는지라 청쥬후
틴평곡을 〃푸니 쇼릐 청아허여 한 쌍 봉황니 단산의 올나 츄월의 우
는 듯허니 좌우 시신니 닷토와 구경허며 층찬을 마지 아니허고 상니 크
게 질기스 층찬허여 갈오사되 이틱빅니 청평스을 〃푸면 이에서 더허
지 못허리라 허시더라 잇씩 금누의 옥경니 진허여 (212)

옥난의 월명니 기울려쓰니 임의 밤이 깁퍼는지라 상니 명허스 시신
을 파허시고 다시 양공의 숀을 잡으시고 깁퍼 권염허여 갈로스되 짐니
그윽키 경등의게 부탁헐 말리 잇난니 모로미 허락헐쇼야 양공니 복지
듸왈 신즈의 도리의 슈하을 발부라 허여도 오히려 감심허올여든 웃지
군부의 셩심을 거역허올닛가 상니 듸열허스 갈로스되 짐니 늣기야 양

여을 두어스되 장여는 영월공쥬요 차여는 익월공쥬라 연왕과 졔왕의
동긔니 비록 용열허나 즈기 덕힝이 닛쎠 족키 군즈의 건지을 쇼님허미
북그럽지 아니 헐지라 장여로 여람후의게 허〃고 차여는 청쥬후의게
허〃느니 모로미 츄탁지 말나 허고 (213)

쾌니 허락허여 군신지분의와 옹셔지졍을 졍허여 쥬셕지신니 되미
엇지 질겁지 아니허리요 양공니 듯기을 다 허미 딕경허여 아모리 헐
즄을 모로든니 여람후 복지쥬왈 셩교 일러틋 간졀허옵시니 황공감사
허옵건니와 신니 임의 승상 최후의 여을 취ᄒᆞ여 인연을 일운지 임의 삼
연이라 셩교을 밧드지 못 허온니 불승황공허여이다 상니 흔연니 우어
갈로딕 짐니 웃지 모로리요만는 경의 즉품니 공후의 쳐허여신니 두 부
인 두미 무슴 히로오며 짐니 특별니 국법을 사허고 최씨로 상원부인을
졍ᄒᆞ고 황여로 버금을 졍허나니 다시 사양치 말나 여람후는 다시 알외
올 사졍니 읍고 청쥬후는 심신니 황홀허 (214)

여 웃지 헐 즄을 몰나 한가지로 부복사은허온딕 상니 크게 깃거ᄒᆞᄉ
다시금 당부허시고 파조허시니 양공니 퇴조허여 사믹을 연허여 나올
싀 여람후 청쥬후다려 왈 나는 임의 취쳐허여쓰믹 국혼을 즐겨 아니
허옵거니와 형은 일즉 동상의 쌔인 빅 읍사온니 그윽키 형을 위허여
치하허나니다 청쥬후 졍식 왈 봉황과 오작니 각〃 쌍니 닛ᄂᆞ니 초야
한미헌 사롬니 금지옥엽니 불가헌지라 글어허나 참졍니 그 여즈을 늬
게 부탁허시믹 언약니 즁허지라 니졔 상셔로 진졍을 상달코져 허ᄂᆞ니
다 여람후 놀나 왈 참졍의 언약을 져발임도 어렵거니와 군명도 실노 거
역지 못 헐리니다 아즉 군명을 좃고 버금 진 (215)

정을 상달허여 니참정의 언약을 일로미 올을가 허나니다 쳥쥬후 다
만 미우을 씽그리고 딕답지 아니 허고 각〃 집으로 도라 온나라 여람
후 도라와 니 사연을 부모게 고헌딕 평장과 부닌니 딕경허여 아모 말
도 못ㅎ고 묵〃허시니 최시 조금도 사싁지 아니 허시고 낫빗츨 온화니
허여 엿ᄌᆞ오되 니는 장뷔의 아름다온 일이요 허믈며 조강을 펴치 아니
허시니 쳔심니 망극헌지라 우희로 군명을 슌죵ㅎ고 아릭로 자손의 복
녹을 바드미 웃지 사름마다 헐 빈니요 바라옵건딕 과니 용예치415) 마
르쇼셔 평장니 낫빗츨 곳쳐 왈 어지다 현부의 말니여 상활허고 졍딕허
미 노부의 밋츨 빈 아니로다 공쥬 비록 어지지 (216)

못허여도 현부 마음니 편헌니 무슴 근심니 잇슬리요 차탄허믈 마지
아니 허시고 여람후 ᄯᅩ한 놉푼 쇼견을 항복허들라 [잇ᄯᅥ]416) 틱ᄉᆞ관
니 길일을 갈희여 올닐ᄉᆡ 길에 겨우 슈일니 격허여는지라 잇ᄯᅥ 쳥쥬후
집의 도라오니 셜낭 영츈니 마즐ᄉᆡ 바로 닉당의 들어가 셔안을 의지허
여 안지며 양협의 화긔 살나지고 한읍슨 근심니 미우에 낫타나 양협을
어로만지며 기리 한슘 지고 셔러허거날 셜낭 영츈 등니 의아허여 엿ᄌᆞ
오딕 군휘 궐닉로조차 나오시며 무한헌 볏치 옥안의 낫타낫ᄉᆞ오니 아
지 못거니와 무삼 일니 잇노니가 휘 침음허다가 왈 셰시 헐 닐 읍도다
인허여 황상의 구혼허시든 슈말을 일으고 (217)

탄식 왈 닉 본딕 음양을 박고문 부친의 면목을 보고져 험이요 장즁
의 들어가문 김싱의 종젹을 탐지코자 허밀든니 쳔은을 입ᄉᆞ와 쳥운의
올나 몸니 현들ㅎ여 부친의 원을 신셜ㅎ고 벼슬니 공후의 쳐ㅎ니 진

415) 김동욱본D에는 '염녀치'로 되어 있다.
416) 저본에 생략되어 김동욱본D에서 가져왔다.

실노 난쳐혼지라 불의에 셩교 일어틋 허시니 아모리 헐 줄을 아지 못
혼노라 영츈이 왈 니는 하날니 시키미요 일역니 아니라 딕기 하날니
사름을 닉시민 음양을 품슈허여 남여을 분간허엿거날 니졔 군후 쳔의
을 거슬여 칠연 남복에 음양을 폐허고 사회을 능멸허여 쳔하 사름을
속여스니 〃는 하늘니 공쥬 몸을 빌여 군후에 험물을 씨쓰미라 그러치
아니 혼면 뉘 능히 군후의 뜻즐 두로혀 슌죵케 허리요 군휘 니졔 니십
츈광니 지나신니 유한헌 광음을 엇지 (218)

군휘을 위허여 더듸리요 나히 졈〃 만토록 턱 아릭 장부의 표헐 거시
읍고 안으로 실가을 두지 못허니 잇씩을 당허여 쇼장 구변과 졔갈양 지
희417)라도 능히 딕답지 못 헐리니 남의 〃심을 좃차 일니 발각헐진딕
만고 우음니 될 뿐 아니라 당셰에 용납지 못 헐지라 그씩을 당허여 뉘
우친들 웃지 밋츨리요 잇씩을 당허여 광명장딕허고 옥당을 밧치고 규
즁의 쳐허스 완연니 여직 싱니 되어 아름다온 닐홈니 후셰에 유젼헐려
니와 그러치 아니면 만셰에 긔롱을 바들리니 바라건딕 살피스 씩을 일
치 마옵쇼셔 휘 일장을 들으민 씨다418) 왈 웃지 어미 말니야 발고 놉푸
미니 나의 흉금니 쇠락허도다 글어허나 〃의 칠연 (219)

공명니 뜻구름419)니 된니 웃지 아갑지 아니 헐리요 영츈니 다시 긔
유 왈 자고로 공명은 하날의 근본니라 그 족헌 줄 알지 못허고 물너가
지 아니 허면 나죵 큰 환을 만나난니 니러허무로 진쎡 도연명은 핑틱
영 바리고 관을 버셔 동문에 걸고 을유촌의 들어가 귀거릭스을 노릭허

417) 김동욱본D에는 '지혜'로 되어 있다.
418) 깨달아.
419) 뜬구름.

고 장환은 강동의 들어가 츄풍을 희롱허여시니 옛 사름의 명철보신허

시이 당〃헌지라 엿날420) 장즈방의 적송즈 좃칠 쩌요 허믈며 군후에

힝싁이 장부와 다르거날 웃지 공명을 일커을 빈닛가 휘 길니 탄식허고

흔연니 필연을 늬와 표을 지여 궐하의 올니〃 잇쩌의 상니 두 부마 정

허믈 못늬 깃거허스 길예을 의논허시든니 문득 청쥬후의 표 (220)

문니 올으거날 상니 의심허스 친견허시니 그 표문의 허여쓰되 청쥬

후 병부상셔 연왕틱부 집현관 틱학스 장씨 셜빙은 만번 쥭엄을 믈읍쓰

고 삼가 진정을 상달ᄒ읍난이다 신첩은 본듸 젼 니부상셔 장즈영에 여

즈라 명되 긔구허여 십셰 젼의 자모을 여희고 부친을 의지허다가 잔명

을 보젼허읍든니 첩의 죄악니 심즁허여 부친니 쇼인의 참쇼을 입어 북

희의 원찬허온니 본듸 강근헌 친척니 읍고 첩의 일신니 의탁헐 곳지

읏난지라421) 다만 유모 영츈과 시비 셜낭 등의게 첩의 일신을 의탁허

읍고 말니을 힝허온니 한 번 니별의 두 번 만날 (221)

긔약니 읍는지라 차라리 몸을 발여 셰상을 모로고져 허오나 부모의

혈류이 다만 일신 쑨이라 차마 부친 바라난 바를 져바리지 못허고 가

싀 졈〃 탕픠ᄒ와 표슉 뎡시랑을 초즈 의탁고져 ᄒ여 탁쥬로 가읍다

가 형쵸 긱졈의셔 여람후 김희경을 만나 첩의 이향허는 졍지을 아옥고

예로쎠 구혼허오니 유모 희경의 위닌을 흠모허와 혈락허고 밧비 도라

오기을 기달여 셩예허기을 언약허고 금환과 셔증으로 후긔을 증허고

탁쥬로 가온즉 졍슉니 쥭고 슉모 쏘흔 쩌난는지라 의지헐 곳지 읍셔

국법을 밋고422) 부친 얼골을 다시 보려 허읍고 북희로 가고져 허오나

---

420) 옛날.
421) 김동욱본D에는 '읍난지라'로 되어 있다.

말리장졍의 여ᄌ 쳑신니 득달키 어려온지라 부득니 쳔긔을 속니고 음양을 밧고와 유모와 시비로 더부러 남복을 긔착허고 북히로 가온즉 부친니 (222)

임의 셰상을 발닌지 슴삭니라 다힝니 젼 참졍 소셰필의 도으믈 심니버 부친 히골을 션산의 안장허고 즉시 몸을 발려 부친을 지하로 좃차 죽고자 허온나 유모 의리로 긔유허온믹 다시 김희경을 좃고져 허와 쳔하의 두로 차지되 맛춤니 종젹을 몰을지라 흘닐 읍사와 유모와 시비로 더부러 벽히슈의 쌔져쓰옵더니 맛춤 젼 츔졍 니영의 구허믈 입어 신친 목슘을 다시 사라난는지라 니영의 집의 일연을 의탁허여쏩든니 과거 긔별을 듯고 희경의 종젹을 다시 찻고져 허여 장즁의 들어갓습든니 쳔힝으로 희경과 동방의 츔 예허온니 국은니 망극헌지라 즉시 희경을 찻고져 허 (223)

온나 쳔은을 입쓰와 쳥운의 현달허온지라 다시 외람헌 싱각니 나와 우희로 국은을 만분지일나나 갑스옵고 아릭로 부친의 원ᄒ을423) 신셜허고 희경의 언약을 져발니지 마자 허여쏩든니 의외의 유협니 반허온믹 신쳡니 손의 병긔을 줍고 말니 젼장의 나아가 흉젹을 소멸허온믄 폐하의 널부신 덕으로 양국을 평졍허옵고 벼슬니 공후의 쳐허오믹 신쳡의게 족허온 즉 진졍을 상달허옵고 죄을 쳥허ᄌ 허여습든니 쳔만 의외의 간틱의 참에허온니 감니 시긱을 머물너 종젹을 은휘허올 길니 업는지라 외람허온 죄을 발키쇼셔 허여덜라 (224)

---

422) 김동욱본D에는 '잇고'로 되어 있다.
423) 김동욱본D에는 '원'으로 되어 있다.

상니 보시기을 다허시미 대경허스 용상을 치시며 층찬 왈 문장 지덕은 혹 고히허건니와[424] 귀신도 층양치 못허는 병셔는 어느 결을의 일거느고 긔특허고 쏘 긔특허도다 만고역딕의 웃지 일언 일니 닛슬리요 짐의 다만 밋기는 장슈졍 김희경 양인 쑨일더니 오날노좃차 장슈졍을 일흐니 한 팔 상험 갓튼지라 엇지 앗갑지 아니 허리요 탄식허믈 마지 아니 허시든니 인허여 필연을 늬와 친니 비답을 나리스 왈 천만 의외의 경의 표문을 보니 일변 놀납고 일변 아름다온지라 우희로 츙효을 셰우고 아릭로 신의을 일으니 이는 옛 사름의 업는 빅라 짐니 경을 으드미 장츳 틱즈로쎠 국스을 의논허며 후스을 부탁고 (225)

져 허드니 발라든 빅 오날노좃차 씬어지고 군신지의가 난호니 엇지 이달지 아니허며 엇지 악갑지 아니헐리요 불가불 후작은 거두고 학스 즉첩은 거두지 아니허는니 한나흔 짐의 구〃헌 마음을 표허고 한나흔 경의 졀윤헌 일홈을 만셰의 젼코자 허나니 짐이 임의 만민의 부모 되여 신니 뉘 짐의 자식니 아니리요 일싴에 한 번식 조회허여 군신지간 살랑허는 마음을 져발리지 말나 허여드라 쏘 스관을 명허여 틱학스 관복을 별노 사송허시니 학스 북향사빅허여 황은을 축사허고 딕스마 인신과 청쥬후 인신을 봉허여 스관을 쥬어 보늬고 늬당의 들어가 부모 사당의 크게 통곡허여 니 쑷즐 고허니 영츈 둥니 도 (226)

됴혀 비감허믈 닉긔지 못허드라 잇찍 여람후 맛춤 조현의 잇다가 표을 보고 쑴인 듯 싱시 듯 졍신니 엇쯕허여 마음을 졍치 못허든니 상니 후을 인견허스 다시 표을 뵈여 왈 청쥬후 표의 경과 언약니 잇다 허니

424) 김동욱본D에는 '고이치 아니ᄒ 되'로 되어 있다.

그 사단을 자셔니 듯고져 허노라 여람후 과거 보라 오다가 형초 긱점의
셔 언약 미진 말과 그 [후]425) 탁쥬로 가다가 만나지 못허고 북히가지
추ᄌ가 장상셔의 아들니 운구허여 갓단 말을 듯고 여람으로 도라와 종
젹을 찻지 못허여 두로 찻다가 벽히슈의셔 학ᄉ에 필젹 본 말과 급졔
헌 후 장학ᄉ을 만나 진졍을 그니든 말을 낫〃치 쥬달헌니 상니 감탄허
ᄉ 낫빗츨 곳치시고 창연허시니 만조졔신니 감창 (227)

아니헐 리 읍더라 여람후 조회을 파허고 표문을 ᄉ미의 넛코 집의 도
라와 평장 양위게 표문을 들니고 장학ᄉ의 말ᄉ믈 셜하허니 평장 양위
며 좌우 졔인니 티경허여 층찬 안니헐 리 읍드라 잇썬 최씨 겻티 잇다
가 그 표을 보고 층찬 왈 장씨의 이원허믈 족키 신명니 감동헐지라 옛
날 영웅열ᄉ에 힝젹을 만니 보아스되 족키 니 사름의 더허리 읍다 허
고 학ᄉ의 졀윤헌 지조와 티원슈의 웅장헌 긔운니 심규의 굴허여 등한
헌 여ᄌ와 비견허미 엇지 악갑지 안니허리요 허며 장씨 지덕을 경복허
믈 마지 안니허더라 평장니 후다려 왈 졔 임의 졍밍허믈 일컷고 쏘 국
혼을 미졋스니 일을 장차 엇지허리요 휘 디 (228)

왈 상니 임의 니 일을 알르시고 쏘 장학ᄉ을 사랑허ᄉ 못닉 이연허
시든 빅온니 필연 거졀치 안니허시리이다 허고 드듸여 표을 지여 궐닉
의 올니〃 표문의 허여쓰되 여람후 겸 니부상셔 졔왕티부 홍문관 티학
ᄉ 김희경은 돈슈빅비허옵고 황상 탑하의 올니나니다 신니 장슈졍으
로 더부러 졍밍헌 일은 임의 셰아리옵시건니와 하날니 사름을 닉시미
올윤니 발가는지라 신니 장슈졍을 굿게 밍셰허문 쳔지 일월니 조림허

---

425) 저본에 생략되어 김동욱본D에서 가져왔다.

신지라 졔 종닉 종젹을 은휘허여쓰온면 헐 릴 읍쌉건니와 님에 탈노허여쓰온니 졔에 언약 져바리지 못헐지라 복원 황상은 (229)

살피쇼셔 허엿드라 샹니 흔연니 비답허여 왈 짐의 아는 빅라 무슴 쳐결니 잇슬리요 틱위는 삼부닌니 쎳〃헌 빈니 이졔 경의 벼살니 공후에 쳐허엿는지라 족키 삼부인을 갓출 거시오 경으로 하여금 신의을 온전케 ᄒ고 장슈졍의 쳥츈을 악게 짐의 스양ᄒ는 마음을 손상치 아니키 허미 엇지 깃부지 아니헐리요 졍헌 길일의 공쥬와 한가지로 예을 일우워 빅연 가긔을 졍허라 허시니 여남후 평장 양위 비답을 보시고 못ᄂ 쳔은을 츅스허[고 심즁의 깃거ᄒ여 학스를 차자가 보고자 ᄒ]426)시다가 문득 싱각허니 졔 님에 종젹니 탈노ᄒ여 규즁을 직희여스니 친니 차지미 블가타 ᄒ고 일봉 셔간을 닥가 시비로 허여금 장학스 부즁의 보ᄂ니라 (230)

잇쩌 장학스 스사로 싱각허니 칠연 고싱니 쳥쳔부운 갓튼지라 표일헌 긔운을 구펴 규즁을 즉희여신니 웃지 마음니 온젼허리요 셔안을 의지허여 무한헌 심장만 허비허든니 문득 여람후 셔간니 왓거날 쩌혀본니 허여쓰되 여람후 김희경은 삼가 글월을 닥가 틱학스 장후 안젼의 붓치난니 쳔만 의외에 군후의 진졍표을 보은니 일희일비허여 엇지 졍신을 진졍허리요 학싱니 군으로 더부러 긱졈의 언약허미 쳔디신명이 알으시고 일월셩신니 졍참허온 빅라 한조각 금환니 속졀 읍시 낭즁만 직희여 다시 바랄 빅 읍습더니 쳔디 무심치 아니허여 군후에 마음을 두르혀 본졍니 탈노허온니 그윽키 군 (231)

---

426) 저본에 생략되어 김동욱본D에서 가져왔다.

후을 위허여 웅지디악[427]을 악기옵건니와 하날니 사름을 닉시미 남여 분별허여는니 칠연을 세상의 횡힝허여 위명니 천하의 진동흔지라 엇지 조고마헌 밍세을 위허여 남의게 굴허리요만는 황상의 명교도 게시고 버금 부모의 허험도 잇는 고로 외남허오믈 씌닷지 못허고 비희을 돕는니 큰 쯧즐 굽피미 불가허오나 긱졈 언약을 져바리미 엇지 하날 두렵지 아니힐리요 세 번 싱각허고 한 번 회답허여 한 싹 금환을 속졀 읍시 임자 읍는 그믈리 되지 안니허믈 바랄노라 허여더라 학수 보기을 다허딕 옥수로 서안을 치며 키계 우서 왈 닉 남복으로 칠연을 힝세허되 휘 쏘한 나의 수화 되엿는지라 니쌔을 당허여 웃지 오 (232)

날〃 잇슬 줄 알이요 닉 문을 닷고 셰승을 하즉헐가 의심허기도 고이치 안니허건이와 한아을 갈리쳐 밍셰허믈 부모 사당에 고허여는지라 웃지 구〃이 붓구려우믈 가져 부모에 명〃지즁에 바라시는 바을 저바라리요 허고 드듸여 필연을 닉여 회셔을 닥가 보닌니 영츈 등이 쏘한 학수에 마음니 굴치 안니힐가 염예허나 감히 말을 못허고 회셔 닥가보닉믈 보고 크계 깃거 갈오되 학수 활달헌 소견은 장부에 밋츨 빅 아니라 굿틱여 여자 되시미 오히려 후박니 잇는 줄을 아은니 틱학수 되미 북그럽지 아니타 허더라 잇써 여람후 시비을 청쥬 후 부즁의 보닉고 종닐 회답을 기달리더니 문득 시비 회셔을 들니거날 그 회셔의 허여스되 젼 청쥬후 (233)

병부상서 겸 연왕틱부 홍문관 틱학수 장씨 셜빙은 북그러우믈 무릅쓰고 삼가 글월을 닉부상서 여남후 안젼의 올니나니 오회라 하날니 사

427) 김동욱본D에는 '웅지딕략'으로 되어 있다.

룸을 닉시미 반다시 길흉화복을 졍허여는니 본딕 시운이 불힝ᄒ고 팔자 긔박ᄒ여 쳔지을 속이고 일월을 갈희여 셩교을 져바리고 음양을 박구와 우흐로 군부의 승춍을 속이고 아릭로 만민의 이목을 가리와든니 〃예 일르문 영화 도로혀 직앙을 버겨난니 두려온 마음니 흉즁의 가득헌지라 일어무로 표을 올여 허물을 자쳑ᄒ고 부월의 버희물 당코자 허엿든니 황은니 틱산가트여 잔명을 용셔허시미 문을 닷고 종젹을 감초와 셰상을 모로미 엇지 쳡의 뜻시 안니리요만은 쳐음의 언약을 온젼헐가 허밀던니 쳔만 의외예 군후의 옥찰을 밧든니 비로소 황상의 하날 갓스온 셩교을 알고 군후의 권익ᄒ (234)

시믈 아라난지라 황공험과 감ᄉ험미 엇지 방촌을 밧드지 안니허리요 군후 쳡으로 더부러 동방의 게화을 썩고 쳥운의 올나 옥당의 동열니 되여 남지셕을 한가지 ᄒ고 쥬야를 셔로 써나지 안니허연지 거위 삼연나라 간담이 셜우 비취거늘 군후의 발그시믈오 쳡의 촌심을 빗칠여든 엇지 무신을 칙허여 이다지 조롱헐 빈리요 쳡이 당쵸의 몸을 나라에 허〃문 부친의 원을 풀고져 허미요 칼을 잡고 젼장의 나아가문 님군의 근심을 난화 국은을 갑고져 허미요 표문의 본졍을 탈노허미 쳔지간 용납지 못허믈 물읍쓰고 북그러우믈 참아 잔명을 악기문 긱졈 언약을 참아 져바리지 못험미라 셩춍을 감이 긔니지 못허여 표문의 다허여 거날 쳡의 촌셩을 헤아리지 못ᄒ고 무신을 칙허시니 도로혀 슈괴허옵건니와 쳡이 본딕 죄악이 지즁헌지라 일즉 부모을 여희고 도로혀 유리허와 사히을 두로 발분니 종젹이 (235)

아니 간 곳지 읍는지라 어의 결을의[428] 여자 힝실을 빅와슬리요 한갓 일근 바 병셔요 익인 반는 금슐429)이라 난셰을 당허면 혹 쓸 듸 잇슬 연니와 가사을 소임허문 본듸 빈호지 못 허여는니 군후는 쳡을 취허여 무어세 쓸니요 반다시 한 즈각 블모헌지라 군휘 임의 조강이 잇고 쏘 공쥬을 마즈시니 우흐로 부모을 봉양허고 버금 군후의 건즐을 밧들미 유예헌지라 바라건듸 군후는 익니 싱각허여 용열헌 쳔쳡을 싱각지 마읍시고 영문의 욕되믈 끼치지 말으실가 허나니다 허엿거늘 휘 보기을 다 허믹 크게 웃고 즐거온 마음을 비헐 쩌 읍는지라 편지을 가지고 닉 당의 들어가 부모 젼의 올인니430) 평장니 보시고 (236)

쏘한 우으면 일변 깃부나 너무 활달험믈 근심허시든니 어연지간의 길일을 당허믹 여남후 우의을 갓쵸와 졍니 쩌을 기다리더니 문득 틱감 니 나와 황명을 젼희여 왈 하날니 일윤을 졍ᄒ시듸 만식 찰예 잇느니 금口을 사랑ᄒ고 위엄을 밋고 션후을 알니지 안니 헌면 니는 셩교을 니 즈미라 짐니 싱각허니 장슈졍의 언약은 먼져 일엇고431) 공쥬의 힝예는 나죵 될지니 엇지 졍니 션후을 찰니지 아니 헌는요 반다시 찰예을 일치 말나 일어허믈로 틱감을 보닉여 짐의 뜻츨 젼허나니 먼져 장슈졍의게 예을 일으고 버금 공쥬의게 셩예하라 허시니 좌즁니 다 놀나 승덕을 칭ᄒ고 평장과 여람후는 블승황공허믈 축사허온듸 상이 블윤허시니 어연지간의 쩌 늦졋는지라 (237)

휘 마지 못허여 황명을 슌슈헐 식 옥안영풍의 길복을 갓초고 금안빅

---

428) 어느 겨를에.
429) 익힌 바는 검술.
430) 올리니.
431) 이루었고.

마로 먼져 장슈졍의 부즁의 일어[432] 표빅을 맛츠미 닉당의 들어가 교빅을 일은 후 눈을 들어 바라보니 학식 머리의 화관을 쓰고 몸에 으사 청삼을 닙어스니 굿티여 단장은 아니 허여스나 풀은 눈셥은 원산의 봄빗츨 써혀고 말근 긔운은 가을 물결 갓트여 가는 허리와 표일헌 긔골니요 "졍 "허여 약헌 긔골의 의복을 니긔지 못허여 비틀 " "허니 엇지 옛날에 말니 젼장에 나아가 쳔병만마을 호령ᄒ고 만군즁의 횡힝허든 위풍니 일졈도 읍는지라 휘 반가온 마음니 소사나미 탐 "헌 졍을 니긔지 못허여 금션을 드러 옥면을 갈리오고 완 "니 우으며 왈 평일 금궐옥당의 삼미을 연허여스며 금극 장즁의 버긔을 한가지로 허여 은근헌 졍니 무 (238)

궁무진허나 슷씨는 반가온 빗치 읍든니 오날 " 화촉을 딕허오미 완연니 형촉[433] 긱졈의 그리든 옥용니 들어나오니 아지 못게라 군휘 필연 변신을 빅화 희경의 마음을 됴롱허는가 허나니다 셜파의 혼연니 우어 희담니 자약허니 좌우 시비며 만좌 졔인니 다 크게 웃더라 학식 쏘 청삼을 들어 닙을 갈리오고 쇼리을 나즉니 허여 왈 군후 당초의 쳡을 으심허미 마음니 임의 변허엿는지라 니는 군후의 안광니 마음을 좃차 변허고 쳡의 일홈을 변허여스나 쳔싱여질니이 무삼 변허미 잇슬니요 허며 츄파늘 나져지고 양협의 홍운니 쇼사는니 모란화 츈풍의 붓치며 희당화 조양의 비츰 갓튼지라 옛날 슈심 즁의 보든 얼골과 달은지라 휘 다시금 반가온 마음니 무궁무진허여 거름을 옴길 마음니 읍든니 (239)

---

432) 이르러. 김도욱본D에는 '나아가'로 되어 있다.
433) 형초.

날이 느지미 몸을 두루혀 외당의 나와 길복을 갓초고 위의을 갓초와 공쥬궁으로 향헐 식 구경허는 스룸니 뉘 아니 층찬허리요 인허여 공쥬 궁의 나아가 천지게 표빈헌 후 화촉의 나아가 공쥬로 더부러 교빈을 일을 식 무슈헌 신예 좌우의 옹위허여는듸 칠보단장헌 궁예 좌우로 쌍"니 나오니 긔니헌434) 향닉 사룸의 코을 먹키더라 예을 마츤 후 휘 잠간 눈을 들어 공쥬을 바라보니 빗는 익미와 말근 긔운의 찰난헌 빗치 용광의 가득허여 은"니 강산정긔을 써혀쓰며 헤일헌 긔질과 빙정헌 용광니 일월의 광치 어리여 금지옥엽을 가니와더라 글너나 단아헌 긔상니 졍니 최씨와 방불허되 윤퇵허고 슝할헌 거동은 실노 장학스와 갓지 못허나 예도에 층등은 읍는지라 휘 (240)

심즁의 혀오되 닉 쇼연의 등과허여 나히 니십의 벼슬니 공후의 쳐허 미 마음의 송구허든니 이제 옥쥬을 엇고 삼부인을 둔니 실노 과헌지라 허물며 장씨는 만고에 읍는 지조요 최씨는 전후의 읍는 부인니라 니졔 공쥬 쏘한 아름다온 지덕을 겸허여쓰니 엇지 깁부고 질겁지 아니 허리요 흐더라 날니 임의 느지미 부마 바야흐로 동방의 나아가 쉬고져 허든니 문득 장학스을 싱각허고 격연 스모헌 졍회을 능히 억졔치 못허나 일을435) 바리고 져을 감미 불가허여 쥬져흐다가 홀연 식다라 왈 황상 니 임의 찰예을 졍허여 게시니 침실인들 엇지 찰예 읍슬리요 공쥬 비록 미심니 여길지라도 황명을 빙즈허고 먼져 장학스을 차져 나의 원을 풀 니라 흐고 몸을 일어 즁당 (241)

의 나와 의관을 졍졔허고 말게 올나 표연니 장학스의 부즁으로 가니

---

434) 기이한.
435) 이를.

문득 모든 신예 그 연고을 모르고 들어가 공쥬게 부마 무단니 도라가믈 고헌듸 공쥬 쏘한 들을 쌀음이요 긱별 기회허는 빗치 읍시니 유모 정 시 발연듸로허여 부마 물에허미 엇지 일어틋 허리요 장씨을 위허여 우 리 옥쥬의 위염을 읍슈히 역기시니 져 장씨은 엇더헌 스름 니완듸 감히 부마의 은총을 올로지 헐리요 필연 후환니 즉지 아니 헐리니 당〃니 황 상게 쥬달허여 국벽을 발키미 올을지라 공쥬 문득 변식 왈 엄미 엇지 일언 말을 허는요 장씨은 옛날 은졍니 잇고 나은 곳 시스롬니라 쏘한 차예436) 분명허여 션후을 힝허엿나니 져을 먼져 차지미 부마의 쩟〃 흔 도리라 만일 부마 져을 바리고 날을 듸 (242)

헌면 니은 부귀을 취허미요 우념을 두려워 험미니 이은 진실노 군즈 의 도리 안니라 허고 황복허믈 마지 아니코 왈 어미은 고니헌 말노쎠 나의 허물을 씻치지 말나 유모 물유허여 듸답헐 마리 읍든니 이읍고 왈 말슴니 지극허시나 부마 차질진듸 명박키 이으고 가실 거시여늘 무 단니 가시며 일호도 긔화허미 읍싸온니 엇지 옥쥬을 읍슈니 여기미 안 니요 공쥬 쇼왈 듸장부 셰상의 쳐허미 사히로 집을 삼고 팔방의 가속 니 잇는니 엇지 남즈의 츌입을 여즈의게 품허고 단니리요 실노 엄미 말 갓틀진듸 부마은 한구헌 필부고 활달헌 장부 아니라 십육 셰 빅면 셔싱으로 석자 거문고을 의지허여 능히 규즁 여즈을 여어보고 니십 츈 광의 흥젹을 소멸허고 (243)

공훈을 셰워 위염니 쳔하의 진동허여시니 날 갓튼 여즈 엇지 둘리미 잇슬니요 엄미 엇지 쇼장부로 안는요 언파의 옥치을 들어닉여 낭〃니

436) 차례.

우으니 유모와 신여 등니 공쥬의 활달험과 총혀허믈 층찬허더라 잇씨 장학ㅅ 부마을 공쥬궁의 보닉고 영츈 등으로 더부러 측을 듸허여 서로 심회을 위로허든니 문득 시비 들어와 부마의 도라오시믈 보허거늘 학ㅅ 듸경허여 급피 〃코져 허든니 즁당의 다달안는지라 학싱 헐일 읍셔 몸을 일어 마질 식 부마 져의 일어틋 황〃허믈 보고 마음의 의아허여 좌정 후 부마 쇼왈 군휘 엇지 일어틋 ㅅ름을 외다허시고 근본 천하을 듭게 여기시고 사히 팔방을 두로 도라 김서방님 차질 졔는 무슴 쯧지 며 니졔 천은을 닙 (244)

어 셔로 만나미 빅연을 오히려 즉다 허고 한탄헐 터인데 학싱을 오날〃 보고 황망니 피코져 허시문 쏘한 무슴 쯧지니이고[437] 학싴 낫빗츨 곳쳐 왈 쳡니 굿티여 군자을 피코자 험미 아니라 오날〃 부마와 공쥬에 빅연 가긔을 일우는 날인니 쳡니 비록 황은의 엄절을 입어 군즈의 셩에을 밧듬도 오히려 황송허옵거든 엇지 감니 공쥬의 길긔을 황거허리요 니는 국체의 손상험미요 공쥬을 읍슈니 여기미라 바라건듸 군즈는 군명을 욕되지 아니키 허여 공쥬궁으로 도라가 알음다오믈 닐치 말으쇼셔 언파의 긔식니 씩〃허여 호월니 츄상의 빗침 갓트여 닝담헌 긔식니 오히려 전일 군즁의셔 회힝허든 위엄의 지나지 아니허드라 부마 져의 깃거 아니허믈 보고 심즁의 불쾌허나 임의 정헌 쯧즐 무삼 도루우미 잇슬리요 혼연니 우어 왈 (245)

황상니 전지허와 찰예을 일치 말나 허시니 오날 군휘을 차즈문 ㅅ〃니 오미 아니요 황명을 좃치믄니 군휘은 츄호도 의예 마옵쇼셔 학싴 불

437) 뜻이니잇고.

안허나 힐인 웁는지라 미〃히 웃고 젹ᄉ438)을 슈작허든니 밤니 임의 깁퍼는지라 인허여 촉을 물이고 운우지낙을 일우니 그 경구현439) 졍을 일오 셜화허기 어려온지라 닛튼날 집의 도라와 부모게 뵈온딕 평장과 부인니 장학ᄉ와 공쥬의 덕힝을 물으시고 못닉 깃거허시더라 부마 최씨 침쇼에 일운니 최씨 맛춤 문안을 파허고 밋쳐 장속을 벗지 못 허엿는지라 부마의 들어오믈 보고 황망니 마져 좌졍 후 염용 치하 왈 오날 구인440)을 식로니 만나시고 쏘 옥쥬을 으드시니 그윽키 군자을 위허여 치하허나니다 부마 눈을 들어 보니 자약헌 긔식과 온공헌 말슴니 조금도 사식니 웁는지라 닉럼의 그 어지 (246)

믈 탄복허고 층사 왈 부인니 웃지 니딕지 됴롱허시ᄂ요 자고로 젹국을 질겨 깃거허는 지 웁거날 부닌니 홀노 학싱의 쯧즐 시험허시니 실노 평일 바라는 빅 아니로쇼니다 최부인니 딕왈 군직 엇지 이런 말슴을 허여 쳡의 마음을 불안케 허시니가 장학ᄉ는 군즈의 빈한허실 쩍의 졍허신 빅라 겸허여 요됴숙여오 공쥬는 금지옥엽니라 쳡니 엇지 일호나 블평헌 빗츨 두리요 군직 한 투긔허는 사름으로 의혹허시니 참괴허여니다 부믹 우어 왈 부인의 션심을 모르리요 일시 희언코져 험미니 부인으로 허여금 참괴허여니다 최부닌니 층찬허더라 날리 느지믹 부믹 공쥬궁즁에 일으니 공쥬 마져 좌졍헐 식 부마 눈을 들어 공쥬을 보니 식팅 쳐연허고 화긔 미우에 가득허여 어졔 무단이 가믈 조금도 쾌렴허는 빗치 웁거늘 심즁에 경복허믈 (247)

---

438) 셕사(昔事). 김동욱본D에는 '셕ᄉ'로 되어 있다.
439) 견권(繾綣)한. 김동욱본D에는 '은근흔'으로 되어 있다.
440) 구인(舊因): 오래전부터 맺어온 인연.

마지 아니 허고 쇼왈 사룸니 마음을 강잉허여 뜻즐 속기문 장부의 일니 안니라 학싱니 장씨로 더부러 천지을 갈으쳐 밍셰허문 공쥬도 필연 알으실 빈라 쏘 황상의 젼지 게시믈로 션후을 찰니고져 허여 어졔 공쥬의 외로으믈 싱각지 아니 허고 〃인을 먼져 츠져쏫온니 공쥬 학싱의 방즈허믈 치이허실지라 그윽키 죄을 쳥허나니다 공쥬 쳥파의 낫빗츨 곳치고 염용 듸왈 군즈 엇지 니런 말슴을로 슈졍을 헐 빈 닛슬니요 그윽키 군즈을 위허여 차례로 힝허믈 치하허나니다 부마 쏘 치스허고 밤니 깁퍼시믜 쵹을 물니고 침금의 나아가 금슬지락을 닐우니 그 견곤허미 일오 졍신니 읍셔 층양셜화을 비힐 데 읍더라 날을 갈회여 괄예을 일울시 즁당의 표진을 빈셜허고 평장과 부닌니며 최부인니 모든 친척을 거나려 장부인과 공쥬을 기달 (248)

리더니 〃날 장학스 장속을 션명니 아니허고 다만 화관 취삼으로 셜낭 영춘과 시비 슈인을 다리고 부즁의 일으니 공쥐 아직 오지 아니허여 스믜 외현의 머무든니 잇쩌 공쥐 쏘한 일으러 학스로 더부러 닉당의 들어가 구고게 폐빅을 파허고 좌즁의 예을 맛고 평장이 왈 최씨는 희경의 조강니라 두 현부는 셜오 은의을 믜질지여다 공쥬와 학스 명을 밧더 나[아가]⁴⁴¹⁾ 각각 예을 맛고 좌을 졍허믜 최부인니 몸을 일어 갈오듸 장부인은 부마 빈한헐 졔 결밍허신 빈요 공쥬는 황상의 곤이허신 빈라 쳡니 비록 문하의 먼져 의틱허여스나 엇지 감히 상좌을 당헐리니가 드듸여 말셕의 좌을 졍허거날 학스와 공쥐 옷깃슬 염의고 곳쳐 쥬왈 쳡등은 다 시스람니요 최부인은 부마의 조강니라 쳡등니 말셕 당허미 올흘가 허나니다 엇지 감히 상좌의 참 (249)

---

441) 저본에 생략되어 김동욱본D에서 가져왔다.

예혈이 〃가 최씨 왈 [첩이]442) 김씨 문하의 써나지 아니험도 틱산 갓튼 은덕니라 동열의 참에함도 외람허옵거든 감이 상좌를 당허오리 이가 바라건듸 옥쥬와 장부인은 좌를 정허옵쇼셔 쏘한 평장과 부마 결단치 못허여 가장 쥬졔허드니 날니 느지믹 문득 시비 보허되 황후낭 〃니 궁녀을 보닉스 〃문의 임허엿ᄂ니다 허거늘 좌즁니 다 놀나고 평장과 부마 쏘한 외당으로 나가니라 셕부인니 명허여 들러오라 허신니 니윽고 궁녀 들어와 당상의 올나 보니 공쥬 두 소연 부인으로 더부러 억기을 갈아 말셕에 셕고 좌우의 모든 부인니 좌셕을 써나 일어나거늘 가장 고히 여기든니 셕부인니 문왈 궁인니 무삼 연고로 누ᄉ의 용임허시오 궁녜 쏘한 아지 못허고 엿자오되 황후낭 〃니 쇼첩을 명허ᄉ 부인게 전허시고 황상니 쏘한 평장 부마의게 젼지를 날니 (250)

오시며 최부닌과 장부닌 즉첩을 나리시오믹 명을 밧자와 왓나니다 말삼을 맛치며 즉첩을 밧들어 드리거늘 부인니 황망니 향안을 빅셜허고 써여보니 황지의 허엿스되 짐니 총망허여 밋쳐 젼지를 못허엿느니 최씨에 현분은 아지 못허건니와 장씨는 짐의 고공 되어 오연을 근시허믹 그 우인을 임의 알앗고 공쥬은 짐의 골육니라 비록 지식니 읍고 쏘한 예도의 버셔난은 힝실니 읍는니 짐니 싱각건듸 오날 〃 좌차의 일정 편치 못헐 듯헌고로 차예를 정허여 즉첩을 날니나니 삼가 명을 어기오지 말나 장씨 비록 나즁의 만나스믹 언약을 먼져 두어 부 〃의 딕윤을 정허여스니 장씨로 상원 츙열부인을 봉허시고 최씨로 둘직 정열부인을 봉허시고 익월공쥬로 셰직 [부인]443)을 봉허나니 션심으로 의를 믹자 빅연을 안양헐라 허여더라 마 (251)

---

442) 저본에 생략되어 김동욱본D에서 가져왔다.
443) 저본에 생략되어 김동욱본D에서 가져왔다.

지 못허여 좌를 정헌 후 비로쇼 눈을 들어 보니 좌즁의 여러 부닌 만흐되 오즉 공쥬와 최부닌니 좌즁의 쌔혀나 완연니 동방의 쌍월니 도다 난 듯 히즁의 두낫 명쥬 잠겨는 듯허니 학스 딕경 왈 닉 칠연을 남복으로 천하를 두로 단게스되 일어헌 스룸은 한나흘 보지 못 허여든니 오날″ 한 잘리의444) 두 스룸을 보니 엇지 긔니치 아니 헐리요 허더라 모든 부닌에 츌셰헌 싁틱 한 번 보고 못닉 경탄허며 셕부닌을 향허여 모다 치하허믈 마지 아니허니 셕부인이 크게 깃거 평장과 셕틱위 외당의 나와 빈긱을 모흐고 딕연을 빅셜허여 질기고 파흐니 그 부귀영화을 안니 부러허리 업드라 이젹의 상이 명허스 평장의 집을 싀로이 지여 일홈을 장슈궁이라 헐싀 분장치싁이 십니에 둘너쓰니 광치 찰난허여 반공의 소사난니 그 장녀허믈 이로 츙양치 못헐네라 (252)

학스는 영월당의 쳐허고 최부인은 빅화정의 쳐허고 공쥬은 상츈각의 쳐허여 믹일 구고게 문안허믹 한 당의 모여 옛 슬람에 힝실을 슈작허며 혹 풍월도 학논허며 세월을 보닉든니 일″은 학스 마음니 심″허여 밤니 깁도록 잠을 닐우지 못허고 홀노 영츈 등으로 더부러 상활누의 올나 닉간을 의지허여 월싁을 구경헐 싀 오즉 말근 바람니 화영을 옴겨 옥난의 올나 가고 말근 바람은 향닉을 모라 쥴렴을 요동허니 절승헌 경긔는 사람의 흥을 도읍는지라 학스 시흥을 닉긔지 못허며 시운445) 일시을 지어 스스로 을푸며 혼즈 보믈 앗겨 영츈으로 허여금 빅화정의 가 최부인을 모셔오라 허니 영츈니 승명허여 빅화정의 가니 맛춤 최부인니 촉을 발키고 글을 잠심허다가 영츈을 보고 심야의 온 연고을 뭇거늘 영츈니 학스의 쳥허믈 전허니 최부인니 사양치 (253)

---

444) 자리에서.
445) 사운(四韻). 김동욱본D에는 '스운'으로 되어 있다.

아니허고 흔연니 몸을 일어 다만 츈빙을 다리고 영츈을 돗차 상화누을 향헐식 길니 상츈각을 지나는지라 잇씌 부마 공쥬로 더부러 슈작허다가 바야흐로 자고져 허든니 홀연 쵸불 그림자 창의 빗츠며 사롬의 자최 잇거늘 부마 시비로 허여금 보라 허니 드러와 보허되 최부인니 두어 시비을 다리고 영월당446)으로 가든니다 부마 들을 짤음일던니 공쥐 소왈 오날" 달니 밝고 풍경니 알음다오니 장학스 일정 시흥을 참지 못허여 최부인을 쳥허미 잇도다 부마 쇼왈 글어면 엇지 옥쥬을 쳥허미 읍는요 공쥬 왈 니는 부마 게시믈 아는 고로 쳥허미 읍너니라 부마 왈 가고져 허시나니가 공쥬 왈 가고 시푸되 쳡을 쳥치 아니허문 부마을 쓸리미라 니러무로 가지 못허더니다 부마 왈 어렵지 안인지라 학싱의 거쳐을 뭇거든 초혼의 셕쉭니 스룸을 보니여 다려 갓다 허쇼셔 공쥬 미"니 웃고 딕 (254)

답지 아니허드라 부마 지삼 권허거늘 공쥬 비로소 시비을 다리고 상월누을 힝허여 가니라 잇씌 최부인니 영츈을 짜라 상활누의 다"른니 학스 홀노 옥난을 빗겨 풍월을 "푸다가 최부인 오믈 보고 마져 좌을 졍헌 후 학싀 왈 일즉 풍상을 만니 격거는고로 자연 잠을 닐우지 못허여 월싴니 조용허고 풍경니 알음다오민 니에 와 구경헐식 도로혀 고단허믈 금치 못허여 외람니 쳥허미니 혐의치 아니허시고 이에 일으시니 불승감사허여이다 최부인니 염용 딕왈 군휘 엇지 니런 말씀을 허시고447) 슈화라도 불폐허올여든 풍경을 구경허물 엇지 사양허리요 니에 셔로 우어며 경기 알음다온믈 화답하든니 최부인니 왈 오날" 아름다온 경기을 당허여스되 홀노 옥쥬을 모시지 못허오니 홀"허오믈 금치

446) '상화루'의 오기. 김동욱본D에는 '상화루'로 되어 있다.
447) 김동욱본D에는 '허시는 잇가'로 되어 있다.

못하리로쇼니다 학스 왈 청코져 허되 부마 그곳데 가시무로 옥쥬을 청치 못허여나 (255)

니다 말을 맛지 못허여 한쌍 촉불니 난간의 올으며 두어 시비 한 부인을 뫼셔 들어오니 〃는 공쥬라 학스와 최부인니 놀나며 반가오믈 이기지 못허여 황망니 일어나 마질식 공쥐 난간의 오르며 우어 왈 첩비 〃록 용열ᄒ오나 두 부인게 일즉 부족허미 읍거늘 일언 아름다온 경을 듸허여 불으지 아니허시니 무삼 허물니 잇는지 ᄭᆡ닷지 못허나니다 학스와 최부인니 우어 왈 맛춤 다리 발고 일니 읍스미 최부인을 청허옵고 옥쥬을 청치 못허믈 한탄허여쑵더니 의외에 옥쥬 임허시니 엇지 질겁지 아니리요 그러나 첩등의 모다스믈 아으시면 부마는 엇지 속기고 오신니가 공쥐 왈 부미 잇슬진되 무삼 교계을 허리요 초혼의 셕존슉니 불너 갓스미 첩니 홀노 닛쑵든니 마춤 최부인니 일니로 지나시미 일정 긔회 잇슬믈 짐작허고 왓나니다 학스와 최부인니 듸회 왈 부마의 나가 (256)

심과 옥쥬의 한가허시미 실노 다힝니라 오날은 밤이 맛도록 질기스이다 허고 쥬찬을 늬와 셔로 권힐식 공쥐 잔을 들어 두 부인을 향허여 왈 우리 셰 스룸니 한가지로 의을 미겨 빅연을 동낙헐리니 엇지 심간을 은휘허리요 첩이 잠간 장원의 변복허든 말과 최부인은 거문고의 속은 일을 들어스되 오즉 자셔치 못허오미 알고져 허옵든니 오날은 우리 실노 긔회헐 나리라 금옥 갓튼 됴언을 듯고져 허나니다 학스 왈 첩의 힝젹은 천하 스룸니 다 아는 빅라 허고 셰〃니 젼후 스단을 셜화허며 늬참졍의 여즈로 결혼허든 말삼니며 셜낭 영츈으로 의지허든 말을 셜화허니 주연 마음니 비창허여 옥뉘 종힝허거날 츈풍의 모란화 비마즘 가드라 공쥬와 최부인니며 좌우 시비 각〃 비감허여 눈물을 흘니거늘 학시 비감허믈 거두고 최부인을 힝허여 왈 쳡의 스 (257)

후와 영위을 비셜허시니 쳡니 마음을 다 허여 은혜를 갑지 아이니요 공쥬 니 말을 듯고 최부인을 향허여 스례 왈 쳡니 실노 부인의 일어허신 셩덕을 몰나드니 오날〃 드르니 부인은 실노 고금의 읍는 사름 니라 엇지 흠모치 아니허리요 최부인니 피셕 뒤왈 니는 다 구고의 셩덕이요 부마 유신험니라 엇지 쳡의 덕니 잇슬리요 상원과 옥쥬 일어툿 유렴허시니 도로혀 북그러믈 니긔지 못허리로쇼니다 공쥬 더옥 학스의 셩덕을 못뉘 슬러허니 양협의 화긔 사라지고 참담헌 빗치 미우의 가득허니 최부인니 심즁의 어지믈 못뉘 탄복허여 몸을 일어 다시 안져 왈 상원의 이원헌 슈작의 일흥니 사라져 즁셩니 빗치 읍고 좌셕니 고요허오니 쳡니 또한 지담을 볘풀어 상원과 옥쥬의 일장 우음을 도으리라 허고 인허여 변복허고 창여되어 셕틔위을 둣츠 왓스믜 (258)

승상니 살랑허여 일홈을 물으시니 창졸의 초운이라 허든 말이며 뉘 당의 드러와 거문고을 타며 가사늘 노릐허믜 만좌 경탄허여 쳡을 불으믜 층병허고 나오지 안니허다가 최부인의 잡펴 나오든 말이며 부마 즁 당의 일으믜 근좌허믈 쳥허든 말이며 거문고을 나와 여러 곡조을 타다ㄱ 나즁의 봉구황 곡조을 타믜 긔식을 알고 뒤답지 아니허니 부마 두 셰 번 갈으치라 허고 보치든 말이며 그즛 층병허고 들어오믜 부믜 즉 시 도라간 후 승상이 츈빙의 [말을]448) 의혹허여 셕틔위 집의 갓다ㄱ

---

448) 저본에 생략되어 김동욱본D에서 가져왔다.

부마을 만나 발각헌 슈말을 낫〃치 셜화ᄒ니 학ᄉ와 공쥬 흔연이 비회
을 잇고 호치을 드러 말마다 장단을 치며 우음을 ᄯ치지 아니ᄒ니 좌
즁이 변한허여 화긔 가득헌지라 상하 일시의 우ᄉ니 졍이 근심허든 사
ᄅᆷ을 보면 근심ᄒ고 즐기는 ᄉᄅᆷ을 보면 즐긴단 말이 〃의 일으밀더라
다시 슐을 나와 즐기며 화답허든니 학사 쳐음 혼ᄌ 지엿든 율시 (259)

을 ᄂᆡ여 공쥬와 최부인을 뵈여 왈 쳡니 먼져 와 조런니 지여쎱든니
비록 보암즉지 아니ᄂ 옥쥬와 최부인은 쥬옥을 악기지 말고 잠간 차운
허여 아름다온 경을 화답허쇼셔 공쥬와 최부인니 바다 보오니 필법 졍
묘험과 시지에 상활험미 실노 귀신니 두리며 풍운을 놀닐지라 크게 차
탄 왈 니젹션니 쥭지 아니코 왕희지 살라슬지라도 오히려 압두홀 지라
엇지 쳡등의게 비힐리요 그러나 상원니 보고져 허시니 엇지 사양허리
요 드듸여 지필을 잡아 츠운헐 시 쓰기을 다 허미 학ᄉ의게 젼허온ᄃᆡ
학ᄉ 보기를 다 허미 시지와 필법니 긔묘허고 으사 활달허니 학ᄉ 딕
찬 왈 최부인은 고금의 읍는 문장니라 쳡의게 밋츨 빅 아니로쇼니다
공쥬와 최부인니 딕쇼 왈 쳡등의 미거헌 글노 상원에 길니믈 밧ᄌ오니
불승슈괴허여이다 허고 셔로 치하허드라 홀연 난간 뒤흐로셔 한 ᄉᄅᆷ
니 ᄂᆡ다라 크게 (260)

우어 왈 삼부인니 셔로 겸양허여 그 울열을 졍치 못허시니 학싱니 비
록 무직허오나 쳥컨딕 한 번 구경허여 그 고하을 졍코져 허나니다 허
고 시츅을 취허여 촉을 발키고 보니 〃는 자〃 쥬옥이라 [잇ᄯᅥ 부
민]449) 공쥬을 속여 보ᄂᆡ고 그 뒤을 ᄯᆞ차 난간 박게 은신허여 삼부인

---

449) 저본에 생략되어 김동욱본D에서 가져왔다.

에 그동을 구경허다가 학ᄉᆞ의 정회와 최부인의 ᄌᆡ담을 듯고 우낙니 상반허여 각〃 시을 지여 셔로 겸양허는지라 부마 보다가 셰 시전을 거두어 보니 셰 글니 간 ᄃᆡ로 우열니 읍셔 자〃 쥬옥니라 드ᄃᆡ여 평논 왈 창히 갓치 널으기와 우쥬 갓튼 문장은 학ᄉᆞ의 글리요 정쇄허기 어름 갓고 찰난허기는 공쥬의 글니요 민쳡허기는 최부인 글리니 우열을 의논헐진ᄃᆡ 학ᄉᆞ는 장원니요 공쥬는 둘ᄌᆡ요 최부인은 그말니라[450] 장원은 당연니 예을 허고 거말 벌ᄒᆞ실인니 공쥬는 장원과 거말의 예벌 힝허옵쇼셔 (261)

삼부인니 묵〃허다가 장학ᄉᆞ 미우을 찡그리며 피셕 ᄃᆡ왈 쳡은 듯ᄌᆞ오니 군ᄌᆞ 한 가지 글으믈 힝허면 ᄇᆡᆨ 가지 어진 마음니 읍다 허오니 엇지 부마 ᄌᆞ최을 가만니 허여 분여의 자최을 여어보니 〃는 군ᄌᆞ의 헐ᄇᆡᆨ 아니라 문득 ᄂᆡᆼ담 빗치 안광의 쇼사나니 봄니 변허여 겨우리 되고 니슬니 ᄆᆡ자 셜리 되여는지라 부ᄆᆡ 크게 우어 왈 학ᄉᆡᆼ은 들으니 어린 ᄉᆞ름니 천번 ᄉᆡᆼ각허와 한 번 올흠니 잇고 지예 잇는 ᄉᆞ름니 천 번을 ᄉᆡᆼ각허ᄆᆡ 한 번 글읏허미 잇다 허니 〃졔 학ᄉᆡᆼ니 비록 용열허여 한 번 글읏허미 잇스나 의리로 가유허미 을커늘 문득 변ᄉᆡᆨ허여 언담니 과도허시니 무슴 부여가 군ᄌᆞ을 인도헌는 도리요 삼부인은 나몰ᄂᆡ 야밤을 타 깁흔 곳데 와 잔ᄎᆡᆨ을 베풀고 잔을오 풍경을 화답허여 치가허는 바는 의논치 아니허고 장부의 흠담허기을 됴히 여겨니 엇지 (262)

썻〃 ᄒᆞᆫ ᄇᆡ리요 삼부인니 셜오 보며 함쇼무언일든니 공쥬 ᄃᆡ왈 쳡둥니 부마의 허믈을 슈작허미 읍거날 흠담허기를 됴히 여긴다 허시니 이

450) 김동욱본D에는 '거말이라'로 되어 있다.

는 픠언을 지여 분여의 허믈을 끼치고져 허미라 엇지 군즈의 졍듸리요 부마 숀으로 최부인을 가르쳐 왈 부인은 나의 흠담을 무슈이 허되 장학 수은 족키 금헐 거시여날 금단치 아니허고 도로혀 말씃마다 웃기을 죠 히 여기시고 공쥬는 공교니 긔회 읍시오믈 씨닷지 못허고 연허여 슈작 허믈 지촉허시니 엇지 부동허여 나 훼방허미 아니리요 삼인니 우음을 참지 못허여 일시의 박장듸쇼허여 왈 부마 스스로 경박헌 스름에 일을 힝허여거늘 늬 글으믈 씨닷지 못허고 도로혀 남을 칙허여 늬 허물을 감쵸고져 허시니 엇지 쉬우리요 허고 쏘 일장을 듸쇼허니 부민 헐일 읍셔 사믜을 썰치고 일어나며 (263)

왈 즁구난방이로다 허고 몸을 도로혀 나가거늘 삼인니 다시 웃고 화 답허다가 야심허민 각〃 쳐쇼로 도라간나라 잇써 장학수 영월당의 도 라와 영츈다려 왈 늬 공쥬와 최부인으로 더부러 옛 말을 일우다가 싱 각허니 이춤졍 삼연니 임의 지나스민 그 부인니 일졍 나을 기달일지라 늬 임의 몸을 감초와스민 그 부인의 바라는 바을 엇지 져발니며 춤졍 의 은혜 망극헌지라 영츈니 듸왈 어렵지 아니허니 군휘는 본듸 남즈로 셔 신을 져바리면 이는 빅은헌는 살람니 될연니와 일시의 퇵허미라 졔 들으면 의연허나 쏘한 긔특니 여길지라 은혜을 갑고져 헐진듸 춤졍 부 인을 경스로 모셔온 후 알음다온 지사을 갈희여 니쇼졔에 빈필을 졍허 여 부인의 고단허믈 면커 허신 후 니쇼졔로 더부러 형졔지의을 미자 빅연을 히로허시면 니는 춤졍의 (264)

은혜을 져바리지 안일가 허나니다 학시 쳥파의 층찬 왈 네 말니 올 타 허시고 셔간을 닥가 위의을 찰여 〃람의 보니여 춤졍 부인과 쇼졔을 모셔오라 허엿드니 슈월 만의 ㅎ인니 도라와 보허되 여람의 가온 즉 부인니 츔졍의 삼상을 맛치지 못허여 기셰허시니 쇼졔 홀노 비복을 다 리고 션산의 안장허고 삼연 초토을 지닌 후 일신니 고단허여 홀노 여람 의 잇지 못허여 시비로 더부러 거쳐 읍시 나갓다 허오믜 회환허여나니 다 학시 니 말을 듯고 심신니 살란허여 쇼릭나는 줄 모르고 일장을 통 곡허니 궁즁이 황〃허여 허드라 잇씩 부마 빅화졍의셔 최부인과 한담 허든니 호련 곡셩니 영월당으로됴차 들일싀 시비로 허여금 아라오라 허니 시비 회보허되 상원부인니 울으시되 시비들리 그 연고을 모로는 니다 부마와 최부인니 딕경허여 급피 (265)

영월당으로 오드니 상원각451)의 다〃르믜 공쥬 쏘한 니 일을 모르 고 졍니 의혹허다가 부마와 부인을 만나 한가지로 영월당의 니르니 학 ᄉ 옥슈로 난간을 치며 통곡허니 형용니 참담허여 차마 보지 못허더라 부마 급피 나아가 사믜로 옥누을 씩기며 문왈 군휘 무삼 연고로 마음을 이다지 허비허시난니가 학시 비로쇼 울음을 끈치고 니츔졍 집의 스룹 보닉여든 말[이며 쇼졔 거쳐 업스]452)을 일우고 탄식허여 왈 니쇼졔 힝식을 싱각허오믜 졍니 쳡과 일반나라 쳡의 지닌 바을 싱각허니 엇 지 슬푸지 아니허리요 상희 니 말을 듯고 감탄허믈 마지 아니허더라 부 마 심즁의 차악허믈 금치 못허나 학ᄉ에 마음을 관후코져 허여 흔연이 위로허니 학시 마지 못허여 눈물을 거두더라 이젹에 니츔졍 부인니 학 시을 보닉고 쇼졔로 더부러 셰월을 보닉든니 홀연 득병 (266)

허여 빅약이 무효허믹 죵시 니지 못헐 줄 알고 필연을 닉와 한봉 셔

---

451) 김동욱본D에는 '상츈각'으로 되어 있다.
452) 저본에 생략되어 김동욱본D에서 가져왔다.

간을 닥가 쇼졔을 쥬어 왈 틱학스 장슈졍은 너의 장뷔라 츔졍 싱시에
뜻즐 믹진 빅니 비록 셩에는 아니 허엿스나 당〃니 딕윤을 졍허신 빅
라 닉 불힝허여 봉황의 노는 양을 보지 못허고 셰상을 바리니 엇지 슬
푸지 아니 허리요 일후 의지힐 곳지 읍는지라 경셩의 가 장학스을 차져
나의 셔간을 젼허면 신을 져바리지 아니 헐지라 너는 삼가 명을 잇지
말나 쏘 시비 셜향을 불너 왈 닉 너의 졍셩을 아는니 무슴 당부허미 잇
슬리요만는 일후 여아로 더부러 동긔 갇틀지라 민스을 지극키 허면 닉
혼빅니 눈을 감으리라 다시 쇼졔을 불너 숀을 잡고 영결지졍을 일으니
차묵허믈 참아 보지 못허더라 인허여 긔셰허싄니 쇼졔 망극허여 신쳬
을 붓들고 긔졀허니 모든 시비 구허여 졍신을 (267)

찰려 통곡허니 보는 직 뉘 아니 참탄허리요 친니 예을 갓초와 션산의
안장허고 시비을 의지허여 숨상을 지닌 후 짐의 쥬장이 읍고 강근헌
친쳑이 읍는지라 유신헌 시비 슈삼인 뿐니라 가셰 졈〃 탕틱허미 여람
은 보딕 강표헌 쌍이라 향혀 불측헌 일니 잇슬가 염예허여드니 셜향이
울며 왈 쇼졔 엇지 님죵시 부탁허시든 말슴을 씨닷지 못허싄니가 바로
경셩의 올나가 장학스을 차지면 니는 츔졍 싱시에 언약을 졍허미요
[부인]453) 임죵시 부탁니라 쇼졔 니을 바리고 엇지 허신요 쇼졔 왈 어
려서 들으니 픠협 진씨 쳐사 쇼셩의 쳐 되어다 허니 이졔 자운산을 차
져 픠형에게 지졉고져 허는지라 시비 딕왈 쇼졔 글리로 갈여 허신면 장
학스는 이즈미라 쇼졔 죵신을 엇지 헐여 허신는이가 쇼졔 딕왈 져을
구차니 차질리요 차라리 빅연을 혼즈 보닉고져 허 (268)

453) 저본에 생략되어 김동욱본D에서 가져왔다.

노라 시비 딕왈 소제 엇지 니쳑을 당허여 수후을 싱각지 아니허시
는니가 홀노 세월을 허비헌는 스름은 곡절이 인는니 쇼제는 달은 사름
과 달은지라 부모의 쯧즐 일으지 못허고 소제 일싱니 장학수의게 달여
거날 웃지 타향의 유리허여 속졀 읍시 세월을 보닉리요 바라건딕 이기
싱각허수 부인 부탁을 져바리지 마옵쇼셔 쇼제 왈 경성니 쳘나라 힝
식니 극난허니 웃지 능히 득달허리요 셜낭니 왈 길니 멀고 쏘한 강포
의 욕을 염예허는니 남복 곳 아니면 결단코 득달허기 어려오니 쇼제 션
싱니 되시고 쳡은 셔동니 되어 치을 잡고 죽으무로써 뒤을 좃츨리라
장안니 비록 말나라도 두렵지 아니질지라 옛스람도 인의을 힝허여난
니 웃지 니만 길을 두려워허리요 쇼제는 익이 싱각허쇼셔 헌딕 쇼제
올히 여겨 장학수 차즈믈 정허고 닌허여 수당의 드러가 통곡 왈 쇼녀
의 형세 공단허믹 집을 (269)

직회여 부모의 영위을 모시지 못허옵고 유언허신 명교을 좃차 장싱
을 차즈 경성으로 향허오니 바라건딕 부모의 정성은 명〃지즁의 도으
사 장싱을 수니 만나 부모 영위을 다시 모시게 허쇼셔 말을 맛츠며 긔졀
허니 셜잉니 울며 급피 구허믹 이윽고 정신을 수습허여 다시금 영위의
하직허고 정밀헌 노복의게 부탁허여 왈 닉 니졔 형세 고단허믹 친척을
츠자 멀리 가나니 너희 등은 사당을 모시고 집을 직회여 후일 다시 모도
믈 기다리되 숨가 나의 종적을 누셜치 말나 허고 직삼 당부허고 드듸여
남복을 가촌 후 셜잉을 다리고 쳥녀을 모라 표연니 나오니 쇼졔는 완연
니 셔싱니요 셜잉은 셔동니 되여드라 셜잉 왈 쇼졔 규즁의 계실졔난 유
의치 아니믹 모로더니 이제 남복을 갓쵸와시니 표연홈과 단정허시믹
졍니 장학수와 다르믜 업스오니 사람니 장슉허기여 얼골니 (270)

박기녀난지라 그러나 장안의 드러가시면 쌀 둔 지 흠모 아니리 업셔 져마다 구혼허리니 엇지 써 딕답ᄒ 리잇고 쇼졔 미〃니 웃고 딕답지 아니허다가 발힝ᄒᆫ지 두어달 만의 경셩의 득달허여 장학사의 거춰를 무르니 사람마다 니르딕 장학ᄉ 본딕 여자로셔 과거허여 벼슬니 공후의 쳐허여든니 나라의셔 부마을 사무려 허시민 진졍을 상달허고 부마 김희경의 쳐 되여다 허엿거날 쇼졔 니 말을 듯고 심신니 황홀허여 아모리 헐 쥴을 몰나 셜잉을 도라보와 왈 예로썻터 녀자 변허여 남ᄌ 되문 목난 후 다시 나ᄽᆞᆫ니가 허여더니 또 장쇼졔 니슬 쥴 엇지 아라슬리요 셜낭니 반항나나 아모 말도 못허다가 눈믈을 흘니며 왈 닐리 임의 그릇되여시니 니을 장차 웃지허리요 쇼져 길니 탄왈 구슬니 히즁의 ᄲᅡ져시니 그 자최을 바라지 못헐지라 니지 힝할 고지 업ᄉ오니 아무리 (271)

헐 쥬를 모로리로다 셜잉니 딕왈 장강니 막히고 틱산니 갈리와시니 그 가온딕 든 지 어딕로 가리요 쇼비 쇼견의는 우리 갈 배 ᄹᅳ쳐스니 져을 차져가 쥬모의 유셔을 젼허면 졔 반다시 바리지 아니허여 거두어 둘리니 쇼져의 일싱니 고초허믈 면헐지라 이제 사고무친쳑허고 어딕로 가 누을 의지허여 셰상의 머물이요 쇼졔 왈 네 말니 우습고 긔가 막히다 스름니 셰상의 쳐허민 남자 되여 쳔ᄉ름 우회 안지 못허고 여자되여 동싱니 아름다온 긱을 만나 평싱 질기지 못허고 니러헐진딕 ᄎᆞ라리 몸을 산문의 감쵸와 셰상을 맛츨지라 웃지 녹〃히 남의 거두기을 바라리요 셜잉니 딕왈 쇼졔의 말슴니 지극허나 니 쏘흔 과도허시미라 하날니 살람을 닉시민 화복길흉을 쎳〃시 졍허시미 잇는지라 웃지 일역으로 허리요 쳔명니 여길진딕[454] 쇼졔 죽고져 허여도 [엇지 못헐 거

454) 김동욱본F에는 '길진딕'로 되어 있다.

시오]455) 쳔명니 (272)

　　오릭지 못헐진되 쏘혼 살고져 허여도 사지 못헐리니 되사을 경솔니
싱각지 마옵쇼셔 형셰 되여가물 보와 거취얼 졍허면 조흘가 허나니다
쇼졔 묵연부답일더라 날리 느지믹 집을 어더 쉬고져 허여 노상의셔 쥬
졔허더니 믄득 [벽졔]456) 쇼릭 진동허며 허다헌 사름니 분〃니 좌우
를 치우거날 쇼졔 셜잉으로 더부러 길가에셔 바라보니 슈빅 츄종니 일
위 지상을 옹위ㅎ여 오는듸 금관옥되에 됴복을 빗씨고 슈릭에 단졍니
안져쓰니 위풍니 늠〃허여 츄상니 빅일을 희롱ㅎ니 이는 진짓 인즁호
걸니요 셰상긔남즈라 쇼졔 방인다려 무러 왈 져 엇던 스룸인요 되왈
춘방한림학스 여람후457) 부마도위 김희경이니 권셰 당셰졔일이라 ㅎ
걸날 쇼졔 혜오되 장학스 져의 부인니 되엿도다 허고 지나가길을 기다
리더니 부미 호련 눈을 들어 보니 셕셩 노변에 한 쇼년 (273)

　　셔싱니 흑건나삼으로 공슌니 셔쓰니 긔상니 엄〃허고 광취 쇄락단
아허여 골격이 운무를 혀친 듯허고 영긔 은〃허여 층〃니 장학스와 방
불헌지라 심즁에 반갓고 깃부미 쇼사나니 무단이 지날 쯧지 업셔 동즈
을 불너 손으로 손년을 가르쳐 왈 져 노변에 셧는 션빅를 궁으로 모셔
오라 허고 가니 그 죵지 나는 다시 쇼졔 압헤 나와 졀허고 왈 부마노야
공즈을 쳥허시믹 왓나이다 허거날 쇼졔 져의 위권을 두려워 칭탁고져
허다가 죵즈다려 왈 나는 하방 스룸니라 너의 상공으로 더부러 알비
업거날 나를 부르니 너는 도라가 아니오무을 고허라 헌듸 죵지 왈 불

---

455) 저본에는 생략되어 김동욱본F에서 가져왔다.
456) 저본에는 생략되어 김동욱본F에서 가져왔다.
457) '하남후'의 오기. 김동욱본F에는 '하람후'로 되어 있다.

연허여니다 쇼즈는 뇨야의 명을 바다시니 안면니 잇스며 읍스며 칭탁

마옵고 뵈오면 아오리라 쇼즈 엇지 그져 도라가리요 허고 직삼 간청허

거날 쇼졔 급히 버셔나지 못헐 쥴을 알고 셜잉으로 더부러 공즈458)을

짜라 (274)

　혼 고딕 다〃르니 이는 부마궁니라 죵직 인도ᄒ여 〃러 고즐 지나

혼 고딕 머무르고 드러가더니 즉시 나와 이로딕 외헌는 요란ᄒ니 후원

셔당으로 모시라 ᄒ더니다 허고 쇼졔를 닌도허여 〃러 문을 지나 후원

에 다〃르리 쏘 드러가더니 즉시 나와 청허거날 쇼졔 셜잉을 다리고

드러가 당에 오르믹 극히 졍쇄허여 진셰 스룸 집 갓지 안트라 졍당에

당허여 눈을 들어보니 부믹 됴복을 벗고 단건쳥삼으로 안져시니 슈려

쇄락ᄒ믹 션풍도골이요 진즛 영걸이믹 마음에 심히 송구허나 나아가

례ᄒ고 믈너안즈니 부믹 몸을 음자겨 답네ᄒ고 문왈 그딕에 외모을 보

니 범인니 아니여날 무삼 연고로 미우에 슈식을 쩌여 도로혜 방황ᄒ난

요 쇼졔 공경 딕왈 쇼싱은 하람 빈쳔흔 션비라 유하에 부모을 여히고

일신니 표박ᄒ여 슈뉴 갓치 스희로 졍쳐 업시 단니옵더니 장안을 구경

(275)

　코져 왓습다가 마춤닉 상공에 권렴ᄒ옵시믈 입사와 즈최을 귀문의

드레오니 불승황공허여니다 부믹 우문 왈 그딕 셩명니 뉘라 ᄒ며 션군

에 죤호는 뉘신요 쇼졔 딕왈 쇼싱에 셩는 이요 명은 위요 젼 춤졍 이영

에 아들니로쇼니다 부믹 쇼왈 외왓 남기 비를 만나믹 필 날니 머지 아

니 헐지라 불구에 그딕 일홈니 구쥬에459) 진동ᄒ리로다 그러나 이졔

458) '죵자(從者)'의 오기. 김동욱본F에는 '죵즈'로 되어 있다.

459) '궁중에'의 오기. 김동욱본F에는 '궁즁에'로 되어 있다.

어닉 고즐 향코져 ᄒ난요 쇼졔 쳑연니 되왈 본듸 졍혼 고지 업셔 부운 갓치 단니오나 외슉니 원방에 인더니 그리로 츳져 가고져 허나니다 부 믜 이 말을 듯고 측은이 역겨 가로듸 닉 집니 비록 츄비ᄒ나 두어 달 머물너 관포에 의을 믿즈미 엇더ᄒ요 쇼졔 임의 지향이 업난지라 져의 후의을 믈니치기 어렵고 또한 싱각ᄒ되 어졔460) 비록 나아[가]461)고 져 허나 갈 고지 업고 만일 가면 졔 무류할 듯허니 아즉 머물너 거쳐을 졍허 (276)

리라 ᄒ고 이어나 사례 왈 의지 업난 스룸을 이러틋 관듸허옵시이 감격허온지라 슴가 명을 좃츠런니와 불구의 존안을 써나리니 침금의 머믈너 은덕을 아니 입을만 갓지 못허도쇼니다 흔듸 부믜 쇼왈 써나문 모로미 고금의 상사라 엇지 부운을 이르이요 드듸여 쥬과을 권허며 즐 기다가 야심 후 파ᄒ니라 쇼졔 니날노붓터 셜잉을 다리고 셔당의 머물 시 부믜 셔칙과 문방사우을 갓쵸와 쥬며 지죠을 싸그라 허여 종자 일 명을 졍허여 셜잉과 한가지로 잇게 ᄒ다 부믜 〃양 셔당의 나와 니싱 과 글을 의논허니 듸답니 도〃허여 당한462)을 헛치는 듯ᄒ고 슈작ᄒ 고463) 글을 지으니 의사 비월허고 심장니 상활허여 귀마다 쥬옥니라 부 믜 심즁의 탄복허여 왈 차인니 나의 심즁긔 합허고 문필과 위인을 의논 컨듸 장부인과 나의464) 젹슈 업슬가 허여더니 〃싱은 진즛 쳔 (277)

닌이라 풍도 오히려 [최부인에셔]465) 두어 층이나 더ᄒ고 문칙 장

---

460) 이제. 김동욱본F에는 '니졔'로 되어 있다.
461) 저본에는 생략되어 김동욱본F에서 가져왔다.
462) 김동욱본F에는 '창희'로 되어 있다.
463) '수작간'의 오기. 김동욱본F에는 '슈작간'으로 되어 있다.
464) '나은'의 오기. 김동욱본F에는 '나은'으로 되어 있다.
465) 저본에는 생략되어 김동욱본F에서 가져왔다.

부인게 일층나나 더허니 〃 쏘한 만고의 일인이요 당시의 짤오리 업
는지라 닌 쳐음 보고 그 얼골과 그동니 즁인즁 쵸월허민 그 성명을 알
고져 허여더니 이제 셔로 보니 그 만나미 느즈믈 한ᄒ고 못닌 즐거워
허더라 쇼졔 셔당의 잇셔 일〃은 쓸의셔 빈회허더니 문득 슬푼 쇼린
들리거날 마음의 경아ᄒ여 셔동다려 문왈 어듸셔 슬푼 쇼린 나난요 셔
동니 듸왈 상원부인 장학ᄉ의 울으시난니다 쇼졔 왈 장부인니 무삼 년
고로 져다지 슬허허난요 동지 왈 니참졍 부인의 문부허오시고 슬허허
시나니다 쇼졔 니 말을 듯고 더옥 의아허여 왈 니춤졍 부인은 어듸 잇
스며 장부인은 뉘시요 셔동니 고왈 장부인니 년젼의 이참졍 은혜 만키
로 결의허여 부모 갓치 지닌옵고 니참졍 듹은 여람나라 허더니다 쇼졔
와 셜 (278)

  잉니 이 말을 듯고 감창허믈 니긔지 못허여 묵언양구의 왈 그 듹 문
불을 어디셔 드르시요 셔동 왈 부음 젼헌 일은 업사오듸 니참졍니 기셰
허시고 그 부인니 한 녀즈만 다리고 계시민 우리 부인니 경셩으로 모
시려 허시고 위의을 차려 보닌옵삽더니 춤졍 부인마져 긔셰허시민 그
낭지 홀노 계시지 못허여 졍쳐업시 나갓다 ᄒ옵고 하인니 도라와 고허
오민 그 낭즈의 경싱을 싱각ᄒ시고 우르시나이다 쇼졔 듯기을 다ᄒ
민 슬품믈 이긔지 못ᄒ여 셔동니 알가 스싴지 아니ᄒ고 닌심에 장씨
의 유신허믈 못닌 탄복ᄒ더라 니렁구러 슈월니 지나민 호련 부미 드러
와 니르되 요싴니 두견화 경긔 됴코 츈싴니 아름다은지라 그듹 날노
더부러 동난산의 올나 한 번 츈경을 희롱ᄒ미 웃쎠허요 쇼졔 ᄉ양치
아니ᄒ고 허락허니 부미 쥬과을 갓쵸와 셔동을 다리고 (279)

후원 문늘 나 동남산 상봉에 올나 장안을 역〃키 구버보며 시닉을 됴츠 경기을 화답ᄒ고 숄까지을 썩거 홍진을 쓰으치고 양인니 안져 셔동으로 슐을 부으며 승풍시466)을 지여 을풀ᄉᆡ 시흥을 니긔지 못ᄒ여 금션으로 바회을 쑤다려 질겨ᄒ믹 쇼졔난 홀노 싱각ᄒ딕 닉 일비감등 불가ᄒᄆᆯ ᄌᆞ칙ᄒ고 됴금도 회싴니 읍더라 화셜 장학ᄉᆡ 니참졍 부인 긔셰ᄒ심을로 쇼졔의 거쳐 읍스믈 불승감창ᄒ여 자연 마음니 울젹ᄒ믹 후원 츈경을 구경코ᄌᆞ ᄒ여 시츅을 가지고 상츈각에 니러〃 공쥬와 최부인을 쳥허여 한가지 후원에 드러가 졀승ᄒᆫ 풍경을 구경ᄒ며 일홍을 보닉더니 학ᄉᆞ 홀노 뒤히 낙후ᄒ여 셔당 압페 이르러 [본니]467) 호련 어인 금낭니 나려졋거날 가장 괴히 여겨 집어보니 그 속에 한 셔간니 잇거날 자셔히 본즉 것 (280)

봉에 써스되 장학ᄉᆞ의계 부치노라 ᄒ여거날 학ᄉᆞ 크계 의혹ᄒ여 펴보고ᄌᆞ 허다가 공쥬와 최부인니 잇스믹 번거허믈 혐의ᄒ여 감히 보지 못ᄒ고 금낭에 도로 너흔 후 공쥬와 최부인다려 왈 니곳지 외단468)니라 오릭 잇지 못ᄒ리라 다만 도라가ᄉᆞ이다 ᄒ고 직촉허여 도라올ᄉᆡ 영월당의 와 그 셔간을 써여보니 허여스되 니참졍 부인 진씨는 틱학ᄉᆞ 장후의계 부쳐난니 슬푸다 ᄒᆫ 번 니별ᄒᆫ 후 남북니 막혀 음신니 ᄋᆞᆫ쳐시니 학ᄉᆞ의 십연 긔약을 빅연 갓치 싱각ᄒ고 숀을 곱아 일월을 보닉더니 블힝니 닐병니 침면중 위틱ᄒ여 명니 경각의 잇난지라 비록 와현의 묘슐니 잇슬지라도 능히 구치 못헐지라 할나리 명을 허치 아니ᄒ시니 ᄒᆫ 쎡 빌기 어렵도다 슬푸다 쇼회을 니로지 못ᄒ고 셰상을 영결헌니

466) 김동욱본F에는 '승츈시'로 되어 있다.
467) 저본에 생략되어 김동욱본F에서 가져왔다.
468) '외당'의 오기. 김동욱본F에는 '외당'으로 되어 있다.

구쳔의 도라가도 눈을 춤아 감지 못ᄒ리로다 가련 (281)

타 죽는 ᄉ람은 님의 도라가는 길니연이와 참혹ᄒᆫ 져 심규의 외로온 녀ᄌ 누을 에지ᄒ며 뉘 능히 구졔ᄒ리요 죽기을 당ᄒ여 녀아의 정지을 ᄉᆡᆼ각허니 촌장니 먼져 ᄮᅥ너지고 압히 어두어 혼빅니 가는 길을 분별치 못ᄒ리로다 유〃ᄒᆫ 창쳔아 쳔지 비록 너르나 져 아희 일신은 지졉헐 곳지 업서 ᄒᆡ상의 부평 갓치 부운무젹ᄒ리니 통원헌 심ᄉ을 장ᄎᆞ 엇지ᄒ리요 슬푸다 학ᄉ의 신의을 그옥키 미더 한 장 셔간을 붓쳐 만단 졍회을 벼푸ᄂᆫ니 바라건ᄃᆡ 옛날 참졍의 은근ᄒᆫ ᄯ즐 ᄉᆡᆼ각ᄒ여 녀아의 죵신을 거두어 쥬실진ᄃᆡ 죽는 날니 오히려 ᄉᆞ는 날 갓틀지라 구원의 도라가도 풀을 미ᄌ 은혜을 갑푸리니 다시금 바라건ᄃᆡ 셰 번 ᄉᆡᆼ각ᄒ여 ᄒᆫ 번 도라보기을 앗기지 마르쇼ᄉ 황쳔으로 도라가는 길니 밧바 심즁 쇼회을 다 못 펴는니 빅년 즁약을 져바리지 말나 ᄒ여드라 학ᄉᆡ 보기을 다ᄒᄆᆡ 흐르난 눈물니 나삼을 젹시오며 (282)

정신을 슈습지 못ᄒ다가 강잉ᄒ여 ᄉᆡᆼ각ᄒ되 셔간을 타인니 알가 금낭에 너어 깁피 간슈ᄒ고 영츈드려 셔간 ᄉᆞ연을 니른니 영츈니 ᄃᆡ왈 진부인의 셔간니 이 웃지 셔당에 나려졋드니가 드른니 부민 니ᄉᆡᆼ니란 션비을 으더 후원 셔당의 머문다 ᄒ더니 반드시 연괴 잇도소이다 부인 왈 네 셔당의 나아가 그〃동을 살펴 즉시 회보ᄒ라 ᄒ니 영츈니 승명ᄒ여 셔당으로 향ᄒ니라 잇ᄯᆡ 니쇼졔 동남산에 단녀온 후로 심식 불안ᄒ여 금낭을 차지니 간ᄃᆡ 읍거날 ᄉᆡᆼ각ᄒ되 늬 고향을 ᄯᅥ난 후로 한 ᄯᆡ도 몸 가온ᄃᆡ ᄯᅥ난 젹니 읍더니 동남산의셔 이럿스면 타인니 알비 읍스되 만일 니곳ᄃᆡ셔 니러스면 궁즁 ᄉᆞ람니 일졍 늬의 근본을 알거시

니 그리ᄒ면 니곳에 머무지 못허리라 아모 ᄣᅥ 틈을 으더 도망ᄒ리라
ᄒ고 (283)

설잉을 불너 가만니 이르되 늬 금낭을 이러스니 만일 동젹니 탈노
ᄒ면 이곳슬 버셔나지 못헐 거시니 밤을 산즁에셔 지늬고 발기 젼의
피ᄒ리라 ᄒ고 붓슬 자바 졀귀 일 슈을 지여 벽상의 쓰고 즉시 셔당을
ᄯᅥ나 가만니 후원으로 나아가니 협문을 닷지 아여거날 쇼졔 딕희ᄒ여
문을 나 골 져근 길노[469] 드러가 숨어던니 나리 져물미 긔갈을 이긔지
못ᄒ여 언덕을 의지ᄒ여 잠간 됴으더니 ᄭᅮᆷ에 한 노인니 됴고마헌 동회
에 쓴 부작과 환약을 쥬며 왈 나는 남두노인셩일더니 부작과 환약을 쥬
나니 부작과 환약을 가져다가 초혼ᄒᄂᆞᆫ 스람니 잇슬 거시니 부작을 가
슴의 붓치고 약을 먹으면 회싱ᄒ리라 ᄒ거날 그 지명을[470] 무로려 ᄒ
다가 ᄭᅵ다르니 과연 한약과 부작니 겻틱 노엿ᄂᆞᆫ지라 거두어 가지고 가
장 신긔히 여겨 장ᄎᆞ (284)

초혼ᄒᄂᆞᆫ 집을 찻고져 ᄒ더니 잇ᄣᅢ 영츈니 가마니 셔당의 드러가니
젹요ᄒ여 인젹니 업거날 의혹ᄒ여 두루 건일ᄯᅥ의 문득 벽상의 흔 필
젹니 잇거늘 ᄌᆞ셔니 보니 그 글의 ᄒ여시되 의지업는 힝각니 양월을
뉴ᄒ미[여][471] 쥬인의 은혜 틱산갓도다 긱탑[472]의 오릭 머믈 계교 안
니미여 고향을 싱각ᄒ고 귀문을 영결[473]ᄒ노라 ᄒ여거날 츈니 보기을
다ᄒ뫼 일정 도망ᄒ도다 ᄒ고 즉시 도라와 학스게 니싱니 도망ᄒᄆᆞᆯ

---

469) 김동욱본F에는 '산즁에'로 되어 있다.
470) 김동욱본F에는 '존호을'로 되어 있다.
471) 저본에 생략되어 김동욱본F에서 가져왔다.
472) 김동욱본F에는 '긱틱'으로 되어 있다.
473) 김동욱본F에는 '영별'로 되어 있다.

고학고 또 글을 외와 자세니 고현딕 학식 딕경 왈 니는 반다시 니쇼졔
로다 그러치 안니면 굿틱여 오날〃 도망학여 가리요 그 모친에 셔간을
일어시민 일니 누셜헐가 두려워 피학미라 은인니 가즁에 유학되 망연
니 아지 못헌니 〃는 명천니 날노쎠 은혜을 갑지 못학겨 학미라 지하
의 도라가 빈은 학는 일홈을 면치 못학리로다 학며 흔탄학믈 마지 아
니학더니 문득 시비 보학되 쇼츔졍 부인니 불 (285)

시의 질병을 어더 십분 위즁타 학거늘 학식 딕경학여 즉시 교즈을
타고 쇼부에 니르러 바로 부인 침쇼의 드러가니 부인에 긔운니 혼〃학
여 인스을 모로거날 학식 딕경황망학여 의원을 부르며 약을 직촉학여
구호학되 죵시 동졍니 업셔 인학여 명니 진헌니 학식 크게 통곡 왈 늬
츔졍의 현덕을 하힉 갓치 닙어는지라 평싱에 부모 갓치 셤기믈 원학더
니 〃졔 셰상을 바리시민 쇽졀 업건이와 부인을 모셔 츔졍에 션영을
위로학고 빅연을 죵효할가 학여더니 〃졔 부인니 마즈 셰상을 바리시
니 닉 졍셩니 부죡학미라 지하에 간들 무슴 낫츠로 츔졍을 뵈오며 부
인을 딕학리요 학고 울기을 마지 안니학더라 잇써 니싱니 산즁에셔
쑴을 씌온 후 마음을 즁치 못학여 학다가 호련 바람결에 이원호 곡셩
니 들니거날 비창학믈 니긔지 못학여 졈 (286)

졈 나아가니 호 집니셔 곡셩니 진동학는지라 그 연고를 무른 즉 쇼
츔졍 부인니 불시에 기셰학니 〃다 학거날 쇼졔 몽스를 싱각학고 시비
다려 니로되 니을 니리 잇슨니 아즉 곡셩을 그치고 안을 치오라 즘간
드러가 보리라 학거늘 시비 니 말을 학식에겨 고흔딕 학식 즉시 부인
신쳬를 덥고 협실노 몸을 피학며 시비로 학여금 의원을 쳥헌니 쇼졔

시비을 짜라 침실에 이로러 숀으로 신체을 만져보다가 부작을 가슴의
부치고 환약을 온슈에 화ᄒ여 드리오고 더웁게 덥푸며 좌우을 물니고
나와더니 반양 후에 부인니 비로쇼 호흡을 통ᄒ거날 좌위 다 놀나며 학
ᄉ는 협실에 피ᄒ여 동정을 살피더니 부인니 회싱ᄒ시믈 보고 심신니
황홀ᄒ여 즉시 드러가 부인에 숀을 만지며 갈로되 부인니 엇지 오날 〃
(287)

이 지경에 이르러 날노 ᄒ여금 놀나게 ᄒ신요 부인니 상시와 갓치
니러안지며 우어 왈 꿈이 실노 허탄ᄒ도다 앗가 ᄉ이에 숨신산 십쥐
을 보니 풍경니 긔지업고 경긔 됴흐나 일신니 고단ᄒ믹 장부인을 부르
레 ᄒ다가 부인에 쇼릭에 놀나 ᄭᅵ다르니 풍경니 눈에 암 〃 ᄒ도다 ᄒ
며 눈을 드러 좌우을 도라보아 왈 엇지ᄒ여 ᄉ람니 져리 황 〃 ᄒ며 장
부인은 언니 ᄭᅵ 오신고 학ᄉ 깃부며 다힝하여 침음ᄒ다가 쳐음 경황망
죠ᄒ다가 신의을 만나 다힝니 구호ᄒ든 일을 ᄌ셔니 고ᄒ니 부인니
쏘흔 고니 여겨 문왈 니 어인 말인고 학ᄉ 왈 의원니 외헌에 잇나이다
니 ᄉ람니 부인을 회츈흔 은혜 망극허온니 ᄌ손니 되여 엇지 얼골을
감초와 ᄉ례치 안니ᄒ리요 ᄒ고 드틱여 시비로 그 의원을 쳥ᄒ니 의
원니 시비로 회보ᄒ되 쳐음은 일니 (288)

급ᄒ기로 닉외을 갓쵸지 안니 ᄒ여습건니와 지금은 악가와 다른니
엇지 닉당의 드러가리요 ᄒ고 쏘 가로되 나는 여람ᄡᅡᆼ 션빈런니 산슈
풍경을 구경코져 ᄒ여 고향을 쓰나 단니다가 산즁에 드러가 홀연 몸니
곤ᄒ옵기로 언덕을 의지ᄒ여 잠간 죠옵던니 꿈의 흔 노인니 자층 남두
노인셩니라 ᄒ고 부작과 환약을 쥬며 급흔 ᄉ람을 구ᄒ라 ᄒ옵기로 고

히 여겨더니 맛참 곡셩니 나거날 추주 뭇주온니 부인니 상수 나 겨시다 ᄒ오믹 노인이 ″른 딕로 부작과 환약을 써습드니 쳔힝으로 회츈ᄒ시다 ᄒ온니 불승만힝니옵건니와 쳥ᄒ시는 명은 감니 봉힝치 못ᄒ리로쇼니다 시비 니딕로 고ᄒ니 부인과 학시 그 은혜 망극ᄒ믈 잇지 못ᄒ여 지슴 쳥ᄒ니 수양ᄒ다가 쥬인에 간쳥ᄒ믈 감수ᄒ여 드려가기을 고ᄒ니 부인과 학시 딕회ᄒ여 당에 나려 (289)

마져 예을 마친 후 셔로 주리을 졍ᄒ여 좌졍 후 부인니 몸을 굽펴 수례 왈 늘근 몸니 추마 슬기 어려워 세상을 바리려 ᄒ던니 쳔힝으로 신의을 만나 직싱ᄒ오니 은혜 난망니라 세상의셔 다 갑지 못ᄒ리로쇼니다 쇼졔 니러 답왈 니난 하날니 가라치미요 부인의 원명니 계시미라 엇지 쇼싱의 은혜라 ᄒ리잇고 잠간 츄파을 드러 본니 부인 겻히 ᄒᆫ 쇼연 부인니 안져시되 긔상니 비범쇄락ᄒ여 보난 수람어로 ᄒ여금 졍신니 어질케 ᄒᄂᆫ지라 가장 놀나 혜오딕 인간의 엇지 니러헌 수람니 ″슬니요 ᄒ고 경탄ᄒ믈 마지 안니ᄒ더니 잇쩍 학시 쇼부인을 모셔 말슴을 드르며 눈을 드러 의원을 바라보니 나히 겨우 니팔은 흔딕 흑건단슴으로 얼굴을 슈기고 단졍니 안져슨니 풍되 비범ᄒ여 인즁 호걸니요 금즁 봉황니라 얼골은 형산빅옥니요 (290)

은 ″ 흔 졍긔 푸른 눈섭의 감쵸여시며 쇄락 단아ᄒ미 진즛 세상 젹션니요 진셰수람 갓지 안니ᄒ니 반악니 쥭지 아여시나 엇지 니 수람의게 밋슬니요 학시 심닉의 크게 추탄 왈 닉 일즉 쳔하을 두로 도라 동셔남북의 인직을 만히 보와시되 져러틋 비상흔 긔직ᄂᆫ 보지 못ᄒ여난니 벅 ″니 셩부인을 구ᄒ려 ᄒ고 신인니 하강ᄒ여 회롱ᄒ미라 그러치 안니면 엇지 세상의 니런 스람니 잇스리요 ᄒ고 비로쇼 몸을 니러 스례 왈 셩부인는 나의 자당니라 신인을 만난 ᄯ친 명을 다시 니어쥬시니 그 ᄌ식의 마음의 엇지 감격지 안니리요 맛당히 죽기로쎠 은혜을 갑푸미 올수오되 몸니 여ᄌ라 견마의 쇼님을 ᄒ여 은혜을 갑지 못ᄒ오니 극히 참괴ᄒ옵건니와 귀긕의 거쥬와 셩명을 ᄌ셔니 〃르시면 후일 은혜을 싱각ᄒ미 니슬리니 바러건듸 ᄒᆫ 번 니르시기을 악 (291)

기지 마로쇼셔 ᄒ듸 쇼졔 몸을 굽혀 답예ᄒ고 혼연 듸왈 죤부인의 직싱ᄒ시믄 쳔명니신지라 엇지 공니리요 니러틋 관곡ᄒ옵시니 황공 감수ᄒ믈 니긔지 못ᄒ리로쇼니다 쇼싱은 본듸 미쳔ᄒᆫ 션빈라 셩명은 니위로쇼니다 학시 혜오되 니위라 ᄒ니 〃참졍의 여ᄌ면 님의 몸을 쌔혀 도망ᄒ여시니 발셔 멀니 갓슬지라 엇지 니익 머믈너시리오 아무 커나 힐문ᄒ여 보리라 ᄒ고 다시 문왈 여람니 본향니라 ᄒ니 여람은 본듸 쵸본 쌍니라 일졍 모로시지 안니ᄒ시리니 젼 참졍 니영을 아로신 난니가 쇼졔 듸경ᄒ여 오릭 말을 못ᄒ다가 반향 후 비로쇼 듸답ᄒ되 그 집 근쳐의 잇든거시믹 모로지 안니ᄒ거니와 니참졍 집을 무로시니 부인니 엇지 아로시는잇가 학시 그 다시 무로믈 보고 의혹ᄒ여 가로되 니참졍은 쳡의 은인니라 일연을 그 젹의 머물너 (292)

은혜을 닙어ᄂᆞᆫ고로 알고져 무로미로쇼니다 쇼졔 니 말을 드르믹 마음의 황홀ᄒ여 아모리 할 쥴을 모로다가 니익 몸을 굽혀 스례 왈 쇼싱 니 ᄯᅩᄒᆫ 참졍과 촌슈 잇ᄂᆞᆫ지라 겸ᄒ여 집니 격장니믹 죠셕의 셔로 물을[474] 일니 업스오니 부인니 머무신 쩍을 엇지 모로리잇가만난 날니

---

474) '모를'의 오기.

발셔 연구ᄒᆞ온 일니오믹 긔록지 못ᄒᆞ나니다 학싀 싱각ᄒᆞ되 참졍니 본
디 친쳑니 업다 ᄒᆞ더니 니 말니 가장 고니ᄒᆞ도다 ᄒᆞ고 되답ᄒᆞ되 쳡니
규합의 감쵸와 니스믹 모로시기 고니치 안니ᄒᆞ시건니와 뭇잡난니 몃
촌니다 되시며 참졍니 기셰신 후 순연 젼의 틱학수 장슈졍니 쳥쥐로
붓터 춤졍틱의 니로러 조문ᄒᆞ고 온 줄을 아로시난닛가 쇼졔 되경ᄒᆞ여
눈을 드러 학수을 이닉키⁴⁷⁵⁾ 보다가 [답왈]⁴⁷⁶⁾ 그쩍 모친 병환으로 츌
닙지 못ᄒᆞ와 쥬긱의 예을 일어습건니와 (293)

쇼문은 닉니 드러나니다 니리 되답ᄒᆞ나 크게 놀납고 의혹ᄒᆞ더라 학
싀 쏘 가로되 불힝ᄒᆞ여 부인니 기셰ᄒᆞ시민 그 녀지 의지할 고지 업셔
졍쳐 업시 나가다 ᄒᆞ더니 귀긱니 〃쇼졔 거쳐을 아라시ᄂᆞᆫ 잇가 쳥컨되
발키 갈오치쇼셔 ᄒᆞ되 [쇼졔 이 말을 드로믹 심신이 황홀ᄒᆞ여 오릭 말
을 못ᄒᆞ다가 왈]⁴⁷⁷⁾ 니쇼졔의 거취는 즘간 아믈니 잇건니와 부인니 엇
지 그집 일을 ᄌᆞ셔니 아로시난요 학싀 그 거동니 황〃ᄒᆞ믈 보고 쏘 밋
쳐 되답지 못ᄒᆞ는 양을 보니 긔미 슈상ᄒᆞ믈 짐작ᄒᆞ고 ᄌᆞ리을 쩌나 갈
오되 쳡은 젼님 니부상셔 장자영의 녀로 당금 부마도위 김희경의 상원
이〃 쇼시의 참졍의 되은을 닙어던니 참졍과 부인니 기셰ᄒᆞ시고 가산
니 탕진ᄒᆞ여 그 여ᄌᆞ의 힝싁니 일졍 곤궁헐지라 니러무로 찻고져 ᄒᆞ
미로쇼니다 니쇼졔 그졔야 장학싀 줄 알고 되경ᄒᆞ여 심즁의 혀오되
니 본되 져을 피ᄒᆞ여 도 (294)

망ᄒᆞ다가 니고되 와셔 만난니 셰상싀 실노 고히ᄒᆞ도다 ᄒᆞ고 쏘 싱

---

475) 이윽히.
476) 저본에 생략되어 김동욱본F에서 가져왔다.
477) 저본에 생략되어 김동욱본F에서 가져왔다.

각ᄒᄃᆡ 니ᄂᆞᆫ 하날니 가라치시미 안니면 엇지 ᄂᆡ 몸니 〃곳ᄃᆡ 와셔 고
니ᄒᆞᆫ 의원 일홈을 깃치고 학ᄉᆞ을 만나리요 반다시 하날니 가로치시미
니 천명을 어기지 못ᄒᆞ리라 ᄒᆞ고 졔 ᄯᅩᄒᆞᆫ [날을]478) ᄉᆞ모ᄒᆞᄆᆡ 간절
ᄒᆞ니 츙탁ᄒᆞᄆᆡ 불가타 ᄒᆞ여 니의 갈로ᄃᆡ 쇼싱니 부인의 옥음을 듯ᄌ
오니 감격ᄒᆞ온지라 쳥컨ᄃᆡ 좌우을 물니시면 니쇼졔의 거ᄎᆔ을 고ᄒᆞ오
리니다 학ᄉᆡ ᄃᆡ희ᄒᆞ여 좌우 시비를 물니고 가로치믈 지쵹ᄒᆞ니 쇼졔
고기를 슈기고 니윽키 안져다가 〃장 오ᄅᆡᄀᆡ야 눈믈을 흘니고 니로ᄃᆡ
쇼싱이 과연 니참졍의 녀ᄌᆞ라 읶운니 불ᄒᆡᆼᄒᆞ여 부모을 다 여희고 가
업니 탕진ᄒᆞᄆᆡ ᄉᆞ고무친ᄒᆞᆫ 고ᄃᆡ 인심을 츙양치 못ᄒᆞ여 외람니 남복을
기착ᄒᆞ고 부모의 유언을 (295)

듯고 불원쳘니ᄒᆞ고 경셩의 드러와 학ᄉᆞ의 근본을 무로니 쳑동니라
도 모로니 업난지라 마음의 부인을 ᄎᆞ자 의퇴헐 싱각니 잇ᄉᆞ오나 몸의
건복니 〃스나 근본니 아여ᄌᆞ의 ᄯᅳᆺ지러라 슈심ᄒᆞᄆᆡ 잇난 고로 계궁망
졀ᄒᆞ여 고향으로 도라가려 ᄒᆞ옵더니 위연니 이곳ᄃᆡ 와 부인을 맛나오
니 일희일비ᄒᆞ오믈 츙양치 못허리로쇼이다 ᄒᆞᆫᄃᆡ 셩부인니 ᄃᆡ경 왈 이
어인 말고 반갑다 ᄆᆞᆼᄆᆡ 밧기로다 그 잔잉ᄒᆞ믈 못ᄂᆡ 가련니 여기시고
학ᄉᆡ 쇼졔의 일단 셜화을 드르믜 반갑고 신긔흔 즁 잔잉흔 말과 측연
흔 그동을 보믜 비창허믈 니긔지 못ᄒᆞ여 이윽키 말을 못ᄒᆞ고 안져더니
반향 후 옥누 쌍〃니 ᄯᅥ러져 나삼을 젹시오며 기리 탄식 왈 가련타 쇼
졔의 일즉 부모을 여희고 무익헌 사름을 ᄎᆞᆺ 도로에 분쥬ᄒᆞ여스니
(296)

---

478) 저본에 생략되어 김동욱본F에서 가져왔다.

심장니 오즉 상허여스리요 연허여 숀을 익그러 침방으로 드러가 셩
부인과 자리을 년ᄒ여 셔로 붓들고 실셩체읍 왈 쇼졔의 이럿씃 고효험
은 도시 나의 탓시라 ᄒ고 향다을 늬여 권ᄒ여 만단위로ᄒ고 왈 부인
임동시에 나의게 부치는 무삼 셔간니 잇던이가 쇼졔 쳥파의 눈물 흘여
왈 웃지 읍스리가마는 쳡의 쳔셩니 쇼둘허여 권허기을479) 북그러워 감
쵸왓다가 아모 듸 바린480) 줄을 몰나 일어나이다 [학식 왈]481) 언제
어듸 가 일어나잇가 쇼졔 듸왈 쳡의 힝ᄉ 불민ᄒ와 깁피 간슈치 못허
옵고 금낭에 너어 됴셕으로 반기옵더니 하늘리 무히 여기ᄉ [노즁에
셔]482) 금낭을 일어사온니 믹일 글노 스러허든니 금일 부인의 셔간 츠
지물 당ᄒ니 그윽키 슈괴ᄒ오믈 이긔지 못허리로쇼이다 학식 품 가온
듸로 [금낭을]483) 늬여 뵈여 왈 이 금낭닌잇가 쇼졔 바 (297)

라보니 이 곳 일은 금낭니라 반가오물 이긔지 못ᄒ여 쳬읍 왈 이거시
자모의 쥬신 금낭니읍 건이와 부인니 어듸셔 으드신니가 학식 듸왈 쇼
졔 어듸셔 이르시며 그곳슬 이르시면 쳡니 쏘한 으든 곳즐 긔이지 아
니허리〃다 쇼졔 임의 쇽이지 못헐 줄을 알고 진졍을 일너 왈 쳡이 부
인의 졍심을 아라난니 웃지 진졍을 긔이닐요 과년 경셩에 드러오든 날
부인의 쇼식을 듯고 갈 곳지 읍셔 즁노의 방황허드니 맛참 부마상공니
지나시다가 쳡의 힝식을 보시고 동즈로 부르시니 마지 못ᄒ여 승명
ᄒ와 가오니 [상공이]484) 쳡의 긔질을 비루타 아니ᄒ시고 궁즁에 머

---

479) '젼하기를'의 오기. 김동욱본F에는 '젼ᄒ기를'로 되어 있다.
480) '빠진'의 오기. 김동욱본F에는 '쌰진'으로 되어 있다
481) 저본에 생략되어 김동욱본F에서 가져왔다.
482) 저본에 생략되어 김동욱본F에서 가져왔다.
483) 저본에 생략되어 김동욱본F에서 가져왔다.
484) 저본에 생략되어 김동욱본F에서 가져왔다.

무너 두시니 비록 은혜 망극허오나 첩니 본딕 변복ᄒ 여난지라 마음에
황겁허와 도망코ᄌ ᄒ오딕 틈을 웃지 못ᄒ 옵더니 일일 장공니[485] 동
남산 구경 가기을 쳥허시믹 핑계헐 묘쳑니 (298)

옵서 마음에 불가허오나 강잉ᄒ 여 뒤을 됴ᄎ 갓삽더니 그날 셕양의
도라와 금낭을 차진 즉 어딕 가 쌔져 옵난지라 산에 아니 쌔져스면 일
졍 궁에 쩌러졋스리니 혹 셔간을 궁인니 으드시면 일졍 의혹ᄒᄉ 응당
근본을 아르시려 헐 거시믹 황겁ᄒ와 그날 황혼에 도망ᄒ여 이곳딕 와
부인을 맛나오니 실노 쳔힝이로쇼이다 학ᄉ 이 말을 듯고 더욱 익연ᄒ
여 왈 젼일은 (299)

[다 그러타 ᄒ시연이와 의슐은 어딕 가 빅와 죽은 ᄉ람을 구ᄒ시ᄂ
요 쇼졔 피셕 되왈 이ᄂ 하날이 식이심이요 또ᄒ ᄉ람의 직죄 안니이
다 ᄒ고 꿈에 노인이 와 남극노인셩이라 일컷고 부작과 약을 쥬며 가
로치던 말을 고ᄒ니 학식 신긔히 여겨 셩부인을 향ᄒ여 ᄉ례 왈 부인
의 션약을 하날이 감동ᄒᄉ 니쇼졔을 쥬시미로쇼이다 이ᄂ 노인의 씀
친 명을 이우신니 불승감은ᄒ건니와 또ᄒ 혜알이건딕 니쇼졔로 ᄒ여
금 학ᄉ를 다시 만나게 ᄒ시미로다 학식 우어 왈 과년 그러ᄒ온가 ᄒ
나이다 ᄒ고 한담을 마지 아니ᄒ다가 ᄌ년 밤이 깁퍼는지라 인젹이 고
요ᄒ믹 학식 죵용이 가로딕][486]

쇼졔 이졔 지향헐 곳지 옵고 또한 쳡을 맛나스니 실노 쩌나기 어려
운 즁 겸ᄒ여 이곳지 극히 됴용헌지라 이에 머물너 건복을 벗고 의상

---

485) '일일은 상공이'의 오기. 김동욱본F에는 '일일은 상공니'로 되어 있다.
486) 저본에 생략되어 김동욱본F에서 가져왔다.

을 다스려 첩으로 더부러 ᄌ민지의을 미ᄌ 참정과 부인의 영위을 모셔 졔ᄉ을 밧들며 빅년을 한가지로 지닉미 웃쩌허요 실노 쇼졔의 평싱 의탁일 ᄯᆞᆫ 아니라 첩니 ᄯᅩ한 참정과 (299)

부인의 산히 갓튼 은덕을 만분지일나나 갑기을 바라나니 이러헐진딕 웃지 참졍 양위 혼영인들 아름니 읍스리요 바라건딕 셰 번 싱각ᄒ여 깁푼 졍을 져바리지 마르쇼셔 쇼졔 쳑연 함누 왈 숀년 인싱니 쳘니 흠노에 이르러거날 엇지 인명니 ᄉ라시물 싱각허리요마는 션군의 부탁과 ᄌ모의 유언을 싱각ᄒ옵고 만ᄉ일싱ᄒ여 부인의 동젹을 찻더니 부인의 자최 심규에 감최여 다시 바라미 ᄭᅵᆫ쳣스니 셰상니 쵸로 갓치 마음을 졍치 못ᄒ오며 부의 신을 즉희여 옛날 유관장 삼인의 도원결의을 효측ᄒ리니다 학ᄉ 깃거 왈 참졍과 부인은 곳 나의 부모시니 웃지 젹막헌 향곡에 모시리요 맛당니 모셔 도라오리라 쇼졔는 관심ᄒ쇼셔 셩부인니 ᄯᅩ한 가로딕 노인니 팔ᄌ 긔박ᄒ여 흔갓 자녀 읍고 쇼쳔을 여희 (300)

니 쳔디간 됴인[487]이라 셰상에 웃지 듯시 잇스리요 장씨와 모녀지졍니 자별허더니 이졔 쇼졔을 ᄯᅩ 맛나니 '하늘니 도우미라 노신의 고단ᄒ믈 살피ᄉ 부인의 딕의을 도라보실인니 바라건딕'[488] 쇼졔는 머물너 노닌의 여년을 위로ᄒ면 웃지 셰상에 의혹헐 리 잇스리요 쇼졔 듯기을 다ᄒ고 옷깃슬 염의여 공경 딕왈 첩이 부인의 권익허시믈 닙ᄉ와 은혜 바란 바의 넘ᄉ오니 만일 바리지 안니ᄒ시면 몸이 맛도록 밧들어니다 허니 셩부인니 딕회ᄒ여 즁당의 포진을 빈셜ᄒ여 쳔디게 표빙헌

---

487) '죄인'의 오기. 김동욱본F에는 '죄인'으로 되어 있다.
488) 저본에는 '도으시미 과희여'로 되어 있어 해당 내용을 김동욱본F에서 가져왔다.

후 쇼제 성부인게 팔비ᄒ여 모녀의 정을 밋고 ᄯᅩ 장부인니 쇼제로 ᄌ
민의 예을 이르고 그제야 다리고 온 시비 셜잉을 불너 위로 왈 너의 지
극헌 츙셩과 관인헌 인물니 아니면 읏지 쇼제의 천금 갓튼 몸을 보젼ᄒ
여 이에 일르니요 쇼제 이곳듸 계셔 퇴 〃 을 (301)

모셔 사랑허심을 입고 나의 바란 바을 일워스니 너는 모로미 츙셩을
다허여 셤기라 무릇 일니 고진감닉라 천되 슌환ᄒ니 나둉에 영화을 누
리나라 셜잉니 업듸여 ᄉ 〃 왈 하교 이러틋 허시니 무삼 말삼을 아뢰
올니가 성부인니 쇼제 침쇼을 영츈각에 증허니 집니 가장 졍결ᄒ듸 빅
화 씌을 됴ᄎ 향긔을 토허니 이른바 ᄉ시장츈나라 학ᄉ 위의을 차려
니참졍 ᄉ후을 모시라 보닐 세 쇼제 갈려 허거날 셜잉니 간왈 불가허
여이다 경셩셔 여람니 슈쳘나라 ᄯᅩ 산슈 홈노에 남ᄌ도 어렵거든 쇼제
읏지 힝허시리요 향ᄌ의는 건복을로 힝ᄒ여건니와 지금은 전과 다른
니 쇼비 홀노 가 모셔올리이다 장학ᄉ 듸찬 왈 어지다 너의 말이여 금
옥 갓튼지라 모시고 평안니 도라오기을 바라노라 못늬 결 (302)

연ᄒ여 셜잉을 붓들고 유체 왈 네 십분 됴심허여 무ᄉ히 득달허여
평안니 모시고 오물 만번 부탁ᄒ더라 직셜 부미 동남산을 보고 도라와
월하에 취흥을 이기지 못ᄒ여 비회허더니 셔동니 쵹망히 보허되 금일
황혼의 쇼참졍 부인니 급헌 병을 으더 극히 위틱허시다 ᄒ미 상원부인
니 가시더니 동시 구치 못ᄒ시고 별셰ᄒ셔나니다 부미 쳥파의 추악허
물 이기지 못ᄒ여 잇튼 날 츄동을 물니치고 일필 쳥녀로 쇼부에 이르
러 즁당의 드러가니 노복니 분쥬허나 우름 소릭 읍고 늬당니 고요ᄒ거
날 부미 고히 여겨 시비다려 문왈 부인니 기셰ᄒ시다 ᄒ더니 읏지 치

상ᄒ미 읍고 ᄯᅩ한 곡셩니 업난요 시비 ᄃᆡ왈 작일 황혼의 상사 낫삽드
니 밤의 엇더ᄒᆞᆫ 신슐니 닛셔 청허여 뵈왓삽드니 (303)

무삼 약과 부작을 쓰와 오릭지 아니ᄒᆞ여 다시 회츈ᄒᆞ시니 정신니 감
허미 읍삽고 상시와 다름미 읍나니다 부마 청파의 ᄃᆡ경 문왈 그 의원
니 읏써허 사람니며 ᄯᅩ 지금 어ᄃᆡ 잇는요 노복이 니쇼졔 녀화위남 ᄒᆞ
여슴과 ᄂᆡ당의 빗야ᄒᆞ로 잇스물 아ᄅᆞ고져 허되 규즁슈을 감히 누셜치
못ᄒᆞ여 긔망ᄒᆞ여 아뢰되 듯스오니 그 의원니 쇼년 션ᄇᆡ로셔 녀람 잇노
라 ᄒᆞ고 셩명은 니위라 ᄒᆞ며 간지 이슥허여이다 부미 이 말을 듯고 니
윽키 싱각ᄒᆞᄃᆡ 익이 아는 사람갓틋나 니싱인 줄은 쳔만 의외라 셔로
보지 못ᄒᆞ이 ᄂᆡ의 복니 읍도다 ᄒᆞ고 시비을 불너 ᄂᆡ당에 통ᄒᆞ고 드러
가니 부인니 반가오물 이긔지 못허여 왈 우리 금일 셔로 맛나믄 실노
만힝이로다 이ᄯᅥ 쇼졔 부마 오시물 듯고 황망히 이러나 협실노 드러가
피 (304)

ᄒᆞ고 학ᄉᆞ는 부인을 모셔 '당에 나려 마져 드러가 학ᄉᆡ'[489] 부인계
뵈옵고 물너나 좌을 정ᄒᆞᆫ 후에 ᄒᆞ례 왈 이ᄉᆞ히 학싱니 한가치 못ᄒᆞ여
돈후을 뭇잡지 못ᄒᆞ여삽더니 듯스온 즉 돈쳬 불평ᄒᆞᄉᆞ 셰상을 바리시
다 ᄒᆞ오믹 불승경황ᄒᆞ여 이의 이르러삽더니 다힝니 신의을 맛나 귀쳬
을 보즁ᄒᆞ시다 ᄒᆞ오니 그 신긔ᄒᆞᄆᆞᆯ ᄒᆞ례ᄒᆞ ᄂᆞ이다 옛글에 일너스되
진시황 한무졔도 불ᄉᆞ약을 구치 못허고 화퇴 편작의 신슐노도 그 회싱
허물 웃지 못ᄒᆞ여더니 이졔 부인의 회싱ᄒᆞ시믄 자고로 드문 일리로쇼
이다 연ᄒᆞ여 학ᄉᆞ을 향ᄒᆞ여 부인의 회츈허시믈 하례ᄒᆞ시니 부인은 다

489) 김동욱본F에는 '안져드니 부믹'로 되어 있다.

만 완명니 구듬을 니르고 학수는 미우에 흔연헌 빗슬 씌여 왈 웃지 첩의 정성니 미칠 비리요 모친의 지극ᄒ (305)

신 덕퇵이라 후덕을 ᄒ날리 살피수 구ᄒ시미로쇼이다 다만 집의 남지 읍스미 그 의원의 자최을 싸라 스례치 못ᄒ오니 웃지 북그럽지 아니리요 학수 니리 험은 니쇼졔의 동젹을 감쵸고져 ᄒ미라 부미 쏘 미쳐 보지 못허물 한ᄒ더라 쥬과을 닉여 한훤을 파ᄒ고 부미 도라올 썩490) 학수와 부인니 일즉 감을 한ᄒ더라 야심 후 부미 장슈궁에 도라와 밤을 지닌 후 닉당에 드러가 신셩 후 한가히 말삼ᄒ던니 잇썩 공쥬와 최부인니 문안의 모셧는지라 [부미]491) 날회여 쇼참졍 부인니 기셰ᄒ여짜가 신의을 맛나 회싱허물 알외오니 평장과 부인니 놀나고 좌우 경탄ᄒ물 마지 안터라 문안을 파허미 부미 니싱을 보려492) ᄒ고 셔당의 나아오니 셔당이493) 고요허여 스최 읍셔지고 오즉 셔동니 화계에 물을 쥬거날 부미 문왈 니 (306)

싱은 어듸 가고 네 홀노 잇는요 셔동니 듸왈 니싱니 어졔 상공을 모셔 동남산에 갓다가 날니 져물도록 오지 아니하오니 월싴을 구경ᄒ는가 허여든니 밤니 깁도록 오지 아니ᄒ시니 쇼동도 아모듸로 가신 쥴을 아지 못ᄒ나니다 부미 듸경ᄒ여 두로 건일며 니싱 아니 왓심을 의심ᄒ여 힝여 어졔 동남산의셔 츈쥬의 취ᄒ여 쥬량니 너르지 못ᄒ미 후원 어듸셔 밤을 지닌가 ᄒ여 급피 노복을 부려 두로 츠지며 졍히 방황

---

490) '돌아갈 때'의 오기. 김동욱본F에는 '돌아올 쎡'로 되어 있다.
491) 저본에 생략되어 김동욱본F에서 가져왔다.
492) 김동욱본F에는 '보려'로 되어 있다.
493) '방중이'의 오기. 김동욱본F에는 '방즁이'로 되어 있다.

ᄒ더니 문득 보니 셔당 벽상의 니싱의 필젹니 잇난지라 나아가 보니 이별시을 지여 부치여거날 심즁에 의아ᄒ여 왈 닉 밍상군의 긔 뒤졉ᄒ난 도리 읍스나 일즉니 져로 더부러 관포의 졍을 밋고져 ᄒ엿더니 문득 장협의 노릭을 쎳스니 웃지 가셕지 아니이요 벽상에 셕츈 (307)

사운시를 쎳시니 ᄒ여쓰되 동군유의호즁딕라 옥계싱광빅발을 셰월무졍지가편이라 닐야고릭화진사을 니 글 쓴즌 동군니 쯧즐 이어 여러 번 시머쓰니 옥계의 빗나믄 빅 가지로 찐 쏫치라 셰월 무졍ᄒ미 진실노 가련ᄒ도다 남보와 오믹 뫼의 쏫치 진ᄒ여도다 부믹 다시 글을 ″푸며 니싱의 가만니 나감을 괴히 여겨 듕보을 일혼 듯 오릭 비회ᄒ다가 쇼부의 왓든 의원니 ″위라 ᄒ든 말을 다시 싱각ᄒ니 졔 여람 잇노라 ᄒ며 소년 셔싱니라 허믈 더욱 의심ᄒ여 다시 자셔히 뭇고즈 ᄒ미 본딕 마음니 활발ᄒ여 일마다 호의 읍난 고로 위의을 츠리지 아니ᄒ고 다만 셔동 일인만 다리고 바로 후원으로죠ᄎ 쇼부에 이른니 노복이 젼도히 맛거날 외당의 안져 노복을 불너 문왈 어졔 왓든 (308)

의원의 용모 웃쪄ᄒ든요 창뒤 고왈 긔 거동리 범상치 아니허와 표년 쇄락ᄒ오미 진셰 스람 갓지 아니ᄒ오며 흑거도복의 동지 비상ᄒ읍고 부인의 병환을 회츈허신 후 표연니 가오믹 감히 말유치 못허여나니다 우문 왈 그러ᄒ면 승명은 웃지 아라난요 쏫타여 뭇지 아여스미 쳐음 왓슬 쎡에 여람 니위라 니르고 친니 보아지라 ᄒ더니다 그 다리고 온 셔동의 승명은 아라는다 그는 이로지 아니ᄒ미 아지 못ᄒ여나니다 부믹 혀오되 니 반드시 니싱니로다 ᄒ 가지 이슬 졔 글나나 학논ᄒ고 의슐허난 일은 읍더니 금일 이런 신슐니 잇나니 이는 편작니 다시 환싱

ᄒ여도다 나의 모름은 '졔 분명이 타인의게 알게 ᄒ미 안니로다 ᄒ고 다시 셔동을 몰지 안니ᄒ나 일졍 고향으로 가실 거신니 여람이 슈쳔리라'494) ᄎ질 기리 읍셔 일장을 한탄ᄒ고 셩부인계 드러가 문안 후 한담ᄒ다가 학ᄉ다려 (309)

그 의원니 셔당의셔 머무른 말과 벽상에 글 지여 부치고 나간 셜화을 이른니라 화셜 〃ᄒ니 ᄒᆡᆼᄒ연 지 슈월 만의 여람 지경에 다〃라 긱졈의 슈이더니 ᄒᆡᆼ인니 셔로 젼ᄒ여 이르되 이 압폐 도젹니 쳐〃에 잇셔 비록 날니 져무지 아니ᄒ나 ᄒᆡᆼ인니 임의로 단니지 못ᄒ다 ᄒ거날 셜잉니 민망ᄒ여 ᄒ더니 금계 식벽을 고ᄒᆞᄆᆡ ᄒᆡᆼ인드리 ᄶᅥ나고져 ᄒᆞᄃᆡ 셜잉의 츄동도 쏘한 ᄶᅥ나고져 ᄒ거날 셜잉니 왈 니졔 슈쳘니 왓스ᄆᆡ 임의 여람 지경에 이르스니 두어 날이면 가히 득달헐지라 길은 흠ᄒ고 도젹은 심헌듸 ᄭᅩᆺ티 식벽에 가리요 ᄒ고 ᄶᅥ나지 안니ᄒ여더니 날니 발고 ᄒᆡᆼ인니 왕늬허거날 그졔야 동ᄌᆞ을 거나려 가더니 과년 심니 못 가셔 됴분 곳듸 ᄉᆞ람의 죽엄미 홋터졋거날 일ᄒᆡᆼ니 (310)

크게 놀나 셜ᄒᆡᆼ의 지감을 치하ᄒ드라 여러 날마의 옛 집을 ᄎᆞ즈가니 슬푸다 집은 의구허나 쓸에 풀은 삼〃ᄒ고 창숑취쥭은 쥬인을 기다리는 듯 젹막헌 뷘 장원의 ᄭᅵᆽ슬니 무쳐시며 젼원니 장무ᄒ여 시비을 구지 다〃시니 그 쳐량헌 빗슨 ᄒᆡᆼ노지인니라도 오히려 상감ᄒ려든 셜잉니 고퇴에 이르러 예날을495) 싱각ᄒ니 감창허믈 이긔지 못허여 두루 거러 쵸창니 방황ᄒ더니 오렬체읍496)ᄒ다가 ᄉ당의 드러가 ᄒ계에

494) 저본에는 '졔 문장 신기홈을 남의게 알게 ᄒ미 안니라'로 되어 있으나, 김동욱본F의 내용이 문맥에 맞아 가져왔다.
495) 옛날을.

결혀여 예을 맛친 후 ᄉᆞ면을 도라보니 외로온 집니 동산을 의지ᄒᆡ여 쵸목니 무셩ᄒᆞ여스니 사람의 ᄌᆞ쵸 ᄭᅳ너진 줄을 가히 알너라 갈쇼록 비회을 이긔지 못ᄒᆞ여 이에 일장통곡ᄒᆞ여 ᄋᆡ원흔 심회을 풀고 젼에 부리든 노복을 찻고져 ᄒᆞ나 쵼낙 부여스니 황 (311)

낙헌 터쑨이라 무을 곳지 읍셔 다만 빈회헐 ᄯᆞ늠이라 본ᄃᆡ 이곳지 북역 강포헌 ᄯᅡᆼ니라 압흔 장강니 막혀 잇고 뒤에 옥야 들니 널너스니 참졍니 산슈 경치을 사랑ᄒᆞᆺ 복거허시ᄆᆡ ᄉᆞ람니 됴ᄎᆞ 사라 인가 번셩ᄒᆞ여든니 참졍니 도라가신 후 시졀니 쏘한 연ᄒᆞ여 흉황흔 고로 강포헌 무리 셔로 도젹니 되여시ᄆᆡ 인가 다 부여는지라 셜잉니 오ᄅᆡ 머무지 못헐 줄 알고 즉시 가묘을 모시고 킥졈을 ᄎᆞᆽ 가더니 길가에 목동니 일노ᄃᆡ 근쳐의 도젹이 만하 히 곳 지면 도젹일 ᄂᆡ 단지 못허나니 다 어ᄃᆡ를 가시는지 모로건이와 킥졈니 오히려 슈십이 격ᄒᆞ야고 일셰 져무러스니 슬푸다 도젹의 침노헐 빈 되리로다 ᄒᆞ여날 셜잉과 동인니 그 아희다려 문왈 너희 잇는 곳지 인가 을마나 헌요 우리도 가달을 피허 (312)

여 ᄉᆡ로 이 마을〃 이러스니 인가 빅여호요 상거 슈리는 되나이다 ᄒᆞ거날 셜잉니 ᄭᅳ게 깃거 목동을 ᄯᅡ라 마을에 이른니 한 사람니 마조 오거날 보니 참졍ᄃᆡᆨ 노창두 치환니라 져을 머믈너 집을 즉희여썬니 도젹을 피ᄒᆞ여 이곳ᄃᆡ 잇는지라 셜힝니 반가움을 이긔지 못ᄒᆞ여 붓들고 실셩유체 왈 한 번 쩌난 후 자최을 아지 못ᄒᆞ여 쥬야 싱각이 간졀허드니 아지 모겨라 어ᄃᆡ 가 의지허며 장학ᄉᆞ의 거취을 아라는다 셜잉니

---

496) 오열체읍(嗚咽涕泣).

눈물을 거두고 뒤왈 경셩에 가 장학스을 추지니 학스 본딕 남직 아니
라 녀화위남ㅎ 여짜가 맛참닉 자최을 감쵸지 못ㅎ여 김상셔 부인 된
말이며 학스을 신긔히 맛나 쇼참졍 딕에 의탁ㅎ고 가묘을 모시라 왓다
가 위연니 흔동을 맛나 이곳딕 온 스년을 니른니 차환니 듯고 일 (313)

경일비ㅎ여 추탄허물 마지 아니ㅎ고 졔 집으로 인도ㅎ여 가묘을 모
시고 일힝을 공궤ㅎ믹 밤을 편안니 지닉고 잇튼날 발힝허여 여러 날
마의 황셩에 득달허니라 각셜 니쇼졔 셜잉을 보닉고 염에 무궁허더니
일〃은 마음니 혼미허여 난간을 비겨 쳔의을 바라보며 기리 쵸창ㅎ더
니 문득 한낫 쳥딕 나라와 셰번 울고 가거날 마음에 심히 깃거ㅎ여 셜
잉니 더딕 옴을 근심며 쏘 혀우되 쳥됴는 희됴라 반드시 여람 힝추 슈
히 오리로다 ㅎ고 셩부인을 모셔 말삼ㅎ더니 호련 보ㅎ되 셜잉니 왓다
허여날 쇼졔 깃분 즁 창감허물 이긔지 못ㅎ여 즁문의 나와 가묘을 맛
져 모신 후 〃원 별당의 봉안ㅎ고 즉시 졔젼을 갓쵸와 졔헐 싀 슬피 통
곡허기을 마지 아니ㅎ니 셩부인니 (314)

만단 위로ㅎ시고 스람을 창슈궁에 보닉여 셜잉니 가묘을 모셔 도라
옴을 젼ㅎ니 장학스 딕회ㅎ여 즉시 쇼부에 이르러 셩부인계 뵈온 후
니쇼졔로 더부러 가묘에 나아가 일장을 슬피 통곡ㅎ고 셜잉니 쳘니 흠
노에 무스히 왕반허물 못닉 위로ㅎ시다 이쩍 나라이 틱평허믹 사방이
고요허드니 어스도위 아뢰되 근닉에 하람니 년흉ㅎ여 도젹이 길에 들
네고 그 즁 여람니 위즁허여 인심니 살난ㅎ다 허오니 됴신 즁 지식 잇
는 사람을 갈희여 보닉와 빅셩을 안무허고 '변졍을 쇼쳥허계'497) ㅎ옵

---

497) 김동욱본F에는 '변방을 평안계'로 되어 있다.

쇼셔 흔딕 상니 쥬사을 드리시고 근심ᄒᆞᆺ 보닐 사람을 쵸계코ᄌ 허시더니 부마도위 김희경니 츌반 쥬왈 신니 비록 두무 구슌의 지됴 읍ᄉ오나 쳥컨딕 황명을 밧ᄌ와 빅셩을 안무 (315)

허려 ᄒᆞ나니다 상이 가로ᄉ되 변방에 도적이 〃러나 군현을 침노ᄒᆞ고 빅셩을 살히흔다 ᄒᆞ되 맛쌍이 보닐 사람니 읍셔 졍니 근심ᄒᆞ더니 졍니 가고져 허니 비록 보닉고져 ᄒᆞ되 경에 작위 일품니라 일노쎠 결치 못허노라 ᄒᆞ신딕 도위 쥬왈 신니 숭은을 외람니 입ᄉ와 작위 일품의 이르러사오믹 황은을 만의 하나토 갑삽지 못ᄒᆞ노니 쥬야우구ᄒᆞ와 비록 갈노도지허여도 지우ᄒᆞ신 셩덕을 갑푸려 ᄒᆞ오니 웃지 작위 노품을 혐의ᄒᆞ시리잇가 흔딕 상왈 경니 짐을 위허여 가려 ᄒᆞ니 웃지 국가의 다힝치 아니리요 ᄒᆞ시고 즉시 김희경으로 하람졔도슌무어ᄉ을 허니시고 졀월을 쥬어 방빅 슈령 션불션을 임의로 츌쳑ᄒᆞ고 창고을 어러 쥬린 빅셩을 진휼ᄒᆞ고 변방을 안무헌 후 슈 (316)

히 도라오라 ᄒᆞ신딕 도위 ᄉ은슈명ᄒᆞ고 본궁에 도라와 돈당의 어명을 밧드러 하람도슌무ᄉ로 가는 년슈을 아뢰니 평장 부〃 드르시고 험노 힝 역니 심히 근심되나 군명을 지완치 못허리니 근신ᄒᆞ여 어명을 어긔지 말나 지삼 당부ᄒᆞ시다 도위 돈당에 하즉ᄒᆞ고 즁헌에 나와 삼위 부인을 도라보아 공양지졀과 치가지졀을 당부ᄒᆞ고 인ᄒᆞ여 ᄉ미을 드러 읍ᄒᆞ고 〃별ᄒᆞ고 각〃 보즁험물 이른니 삼위 부인니 한가지 읍ᄒᆞ여 답예ᄒᆞ고 원노에 평안니 회환허물 일것드라 도위 츄종을 다리고 발힝ᄒᆞ여 〃러 날마의 하람 지경의 득달ᄒᆞ여 이르는 곳마다 슈례을 머무르고 빅셩을 기유허며 탐혹허는 슈령은 닉리고 창고을 여러 곤궁헌 빅

성을 진휼ᄒᆞ여 필빅을 훗터 부로을 (317)

난화 쥬어 효유ᄒᆞ여 고향을 써나지 말고 농상을 씸쓰라 당부허며 눈물을 나리와 쳔ᄌᆞ의 승교을 젼ᄒᆞ여 왕화의 도라가계 ᄒᆞ니 빅셩니 어ᄉᆞ의 관인후덕을 일커러 도적의 무리 악헌 힝실을 바리고 착헌 ᄃᆡ 나아가 기과쳔션ᄒᆞ니 일노됴ᄎᆞ 도불습유ᄒᆞ여 강구년월니 되여 어ᄉᆞ의 숑덕허는 쇼린 가득허더라 도위 여람쌍의 이르러 호련 싱각ᄒᆞ되 니싱니 여람 잇노라 ᄒᆞ든거시니 힝여 ᄎᆞ질가 두로 방문ᄒᆞ되 니위라 ᄒᆞ는 사람은 읍스미 심니 의괴니 ᄒᆞ더니 멀니 바라보니 큰 모히 막고 비단 갓튼 닉가 강을 년ᄒᆞ여시니 동정호 칠빅이가 눈압폐 버려 경기 졀승ᄒᆞ거날 어ᄉᆞ 죵경을 사랑ᄒᆞ여 슈릐에 나려 시닉을 됴ᄎᆞ 드러가셔 산슈을 구경ᄒᆞ더니 뫼 아례 한 집이 잇고 그 우희 (318)

ᄉᆞ당 집니 잇스니 장원니 퇴락하니 극히 황양ᄒᆞᆫ지라 심하에 괴히 여계 근쳐 빅셩을 불너 무른ᄃᆡ 져 집니 뉘 집이완ᄃᆡ 심니 황냑ᄒᆞ니 쥬인는 뉘시며 웃지 스람은 읍고 집만 오직 의〃니 독돈ᄒᆞ여는요 빅셩니 ᄃᆡ왈 쇼인 등은 다른 곳ᄃᆡ ᄉᆞ옵다가 도적을 피ᄒᆞ여 이리 왓ᄉᆞ옵기로 그집 일은 ᄌᆞ셔치 못ᄒᆞ옵건니와 일젼 한 남ᄌᆞ 이곳ᄃᆡ 와 가묘을 모셔 가올ᄉᆡ 져의 구창두을 맛나 설화ᄒᆞ는 말삼을 듯ᄉᆞ온즉 니참졍 ᄃᆡᆨ이라 ᄒᆞ오니 그 창두다려 무르쇼셔 ᄒᆞ거날 스람으로 허여금 그 창두를 부른니 〃르미 어ᄉᆞ 니참졍의 젼후ᄉᆞ을 힐문ᄒᆞ니 창두 고왈 우리 노야 참졍 벼슬 허시다가 강산을 사랑ᄒᆞᆺ 치ᄉᆞ허시고 니곳ᄃᆡ 복거ᄒᆞ시더니 불힝ᄒᆞ여 기셰ᄒᆞ시며 다른 ᄌᆞ질니 읍고 쇼졔 홀노 계셔 향화을 밧드더니 (319)

가시 날노 영락ᄒᆞ여 도적의 화를 맛날가 두려워 경셩으로 가신 후 도젹니 드러와 집을 불지르고 여간 가장을 탈취ᄒᆞ여 가미 자연 황낙

ᄒ여나니다 어시 문왈 녀의 되 쇼졔 경셩 뉘 집의 계시다 ᄒ든야 ᄎ환
니 눈물을 흘니며 되왈 우리 노야 다른 ᄌ녀 읍삽고 다만 일위 쇼졔을
두어스되 슉덕과 품질니 셰상의 드문 고로 퇴셔 ᄒ시기을 널니 ᄒ시미
맛당헌 ᄌ을 맛나지 못ᄒ여 ᄆᆡ일 염예ᄒ시더니 ᄒ로는 션유허시다가
물에 ᄲᅡ진 ᄉᆞ람을 건져뇌여 살펴 본즉 인즁호걸이라 노야 크게 깃거
거두어 두시고 ᄯᅩ ᄯᅡ라 ᄲᅡ진 두 ᄉᆞ람은 츙의노ᄌᆡ라 긔특이 여기ᄉᆞ 일
을 무르시니 〃부상셔 장ᄌᆞ영의 아들 슈졍니라 ᄒ고 가계 일공ᄒᆞᄆᆡ 도
로의 유리ᄒ다가 ᄇᆡ에셔 바람 맛나 ᄲᅡ져다가 다힝니 사라낫시나 노쥬
삼인니 지향헐 곳지 업다 (320)

  ᄒ오ᄆᆡ 집의 두옵고 장공ᄌᆞ의 힝젹을 보온 즉 심히 아름다오ᄆᆡ 인
허여 우리 쇼졔로 ᄇᆡᆨ년 가긔을 졍헌 후 장공지 과거 보라 가신지 오릭
지 아녀 노야 기셰ᄒᆞ시고 삼년을 지뇌지 못ᄒ여 ᄯᅩ 부인이 별셰ᄒ시
니 쇼졔 혈〃단신니 능히 잇지 못허와 삼상을 맛치고 장공ᄌᆞ을 경셩으
로 ᄎᆞ즈 가시더니 그후 몃 ᄒᆡ을 셩식니 돈졀허오ᄆᆡ 심이 의아ᄒᆞ옵더
니 월젼 셜잉니 나려와 가묘을 모셔갈 ᄉᆡ 곡졀을 뭇ᄌᆞ온 즉 장공지 남
ᄌᆡ 아니오 규슈로셔 급졔ᄒᆞ여 벼슬니 할임학ᄉᆞ의 이르러더니 마침닉
종젹을 긔이지 못ᄒᆞ여 나라에 진졍을 상쇼허고 김상셔 부인이 되여시
ᄆᆡ 찻지 못ᄒᆞ여짜가 우연니 쇼참졍 부인니 상ᄉᆞ 나시ᄆᆡ 실영의 가르
치심을 입어 쇼참졍 부인을 ᄉᆞ르고 장학ᄉᆞ을 맛나 쇼부에 의지ᄒ여 계
시다 ᄒ더니다 부ᄆᆡ 허다 ᄉᆞ연을 (321)

  드르ᄆᆡ 원닉 니싱니 녀ᄌᆞ로셔 변복ᄒᆞ미로다 ᄒ고 ᄎ탄허기을 마지
아니ᄒ고 ᄎ환을 후상ᄒ니라 화셜 니싱니 셜잉니 가묘을 모셔온 후로

마음니 편호여 셩부인을 극진니 봉양호고 장학스을 졍셩으로 셤기며
노복을 인의로 부리니 상하 탄복호더라 일″은 셜잉니 슈심을 씌여 쇼
제겨 고왈 쇼졔 천신만고허여 이에 이름은 한갓 몸을 위헐 쑨 아니라
션부인의 유탁호시믈 바리지 못호시미요 쏘한 쇼졔의 종신듸스을 졍
허려 험일던니 이졔 장학스 음양을 변호여스니 싱각컨듸 일싱에 바라
든 빅 씃쳐시니 쇼졔의 통달호신 쇼견으로 나둉을 장ᄎᆞ 웃지코ᄌᆞ 호
시나뇨 쇼졔 니 말을 듯고 감창호물 이긔지 못호여 오릭 말니 읍다가
반향 후 기리 한슘지여 왈 늬 팔ᄌᆞ ᄀᆞ구호여 일즉 천지를 여의고 가산
니 탕진훈 후 혈 (322)

혈일신니 고독허기 가히 읍셔 강상에 평초 갓치 동셔의 표박허여 실
낫 갓튼 잔명을 위호더니 다힝니 몸을 보둔호고 션영 졔스을 이으니
천지의 가득훈 영힝니여늘 쏘 다른 것슬 바라면 하날니 앙화을 나일지
라 호물며 늬 몸을 장가에 허″여나니 졔 비록 녀ᄌᆞ나 웃지 다른 가문
에 가며 이졔 비록 구혼허려 호나 극키 어려온 일니요 나의 스젹니 드
러나면 부믜 날노 더부러 창화허여시니 웃지 북그럽지 아니이요 스졍
니 ″갓튼니 맛당니 심규에 드러 남니 모르계 셰상을 보늬는 거시 녀
ᄌᆞ의 도리니 너는 부지 업는 말을 마라 늬의 심장을 평안커 호라 헌듸
셜잉니 쇼졔의 말니 상막호물 이긔지 못허여 웃깃슬 염의오고 다시 고
왈 쇼비의 엿튼 쇼견니 웃지 쇼졔의 상활호시물 당호리잇가마는 쇼졔
의 일신니 (323)

도라가시면 그날니라도 션노야의 가묘 고향으로 도라가시리니 그ᄯᅦ
에 노야와 부인의 실영과 쇼졔의 혼빅이 웃지 슬푸지 아니ᄒᆞ리요 쇼졔

몸을 장씨계 ᄒ〃다 ᄒ옵시니 장학ᄉ 비록 녀ᄌ이나 동적을 모르면 신을 직희여 동신ᄒ미 올건이와 이졔 장학ᄉ 자최을 드러ᄂᆡ여 녀ᄌ로 아온 후에 녀ᄌ을 위ᄒ여 졀을 셰우믄 듯지 못ᄒ온 비오니 이는 타인의 우음도 면치 못헐 거시요 쏘 김상셔 집의셔 비록 머무러시나 그ᄶᆞ는 건복을 갓쵸와스니 곳 남지라 남ᄌ로 남ᄌ을 슈작ᄒ미 웃지 혐의혈 빅리요 만일 쇼졔 일니 젼파ᄒ면 일월 갓튼 졀의가 열년젼의 웃씀이 되리니 뉘 능히 시비허리요 이갓치 아뢰옴은 션노야와 션부인의 유탁을 위험니요 쇼졔만 위험이 아니로쇼이다 말을 맛치며 눈물니 비오듯 흘너 웃기슬 (324)

적시는지라 쇼졔 이 말을 듯고 비감ᄒ물 이긔지 못ᄒ여 유쉬동힝ᄒ며 셔〃 긔유 왈 네 말인즉 작키 유리ᄒ나 ᄂᆡ의 정심은 졍ᄒᆫ 빅 잇나니 다시 이르지 말나 ᄒ거날 셜잉니 혜오되 언어로ᄂᆞᆫ 권유치 못ᄒ리니 맛쌍니 장부인을 보와 의논ᄒ리라 ᄒ고 가만니 장슈궁에 나아가 바로 영월각에 이른니 이ᄶᆡ 학ᄉ 공쥬 최부인으로 더부러 ᄒᆞ되 모여 말삼ᄒ며 부미 멀니 가심과 하람졔도 흉험헐쏜 아여 날리 오릭도록 회긔 읍스믹 염예 무궁허드니 뜻 아니헌 셜잉니 오믈 보고 반게 문왈 요ᄉᆞ히 상공니 멀니 가시고 궁즁 요젹ᄒ기로 오릭 가지 못ᄒ여더니 네 옴을 보니 다힝ᄒ도다 부인과 쇼졔 체후 일향ᄒ시든야 셜잉니 부복 디왈 양위 긔후 알영ᄒ시건니와 부인 (325)

승체 웃써 ᄒ옵신지 아지 못ᄒ와 탐후코ᄌ 왓나니다 공쥬 부인다려 문왈 니 뉘이〃가 학ᄉ 탄왈 니 ᄉᆞ름을 알고져 ᄒ실진되 '엇지'⁴⁹⁸⁾ 긔

498) 저본에 '웃'으로 되어 있어서 김동욱본F에서 가져왔다.

이리요 다만 말니 장황ᄒ오니 고히 여기지 마르쇼셔 쳡니 팔ᄌ 긔구ᄒ
여 어복에 밥니 되려 ᄒ허고 창파의 일신을 ᄲᅡ져던니 니참졍의 구험믈
입어 집의 두고 그 녀ᄌ로 졍혼 일과참졍 부〃 구몰허미 그 녀지 의지
읍시 지ᄂ니온 일은 임의 다 짐작ᄒ신 비연니와 향니 셔당에 와 머무든
니싱은 곳 참졍의 녀지라 의지헐 곳지 읍셔 흔 번 건복으로 쳔하에 발
셥ᄒ여 쳡을 차지미더니 우연니 상공을 맛나 셔당에 머무나 쳡인 즉
은인니 왓스나 견연니 모르고 졔 ᄯᅩ한 쳡의 자최을 모로왓ᄮᅡ가 바라는
비 ᄰᅳᆯ어져시미 몸을 피ᄒ여 나가드니 맛참 신명의 도음을 입어 쳡을
맛 (326)

난지라 도로에 유리흠과 일신니 고쵸ᄒ미 졍니 쳡의 신셰 갓삽고 니
참졍니 임의 쳡을 살니시고 니쇼졔 ᄯᅩ한 쳡의 양모을 살인지라 이러허
무로 잇지 못헐 은인이라 관포의 〃을 효측ᄒ여 형졔 도여 ᄉᆞ랑ᄒ무로
쇼졔을 머무르고 모친니 ᄯᅩ한 녀이라 층ᄒ시니 져 시비는 쇼졔의 셔동
이〃 차환니 되어실 ᄯᅥᆯ의 츙셩과 아름니[499] 범인의 미칠 비 안일더니
다 공쥬와 최부인니 놀나며 ᄎᆞ탄 왈 어지다 형니며 가련타 니쇼졔 신
셰여 옛날노부터 어질고 ᄲᅢ혀는 ᄉᆞ람니 다 쳔만가지 고쵸을 면치 못ᄒ
여는ᄯᅩ다 [공쥬 왈][500] 니쇼졔 부인을 맛나 의지허나 그 당쵸 마음은
부인니요 경셩에 올나옴도 ᄯᅩ한 부인을 말뮈암은 비라 엇지 다른 ᄃᆡ
의혼할 비 잇슬이요 만일 그러ᄒ면 져의 동신니 웃지 가련치 아니리요
쳡의 쇼견 (327)
에는 그 쇼졔을 위ᄒ여 우리 네ᄉᆞ람니 규즁에 벗시 되미 웃지 질겁
지 아니ᄒ리요 양위 부인니 왈 늬 ᄯᅳᆺ과 웃더타 ᄒ시나요 최부인니 탄

---

499) 김동욱본F에는 '졀힝이'로 되어 있다.
500) 저본에 생략되어 김동욱본F에서 가져왔다.

왈 공쥬의 발그시미 타인의 심장을 비최눈쏘다 '장부인니'501) 말삼을 듯삽고 첩이 먼저 ㅎ고져 ㅎ나 당돌허물 혜아려 잠간 머물너삽더니 공쥬 어진 말삼니 이에 미치시니 웃지 다힝치 아니ㅎ리요 [이는]502) 장부인니 쥬장ㅎ쇼셔 학스 머리을 슈기고 왈 바키 남의 심장을 살피시미 이럿틋 관곡ㅎ시도쇼이다 말을 못ㅎ며 이러 절허여 왈 첩니 다힝니 니쇼졔을 맛나미 전의 경상과 첩의 슈은허물 싱각ㅎ오니 감격ㅎ옵건니와 첩니 본딘 이 쯧지 읍지 아니ㅎ오미 두리난 바는 공쥬와 최부인니엇더니 여기실가 쥬져ㅎ옵드니 〃제 공쥬 쯧슬 여러 운교의 오작을 모라 은하슈의 (328)

길을 여르시고 최부인의 어지심으로 월노에 신을 밋계 ㅎ시니 엇지 첩니 우러 〃ㅎ레 쑨이리요 '규즁화가 니날 밤에 빗나리로쇼이다'503) 그러허나 우흐로 황상과 돈당니 계시고 버어 부미 계시니 황상과 돈당의 ㅎ〃시물 으든 후에야 맛당니 의논헐 거시요 첩니 뇌둔ㅎ와 싱각지 못ㅎ옵나니 장츳 웃지 ㅎ여야 됴흘잇가 공쥬 왈 부인의 말삼니 〃갓스오니 황상니 예의을 즁니 여기시고 은혜을 베푸시니 웃지 근심홀 비 이슬리요 첩 맛당니 표을 올여 부인의 인의와 니쇼졔의 고혈간쵸ㅎ물 포장허오리니 이런 즉 황상의 허〃시물 어들 거시오 돈당니 쏘한 스세 이러헌 쥬을 아르시며 우리 삼인의 졍심을 짐작ㅎ시리니 스긔을 졍허504) 후에 한가지 아뢰오미 올흘가 ㅎ나니라 최 (329)

부인니 공쥬의 말을 이여 탄복ㅎ고 학스는 다만 치하헐 싸름일드라

---

501) 김동욱본F에는 '장부인의'로 되어 있다.
502) 저본에 생략되어 김동욱본F에서 가져왔다.
503) 김동욱본F에는 '규즁 풍홰 가히 갈담의 빗나리로쇼이다'로 되어 있다.
504) 김동욱본F에는 '졍ㅎ온'으로 되어 있다.

셜힝니 쳐음에 쟝부인을 됴츠 옴은 쇼졔의 평싱을 의논코즈 ㅎ여더니
쳔만 의외에 공쥬 이럿틋 발키 살피스 듸의을 셰옴을 보고 마음에 깃
부물 이긔지 못ㅎ여 당에 나려 머리을 됴아 졀ㅎ여 왈 쳡은 곳 니쇼졔
의 시비라 쥬인 은덕을 입스와 쇼졔을 모시믈로부터 쥬야로 됴츠 고금
에 닐을 듯스와듸 마양 갈담에 풍화를 비겸 즉흔 고지 업스옵며 문견
니 비루ㅎ와 셰상을 아란 지 임의 십팔 셰로듸 고금을 상양ㅎ여 감탄
ㅎ올 쑌이올든니 이 삼위 부인의 말삼을 듯스오니 황공감스ㅎ오메 엇
지 함초결쵸을 본밧지 아니리요 말니 이러틋 공슌ㅎ니 공쥬와 최부인
니 덕옥505) 긔틔이 여겨 스랑ㅎ더라 나리 져문 후 셜잉니 (330)

하직ㅎ고 도라와 니쇼졔게 뵈옵고 쟝부인의 셜화을 펼식 공쥐와 최
부인의 화안월틔와 유한 졍 〃 ㅎ믈 못늬 이르고 층춘ㅎ믈 마지 아니ㅎ
드라 각셜 부미 하람 일도을 진무ㅎ고 환죠ㅎ여 스은ㅎ온듸 상니 듸
열ㅎ스 칭춘 왈 경을 보늬고 염에 무궁ㅎ더니 반년니 못ㅎ여 일방을
안무ㅎ고 무스히 도라오니 웃지 한갓 짐의 깃불 싸르이리요 동스에
복이로다 부미 슉스허고 돈슈 쥬왈 이는 다 펴ㅎ의 홍복이로쇼이다 웃
지 신의 공니리이가 상니 십쑨 환열ㅎ스 〃쥬ㅎ시고 파됴허시니라 부
미 부즁에 도라와 돈당에 뵈오니 여러 날506) 써낫든 졍회을 이르시며
부미 쏘한 영모지졍을 고허고 동일토록 모셔짜가 황혼 후 영월당에 도
라와 쟝부인을 볼식 공쥬와 최부인니 모혀 슈히 도라오물 하례ㅎ여
(331)

셜화ㅎ다가 밤니 깁푼 후 각 〃 침쇼로 도라가니라 이튼날 부미 됴회

505) 김동욱본F에는 '더욱'으로 되어 있다.
506) 김동욱본F에는 '여러 달'로 되어 있다.

에 드러간 후 삼부인니 돈당에 모셔 한담ᄒ드니 공쥬 장부인을 도라보
아 무삼 말을 ᄒ고ᄌ 헐식 문득 최씨 몸을 이러 피석 쥬왈 인의예지는
셩인의 ᄉ업니라 규즁녀지 임ᄉ 장강 이후는 다시 이은 지 업삽더니
상원 장부인은 당금 녀즁군지라 엇지 졀기 노푸며 아름답지 아니리요
그윽키 듯ᄉ오니 옛날 장부인니 불힝헌 시졀을 당ᄒ여 만경창파에 몸
을 바릴식 하날니 착헌 사람을 앗기ᄉ 맛참 니참졍니 션유ᄒ다가 건져
닉민 졔 임의 남ᄌ로 아라 의지읍슨 사람을 거두어 딕의을 싱각ᄒ고
쳔금 규슈로 결혼ᄒ니 그 의긔 노품이 ᄊᆞ로지 못헐 거시로되 장부인니
음양을 밧군 고로 과거을 츄탁ᄒ고 비록 셩예치 안여스나 피ᄎᆞ 언약험
은 쳔 (332)

디 귀신니 다 아는 빅라 웃지 반ᄒ미 잇스리니가 이에 경셩에 올나
와 과거ᄒ여 벼슬니 틱학ᄉ에 올나 슈유을 바다 션산의 쇼분ᄒ고 인허
여 니참졍 집의 가니 니참졍니 임의 기셰ᄒ여스민 영위에 됴문ᄒ고 삼
년을 기다려 셩친허물 언약ᄒ고 올나왓더니 그후 참졍 부인니 마져 기
셰ᄒ시민 쇼졔의 혈″단신니 강포을 두려워 부모의 유언을 싱각ᄒ고
장학ᄉ을 ᄎᆞ즈온 일니며 학ᄉ의 근본니 발각ᄒ여 규즁에 든 일을 자
셔히 알고 허릴 읍셔 거리로 방황허다가 부마의 부름을 입어 후원 셔당
에셔 월여을 뉴슉ᄒ더 일과 환약과 부작으로 쇼참졍 부인을 살니고 인
ᄒ여 셩부인의 양녀 되여 부인으로[507] 자민지의를 믹ᄌ 시방 쇼부에
잇는 ᄉ연을 셰″히 쥬ᄒᆞ딕 평장 부″ 크게 놀나 왈 인간의 웃지 이런
긔이헌 일니 잇슬 (333)

---

507) 김동욱본F에는 '장씨와'로 되어 있다.

이요 만일 그러허면 그 녀즈의 둉신듸식가 읍시 되이리 웃지 한홉
지 아니리요 최부인니 염용 듸왈 첩이 일노써 고허문 다름 아니오라
장부인니 임의 [그]508) 녀즈로서 남복을 기착하고 남의 듸스을 져회
하여스오니 니쇼졔 쳘니을 발셥하여 이에 이르러 바라든 빅 쓴쳐지
미 거리로 방황하다가 우연니 부마을 맛나 월여을 벗하여 글을 강논허
며 쥬빅을 한가지로 하여 졍의 심밀하오미 되오니 이는 [하늘이]509)
장학스을 비러 부마을 쥬심미라 구고는 살피스 그 녀즈로 허여금 보존
케 하쇼셰 흔듸 평장니 침음 양구에 왈 어질고 가련타 니쇼졔의 셜화
을 드른니 〃는 반듯시 하날니 늬 집의 맛기신 빅라 연이나 우희는 황
상니 계시니 우리 웃지 쥬장하리요 공쥬 이 말삼을 듯고 흔년 듸왈 쇼
부 비록 용우허오나 황상의 허락을 (334)

으더 혼인을 되게 하리니다 좌우 듸렬하고 평장 부〃 흔연하여 하
시더라 니날 부미 혼졍을 파하고 부미 영월각에 이른니 장부인니 마자
좌을 졍흔 후에 부미 우음을 머금고 왈 학싱니 이번 여람의 가와 빅셩
을 안무하고 두로 도라 단이다가 한 강가의 이른니 무른 즉 벽파강이
라510) 하옵거늘 놀나와 나아가 보니 예날 단니든 길이라 반갑고 슬품
을 이긔지 못하여 한편을 바라보니 뫼 밋틔 뷘 터이 닛고 우희 퇴락헌
스당니 잇거날 빅셩다려 무른니 니참졍의 스당집이라 하고 져즘게 쇼
참졍듸에서 인마을 보늬여 모셔갓다 하어날 그 츠환다려 곡졀을 무른
즉 져의 일홈은 혜란니라 참졍 싱시에 션유허다가 부인을 건져 늬여
일년을 양육허든 일을 이르매 그 녀즈로 졍혼 헌 일과 부모 구몰 (335)

508) 저본에 생략되어 김동욱본F에서 가져왔다.
509) 저본에 생략되어 김동욱본F에서 가져왔다.
510) 김동욱본F에는 '벽희슈라'로 되어 있다.

허믜 강포헌 도격을 두려워 경셩의 올나와 부인의 근본니 변호여스
믜 츳씨 못흘 쥴 알고 도로의 방황허다가 부마 김상셔의게 잡피여 셔
당의 슈월 고싱허다가 스긔 누셜헐가 져어 도망허든 날 밤의 신명니
도와 부작과 환약을 쥬어 쇼참졍 부인을 구허고 쇼참졍 부인의 양녀 되
야짜 호고 쇼졔 다려갓든 시비 셜잉니 나려와 가묘을 모셔 갈졔 져을
맛나 허다 스졍을 이르거날 드려나이다 흔뒤 그 말을 드르믜 웃지 호
날이 무심호 리요 셔당의셔 머무든 셔싱니 변호여 니쇼졔 된 쥴은 부인
은 임의 맹박키 아라거날 그쩌 학싱니 두세 번 츳ᄌ 무르되 동늬 긔이
믄 웃지헌 일니요 학스 이 말을 듯고 일변 놀납고 의혹호여 왈 쳡이 웃
지 상공을 쇽기리이가 혀아려 싱각건뒤 져 츳환니 광언망셜호여 상공
(336)

을 쇽여난이다 부믜 쏘한 의혹호며 벽화슈 바회에 필젹 읍스물 이
르고 그쩌 졔문 지여든 글을 늬여 뵈며 왈 장학스 쥭지 아여스믜 하날
이 도으심이라 학스 이 말을 듯고 슬품을 이긔지 못호여 늬심에 싱각
호되 늬 져을 긔이미 불가타 호여 니쇼졔의 자쵸셜화을 낫〃치 이르고
셜잉은 니쇼졔의 시비니 젼일 셔동이라 흔뒤 부믜 듯기을 다호믜 황
홀감창호여 기리 탄식 왈 어지다 쇼졔의 힝스여 가련타 니쇼졔의 고힝
이여 슈삭 동슉에 맛참늬 본졍을 아지 못호여스니 늬 웃지 불명을 면
호리요 늬 맛당니 쇼참졍 딕에 가 부인을 뵈옵고 시비로 호여금 셔당
[에셔]511) 동고허든 일을 젼호 리라 [흔뒤]512) 학스 졍식 왈 상공니
웃지 이런 말삼을 늬시는요 예의는 오륜에 웃듬이라 니쇼졔 님의 녀ᄌ
로 자쳐허여 심규에 드러거날 상공니 예의을 모로고 그리 (337)

511) 저본에 생략되어 김동욱본F에서 가져왔다.
512) 저본에 생략되어 김동욱본F에서 가져왔다.

허시면 반듯시 무류을513) 보실 거시니 싱의치 마르쇼셔 부미 올히 여기더라 최부인이 쏘한 디답ᄒᆞ되 첩이 쇼문을 드르니 니쇼졔 단졍 ᄒᆞ미 장부인으로 더부러 다름니 읍다 ᄒᆞ오니 〃는 하날니 유의ᄒᆞ여 닉시니라 천여불취면 반슈기앙이라 ᄒᆞ오니 이졔 임의 돈당니 허〃시 고 다만 황상 쳐분에 잇난지라 읏지 허오리가 공쥬 염용 디왈 첩니 〃 쇼임을 당ᄒᆞ여스니 읏지 허트니 ᄒᆞ리요 위의을 차려 궐닉에 드러가 문 안을 청ᄒᆞ니 상니 반기스 권〃헌 졍니 무궁ᄒᆞ여 셜화을 무르시니 공쥬 디왈 신첩니 이졔 거록ᄒᆞᆫ 힝실과 드문 일을 보와스미 상달코즈 ᄒᆞ나 니다 인허여 장학스 구혼허든 일과 물에 싸져슬 쩍에 구졔헌 일과 니 참졍 사당에 됴문허고 올나와 부마의 간틱ᄒᆞ든 스연을 낫〃치 쥬달ᄒᆞ 니 상니 크계 우어 왈 인간에 고히ᄒᆞ (338)

고 긔특헌 일도 잇도다 널노 김희경의계 ᄒᆞ가ᄒᆞ고 이월의 가긔 느져 가미 굿타여 공경되가 읍스미 아니로되 이월의 말니 졔 몸니 임의 장 슈졍의계 ᄒᆞ〃여심은 천지 아르신지라 졔 비록 본싁니 변ᄒᆞ여스나 슉 녀 한 번 몸을 허허미 쏘 읏지 이셩을 셤기리요 ᄒᆞ니 〃는 다 장슈졍의 녀즈 된 탓시라 져 장씨는 엇썬 슉녀완되 남녀 즁 져럿틋 취되을 밧는 고 못닉 층찬ᄒᆞ시며 쏘 가르스되 국법의 틱위는 삼쳐 일첩이요 승상 은 오부인 이첩이라 ᄒᆞ니 니영의 녀즈와 이월공쥬을 취ᄒᆞ되 니씨을 먼져 취허고 버거 이월을 취ᄒᆞ여 부귀을 누리라 허시니 공쥬 크계 깃 거 빅비 스은ᄒᆞ되 상니 쇼왈 젹국은 스람마다 아쳐ᄒᆞ거날 네 홀노 질 거ᄒᆞ니 안니 이월을 사랑험미야 공쥬 디왈 셩교 신첩의 젹심을 일월 (339)

---

513) 김동욱본F에는 '무안을'로 되어 있다.

가치 살피시니 읏지 황숑치 아니ᄒ리잇가 신첩니 미양 이월을 보오
미 졍ᄒ온 듯지 고집ᄒ오믈 민망ᄒ옵더니 이졔 즁심에 다힝ᄒ오믈
이로 알외지 못ᄒ나니다 샹니 즉시 김희경으로 승상을 허니시고 명쵸
허ᄉ 밧비 슉ᄉ허라 ᄒ시니 승상니 아모란 줄 모르고 승명ᄒ여 궐하에
나아가니 샹니 가로ᄉ되 악가 영월의 말을 드른니 경의 직덕니 고금에
읍는지라 경은 아즉 모로런니와 짐의 ᄎ녀 이월공쥬 일즉 장슈졍의 허
혼허여든니 이월니 ᄯ한 이비의 졍결을 모습ᄒ여 죽기로쎠 다른 가문
의 가지 아니려 ᄒ니 이는 경니 오부인을 둘 썰라 경은 ᄉ양치 말고 길
일을 퇵ᄒ여 니쇼졔와 한가지로 셩예ᄒ라 ᄒ신듸 승상니 명을 밧ᄌ오
미 극히 숑구험믈 이긔지 못ᄒ여 고두 쥬왈 (340)

신니 젼후 셩은을 과람니 닙ᄉ와 만에 ᄒ낫도 갑삽지 못ᄒ오니 슉야
숑구ᄒ옵거든 허물며 ᄯᅩ한 셩녀로 ᄒ가ᄒ시는 셩교을 나리오시니 더
욱이 황감무지로쇼이다 신니 고ᄉ을 보오니 졔슌 니비 동거 후에는 다
시 듯지 못ᄒ여는니 읏지 셩교을 밧ᄌ올잇가 샹니 변식 왈 경은 고집
말나 자고로 슌을 일커은니 만일 니을 손상니라 이를진듸 이는 슌과
이비을 그르다 ᄒ즉 '경과 짐이 셩현을 능멸ᄒ미라'514) ᄒ신듸 승상니
긔다라 샹의 뜻시 구드믈 알고 ᄉ은ᄒ고 물너 나오니라 이쩍 영월공
쥬515) 퇴위계 문안ᄒ고 이월노 더부러 오릭 보지 못ᄒ 졍회을 펴며
동일토록 질기다가 셕양에 황상계 뵈온듸 샹니 흔연 왈 아가 김희경을
명쵸허여 너 ᄒ든 셜화을 니르고 니씨와 이월을 취 (341)

ᄒ라 ᄒ여스니 너는 도라가 혼슈을 슈습ᄒ여 길일을 기다려 셩예ᄒ

---

514) 저본에 '짐을 능멸ᄒ미라'로 되어 있어서 김동욱본F의 내용을 가져왔다.
515) 저본에 '희월고쥬'로 되어 있어서 김동욱본F의 내용을 가져왔다.

계 ᄒ라 ᄒ신디 공쥐 수은허고 본궁으로 도라오다 잇ᄯᅵ 승상니 파됴ᄒ고 궁에 도라와 평장과 부인계 황명을 자서히 아뢰디 평장 부〃 놀나며 황감ᄒ물 이긔지 못허여 왈 인간ᄉ을 층양치 못ᄒ리로다 니쇼졔 잇고 ᄯᅩ 공쥬 잇슬 줄을 웃지 ᄯᅳᆺᄒ여스리요 전일 드르니 이월공쥬는 영월의 두어 층나나 더ᄒ다 ᄒ니 ᄯᅩ한 [천졍이라 너는 황명을 슌죵ᄒ라]516) 승상니 슈명ᄒ고 물나 영월각의 이른니 최장 양부인니 임의 공쥬로 ᄒ여금 궐뇌의듸려보닉고 마음니 흔연ᄒ여 기다리더니 승상니 옴을 보고 두 부인니 몸을 니러 마져 좌을 졍흔 후 [문왈]517) 아참의 황상니 명 죠ᄒ시다 ᄒ오니 무삼 '국시 잇던잇가'518) 승상니 침음부답이여날 최부인니 왈 딕장뷔 난시을 당ᄒ여도 맛당니 틱연헐 거시여늘 (342)

무삼 일노 침음ᄒ시난요 장부인은 임의 아는 고로 미〃히 웃고 최부인도 짐작ᄒ되 짐짓 보치여 년고을 무른니 승상니 ᄯᅩ한 양인의 마음을 아는 고로 왈 딕ᄉ를 녀ᄌ의 알빅 아니라 ᄒ고 외당에 나가나라 날니 져문 후 공쥬 도라와 구고계 보온 후 영월각의 이른니 두 부인니 공쥬을 마져 문왈 이번 힝허시미 길흉니 엇더ᄒ신요 공쥬 딕왈 길ᄒ고 ᄯᅩ 길한니다 부인니 의아ᄒ여 문왈 쳐음 길험은 알건니와 두 번 길험문 무삼 길ᄒ미요 공쥐 딕왈 쳡니 당쵸에 궐뇌의 츌입ᄒ믹 황상니 믹양 니비와 말삼을 이로시되 무심니 드러삽드니 금일 승상을 명죠ᄒ소 석일 장부인과 쳡의 가긔 이르든 결ᄎ로 길일을 틱ᄒ여 이월과 니씨을 셩친허라 ᄒ시니 승상니 츄탁ᄒ시다가 엄교을 나리오시믹 시양치 못ᄒ고 물 (343)

516) 저본에 생략되어 김동욱본F에서 가져왔다.
517) 저본에 생략되어 김동욱본F에서 가져왔다.
518) 저본에 'ᄉ의던이가'로 되어 있어서 김동욱본F의 내용을 가져왔다.

너와나니다 장부인니 절〃 탄상 왈 혈〃한 닉 몸니 은총니 이럿듯 거룩ᄒ오니 웃지 감은치 아니리요 공쥬 우어 왈 부인은 너무 용여치 마르쇼셔 익월니 당쵸에 부모의 명으로 몸을 부인계 허〃여시니 니쇼졔 일반니요 마음니 쏘 한가지라 조금도 다름니 업스오니 웃지 혐의ᄒ시미 잇슬리요 두 부인니 낭〃이 웃고 악가 부마 최부인의 말삼을 듸답지 못ᄒ고 외당으로 나아가믈519) 박장듸쇼ᄒ더라 이날 야심 후 승상니 공쥬궁에 이른니 공쥬 쵹하의 단좌ᄒ여다가 승상을 마져 좌졍 후 승상니 문왈 공쥬 금일 닉젼에 단여오시니 쳬후 무량ᄒ시니가 공쥬 듸왈 스람니 깃쓴 일을 씌여셔는 슈고로온 일니 '업난이다 승상 왈'520) 무삼 깃쓴 일니완듸 깃쓴 줄을 아지 못ᄒ시는요 [공쥬 쇼왈]521) 그 셜화 장황ᄒ오고 슈일 후 ᄌ년 아르시리다 승상니 웃고 다시 뭇지 아니ᄒ더라 이윽 (344)

고 장을 지으고 쵹을 물니고 밤을 지닌 후 잇튼 날 신셩을 파ᄒ고 삼부인으로 더부러 돈당을 모셔 한담ᄒ든니 문득 보허되 황상니 즁스을 보닉여 박계 이르다 ᄒ거날 평장과 승상니 창황니 나가 즁스을 마지믹 일봉셔을 드리거날 보니 틱일젼지라 젼지 왈 짐니 인의로 익월과 니씨의 혼스을 졍ᄒ여스믹 쳔관으로 길일 졍ᄒ니 즁츈522) 망일이라 모르미 션후 차례을 일치 말고 빗닉게 ᄒ라 ᄒ여 계시더라 평장니 젼지을 밧ᄌ와 북향ᄉ빅헌 후 즁관을 보닉고 닉당에 드러와 젼지 ᄉ년을 셜화ᄒ고 불승감축ᄒ여 [돌희여 복이 손상홀가 두려ᄒ더라 어언

519) 저본에 '나가'로 되어 있어서 김동욱본F의 내용을 가져왔다.
520) 저본에 '업난지라'로 되어 있어서 김동욱본F의 내용을 가져왔다.
521) 저본에 생략되어 김동욱본F에서 가져왔다.
522) 김동욱본F에는 '즁츄'로 되어 있다.

간]523) 길일니 당ᄒᆞᄆᆡ 승상니 길복을 갓쵸고 [금안빅마의 늠〃ᄒᆞᆫ이 그 풍치 전일 이에서 빈승ᄒᆞ거늘 친쳑과 향당이 칭찬ᄒᆞᄆᆞᆯ 마지 안니 ᄒᆞ드라]524) 먼져 쇼부에 이르러 젼안지예을 맛고 ᄂᆡ당에 드러가 니쇼 졔로 더부러 친영지예을 이르ᄆᆡ 장부인의 깃거험과 셩부인의 희힝허 믈 층양치 못헐더라 승상니 (345)

츄파을 흘여 니쇼졔을 보니 곳싸온 얼골니여 구름 갓튼 운발과 반달 갓튼 아미와 광치 찰난ᄒᆞ여 ᄉᆞ람으로 ᄒᆞ여금 정신을 혈난키 ᄒᆞᄂᆞᆫ지라 교빈을 필허ᄆᆡ ᄉᆞ믜을 드러 읍ᄒᆞ고 잠간 우어 왈 셔당에서 이별 후 일 향ᄒᆞ시나가 학싱은 쳔의 만힝ᄒᆞ여니다 쇼졔 머리을 슉여 은〃니 미쇼 부답ᄒᆞ다 닌ᄒᆞ여 [교빈을 맛고 쩌나기 결년ᄒᆞ나 마지 못ᄒᆞ여]525) 승 상니 공쥬궁에 나아가니 홍상치의 미만허고 온갓 향ᄂᆡ 쵹비ᄒᆞ여 원근 니 진동ᄒᆞᄂᆞᆫ지라 젼안을 맛고 교빈예 이르ᄆᆡ 시녜 공쥬을 옹위ᄒᆞ여 나 와 교빈셕에 이르거날 승상니 눈을 드러 공쥬을 바라보니 화용월틴와 뇨〃졍〃허 긔질니 영월공쥬에서 즉니 나흔 듯ᄒᆞ더라 날니 임의 져물 ᄆᆡ 몸을 이러 외당에 나와 거마을 직쵹ᄒᆞ여 쇼부에 니르러 ᄂᆡ당에 드 러가니 셩부인니 놀나며 쇼졔 쏘한 장부인의 일을드 (346)

러난 고로 심즁에 불안ᄒᆞ더라 승상니 드러와 좌졍 후 쇼졔의 화긔 사라지믈 보고 십쌱 의아ᄒᆞ여 문왈 금일은 친영ᄒᆞᄂᆞᆫ 길일이여날 쇼졔 화룡의 츈식니 잠 계 슈운니 목농ᄒᆞ오니 아지 못겨라 무삼 슈회 잇나 니가 쇼졔 잉슌을 다〃 말니 읍다가 양구 후 익미을 슈기고 호치을 잠

---

523) 저본에 생략되어 김동욱본F에서 가져왔다.
524) 저본에 생략되어 김동욱본F에서 가져왔다.
525) 저본에 생략되어 김동욱본F에서 가져왔다.

간 여러 나직니 되왈 쳡니 승상을 먼져 보시미 심히 불안허여이다 승
상니 쇼왈 젼일에도 어명을 바다 쟝부인과 먼져 셩친ᄒ 여스니 쇼졔는
근심치 마르쇼셔 [ᄒ더이]526) 밤니 기푼 후 쵹을 물니고 원앙금니에
나아가니 양되에 츈몽니 무루 녹고 화츈의 호졉니 논이는 듯 건권헌
졍을 비힐 되 읍더라 동방니 발그미 븐궁에 도라와 돈당의 신셩을 파
ᄒ고 삼부인을 볼ᄉ 삼위 부인니 승상을 보고 셔로 눈 쥬어 미쇼허거날
승상니 웃고 왈 지닌 일 (347)

은 잇고 남의 일을 웃지 웃나요 ᄒ니 삼부인니 우음을 참지 못허여
홍슈을 드러 입을 가리고 각 〃 쳐쇼로 도라가다 승상니 영월궁에 이르
니 공쥬 마져 좌을 졍ᄒ미 승상 왈 니쇼졔의 지원을 이룸과 학싱의 오
부인 갓쵸미 다 공쥬의 덕이라 웃지 스례 아니ᄒ리요 헌되 공쥬 되왈
웃지 쳡의 도음미 잇스리요 다 승상의 복이라 ᄒ고 한담ᄒ더니 날이
져물미 위의을 차려 이월궁에 이르니 공쥬 몸을 이러 좌졍 후 어졔 일
은 임의 군명니 계신 고로 션후을 차려든니 마음의 극히 불안ᄒ여이다
인ᄒ여 야심허미 쟝을 지으고 동방화쵹의 나아가니 견권한 졍은 비힐
되 읍더라 날니 발그미 승상니 도라와 돈당 셩친을 맛고 삼부인으로
더부러 셜화헐 ᄉ 최부인 왈 승상니 년일 신낭으로 단니시니 유복다
ᄒ련니와 쳬휘 만즁 (348)

허시잇가 [쟝부인과 공쥬는 우음을 먹글 ᄯ름이러라]527) 승상 왈
오날 모다 동심결약ᄒ여 온가지로 비쇼ᄒ니 무삼 부인 도리니요 말을
맛치며 허 〃 히 우셔 일쟝 홍치을 마지 아니터라 평쟝과 부인니 두 신부

526) 저본에 생략되어 김동욱본F에서 가져왔다.
527) 저본에 생략되어 김동욱본F에서 가져왔다.

의 예를 바들싀 쇼졔 칠보화관에 연홍을 다스리고 시비을 거나려 부즁에 이른니 공쥬 쏘한 위의을 다스리믜 시비 인도ᄒ여 졍당에 나아가 돈당에 예을 맞고 삼부인으로 더부러 예필헌 후 좌츠을 졍치 못ᄒ여 졍히 분〃ᄒ더니 황상니 젼지을 나리오스 니쇼졔로 넷지 졍경부인을 봉ᄒ스 즉쳡을 나리시니 의월공쥬는 자연 다셧지 부인니 된지라 공쥬는 깃거ᄒ나 니쇼졔는 십분 불안ᄒ여 감츅험믈 마지 아니ᄒ다 [죤당 양위게 팔진미을 들이고 옥비을 들어 나아가 헌슈ᄒ고 질기다가 파년곡을 알외는지라 오부인이 각〃 침소로 돌아올싀]528) 니쇼졔는 믜월쌍에 졍ᄒ고 공쥬난 장츈각의 쳐허니라 승상니 믜일 오부인으로 더브러 단풍을 구경ᄒ다가 옛날 일을 (349)

니르며 츠단ᄒ드니 맛참 셜잉 등니 겻틔 셔거늘 쇼졔 한가지 오렬ᄒ여 이르되 하날니 읏지 너희을 도라보와 살피지 아니허시나요 쯱 공쥬 영츈 셜잉 등의 츙셩니 지극험과 자식이 츌유험을 사랑ᄒ여 장니 두 부인 ᄯᅳᆺ즐 싱각ᄒ야 승상의 시쳡을 삼은 즉 쳣지는 두 부인의 마음을 위로허고 버거는 셜영 두 스람의 동신듸스을 뉘웃부미라 스긔을 승상계 고ᄒ니 승상니 쏘한 셜영 등의 츙셩을 아는지라 믜〃히 우어 왈 공쥬는 읏지 남의 심간을 그듸지 살피시는요 발키 쳥ᄒ시믈 감히 아니 듯지 못ᄒ리이다 ᄒ거날 공쥬 크게 깃거 즉시 삼부인을 보고 사년을 셜화ᄒ니 모다 공쥬의 관후셩덕을 탄복ᄒ더라 공쥬 시비로 ᄒ여금 셜영 등을 불너 홍상치의로 승상계 예빈을 시기니 승상니 (350)
눈을 드러 본즉 옥모방용니 일듸 미인나라 양인니 억기을 가라 공쥬 의게 졀허여 셩덕을 층슈허니 공쥬 왈 닉 무삼 도옴미 잇스리요 도모

528) 저본에 생략되어 김동욱본F에서 가져왔다.

지 너의 츙셩니 거록ᄒ미라 마음을 더허여 시동이 닛계 허라 ᄒ시니 양이니 빅비 스례ᄒ다 영츈당 완월각의 야인의 쳐쇼을 졍ᄒ여 낫지면 각〃 그 쥬모를 모셔 한담ᄒ고 밤이면 승상을 모셔 춍이 지극ᄒ더라 (351)

[딕기 오부인 니쳡을 하날이 졍ᄒ시이라 엇지 인덕에 밋츨 빈리요 원닉 승상은 쳔상 신션이요 장씨 니씨ᄂ 옥황의 근시하든 시녀로셔 우연이 신인을 만나 희롱ᄒ다가 득죄ᄒ여 인간의 젹강ᄒ시 신임은(김F, 89)

김희경이 되고 장니 두 부인은 인간에 탄싱ᄒ여 죄을 쇽지 못ᄒ 고로 쳔심만고ᄒ여다가 만나게 ᄒ고 최부인과 양 공쥬ᄂ 쳔상 년분으로 김상공을 슌이 만나게 ᄒ미요 영셜 양인ᄂ 장니 두 사람의 시비로셔 각〃 쥬인을 짜라 위ᄒ난 츙졀과 졍심이 지극ᄒ기로 하날이 감동ᄒ여 한 스람을 셤기게 ᄒ미요 쇼츔졍 졀스ᄒ믈 잇게 ᄒ며 니츔졍을 모셔 장씨로 보은ᄒ믄 쇼셰필과 니영의 츙셩을 하날이 살피시미라 김승상 니 고힝ᄒ다가 나라에 딕공을 셰우고 오부인과 이쳡을 취ᄒ여 부귀영 화을 쌍젼ᄒ며 죤당 양위을 효양ᄒ여 죠모에 화락ᄒ미 비힐 딕 업시 ᄒ기를 스십여 년의 ᄌ숀이 번셩ᄒ여(김F, 90)]529)

승상니 오부인 니쇼실의 구ᄌ칠녀을 나흐니 장ᄌ의 명은 군홍니〃 쇼녀등과ᄒ여 병부상셔에 이르고 ᄎᄌ의 명은 군셩이니 할임학스의 거ᄒ고 일녀의 명은 치란이니 됴진의 쳐 되어스니 〃난 장부인의 쇼싱

---

529) 저본에 생략되어 김동욱본F에서 가져왔다.

니요 삼즈의 명은 구경이니 간의틱부에 이르고 스즈의 명은 구영이니 〃부상셔에 이른니 이는 영월공쥬의 쇼싱니요 오즈의 명은 구창이니 즁셔령의 이르 (351)

고 육즈 명은 구빅이니 니부시랑의 이르니 최부인 쇼싱니요 칠즈의 명은 구쥰이 〃 병부상셔의 이르고 이녀의 명은 향낭이니 승상 됴빈의 며나리 되여시니 니부인의 쇼싱이요 팔즈의 명은 구윤이니 경됴윤의 이르고 구즈의 명은 구흘이니 장안영의 이르고 사녀의 명은 옥난니 〃 참정 니환의 즈부 되여시니 익월공쥬의 쇼싱이요 오녀의 명은 쳥낭이 〃 니졍의 쳐 되고 육녀의 명은 이랑니 〃 시랑 셔황명의 쳐 되여스니 영츈의 쇼싱니요 칠녀의 명은 구랑이 〃 방빅의 쳐 되여시니 셜낭의 쇼싱니요 각 〃 즈손니 번셩허여 됴셕으로 평장계 문안헐 식 이로 웅졉지 못ᄒ여 다만 졈듀헐 ᄯ름일더라 장상셔와 니참졍의 후ᄉ는 외숀으로 봉ᄉ허계 ᄒ다 셰월니 여류ᄒ여 평장부 〃 팔십 (352)

오셰의 쳔명으로 돌ᄒ니 승상과 여러 부인니 이훠 집상ᄒ여 션산의 안장ᄒ고 ᄯ 쇼참졍 부인니 기셰ᄒ시니 승상과 장부인니 친부모 갓치 이훠ᄒ여 치상안장ᄒ다 (353)

[승상이 나히 칠십을 당ᄒ민 평안ᄒ믈 싱각ᄒ고 향곡에 도라가 여년을 보ᄂ ᆡ고져 ᄒ여 진졍표을 지어가지고 궐하의 가 상달ᄒ니 표을 보시고 일변 셥셥ᄒ믈 졍치 못ᄒ시다가 〃로스릭(딕) 경의 표을 본니 각〃쥬흔 ᄯᆺ지 잇건이와 교목셰신이요 국가에 쥬셕이라 하로을 보지 못ᄒ면 국시 젹치ᄒ믈 면치 못ᄒ거늘 짐이 엇지 노흘 마음니 이슬이

요 익니 싱각ᄒ여 짐의 울젹ᄒ미 업긔 ᄒ라 ᄒ신ᄃᆡ 승상이 마지 못ᄒ
여 부즁에 도라와 불안ᄒ여 ᄒ거늘 영월공쥬와 상원부인니 그 년고을
물은니 승상이 침음ᄒ다가 샹쇼 비답을 ᄂᆡ여 노혼니 두 부인니 ᄉᆞ례
왈 이ᄂᆞᆫ 명철보신ᄒᆞ시도다 우리 샹공이여 쳡 등이 (김 F, 93)

    발셔 이 ᄯᅳᆺ지 이스되 남ᄌᆞ의 ᄃᆡᄉᆞ을 녀ᄌᆞ의 간흘 빅 안이무로 감히
발셜치 못ᄒᆞ여삽던니 이을 보온니 불승힝회ᄒᆞ여이다 승상이 마지 못
ᄒᆞ여 ᄯᅩ 표을 올여 향곡으로 도라가믈 쳥ᄒᆞᆫᄃᆡ 상이 승상의 ᄯᅳ지 구드
믈 알고 양구에 가로ᄉᆞ되 젼일 장슈졍을 일으ᄆᆡ 한 팔을 일음 갓ᄐᆡ여
ᄒᆞ드이 ᄯᅩ 경을 이별ᄒᆞ면 짐의 마음이 엇지 평안ᄒᆞ리요 잇ᄶᅥ 연왕ᄐᆡ
지 모셔다가 황상의 의연ᄒᆞ시믈 보고 쥬왈 김희경니 일향 쥬달ᄒᆞ오ᄆᆡ
진실로 측연ᄒᆞ여이다 계 비록 ᄃᆡ신이나 예 일을 보옹이 권셰 너무 존
귀ᄒᆞ오면 기 몸을 보존ᄒᆞ미 젹은지라 ᄉᆞ졍을로 혀알여도 허윤ᄒᆞᄉᆞ
볘슬을 갈아 쥴만 갓지 못ᄒᆞ옵고 ᄯᅩ 부마를 ᄃᆡ졉ᄒᆞ와도 일향 거졀ᄒᆞ
오ᄆᆡ 박졀ᄒᆞ올 샏 안이라 국가 ᄃᆡᄉᆞ를 당ᄒᆞ온 즉 츙 (김F, 94)

    양지신을 싱각흔다 ᄒᆞ여ᄉᆞ온니 복원 펴하는 ᄉᆞ졍이 가긍ᄒᆞ옴을 살
피쇼셔 ᄒᆞᆫᄃᆡ 상이 ᄐᆡᄌᆞ를 도라보와 왈 어지다 네 말이여 나의 싱각ᄒᆞ
ᄂᆞᆫ 바는 장슈졍을 일코 지금 잇지 못ᄒᆞᄂᆞᆫ이 김희경을 ᄯᅩ 일은니 엇지
의연치 안이리요 ᄒᆞ시고 이예 비답을 ᄂᆞ리와 가로ᄉᆞ되 짐이 경의 은덕
이 즁ᄒᆞ기로 결단코 허홀 마음이 업더이 ᄐᆡᄌᆞ의 쥬달ᄒᆞᆷ믈 드르이 의
리 합당ᄒᆞᆫ지라 아즉 본임을 허쳬 ᄒᆞᄂᆞ이 ᄉᆞ양치 말고 원임ᄃᆡ신으로
열흘에 ᄒᆞᆫ 번식 됴회ᄒᆞ라 ᄒᆞ시이 승상이 비답을 보고 쳔은을 츅슈ᄒᆞ
고 인슈을 밧치고 다시 샹쇼ᄒᆞ여 향곡으로 도라가믈 쳥ᄒᆞ온ᄃᆡ 젼교 왈

니는 경의 공을 표 (김F, 95)

흔 빈라 흐시고 듯지 안니흐시니 승상이 니에 복지수은흐고 부즁
으로 간이라 잇써 오부인이 승상의 벼슬 갈믈 듯고 못니 깃거 치하흐
여 왈 첩 등의 바라는 바을 일우지 못흐여 글노 근심흐옵던이 니졔 쇼
원을 일워수온니 황상의 은덕이 망극흐온지라 부미 되왈 황상이 허치
안니흐시던이 퇴지 쥬달흐시미 그졔야 허흐시고 남국 치읍과 상원의
위국 치읍을 열어 번 시양흐되 황상이 종시 듯지 안니흐시니 더욱 감
격흐온지라 이월공쥐 왈 치읍은 본되 공을 표흐시인이 구지 수양흐
리요 장부인이 쇼왈 (김F, 96)

승상 후공을 표흐옴은 올삽건이와 첩의 후공을 표흐미 엇지 불가치
안니흐리잇가 (김F, 97)][530)

최부인니 쇼왈 상원니 구갑에 창검을 비기 들고 쥰통을 풍우갓치 모
라 천만병마을 슈하에 호령흐고 적진 즁에 달여들기을 무인지경 갓치
흐니 빅되 호걸이요 당금 영웅이라 가석다 원융되장니 규즁 일녀주
되니 웃지 이달지 안니흐리요 흔되 만좌 되쇼흐드라 (353)

[부미 쇼왈 학싱이 위국에 가 진즁에 싸여실 졔 만일 장원슈의 구흐
미 안니어들 엇지 신명을 보존흐리요 흐고 한담흐더라 홀연 한 녀동이
와 빈례흐거늘 모다 본이 (김F, 97)

---

530) 저본에 생략되어 김동욱본F에서 가져왔다.

머리에 칠보 구류관을 쓰고 몸에 운화을 입고 발에 문우리을 씌을고 거름을 옴겨 상원부인의 앞픠 나아가 허리을 굽펴 왈 나는 낙탁틴즈의 부린 빈던니 부인이 옛날 바드신 바 칼과 쳔셔는 아즉 쓸듸 업亽온이 부인의 오셰손의게 젼홀 거시이 츠즈오라 ᄒ옵시믜 이에 와는이 쥬옵쇼셔 ᄒ듸 부인이 놀나 몸을 굽펴 문왈 낙탁은 뉘시잇가 그 녀동이 답왈 낙탁은 쳔궁이 쳔황의 삼틱라 이로시믜 그 칼과 쳔셔을 츠즈오라 ᄒ시더니다 부인이 듸경ᄒ여 즉시 옥함을 열고 쳔셔와 칼을 늬여 두 손으로 밧들어 션녀을 쥰이 션네 바다 스례ᄒ고 셤에 라이며 두어 걸음에 문득 간듸 업거늘 쟝부인이 마음의 혜오듸 당초에 날을 갓다 쥬던 亽람은 반다시 낙탁 (김F, 98)

틴즈로다 쏘 싱각ᄒ듸 니졔는 늬 근본이 드러나고 임의 느껴시이 츠즈 가건이와 나의 오셰손의게 젼ᄒ리라 ᄒ니 고히ᄒ도다 ᄒ며 쏘 ᄒ 모든 부인과 시비들은 마음니 아득ᄒ여 션녀 왓든 쥴을 아지 못ᄒ더라 일로 보건듸 쟝씨 녀즈나 두〃 원나라을 위ᄒ여 난 쥴을 알네라 부믜 임의 벼슬을 발리고 일신이 한가ᄒ여 공쥬궁에 니르러 한담ᄒ다 가 일〃은 공쥬궁을 헐어다가 죵남산에 연ᄒ여 짓고 오부인과 이쳡니 각〃 쳐쇼을 졍ᄒ여 질긴니 엇지 쾌락지 안니리요 (김F, 99)][531]

일〃은 승상니 녀러 부인으로 더부러 담화허든니 쟝부인니 가로듸 상공니 당쵸 쟝즁의 드러가실 찍의 쳡도 쏘한 드러갓는지라 쟝즁에서 글 밧치믈 지쵹 (353)
허믜 글을 밧비 쓰노라니 한 쇼년 셔싱니 두로 건일건날 눈을 드러

531) 저본에 생략되어 김동욱본F에서 가져왔다.

보니 이 곳 상공니라 전일 형쵸 긔졈의셔 잠각 보아스나 웃지 얼골을
모르리요 반가오미 쇼스나 〃 강잉ᄒᆞ여 머리을 슈기고 본쳬 아니ᄒᆞ며
글을 쓰더니 상공니 ᄯᅩ한 늬 얼골을 보고 자셔히 보고져 ᄒᆞ다가 쳥상
에서 북을 치며 글을 직쵹ᄒᆞ니 상공니 벽을 의지ᄒᆞ여 글을 쓰거날 쳡
니 눈결의 잠감 보니 문명니 찰난ᄒᆞ여 니두에 직됴라 만심환희ᄒᆞ여 글
을 밧치고 장즁에 방황헐 ᄉᆡ 눈을 드러 쳡을 찾는지라 창황ᄒᆞ여 압흘
살피지 못ᄒᆞ고 원산을 바라고 셧거날 가만니 슘어 그 거동을 보니 그히
피창ᄒᆞ여 일변 감격ᄒᆞ고 일변 긔이ᄒᆞᆫ지라 이졔 싱각ᄒᆞ오니 돌ᄒᆞ여 일
장츈몽갓도쇼이다 ᄒᆞ되 일좌 박장듸쇼ᄒᆞ다 최 (354)

부인니 우어 왈 쳡니 ᄯᅩ한 일장 우음을 도으리이다 당쵸의 상공니
명창니라 층ᄒᆞ고 쳡을 여어 보려 헐 졔 간ᄉᆞᄒᆞᆫ 쇠로 풍악을 자랑ᄒᆞ여
늬당에 드러와 힝여 남니 알가 두려워 일을 ᄭᅮ미고 교틱을 자랑ᄒᆞ여
말삼을 공교니 ᄒᆞ야 문답을 헐 즈음에 쳡의게 졍슉허믈 뵈거날 극키
슈상ᄒᆞ여 피코져 ᄒᆞ더니 문득 봉구황곡을 타거날 그졔야 광긱인 줄 알
고 쵹망니 드러오니 상공니 무류ᄒᆞ여 가든 형상은 진실노 그려두고 보
암즉 허더이다 좌위 손쎅을 쳐 크게 웃더니 〃부인니 ᄯᅩ 가로되 쳡 ᄯᅩ
한 우음을 도으리니다 쳡니 장부인을 차지려고 경셩의 올나와 두로 완
경ᄒᆞ다가 노즁에서 상공을 맛나 잡피여 셔당에셔 머무던 말과 날마다
시츅을 일삼아 질 (355)

기다가 상공니 시흥을 도〃와 쳡의 숀을 잡아 이중ᄒᆞᄆᆡ 쳡니 심장
니 션을ᄒᆞ여 심을 다ᄒᆞ여 팔을 밀치니 골졀니 셩장헌지라 상공니 혹
녀ᄌᆞ로 알가 밋망이 지늬든니 ᄯᅩᄒᆞᆫ 일〃은 동남산 구경 가믈 쳥ᄒᆞ거

날 마지 못허여 갓싸가 빅작에 괴로옴믈 피흐여 가만니 도라와 벽상상에 글을 지여 부처 동적을 피흐여시되 관포의 지긔을 임의 이른빅라 상공니 듸범허 군즈로 동시 녀즌 줄은 아지 못허여스나 쳡니 하마쎤 광졉에 놀날 쎈 흐여나이다 모다 우으며 질기더라 광음이 홀〃허여 승상과 오부인니 나히 칠십에 당허믹 셰상의 쯧지 읍셔 풍청월명헌 쎄을 타 니빅의 시를 셔로 창화허며 구즈칠녀로 츙효을 가르치든니 일〃은 야싀니 청〃허고 월광니 명낭흐니 승상니 시흥 (356)

을 듸여 오부인 이쇼실을 다리고 망월누에 올나 풍경을 구경흐더니 문득 청아허 쇼릭 나며 흔 션관니 읍허여 왈 옛 벗즐 반기 마나 졍회 간졀흐나 황졔의 됴명니 계실거시니 힝니을 슈히 차리라 흐거날 좌우 스람 다 고히 여기던니 이윽고 션관니 나려와 상졔의 명을 전흐니 승상니 오부인 니쇼실를 다리고 승픠 빙운흐여 가거날 자녀 등니 익통망극흐여 흐드니 호련 보니 안상에 일봉 셔찰니 뇌여거날 자셔히 보니 상원부인의 슈적이라 흐여쓰되 우리 옥졔의 쇼명을 밧드러 승쳔흐나니 너히는 각〃 직업을 직희여 츙효를 심쓰라 흐여더라 스긔 비상흐믹 후셰에 유젼흐노라 (357)

경자 사월 십삼 죵셔 칙쥬 구곡김

庚子四月十二日終書 冊主 舊谷金

참고문헌

1. 자료

고대본A 「김희경전(金熙敬傳)」, 고대본B 「김희경전」, 국중본A 「김상서전 (金尙書傳)」, 국중본B 「김희경전(金義敬傳)」, 국민대본 「김희경전(金喜慶 傳)」, 김동욱본A 「김희경전」, 김동욱본B 「김희경전(金喜慶傳)」, 김동욱본 C 「김희경뎐」, 김동욱본D 「김희경전(金喜慶傳)」, 김동욱본E 「김희경전」, 김동욱본F 「김희경전」, 김동욱본G 「김희경전」, 김동욱본H 「금환긔봉(金 環奇逢)」, 서울대본 「김희경전」(서울대본) 성대본 「김승셔젼」 숙대본A 「金喜景傳」, 숙대본B 「김희경전(金希慶傳)」, 연세대본 「김희경전(金禧慶 傳)(연세대본), 정명기본A 「김희경전(金熙慶傳)」, 정명기본B 「김희경전(金 希京傳)」, 충남대본 「김희경전」, 한중연본A 「금환긔봉(金環奇逢)」, 한중 연본B 「장시효힝녹(金熙慶傳)」, 한중연본C 「金氏孝行錄」, 활자본A 「김희 경전(金喜慶傳)」, 활자본B 「녀즈충효록(女子忠孝錄)」

장효현 역주, 「육미당기」, 『한국고전문학전집』 17, 고려대 민족문화연구소, 1998, 49-58쪽.

2. 단행본

이주영, 『활자본 고전소설 연구』, 월인, 1998.
정길수, 『한국 고전장편소설의 형성 과정』, 돌베개, 2005.
정길수, 『구운몽 다시 읽기』, 돌베개, 2005.
조희웅, 『고전소설 이본목록』, 집문당, 1999.
지연숙, 『장편소설과 여와전』, 보고사, 2003.
최기숙, 『17세기 장편소설 연구』, 月印, 1999.

3. 논문

강승묵, 「「김희경전」 異本의 존재양상 연구」, 성균관대 석사학위논문, 2013.

김대명, 「「김희경전」에 나타난 인물형상 연구」, 충북대 교육대학원 석사학위논문, 2009.

김만은, 「「김희경전」의 서술구조 변용연구」, 부산대 석사학위논문, 1996.

김민조, 「「하진양문록」의 창작방식과 소설사적 위상」, 고려대 석사학위논문, 1999.

전성운, 「「구운몽」의 창작과 명말청초 염정소설:「공공환」과의 비교를 중심으로」, 『고소설연구』 12, 한국고소설학회, 2001.

정병설, 「여성영웅소설의 전개와 「부장양문록」」, 『고전문학연구』 19, 한국고전문학회, 2000.

윤세순, 「「홍백화전」 연구, 성립 경로와 변모 양상을 중심으로」, 성균관대 박사학위논문, 2003.

이후남, 「고려대본<김희경전>의 이본적 특징과 가치」, 『한국고전연구』 37, 한국고전연구학회 2017.

임재해, 「「김희경전」에서 문제된 고난과 만남」, 『영남어문학』 6, 영남어문학회, 1979.

정준식, 「국립중앙도서관본 「김상서전」의 자료적 가치」, 『한국문학논총』 44, 한국문학회, 2006.

정준식, 「성대본 「김상서전」의 생성요인과 자료적 가치」, 『어문학』 94, 한국어문학회, 2006.

정준식, 「「김희경전」의 이본 계열과 텍스트 확정」, 『어문연구』 53, 어문연구학회, 2007.

정준식, 「「김희경전」과 「육미당기」의 상관성; 남장결연담을 중심으로」, 『한국문학논총』 48, 한국문학회, 2008.

정준식, 「「홍계월전」 이본 재론」, 『어문학』 101, 한국어문학회, 2008.

정준식, 「「김희경전」의 창작방법과 창작시기」, 『한국민족문화』 31, 부산대 한국민족문화연구소, 2008.

정준식, 「초기 여성영웅소설의 서사적 기반과 정착 과정」, 『한국문학논총』 61, 한국문학회, 2012.

정준식, 「「김희경전」 원전 재구」, 『한국문학논총』 제65집, 한국문학회, 2013.

정준식, 「숙대본A 「김희경전」의 이본적 가치」, 『한국문학논총』 68, 한국문학회, 2014.

정준식, 「숙대본A를 활용한 「김희경전」의 정본 구축 방안」, 『어문학』 132, 한국어문학회, 2016.

최경환, 「「육미당기」의 텍스트 생성과정 연구」, 서강대 박사학위논문, 1997.

최수경, 「청대 재자가인소설의 연구」, 고려대 박사학위논문, 2001.

최윤미, 「「부장양문록」 연구」, 서울대 석사학위논문, 2009.

「김희경전」의 이본과 원전

| 초판 1쇄 인쇄일 | | 2022년 2월 15일 |
| 초판 1쇄 발행일 | | 2022년 2월 28일 |

지은이		정준식
펴낸이		한선희
편집/디자인		우정민 우민지 김보선
마케팅		정찬용 정구형
영업관리		한선희 정진이
책임편집		정구형
인쇄처		으뜸사
펴낸곳		국학자료원 새미(주)

등록일 2005 03 15 제25100-2005-000008호
경기도 고양시 일산동구 중앙로 1261번길 79 하이베라스 405호
Tel 442-4623 Fax 6499-3082
www.kookhak.co.kr
kookhak2001@hanmail.net

ISBN		979-11-6797-046-6 *93800
(93800)		
가격		18,000원